一城百載多少事
且听知情話當年

九十有五牛翁

出品

故城時光

Hometown Memories

罗小卫　主编

西南師範大學出版社
全国百佳图书出版单位　国家一级出版社

图书在版编目（ＣＩＰ）数据

故城时光 / 罗小卫主编. -- 重庆 : 西南师范大学出版社, 2017.4
ISBN 978-7-5621-8673-1

Ⅰ. ①故… Ⅱ. ①罗… Ⅲ. ①中国文学－当代文学－作品综合集②摄影集－中国－现代③重庆－摄影集 Ⅳ. ①I217.1②J421

中国版本图书馆CIP数据核字(2017)第056146号

故城时光
GUCHENG SHIGUANG

主　　编：罗小卫
责任编辑：张昊越　段小佳　曾海龙
装帧设计：胡靳一　唐　鹏　何　璐
出版发行：西南师范大学出版社
网　　址：www.xscbs.com
　　　　　中国·重庆·西南大学校内
邮　　编：400715
经　　销：新华书店
制　　版：重庆新金雅迪艺术印刷有限公司
印　　刷：重庆新金雅迪艺术印刷有限公司
开　　本：787mm×1092mm　1/20
印　　张：36.2
插　　页：4
字　　数：550千字
版　　次：2017年4月　第1版
印　　次：2017年4月　第1次印刷
书　　号：ISBN 978-7-5621-8673-1

定　　价：128.00元

联合策划

时光里独立书店　重庆五洲世纪文化产业投资集团

联合发起人

重庆华侨城　腾讯·大渝网

编委会成员

王　雨　李柯成　何智亚　张一白　罗小卫

吴景娅　贺　明　虹　影　徐登权　戴前锋

（按姓氏笔画排列）

《故城时光》序

何智亚

鸡年正月，我还在海南五指山享受阳光，收到老朋友罗小卫发来短信，说是由“时光里独立书店”发起，拟以非官方民间文化活动形式，用众筹方式为重庆直辖20周年做一部老百姓自己的书，定名为《故城时光》。小卫是原重庆出版社、出版集团董事长，因对图书策划选题的情结和对文化公益活动的热心，被推为此书主编。他特邀我加入编委会，并望能为《故城时光》作序，且提供一些老照片。对这种很有创新意义的活动，我当即欣然应诺。

通过后来发给我的资料文稿和与“时光里独立书店”创始人李柯成见面交流，了解到“时光里独立书店”于2015年7月曾发起出版戴前锋老师大型记录摄影集《故城》的众筹活动。戴前锋是我尊敬的资深编辑和纪实摄影家，出于对故土的眷恋，他近乎以苦行僧的精神，坚持拍摄记录重庆老城几十年，为历史名城、二战名都留下大量珍贵历史资料。《故城》出版取得成功后，李柯成从故城影像联想到人们逝去的生活形态、生活意境、生活故事，它们与故城相互交融、休戚相关，因此产生了做一本《故城时光》的强烈愿望。于是，李柯成等人大胆创新众筹内容。他们通过“时光里独立书店”自媒体公众号、微博等方式发出征集通知，发动网友广泛征集反映消失的故城、流逝的时光、难忘的故事等文章和影像，为生于斯、长于斯的重庆人留下一份文化记忆。征集通知开启了网友的记忆之门，文稿纷至沓来，短短5个多月时间就收到1000多篇文章。写稿者中有年高德劭的老者，也有还不谙世事的学生；有知名文化学者，也有普通的市民；年龄从近100岁老人到00后青少年，跨度近百年，因此说它是世纪回忆也不为过。重庆五洲世纪文化产业集团掌门人徐登权先生积极参与联合策划，为本书的出版提供了大力支持。由小卫牵头的重庆知名编辑及文化学者组成编委会，对《故城时光》文章、照片、版式、体例、设计进行认真推敲，争取将《故城时光》做成一本有温度、有深度、有价值的本土人文书籍。文章拟定的 3 个版块“故不去的城、忘不掉的人、挥不去的情”非常贴切，由有形到无形，由城市到生活，内容包罗故城映像、市井民俗、百人百态、世纪沧桑。

《故城时光》每位作者笔下流淌的文字都是情感的率性流露，读起来真挚感人，不禁将我的思绪拉回到遥远的童年和少年，淡忘的往事开始变得清晰起来。

60多年前，我家住在重庆下半城望龙门巷一座青砖黛瓦的大宅院里，记得大院有高高的石门坎，斑驳的黑色土漆大门，雕花木栏杆，宽大的石板院坝。大院外面是古城墙，城墙外是长江，江边木船源源不断地运来木材、煤炭、水果、粮食和各种货物。那时家里生活拮据，母亲就到河边木船上去买回大筐的橘柑，一家人围坐剥橘柑。当时我只有5岁，和家里人一起，将橘柑剥皮、去筋，橘皮和橘筋晒干后卖给药铺，橘瓣则用土碗盛满，顶着江边的寒风，赤着脚，坐在望龙门缆车下的石梯大声叫卖：“快来快来！甜橘柑，一分钱一碗！”。

1953年，我家搬到来龙巷川盐四里。川盐四里过去是川盐银行（前身重庆盐业银行，今新华路重庆饭店）宿舍，解放后成为建设银行职工宿舍。民国时期，重庆城里有好几处川盐银行董事长吴受彤主持建造的大楼，从1933年起，吴受彤先后在米花街（八一路中段191号）建成川盐一里，在石灰市建成川盐二里，在七星坎街（临江路67号）建成川盐三里，在来龙巷建成川盐四里，在真元堂巷（五四路）建成川盐五里；川盐银行总经理王政平在夫子池魁星楼巷建成庆德里。在当时的重庆城，建造这样成规模的6

处青砖大楼是十分罕见的。川盐四里大院由3座青砖楼房组成，居住了40多户建设银行职工，一直到2008年拆迁修建国泰广场。

出于生活之计，我们那一代人从小就做了许多对于现在的孩子来说，几乎是不可思议的事情。我读小学在私立达育小学（民国时期是重庆城屠宰帮开办的学校，解放后改为中华路小学）。我们家几个孩子从小都十分懂事，想方设法在寒暑假、星期日，甚至放学之后去挣一些钱，以补贴家用。比如，我和姐姐、弟弟一起，将家里的小人书收集起来，又找别人借一些，在和平电影院（后来的国泰电影院，现在的国泰广场）门口摆书摊，一分钱看两本，半天可以收到一两角钱；放假后，通过母亲与29中学老师联系，到29中挖防空洞，挖出的泥土用篾筐一次装四五十斤，穿过临江门古城墙，下陡峭的石阶到河边去倾倒，一天要折返七八次；通过邻居介绍，到朝天门码头上下货，还未长成熟的身体，抬着几十斤重的化肥、粮食等物品，踩着颤悠悠的跳板抬上运下；来龙巷有一个煤店，我们星期天去打蜂窝煤，大概是打1个收入1分钱，一天可打上几十个；我们还打过棕麻，在家里折纸盒、做水泥袋、拆棉纱；等等。

我还有一次上街擦皮鞋的经历。我从小爱做手工，比如用竹子、木头做宝剑、弓箭、手枪之类玩具。一次我突发奇想：上街去擦皮鞋挣钱！于是花了两三天时间，用木板做了一个擦皮鞋的木箱子，看起来像模像样，很是得意了一阵，然后把父亲的皮箱油、皮鞋刷偷偷放入盒里，带个小板凳，叫上弟弟，到五四路等候。那时穿皮鞋的人不多，好不容易才等来一个中年人，可能是他看到我们太小，有些可怜我们，就坐下来让我擦皮鞋。我特别认真地擦，擦完已是满头大汗，收到我人生第一次擦皮鞋挣来的5分钱，接钱的手都在颤抖。恰巧被院子里的人路过看到，回去告诉了我母亲。

母亲出身书香门第，喜书法，尤擅篆书。民国时期她在南京汇文女中（教会学校）读高中，后因日军逼近南京，遂回到奉节，之后一直从事教育工作，直至退休。虽然家庭经济困难，但母亲绝不会让自己的孩子到街上去擦皮鞋。回到家里，皮鞋箱子被母亲砸烂，我再不可能去擦皮鞋了，为此难过了好几天。

岁月沧桑，往事如烟，我们那一代人，大都是这样走过来的。几十年过去了，我们生活的城市发生了翻天覆地的变化，曾经住过的老院子、老街巷已不见踪影，老城历史形态呈加速丢失之势，与老城密不可分的生活方式、生活场景也随着老城的消失而渐行渐远。但是，不管岁月怎么流逝，对于我们许多人来说，老城仍然是挥之不去、难以割舍的记忆。

关于重庆的老城，一般有几种说法：一是指由8890米长的城墙、17个城门围合的重庆古城，面积约2.35平方千米。更缩小一点是“下半城”，面积只有约0.97平方千米，这里是古代川东道、重庆府、巴县衙三级官府所在地，是重庆城的政治经济核心，至今老一些的重庆人还将到这一区域称之为“进城”；二是以解放碑为中心的老市中区，面积约9.33平方千米；三是横跨重庆两江四岸的重庆古城、江北老城、南岸老街区域。再往外就不是重庆城，只能叫重庆市了。故城的概念则可以根据人们自己的认知来想象和定义，曾经居住过、生活过，渐渐被旧城改造、城市开发所侵蚀消失的城区街巷，称之为故城也未尝不可。

重庆老城具有强烈的城市特质，因水而兴、两江环抱、地势起伏的地理环境，造就了它独特的个性和富于变化的街巷肌理。《华阳国志·巴志》对重庆老城有“地势刚险，重屋垒居”的贴切描述。英国作家萨默塞特·毛姆曾经对20世纪20年代初的重庆城作了形象生动的描述：“这座城市是建在岩石上的城市……走平路最多也走不了几步，和意大利的山城里维埃拉一样，这里有许多台阶。由于空间很小，街道都挤在了一起，狭窄而昏暗。走在这样蜿蜒曲折的道路上，犹如在迷宫中穿行。街上人群拥挤，人多得就像伦敦剧院清场后的人行道，你不得不自己挤出一条路来,每当有轿子或是小工挑着沉重的货物经过时，又赶紧让到一边。走街串巷的小贩卖着几乎每个人都想买的东西，在你路过时把你挤来挤去。”著名文学家张恨水先生陪都时期寓居重庆8年，作为一位“下江人”，重庆老城给他留下了难以忘怀的深刻印象。张恨水先生许多散文、小说、随笔对重庆的街、房、貌、人有着入木三分的刻画。他在《重庆旅感录》写道：“旅客乘舟西来，至两江合流处，但见四面山光，三方市影，烟雾迷离，乃不知何处为重庆。”又曰：“此间地价不昂，而地势崎岖，无可拓展。故建屋者，由高临下，则削山为坡。居卑面高，则支崖作阁。平面不得展开，乃从事于屋上下之堆叠。”

开埠至民国时期，各国驻渝使领馆、政府各级机构、党政军要员、商人、银行家和知名人士在重庆城内修建了不少府邸宅院，中西合璧式建筑比比皆是。陪都时期，由于城内人口激增，加之战时经济困难，重庆城出现大量“抗战房”，这些房屋多为简易竹木捆绑结构、土石结构或砖柱夹壁结构，沿江一带和坡地则出现吊脚楼相连成片的景象，这种景象一直延伸到20世纪七八十年代。重庆城地势起伏不平、坡坡坎坎，老城街巷转折迂回，房屋布局依山就势、交错重叠、鳞次栉比，看似无序和随意，甚至没有什么章法，却往往在无序中产生韵律，在凌乱中产生次序，在随意中产生意想不到的视觉美感。

什么样的城，就有什么样的人。重庆城多山多水，地势刚险，爬坡上坎，气候炎热；重庆人包容开放，海纳百川，吃苦耐劳，耿直豪爽。重庆人吃得苦、性刚烈，重庆妹儿身板灵巧娇健，与长年累月爬坡上坎，辛苦劳作不无关系；重庆人包容、开放、豁达、不排外，什么事物都可以接受、消纳，则与重庆历史上多次移民密切相关。重庆有几次大规模移民，特别是清初的“湖广填四川”大移民对重庆带来深远的影响。清朝平定中国后，从康熙初年到清嘉庆初年长达130多年时间里，全国十几个省区向四川大移民，移民数量达100多万至200万。现在川渝两地，可以说90%以上都是移民后裔。“湖广填四川”大移民和陪都时期全国各地精英汇聚重庆，奠定了如今重庆人的根基。本身就不是地地道道的本土人，也就没有排外的理由和不包容的道理。

伟大的抗日战争，更是磨炼了重庆人的意志。从1938年2月到1943年8月，日军对战时首都重庆进行了长达五年半的大轰炸。重庆人民并没有在惨绝人寰的大轰炸之下屈服，他们或在艰苦的条件下捐钱、捐物、捐飞机支援前方抗战将士，或踊跃从军奔赴抗战前线，或以各种形式宣传抗战、反侵略、反投降。1945年5月17日，罗斯福总统向重庆市赠送一幅卷轴，对重庆人民在抗战中表现出的精神给予了高度评价，卷轴全文为：“余兹代表美利坚合众国人民，敬致此卷轴于重庆市民，以表示吾人对贵市勇毅的男女老幼人民之赞颂。远在世界一般人士了解空袭恐怖之前，贵市人民迭次在猛烈空中轰炸之下，坚毅镇定，屹立不挠。此种光荣之态度，足证坚强拥护自由的人民之精神，绝非暴力主义所能损害于毫末。君等拥护自由之忠诚，将使后代人民衷心感谢而永垂不朽也。1944年5月17日，罗斯福亲笔。”

作为重庆人，应该为之感到自豪、感到骄傲。

随着岁月的流逝，许多事物会在人们的记忆中消失，而曾经长期生活过的居所和街区，却往往存留在人们的脑海里，久久不能忘怀。那些穿越时空、历经风雨而留存的老街区、老建筑以其鲜活的物质形态，积淀着城市的文化和历史，展示着不同时代先辈们的生活方式和社会形态，演绎了人间的悲欢离合、市井民俗、风云变幻，它们是延续城市历史文脉、展现地域特色的根，是我们共有的历史财富和精神家园。人们对故城和往事隽久的怀念，并非是愿意回到过去艰苦困顿的岁月，而是在充满物欲的世界和为生计忙碌的奔走中，希望追寻一份真情，一种单纯，一丝温情，一些哪怕带有苦涩的幸福感。其实，幸福的感受与物质生活往往没有必然的直接联系，粗茶淡饭中有幸福，衣食无虑中有忧愁，过去的幸福感也许来得更容易、更简单。著名阿拉伯文学奠基人纪·哈·纪伯伦说过："我们已经走得太远，以至于忘记了，为什么出发！"匆忙行走的我们，无论走了多远，回忆都能带我们找到回家的路，能够抚慰我们躁动不安的内心；不忘初心，不失真情，不舍乡愁，这就是我们怀旧的缘由。

本书征集的文章和老照片，给我们留下了最真实、最直接、最温馨的记忆，展现了当年芸芸众生的真实生活场景。希望这种文字加影像的形式有助于加深人们对重庆老城和社会生活的了解，满足人们的怀旧情结，唤起人们对故城的回忆，弘扬优秀的传统文化，引发人们情感上的共鸣和理性层面的思考，从而对她多一份记忆和眷顾，多一分尊重和忧思。对于年轻人而言，也可通过本书了解父亲母亲、爷爷奶奶辈的生活，学习老一辈面对艰难困苦坦然应对的生活态度和精神境界，增加对人生、对幸福的理解。如果本书出版后能有这样的反响和效果，本书发起者和编辑委员会将会感到欣慰和满足，为此书的辛勤付出，也就变得非常值得。

目录

目录

第二篇　忘不掉的人

目录

第三篇 挥不去的情

目录

结尾 朝阳从这里升起

开篇
穿越百年重庆

穿越百年的回忆

刘大有　一〇后

重庆沙坪坝童家桥　企业职员

我叫刘大有，生于1918年。我一生的经历，见证了重庆一百年来的风风雨雨，如今想来还历历在目。

军阀混战的童年

我的童年正值四川军阀混战的年代。混战，成了我童年很重要的一段记忆。童年时家住军阀争夺之地——磁器口，大小军阀为争夺地盘，不顾百姓死活，带来无穷的灾难。

一天上午，在我就读的磁器口小学的操场，集合了满场士兵，在那里打逃兵。我跑去偷看：两个人把逃兵摁倒，一个摁头，一个摁脚，把逃兵的裤子脱光了，让兵士轮流用扁担打光屁股，打得逃兵喊叫着："长官啊，我错了，再不敢跑了。"这样的求饶是无效的，扁担的敲打久久不停，逃兵的嘶喊由沉闷而呻吟。

时间一分一秒地过去，呻吟也没有了，扁担声也慢慢停了下来。训话的长官站在较高点的地方，挺起肚皮向着士兵吼来吼去。我只听到其中两句：敢有逃跑的，就是这个下场。

队伍离开后，剩下被打的逃兵躺在操场一动不动。有两个同情者或者是他的同乡，把逃兵抬到学校后面的官山坡，用鸡蛋清和黄表纸，燃起烧酒为他提瘀血。已被打得骨肉粉碎的屁股，牵连的还有已被伤害的内脏，怎么努力也救不活他，最后还是死了。在掩埋逃兵的土堆上插块大竹片，写上姓名×××，28岁，蓬溪人。

有个兵营伙夫，看到逃兵的死，同情地叹息道："上头层层克扣他们的钱，一两个月不关饷，还要挨打受气，哪个不跑嘛。"

荒凉的官山坡少有人去，我只不时看到野狗在土堆前后嗅来嗅去。

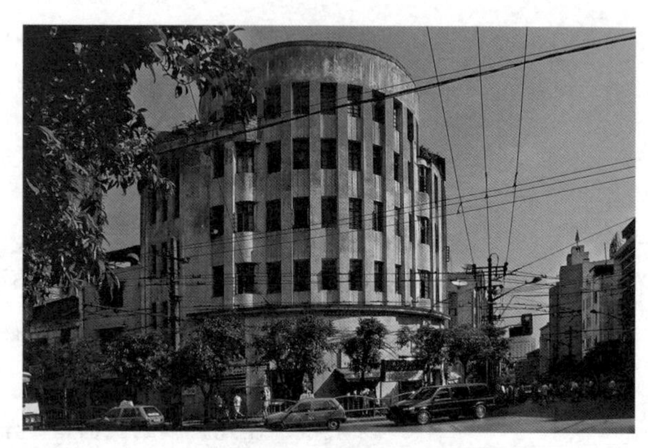

记得我在黄桷坪女子学校读初一的某天上午，班主任谢老师正在讲课，突然校长进来，在她耳边低声几句后离开。谢老师一脸紧张地告诉大家：桥那边部队又在战争，马上要打过来了，快把桌椅移到教室两边。

说话间，其他老师抱来席子和铺盖，又一起搬移了桌椅，把席子铺在教室中间，30来个同学挤坐在席子上面，用被子遮盖着同学的身体，以防流弹的伤害。遮盖的事情还没有停当，学校外边的巷子已经响起了砰砰枪声。这条巷道与教室仅一墙之隔。

冲进巷子的人们，先是躲避的居民老百姓，接着是溃败撤退的兵丁，后面是追杀的部队，整个巷子一时间人潮涌动，人们争先恐后，拥挤践踏。呼儿喊娘、抱怨叫苦的声音，砰砰的乱枪声，金属的碰撞声，喊杀声，谩骂声等响彻整个巷道，一片混乱恐怖。

教室的墙屋地面受到频频震动，要是隔巷的砖墙被乱兵摧垮，我们这一堆人就暴露在乱兵脚下，必然会发生灾难。我们紧张极了，害怕的情绪让一名女同学突然掀开被子站起来哭闹，老师不顾一切，一把把她抱住，摁入铺盖中……好不容易熬过一个多小时，巷子里渐渐平静了下来，我们又算躲过一关。

生死之间——亲历重庆大轰炸

1938年10月以来，空袭重庆的敌机从武汉飞来。因距离近，空袭特别频繁，市民难以安宁。为防敌机来袭击，敌机进入奉节的信息一到，城市的高处，即悬挂一只红球，表示预行警报，提醒市民注意。如信息告知敌机已过万县，即挂两个红球，告知市民即应开始疏散、躲避。如果红球升到三个，即为紧急警报，敌机即将临空，市民要停止各种活动，街巷禁止通行。敌机轰炸后离开，红球就落下，拉长长的一声解除警报响声。

防空袭是有血的教训的。最初，挖一个壕沟，上边覆横木、楼梯之类，再盖上掩土，人躲在下面就认为安全。结果，一轮轰炸后，连人带掩体被

右图·聚兴诚银行 戴前锋摄

左图·小什字建国银行 戴前锋摄

炸得飞溅满坡，惨不忍睹。大家总结事故教训，就开始提前准备。有条件的疏散市外，轮船载人四散或跑躲到市郊掩蔽，同时紧急开凿防空洞。

大溪沟发电厂旁边就有这样的一个防空洞，警报一来，挤满了躲避敌机空袭的男女老幼，许多是发电厂职工及家属。爆炸使防空洞震动，沉重声浪，撞击着洞内的人们。人们站立不稳，东倒西斜，洞里的老人孩子，耳朵、眼睛被震出血来，记得我当时总是努力鼓起肚皮，使劲用咳嗽声抵抗爆炸声浪。一些人因惊吓，解除警报后都走不回家。

1941年8月19日、20日两天，日寇两次连续大规模轰炸。19日，精神堡垒以东，小梁子、小什字一带街道全被炸毁烧光。我躲在南岸涂山脚下土坡树丛，眼见小什字教堂钟楼燃烧，火舌掀天，门窗红红烈火，整个下午未熄灭。被烧死炸死的人，无可计数。8月20日，精神堡垒以西，关庙街、较场口、和平路，大面积被炸被烧。和平路的木板房和吊脚楼全垮塌，屋子里死尸成堆，被炸的人户全家老小死尽。

当时我在电力公司工作，电厂管煤的，跑警报是生活中重要的部分。每次轰炸后，急忙下河边察看煤船的情况。有的煤船炸沉，有的炸烂，有的被烧。在一条船上，一名船工一只脚跨出船舷，另一只脚还站在船舷内，被烧夷弹削去了脑袋，身体手脚烧焦，颈项布满了黄红色的泡，僵硬地立在船舷边。船的后舱，床底一个被震扁的船工尸体，口鼻出血已经凝固。一个剩口气但

右图・川盐银行（国民政府经济部）旧址　何智亚摄

左图・消防队员纪念碑　戴前锋摄

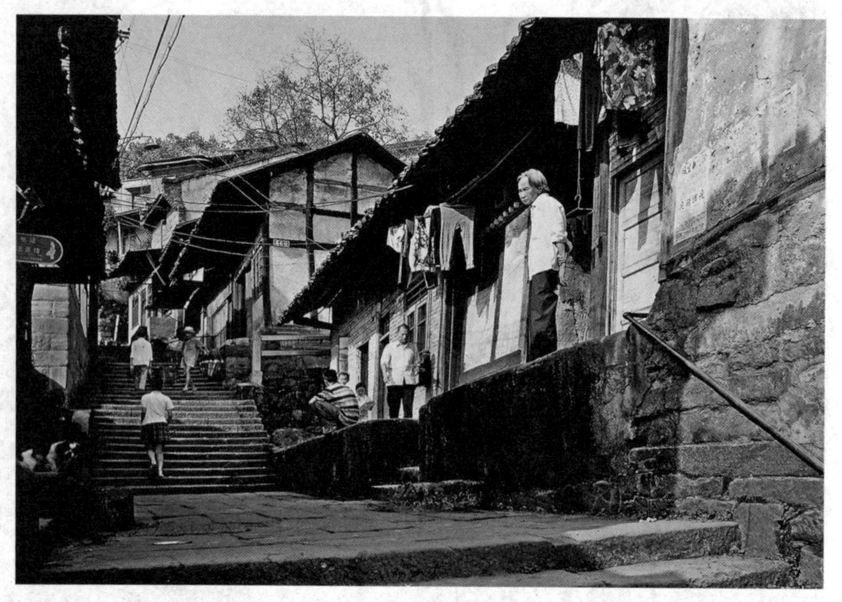

图·磁器口 戴前锋摄

不能说话的船工，满身是血，身上溅满木屑，血肉模糊难分。河边飘浮着很多的烂船和炸死的尸体……

我乘轮渡时，曾经遇上空袭，当时轮渡船正准备驶往唐家沱铜锣峡躲避。

那次我赶到趸船上，敌机已经临空，轮渡早已开走，扔入水中的炸弹激起高高的水柱，趸船也随水柱抛上落下，我爬在船板上，任船颠簸，死活全凭运气，九死一生呐！

每次敌机轰炸后，城市生活完全陷入混乱。多处房屋燃烧、停电。消防人员无数次救火，牺牲巨大。现在人民公园，还耸立着抗战时期消防人员殉难的纪念碑。我永远记得大溪沟发电厂的主任工程师欧阳鉴，公司的总工程师吴锡瀛，在极端困难条件下，费尽心机保存了一个完好的发电厂。在频繁的空袭下，不顾生命危险，抓紧发电。他们与全厂职工付出的努力，功不可没，我们不能忘记他们。也正是重庆人的团结才让我们挺过来了呀!

日寇轰炸重庆的滔天罪行，罄竹难书。我是侥幸活下来的一个。在欢呼胜利的同时，也未能忘怀死于空袭的千万同胞。

黎明前的黑暗

1949年11月前的半年，重庆最不安定，社会混乱，白色恐怖。较场口的"育德""升平"两个电影院，一场电影卖座仅10来个观众。"永远长"豆花馆吃烧白肉食的人也少了，有人在当铺门前，脱长衫递上柜台，电线杆倚着杖竹棍的乞讨老妇。

会仙桥"皇后"餐厅，已不见过去的辉煌，大堂灯光昏暗，勾肩搭背在舞池里跳舞的人也少了。"心心"咖啡馆，品茗聊天的俊男靓女，对于孔二小姐的风流韵事，也不像过去那样感兴趣。留真照相馆玻橱前，驻足欣赏明星照的名媛，讨厌乞丐们向她伸手，转身而去。

小什字的银行大厦，豪华的门墙如镜，镜里经常出现乞丐们的身影，在美丰、川盐、川殖、交通、聚兴诚诸银行，进出来去的达官贵胄，有背景的富商大贾，操纵着市面的棉花、棉纱、布匹、大米等价格的涨跌。

朝天门的轮船轮渡，嘟嘟嘟的汽笛声，叫不散人们对于物价飞涨的忧虑，人头山映在长江水面上的白塔倒影，荡漾不去人们对金圆券、银圆券飞快贬值的怨恨。长长石梯坎，进城出城人群的神色，有一种生活艰难的不安。一股萧索的冷风，从中央公园的大门，经苍平街，绕过纪功碑，吹向国泰，大众游艺园，魁星楼，转向临江门。穷街冷巷的风雨，荡涤不去穷苦居民的生活烦愁，出通远门的丧葬与时俱增。

解放前夕，谣传众多。最怕国民党军队放火毁城。长安兵工厂那边发生大爆炸，声震全城。事后才知是特务预埋炸药破坏兵工厂，凑巧一个团的溃逃兵路过此处伤亡不少。电力公司也接到电话，说特务炸了鹅公岩发电厂。后来经分析，特务不懂电厂，逃跑慌乱之际，只炸坏了锅炉车间部分设备，核心的发电机及汽轮机完好无损。

某天天亮后，解放军进城。都邮街建起松柏牌坊，腰鼓队、狮子龙灯和群众夹道欢迎解放军。解放军司令员王近山的安民告示，已贴在抗战胜利纪功碑上；军管会主任张际春，市长陈锡联，布告城管措施……

现在繁华的解放碑、热闹的磁器口、安宁的大溪沟、平静的长江水……我这个普通的百岁老人能看到百年之后的重庆，心里只有满足和幸福!

扫码观看未公开的
百年重庆影像

第一篇

不去的城

有一个地方叫解放碑

张一白 六〇后

枇杷山后街 导演

每次回重庆，总会自然而然地选择住洲际酒店。与其说这是一种习惯，还不如说只是因为它离解放碑近。

虽然与父母住在枇杷山后街，但我也可以说是在解放碑碑底下长大的。在重庆29中，我从初中读到了高中毕业，晃晃悠悠地度过了人生最为生涩懵懂的五年。

去年终于和29中初中班上的同学联络上了，也在微信建了群。30多年未见的老同学们，在群里连续聊了几天几夜。虚拟的世界不断响起的吱吱提示音，让人仿佛置身于少年时校园和课堂的嘈杂……

重庆29中很奇妙地置身于重庆市的市中心，与重庆当年的标志建筑解放碑咫尺之遥。想起来我们这个年级应该是人数最多的一届了吧，有20多个班。印象中每当广播体操音乐响起时，到处都是人，大家一起齐刷刷地举胳膊抬腿。

他们基本上都是解放碑的孩子。在群里聊天，他们时不时提到：你们江家巷……你们白象街、棉花街……你们那个时候住在哪里哪里……词语间都是回忆。

我一直烦恼于自己的脸盲症，对于长相的记忆模糊，几乎是先天的。但那一个个时不时蹦出来的地名，却在不断激活着我的记忆。

每一个地名，几乎就是一个场景: 一条条街道、小巷，或弯，或直，坡坡坎坎的阶梯，高高低低的房子，进进出出的人影。

每一个地名总能形成一幅画面：一群少年游荡在解放碑的影子底下，雨晴不定，有时阳光灿烂，有时水花四溅，记忆总成碎片。

但总有记忆是完整的: 一个放学早的午后，那个叫周伟的同学，把几乎所有的男生，连威胁带利诱地轰到长江边，逼着大家跳下河去学游泳。应该有好些同学是从那次开始学会游泳的吧。

记忆总有模糊时: 比如我就不记得我是如何溜走逃掉的。于是到现在我还是不会游泳。

一个个地名，总是在复活着一个个同学形象记忆: 江家巷的许伟，戴家巷的周伟、邓百舸、王欣，来龙巷的毛宁，沧白路的李常伟，九尺坎的王静、丁爱渝……少年男女, 如花朵一般, 开放在解放碑周遭的旮旮角角。

住在洲际酒店，出门左拐，解放碑还在。现在的它只是矮矮地立在大厦森林之间，像一个坐标，钉在那里，孤独而倔强，仿佛那是个能穿越到过去的接口, 不舍昼夜地等待着。

洲际酒店往右拐就是大都会，一度是重庆最时髦、最现代的商业中心，李嘉诚传奇在重庆的投影。年轻的一代他们会知道吗, 这里曾经有一个名字叫大阳沟。

如果把解放碑比作心脏, 那些街街巷巷如同神经和血管，蜿蜒盘绕着它，而大阳沟几乎可以说就是它的动脉。它是物质匮乏年代的天堂，粗壮、斑驳的柱子顶着的穹顶下，堆积着各色蔬菜、水果和鱼肉，人声鼎沸，人影蹿动。因为有了大阳沟的印象, 关于那个年代的记忆就不至于那么黯淡和凄凉了。

那些出没于其中，靠着卖菜卖肉、划鳝鱼、拣垃圾、搬货卸货过日子的贩夫走卒们，大都生活在大阳沟四周延伸开来的穷街陋巷里。我的靠拉板车谋生的爷爷就住在名叫下小校场的巷巷里。

小时候我总是愿意去爷爷家长住。那是间木板搭出来的两层木屋，所谓天花板是裸露的灰色瓦片，木地板吐露着大大的缝，飘逸出楼下人家的油烟菜香和只言片语。至于拉屎撒尿, 只能用楼梯角落藏着的尿罐。

关于大阳沟, 我记忆中的色彩是青色的，石板路总是湿漉漉的，黑黝黝

图·解放碑　何智亚摄

专卖高档灯
灯城 专卖中档灯
插翅难飞
实验剧场
POLICE
插翅难飞

右图·中一支路至枇杷山后街　戴前锋摄
左下图·三民主义青年宫　戴前锋摄
左上图·沧白路　戴前锋摄

的木板房之间，飘荡着生火起灶的炊烟；而记忆中的声音，则是每天早上，有人吆喝着："倒尿罐了——"从收集家家户户拎出来的隔夜的屎尿，引出开始一天的大声的洗脸刷牙，夫妻间的吵架对骂和总是避免不了的挨打的小娃儿的哭叫。

而我总是愿意住到大阳沟，大人们得连骗带哄地才能把我送回到父母那里。每次离开，我总有一种生离死别的忧伤。不是我觉悟高，而只是更愿意得到被爷爷宠爱的自由。谁让我是他的长房长孙呢？

爷爷在多喝了点酒的时候，总是讲起婴儿时的我，说我动不动就彻夜啼哭不止，为了不影响四方邻居的睡觉，他只好深夜抱我上街转圈。他说只要把我一抱到解放碑，我立马就不哭了……

在以后的日子里，我曾经无数次地在深夜的解放碑混迹和穿越：同学少年时，在纵谈人生的酒醉之后，在碑下面寻找烟头以解烟抽完后的急需；

远游他乡归来时，在夜市小摊的胡吃海塞，一解馋意；拍《好奇害死猫》时，我宁肯放弃希尔顿的套间，也要住在赛格尔，只是为了随时投身于解放碑夏夜的喧哗与骚动。

2014年，回重庆过年，从机场出来，就想吃火锅，遍寻不着，只有老实验剧场旁边、青年路的临江门洞子老火锅开着。饱暖之后，沿街而下，一拐弯就看到了解放碑。

这一夜冷风嗖嗖，细雨沥沥，有重庆冬天特有的潮冷；在高楼大厦奢华名店环伺下，解放碑光影豪华璀璨，四周空无一人。

在除夕前的这个夜晚，我突然想知道，那个被抱在爷爷怀里的婴儿，停止哭泣的他，在深夜里看到的解放碑会是个什么模样？

大门无形

吴景娅　六〇后

北碚　作家

朝天门适合远眺。

站在江北嘴或南滨路的某个角度去望，隔着一河又一河大水，以及前世今生的烟云与迷惘，朝天门会在水声中哗啦而至，倏忽间又遥不可及。朝天门庞大的建筑再不是一个固体，一个地标，而是一种上天入地的奇异想象，水天结盟的行为艺术。

若论识时务为俊杰者，非朝天门莫属。六百多年的星移斗转，多少楼台被岁月这把砍柴刀砍个七零八落。而朝天门总会在历史的接缝处，抖落过时的尘土，重装上阵，旧貌换新颜，去引领新时代的时尚。朝天门总在扮演呼风唤雨、指点江山的领袖或英雄角色。你要读懂重庆，首先便要读懂朝天门。朝天门是重庆的扉页、卷首语，甚至，是重庆为城的大标题。

细读这个重庆城的大标题、扉页或卷首语，有三位男人的身影会在字里行间飘飞。戴鼎，一个在如今的电脑上再也无法被“百度”的家伙，隔着六百年的岁月，已无法去揣测他高矮胖瘦的模样——是会像现在一些贪官那般秃顶、形容丑陋，掉着一个十恶不赦的啤酒肚呢，还是会像在朝天门打拼的小老板，精瘦的身条，两眼贼亮，走路虎虎生风？但可以坐实的是，他曾是重庆城最大的野心家，很擅长见风使舵、溜须拍马的官场文化。明洪武四年（1371年）秋，盘踞重庆多年的大夏王朝刚灰飞烟灭，作为掌管重庆城明卫指挥使的他即刻仿明都南京，垒石筑城。他要打造一个山寨版的金陵石头城来向疑心重重的朱元璋表决心。但，他还是来了点小创意，让十七道门沿江迤逦而立，像谜语般“九开八闭”。十七道门，道道若虎踞龙盘，气势不凡，而众门之首当属朝天门。戴鼎便拿这门当宝贝，成为他向遥不可及的朱元璋致敬的大排场。看看吧，一门朝天而立，朝滚滚长江东奔之水而立，其寓意昭然，那“天”便是朱元璋，是天朝金陵。而朝天门也成了迎天官、接圣旨的指定之所。

戴鼎从不掩饰他要巴结朝廷的那点心思，他结结实实、一点不偷工减料地修建了朝天门，以至于把它修成了壁垒森严的重重机关，由大城门、瓮城、三门洞组成，“朝天门”三个字便刻在瓮城门楣上。可以想见戴鼎的得意，他在山高皇帝远、蜀道之难难于上青天的地域创造了气焰嚣张的官场文化、官场建筑，让如此聚天地灵气的风水宝地经常干着“迎官接旨”的勾当。是时重兵把守，草根免进，连商船、民船也不能靠朝天门码头半步。朝天门对老百姓而言，不过是只闻其名，难近其身的冰冷官场机器。而戴鼎非常享受这样决绝的霸道，那是一种皇帝的感觉。他希望每一个为官者都能视之如命，把这样的享受延伸至千秋万代。

他却没想到仅仅三百年后，他的规矩就有了终结者。那便是遂宁

右图 · 丰碑巷 戴前锋摄

左图 · 重庆首任市长潘文华旧居（中山四路81号） 戴前锋摄

人张鹏翮，一位有着人文情怀的清初名相。他到重庆巡察时，听说了朝天门自古以来的这般陋习，怒发冲冠，以另一种强权废除了在朝天门维系了几百年的官家特权，把这么一个风水宝地还给了老百姓，也真正还给了重庆城。

在百度一输张鹏翮，便有众多词条奔涌而至，可见良心臣相才能名存千古。虽然同样难寻张鹏翮的画像，但他的不少诗词却能像山河入梦般潜入你心灵的隐秘处。他写“歧路无知己，天涯畏影单。黄牛千嶂夕，白马一江寒”。透过他有些冷意瑟瑟的诗，你似乎已看到了天涯孤人的画面，对这位高官产生一种莫名的同情、体恤——原来他的内心多愁善感、悲悯万物，并非像他官帽般的强悍。便能想象这么个集文学家、诗人、教育家、水利专家、外交家于一身的人物伫立于朝天门时的情形：江风或许会吹动他的胡须（假若他也像关云长一般蓄着性感的美髯），吹动他的官袍，吹动他像江面水鸟倏然飞过的灵感，他也会涌动出二三百年后青年海子的诗情，面朝浩瀚无边的水域，内心一片春色，开得桃红李白；或者，他会受朝天门暮色的诱惑，陶醉在一片“渔灯明远近，树色隐青葱”的意境里，感受真切的家园之感，不再天涯畏影单。因为他永远不会是一个人在战斗，懂得感恩的重庆人早把他视为乡亲。

第三位男人叫潘文华，重庆建市后首任市长。他是位行伍出身的军人，川军主将，曾被授予“植威将军”的称号，可见他拿枪的手何等果敢决伐。这么一双手用来搞市政建设，同样雷厉风行——拆城墙、建码头、修新区，重庆城区的第一条公路、第一所高等学府重庆大学、第一座中央公园、第一个珊瑚坝机场都是在他执政期间诞生的。当然，也是为了拓展朝天门大码头，他下令拆掉了朝天门的大城门、瓮城等，让朝天门成为无门之门。以现在保护文物的意识来看，潘市长似乎有些军人的冲动，缺乏地域文化发展的眼光。然而，那毕竟是20世纪二三十年代，所谓的重庆城仍在乡野的泥泞中艰难徘徊。可以想见一位渴望作为的市长如何在心急如焚。潘文华有个绰号叫潘鹞子。鹞子属鹰科，小型猛禽，飞速极快。从这个绰号便能窥见老潘性格二三。老潘长得倒不生猛，眉眼清秀、面善，戴一无框眼镜，倒有几分文质彬彬的文人气质。作为现在的重庆市民，我对这位首任市长仍充满感激，因为毕竟是他首先用城市文明之光来照亮我们曾破败不堪的母城。

这三个男人分别扮演了朝天门修筑者、改造者、摧毁者的角色，而朝天门也在他们手中不断变幻着自己的内涵与外延——从横空出世，大开大阖，到步入大门无形的境界；经历了大官场、大码头、大商地的更迭之路；成为重庆最崇高、气派，最具形而上力量的一座门。

朝天门对于每一个体的重庆人来说，可谓悲欣交集。它是重庆人大派对的社交场、歌舞厅，每个人似乎都可以去那里吼一嗓子，撒一把野；它是渝洲版的灞桥，上演了人世间太多的重逢与告别，黯然销魂与凯旋。

20世纪90年代我常于仲春之夜坐在朝天门码头那坡梯石坎上发呆。一眼望去，水天浩荡，辽阔的空间似乎能承载辽阔的心事，令人禁不住心驰神往。一瞬间，便觉背后有动静，恍惚见着两小和尚提着灯笼匆匆而至。灯笼上明明白白写着“金竹寺”的字样。小和尚的面容在灯影中真实无比，包括那淌在脸颊上的汗珠。

重庆民间一直流传着“金竹寺”的故事，那是渔歌唱晚中最神秘的一章。虽版本众多，却万变不离其宗，都是在叙述一个重庆力哥，即现代山城棒棒军的祖师爷如何受人之托，从成都跋山涉水捎一封书信给朝天门金竹寺住持的神奇经历——千辛万苦的征程对力哥倒是小菜一碟，令他痛心疾首的是，来到了朝天门，面对汪洋一片的水域，他已无路可走。上哪里去寻金竹寺的踪迹呢？他有些绝望了——这该死的大河难道要摧毁一个重庆男人的信誉么？

也是在月华如水的夜晚，也是在力哥对水发呆的朦胧中，一阵脚步声由远而近，有两个提着“金竹寺”字样灯笼的小和尚来到他身边。接下来的情节堪比好莱坞的神话电影——朝天门的大水陡然分开，出现一条笔直的石梯直抵水底，那里伫立着一座金碧辉煌的庙宇。力哥像诗人但丁紧跟贝亚德神女般跟随着两位小和尚，终把书信交给了这里的住持。住持问他何以谢？这位憨厚者答，不用谢。若是可以，砍寺中一截竹子予他便可。他是力哥，靠棒棒求生。送信的忙乱中，他丢失了自己的劳动工具。

他果得一竹棒棒，心满意足重返陆地，只当自己完成了一种功德。待回首望，仍只见一河大水波涛汹涌。再一细看自己的竹棒棒竟变成了金棒棒。他被惊吓得不轻，才知神奇的朝天门让他遇见了仙人。

想来“金竹寺”的传说在重庆流行了好几百年了吧，它几乎在影响重庆人对神话的态度：宁信其有，不信其无。甚而锻造了重庆人的浪漫气质，他们真的相信每一片水域下都可能藏着另一座重庆城。

每每置身于朝天门批发市场，我都会百感交集——它像这个世界上最硕大无朋的奇妙机器，吞进了无数吨的渴望、欲求、汗水、痛苦的泪以及拼搏时的呼喊，吐出的也许是财富、胜利的笑容，也许就是无奈与绝望。但，更多的人仍选择不撤退；它像一列单程列车，阅尽重庆城这三十年的光阴，走过春色也走过苦寒天，对每一个被挤下车的旅客都抱以同情却又束手无策，只顾着无所畏惧地前行、前行。

那么盘桓在朝天门的“金竹寺”传说意味着什么呢？可以说这个重庆城最绚丽迷人的故事，在这里、在重庆人打拼的聚集地经久不息地流传，是为了揭示、感召、传播一种几百年来积淀而成的朝天门精神。它也是重庆人精神的内核之一。它更在提醒所有的重庆人：假若你站在朝天门码头离水最近的地方，望着滔滔大江东去，一回头便会发现重庆山高坡陡、地势险恶，是没有多少地盘与机会供人们去虚情假意、狡诈、算计、回旋、前怕狼后怕虎的。重庆人必须耿直、诚信、勇敢、吃苦耐劳，才可能在这比上青天还难的地方活着、活得欣欣向荣、生儿育女、千秋万代。这，便是重庆人的命。

细数数，满世界都没有哪个地方的哪道门敢以“朝天”命名，唯有重庆敢。重庆人命大福大，门朝天开，朝自己的心窝子开，朝自己艰难的命运与不屈的人生开，那无形的大门便成了天下最厉害的一张嘴，最滔滔不绝的语言——代言重庆，时时刻刻。

图·朝天门 何智亚摄

下浩原来的风貌

张川耀　四〇后

下浩 新闻工作者 作家

拥有独特地理环境、悠久文化传承的下浩，经过“湖广填四川”大迁徙、清末民初开埠热和抗日战争举国内迁三次千载难逢的发展大机遇，一次次造就了下浩的兴旺繁荣，留下了许许多多令人眷恋的文化遗存。

可惜，解放后的下浩，在反封建破迷信和经济建设发展中，这些文化遗存及名胜古迹，乃至历史街区两度遭到重大毁灭性重挫。所以说世间任何事物都脱离不了两重性，社会革旧鼎新与前进发展确实是好事，这是不可逆转的大趋势，但往往也不可避免地吞噬抹杀着曾经的文明。

我是在重庆南岸下浩葡萄院街里孵出的一只小鸟，承下浩这方水土滋养，羽翼丰满后飞向广阔无垠的世界，历经风雨磨砺，努力奋斗搏击。无论何时何地、身居何处，我都忘不了自己的根，总是隔三岔五飞回养育我的原乡，时刻关注着它的兴衰变化。

弹指一挥间，昔日在河沟边、小巷子、古寺里淘气乱窜的幼稚崽儿不觉已入耄耋，往事如烟，旧情难忘。

回望下浩儿时风貌

下浩始称“龙门浩”。《说文解字》和《康熙字典》中说“浩”者从水、势大，“浩梁”乃分水之巨石也，向外系水流主径，向内是泊船良港。下浩得名于在长江主流水径上，横卧着两条巨大的龙形礁石，龙口相向处有船舶进出不足十丈的天然豁口，古人敬为“龙门”。

每逢月圆，月影入水、波光粼粼，子夜月华当空，巧居龙口，恰如二龙戏珠，始称“龙门皓月”，历代文人墨客赞颂“龙门皓月”的诗词歌赋不胜枚举，故此名扬。

在“以水为路”的岁月，龙门浩日趋兴旺发达，迅速向周边扩展，为准确和有别后继者，于是把新兴崛起的上浩称为上龙门浩（简称上浩）或上新街、下新街，一个“新”字就把历史渊源厘清了。而原来的老“龙门浩”，则改称下龙门浩（简称下浩）。

下浩濒临长江，紧靠浩梁码头，被多幢使领馆、洋行环绕，这里的建筑中外合璧、南北兼容、东西混搭，曾被称为万国

建筑博览园。500多米长的正街，商铺、作坊一家紧挨一家。觉林寺、米市街、周家湾、枣子湾、彭家湾、望耳楼、董家桥、葡萄院、茶亭街等小街深巷，像蜘蛛网般因形就势，蜿蜒向四面八方辐射展开。青石板铺成的小街，连接着一座又一座的深宅大院，蛰伏着隐姓埋名、避祸躲难的富商巨贾、官绅豪客、文化名人。

每当非动力大小船只惊心动魄从湍急的长江主流拐进浩梁，其危险令人生畏胆战，然而船工们高超的驾驭技术让人佩服感叹。船进浩梁，货物卸载，乘客登岸，“龙门皓月”便尽收眼底，数十条水上人家的棚棚船鳞次栉比一线排开。

从热闹非凡的水码头起坡，踏上石梯登上门朝街，从熊刁基家棺材铺上行，过永兴洋行、董家桥，进入下浩正街，一条宽阔的青石板大道穿衢而过。经茶亭街、莲花山、聚源桥、一碗水、清水溪、张家坡，到汪山(黄

右图・龙门下浩米市 戴前锋摄
左下图・周家湾民居 戴前锋摄
左上图・龙门下浩葡萄院 戴前锋摄

山)，这是自清初开始湖广填四川后，联湖广、下川东“行脚起旱”的“茶马古道”。

山顶高大、林木掩映深处，有蒋介石官邸，张治中、何应钦、孔二小姐和美国总统特使马歇尔旧居。相邻有始建于唐的“涂山古刹”；还有隋末唐初佛寺，明万历年间改为道观的“老君洞”；清末重庆知县、著名书画家陈竹波书写并镌刻的20米×21米楷书“塗山”二字，站在渝中区便能清晰目睹这沉雄磅礴、气吞霄汉的摩崖石刻。

莫小觑下浩，其文化积淀、地理优势，当年绝不输于沙坪坝磁器口，甚至有过之而无不及。早在汉唐两宋，纯朴勤劳的原住民便在此开山凿地、建房成街、聚贾成市。

修建海弹公路时，从彭家湾、葡萄院、茶亭街、报恩塔这不到300米地段上挖掘出的汉唐古墓葬就有十余座，出土汉砖、五铢开元铜钱、青铜剑和陶罐碎片，均为我亲眼所见，我对古钱币收藏的兴趣，便是儿时从稀泥中抠出的几枚古铜钱开始的。

宋元至明清下浩水陆码头已经逐渐形成，从浩梁边起坡上行，那坡陡直坚硬的青石梯坎，被骡马与人力脚下踩出的一个又一个，深深的凹凼凼，没有上百年功夫，怕是不行，由此折射出当时之兴盛。尤其是“湖广填四川”大迁徙、清末民初开埠热，特别是抗战重庆成为战时首都，举国内迁。

下浩风光宜人、古迹遍布，便捷的交通、依山傍水的位置、成熟的集镇，吸引天南地北人大批涌入。他们带来了资金技术、经营理念，商行、餐饮、物流、各业作坊、房地产如雨后春笋，街上天天赶场，日日是市，操各地口音者摩肩接踵，从而使下浩繁荣兴盛达到顶点。

那么，我儿时的下浩到底又是怎么样的呢？

经搜肠刮肚梳理，我把下浩解放初期概况尽可能记忆复原：在进入下浩正街的茶亭街口有轿子（滑竿）、彭家湾口有驮马（马帮）、在浩梁与门朝街之间有搬运站三大力行。茶亭街口有余善禄家“瑞丰”宅院、陈家铁匠炉、甘张两家裁缝，下几步梯坎是杨家糕饼店，斜对门专卖冰粉凉糕各类小吃、紧挨着的便是彭家茶馆兼说评书，再下几步梯坎进入下浩正街。街口是曾家碾米行，对面段家专制蚊烟，旁边有卖香蜡纸烛的摊摊，过了桥有家小邮电所，过桥右拐进去二十来步是恶臭半条街的公厕，邮电所正对面是粮店、副食杂品店，邮电所隔壁是百货商店。

百货商店右侧是建于咸丰年间数丈高的“贞洁孝悌”大石牌坊，牌坊下宽阔的三岔路口是下浩三教九流聚集地：这里有天天坐在牌坊下晒太阳捉虱子的叫花子，吹号卖福儿糕、转糖官刀、打弹子、套圈圈、看手上小电影、卖凉粉凉面夹肉锅盔、卖炒米糖开水、油茶豆鱼、汤圆醪糟鸡蛋的商贩，也有摆连环画摊、代写书信诉状的夫子，看手相抽彩头测八字的算命先生，专治跌打损伤疑难杂症的游医，还有耍猴戏、武功卖艺、压人人宝、推十点半、打梭等圈子的谋生人。石牌坊左下是打“玩意”、川剧清唱的茶馆，右下是有百十座位的川剧剧场，顺里走是觉林寺街，两边深宅大院不少，川东军区卫校（后来的漂鬃厂）也在此，这条街以从事猪鬃行业的人为多，还有戴着老花镜衔着长烟杆，端坐上八位课徒的私塾先生。

再往里走便是人们心仪的“觉林晓钟”所在地——觉林寺了。据考，康熙初年觉林寺香火很盛，云游挂单僧人不少，却疏淡功课，为治懒和尚，于是住持决定每天拂晓，卯时鸣钟，所有在寺知客、居士、僧众必须早起诵经习武。这悠扬宏阔之声可涵盖整个下浩，时间一久，人们便习惯闻钟而起，学生早课，各业人等始忙生计，故此“觉林晓钟”既成一景又是催人奋进的天籁梵音，此规一直沿袭200余年。

走进觉林寺山门，高大威猛、怒目圆睁的哼哈二将各站一边；向前数步，左右各有三尊石仲翁；再向前走过“长生桥”，桥下是信众居士放生鱼鳖的荷花池。三进大殿分别供奉着释迦牟尼、观世音、弥勒、药王等佛。往后穿过苇塘柳径，是依山傍水、林木繁茂，善男信女放生雀鸟、抛舍五谷的“雀林”，再往后走便是松柏翠竹环绕的九层高的“报恩塔”了。

返回来，我们再说大石牌坊，它正对面是一溜供销社门面，供销社隔壁是裁缝铺和布匹庄，靠左是胡飞宇龙门相馆，相馆对面是茶庄、胡正荣茶馆兼竹琴说书场、鞋帽店、剃头室。相馆左侧是罗家纸钱铺，紧挨着文家白糕店，每年文家包粽子、打糍粑阵仗大得很，段姓花生大王，除炒卖各种花生，还做做饼干、蛋黄元等，他把烤炉架在街上，两家对着干，看的人里三层外三层压断街，文家扯坨糍粑请客，花生大王马上抓一把蛋黄元请尝。

夹在花生大王、文家白糕店中间的是老字号王记抄手、牛肉面；刘记“冒耳头”羊肉笼笼、豆花饭，正对面则是一排四五家风格各异、错位经营的饭菜馆、冷酒馆。每到晚上，年轻漂亮、身材高挑、穿着时尚的舒中淑，点着亮油壶的卤味烧腊摊，铁定摆出来。

花生大王旁边有个通董家桥的水巷子，水巷子口是文具店，旁边是义勇消防队存放压水机和各种灭火工具的地方，隔壁是大饼烧饼店，正对面专做蒸菜外卖，隔壁是“蒋庆余”三开门有坐堂医生的大药房，紧挨药店便是我父亲1951年租蒋朝清家房子开的餐馆，斜对面是一姓聂的下江人开的照相馆。

我家餐馆正对一坡石梯坎，坎下左边卖无烟煤、焦炭、杠炭，右边卖五金日杂、农具、铁锅，走二三十步过桥就是中兴洋行。我家餐馆靠右上十几步梯坎就是川祖庙，平行二十来步下一坡大石梯坎就是米市街、周家湾、南岸针织厂。

1957年海（棠溪）弹（子石）公路通车后，下浩水陆码头功能逐步被取代，街市日渐冷落萧条；许多的历史“痕迹”也被岁月的“浪潮”荡涤无存，如川祖庙、觉林寺、亚细亚洋行、中央印书馆、天星桥、三百梯、莲花巨石和葡萄院街等。

从黄荆庙流经觉林寺、下浩正街与从莲花山流经茶亭街、葡萄院的两条溪水在董家桥交汇，于永兴洋行前十丈高悬崖飞泻入门朝街下深潭而注入长江，整个下浩有一半房子是跨溪或傍溪而建。我老家葡萄院那极具湘西特色的四合院，就是架修在从莲花山流下来的溪流之上，溪水从我家房底穿过，只要不下雷阵雨，从屋后储水凼挑回的水可煮饭洗衣和直接饮用，水质清澈甘甜。

说句实话，现在的下浩与我儿时的下浩相去甚远，让人心里很不爽的是两条溪流被大块水泥预制板盖得严丝合缝，再也见不到浣女洗衣、河中游鱼、顽童戏水、垂柳倒影，听不见潺潺溪流、雨后涛声了……畔溪闻道、逐云追月、濒水而居已成历史。

尽管如此，这毕竟是生我养我的地方，除了阵阵心痛遗憾，丝毫不减我的眷念情怀。

野药房

图・下浩正街与董家桥丁字路口　何智亚摄

杨家坪的变迁

巴南区东温泉 企业家

二十载岁月无痕，青春相伴九龙！

最近办事，经过杨家坪步行街，一条轻轨高架蜿蜒穿街而过，仿似一条巨龙。杨家坪环道车水马龙、川流不息，西城天街霓虹闪烁、人声鼎沸，万象中心现代时尚、高耸而立。不禁感慨时光变迁、白驹过隙。

大概在20年前，正是自己创业初期，来到九龙坡，就爱上了这里。长着两条大辫子的电车摇曳行驶，满大街的建设摩托飞驰而过，因为旁边就是建设摩托厂所在地。还记得每当建设厂上下班的时候，厂里广播站都会用大喇叭播放音乐，环绕在整个杨家坪上空，经久不息。那时候的杨家坪，建筑多是红砖青瓦的筒子楼，围绕在现在看来堪称袖珍的杨家坪转盘。到了90年代中后期，筒子楼就开始逐步拆迁，一座座高楼大厦如雨后春笋般冒出。

1999年，我的公司搬到世纪公寓，对面就是杨家坪转盘广场，也是市民娱乐休闲的目的地。当时杨家坪转盘里面有个雕塑，人们都叫“月亮女神”，也算是当时区里的标志性建筑。那时候满大街的红色奥拓出租车，成为一道别致的城市风景。

BB机经过几年的发展，这时候达到顶峰，走在路上，随时都可能听到别人腰间发出“嘀嘀”响声；九九商场是全区的购物中心和时尚地标，青年男女都以在那里买到称心如意的衣服而感到骄傲；棒棒是当时的城市街道之间运输主力，大量的乡下青年到城里谋生，都以棒棒为职业，也成为当时人们日常的一种生活方式。

后来公司搬到建设广场，楼上做办公室，地下车库当库房，要说那时候大家的工作劲头真是足。公司上下，不分部门、不分岗位、不分级别，产品打包都是全员上阵，有时候一忙就是一个通宵，等下班的时候发现外面天空已经慢慢开始亮起来了。

再后来，公司在位于劳动村的巴渝大厦一直办公到2014年底，见证了九龙坡核心区域的变迁和发展。

大概在2005年，全区开启加速发展模式，杨家坪转盘被拆除，标志性的“月亮女神”雕塑也就此成为历史。杨家坪步行街破土动工，逐渐发展成为全重庆市最繁华的商业中心之一。重庆市最早的轻轨二号线也在杨家坪设立站点，到了今天，全市的轨道交通四通八达，仿佛一张大网，极大地方便了市民的出行。

转眼之间20年过去了，九龙坡区发生了巨变。

2016年，五洲世纪集团总部再次结缘九龙坡区龙江路。20年的缘分和情怀，鬼使神差地使集团总部回到了它的发源地。20年一轮回，20年弹指一挥间。五洲世纪将植根于九龙坡区，与之共努力、同奋进，在九龙之滨，共建文化之城。

窍角沱的过去

谢儒仪　四〇后

重庆朝天门沙井湾2号　退休企业干部

窍角沱水码头上面是绵延的三四里长的绝壁石崖，高有三四十米。石崖之上有不规则的缓平山脊，开埠的先人们在坚硬的山脊上开路、建街、建市。从河边上码头有一百零八步阶梯，爬完一百零八步梯后，会有豁然开朗的感觉，眼前是一段缓平山地，六条道路突兀横陈眼前。左边是窍角沱河街，河街枕江，二十多间吊脚楼木板房依就着弯曲的山崖。房间内开窗可望大江，一揽好风景，把溉澜溪山上的宝塔框入窗户，很耐看，很难忘。房门前摆有煤炉子，煤炉前有二米来宽的石板路，石板路边是裕华纱厂依山势用联二石垒砌而成且高有六米的堡坎，堡坎上还有三米高的青砖围墙。这条河街就在联二石堡坎和吊脚楼之间如蛇一样蜿蜒着穿过缆车道，一直往东，直到庆新村，再往东还可到大佛寺。

赶场天，大佛寺方向的农民也会穿过这条街道到窍角沱街市赶集，把自己种的各种蔬菜、鸡鸭鹅拿到街市出卖。沿着那堵堡坎围墙，有一条三四米宽的石子马路直通裕华纱厂大门。在这条坡道与街市间建有十几间二层楼的房屋，其依地势不同，逐渐升高到裕华纱厂大门前的空旷货栈平坝。这排房屋形成街市的左侧门面，依次有居委会、日杂品店、中药房、肉铺、酱油铺、面馆、饭店、邮局、治安亭等铺面。街市中间是一条有七八米宽的石板路，它长有三十多米，然后经三十来梯石阶，与裕华纱厂货栈空地相接。

石板路右侧依次是裕华新村公房，其依山崖地势蜿蜒向西修建，一条二米多宽的巷道两面都建有整齐、相同式样的平房，平房一边枕江，一边与后面的永平巷路石壁相临。两排平房共有五十多套，在永平巷21号前，还建有五米宽的十六梯石阶步道，方便裕华新村住户从此通行。站在十六梯处，可直望长江，且在此处有一块三十多平方米的空地，空地前有一排石栏横在豁口，以保行人安全。

豁口右边种有一棵大梧桐树，树冠如大伞，给这块空地带来阴凉。这块空地给新村居民带来不少方便，凭栏观江，喝茶休闲，下棋打牌，推杯换盏，吹笛放歌，修房跳绳，看书读报，简直是舒适休闲的平民乐土。

在裕华新村口有一自来水供应站，凭水票接水，大桶二分钱一担，小桶一分钱一担。附近三条街的人都到此挑水，以供生活之需。

自来水站旁有一小面摊，摊主是哑巴，凭手势与人交流，但小面的味道很好，十来样调料好香，红红的辣油，绿绿的菜叶，如瓦块似的面条，一碗一碗的很诱人，八分钱一碗，又香又实惠，食客很多，纱厂的青年女工，摆摊贩物的小贩，匆匆忙忙的行人都要来此，他一天摆二趟，除下大雨外，每天出摊，诚实经营，收入可观。

过小面摊就是永平巷。巷口有两米宽。巷口有六户人家对门而居。永平巷共住有二十二户人家，巷内零星栽有槐树、桑树、梧桐。槐花开时，满巷清香，常引动新村居民开启后门，仰首观赏在二米多高的山崖上盛开的槐花。

过永平巷就是一家大茶馆，有四个铺面大。窍角沱人多在此喝茶休闲，打牌娱乐。三分钱一碗茉莉花茶，一茶可饮一天且还可占一个茶位，有的茶客早上一碗茶，泡到晚上还在喝，上午打麻将，下午玩川牌，老板也不干涉，随君自便。有的人自己带个茶杯来，交一分钱买开水，也可在此玩一天，老板全不计较，所以该处最是热闹。

茶馆旁就是上坡的三十梯，三十梯上完就是和平街。街口靠茶馆方有两个铺位，一个卖水果，一个卖日杂，这个日杂店的蚊香质量上乘，驱蚊功效极强，销路特好，有时竞供不应求。另一面有个小茶馆，因是露天，贩夫走卒愿在此消渴，接着是糖果副食品店、银行储蓄所、理发店、裁缝铺、小百货商店。

整个窍角沱街市商铺众多，且品种齐全，经贸活动频繁，每到赶场天人头攒动，讨价还价，叫卖高声，热闹得很。七八米宽的石板路是集市中心，两旁摆满箩筐背篼，鸡鸭鱼肉，蔬菜瓜果，黄鳝鱼鳅，鸡蛋鸭蛋……一片繁荣。每逢裕华纱厂发工资时，邮局、银行前都是纺织工人排队寄钱存款。小百货商店里生意好得很，商品常卖断货，特别是一种泡泡纱面料，特受纺织女工喜欢，一到休息日，满街都是泡泡纱美女，会让你目不暇接。暮色临近，小饭馆里生意才叫好，猜拳划拳，吼声震天；窍弹大马路旁的火锅店里人才多哟，九宫格的老火锅里热气腾腾，香气满街，食客们个个脸红颈胀，花五角钱就可吃个痛快。

夜晚九点钟后，窍角沱渐渐平静，人们开始休息了。没有收音机，没有电视机，茶房酒肆的喧哗也渐渐小了；昏暗路灯下的窍角沱宁静下来，只有长江的波涛不知疲倦地唱着，伴着窍角沱人慢慢入眠。

图·嘉陵江北岸渡口石阶 戴前锋摄

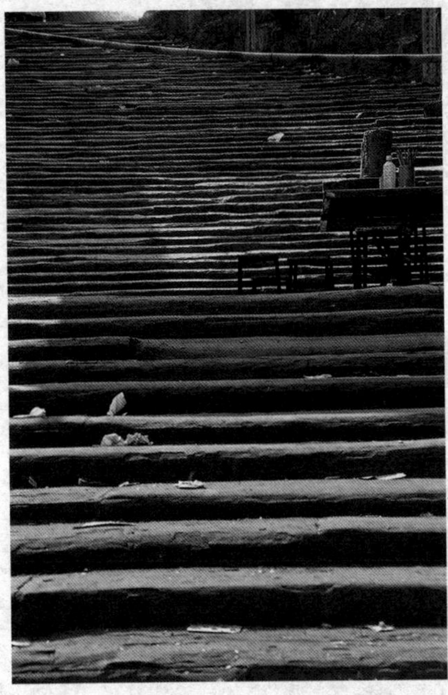

磁器口
是一条长街

吕舍　五〇后

沙坪坝烈士墓　媒体人　教师

磁器口是一条长街，一端连着嘉陵江，一端连着沙童路。过去，为了管理方便，一条街，大半划到了磁器口，小半划到了童家桥。如今，钟家院子这条横街开大了，立了牌坊，游人进正街再右拐到码头，也走不了几步，外地人或本地的年轻人以为这就是磁器口了。其实，无论岁月如何更替，磁器口还是一条长街。

今天的文人避了熙攘走进老磁器口，感叹道：比灰尘还陈旧的地方。迷离寂静中，老街老房子老石板老砖老瓦老墙都成了过去的镜像，眼睛和思绪也嵌了进去。

我呢，家住西南政法大学，离磁器口不远，打小常去。几个中学同学的家就在街上，20世纪70年代，我住过那里，住在生活的时光里。

清晨，各家各户下了门板，沙沙沙的扫地声就传来。这条街的人，没人喊，每天早上在自家当门团团转转地扫，他们有默契，不会去扫别人那块，虽然地界模糊着；或拿水泼了，把青石板冲得湿漉漉的，干了发白发青。去得多了，你以为干净清爽是自然的，也不稀奇。日常生活里，磁器口人只管各自打扫门前雪，没想到将一条长街永远打整得天空样净爽。

左邻右舍差不多，老板房，地是千脚泥，黏性好的土铺的，走久了，冒出来黑色而油亮的疙疙瘩瘩，过一段时间，用铲子几下铲平了，进屋出屋自然顺脚。三合土，瓜米石铺地，那是后来。

除了下大雨，老人、没工作的女人还有娃娃喜欢久坐在街两边的屋檐下，摆龙门阵或者不摆，互相看着或者不看——无事而自在随意地望着，他们叫张丞相望李丞相。这条街是透明的，彼此知根知底，上了门板关上门也晓得别人家有几两银子几碗米，甚至哪个人有几多脾气几根筋。一位老人平静地讲，这条街没有妓女，再苦再穷也没有。为什么，一个人要天天来来回回走这条长街，街檐下无数默默的眼光没人承受得了。很难想象，千年磁器口，繁华水码头，老井、盖碗茶和青石板背后，没有隐藏什么令人缠绵悱恻的烟花秘密和动人的老情人故事。这跟无数大河边小河边的码头实在不同。

街上，弥漫着水烟咕咕咕的香味和酽沱茶盖碗的清脆。水烟，老男人抽，中年男人抽，老妇人抽，有的中年女人也抽。一手持长长的水烟管，一手拈着裹得松紧恰到好处的纸捻一只燃暗火的火媒，烟熄了，随时嘘一声，又续上。烟，就近买的。临街有小铺，门边开一低窗，窗板内开，上放几个小圆簸箕，卖切烟，深黄、金黄、浅黄，用称中药的小秤称，用薄牛皮纸裁成大小不一的方块纸包。也卖草纸，细的裹纸捻，粗的擦屁股。街边也有纸烟摊，简陋为一块长方的木板，外罩玻璃，烟放里边。更简单的无玻璃罩，木板上匀称地钉上几颗小铁钉，再绷上几根黑橡皮筋，固定了纸烟，烟客买走板上一包，摊贩又摸一包插上。还有的，胸口挂着烟板沿街游走，到茶馆饭馆和码头叫卖。沿街的小摊零零星星，有针头线脑，手帕毛巾贝壳油，纸画——水浒人物忠臣大将，等等。草药摊也卖大黑膏药，兼扎针灸，刮痧。杂货铺除了锄头镰刀麻绳扁担，还卖打船需得着的桐油、麻线和四棱的船钉。这些，买卖的无一不是普通的小日子。

磁器口的声音是不同的。最强烈的是“嘿着嘿着”往前冲的呼啸

右图·磁器口正街 戴前锋摄

左图·磁器口正街 戴前锋摄

声，那往往是6人或8人大抬木料当街疾过，人们赶紧闪开——带风的脚步要人让开的。“叮当叮当”是敲麻糖的声音，我的几个同学给我讲过，听见“叮当叮当”的声音流下了几回梦口水，甜得很呢。敲麻糖的人好，娃儿围看久了，有时也一个人敲一点小渣渣，边给边说：“没得了哟，没得了哟。”剃头匠招呼生意的声音怪得不一般，好像乌鸦隐身铁夹夹里，剃头匠边走边打夹夹——沙哑十足的刮刮刮。调皮和不调皮的娃儿追着剃头匠喊：“剃头匠，刮刮匠，不刮勾子刮哪样。”剃头匠听多了，不回不应，只是一群乌鸦呱呱呱的回答。

磁器口人会手艺，是彼此传染的。比如划黄鳝，一个人在街边划，大家围看了，立马学会。把家里的长条凳拉出来，人骑一端，另一端冲一个小洞，钉黄鳝的头。刀用剃刀，刀片锋利，韧性合手，切下去拉起来哧溜溜麻利。剃头，几乎每家每户都有人会。推子不贵，有那么几把，街坊邻居借着用。刮白沙（光头）还是需要老师傅，那是细活，两寸宽的皮条上匀净地荡刀，刀刃恰到好处，不卷不曲，头上小旮旯地方也处理得随心所欲。刮白沙也是享受，放缓了时间慢慢刮，有一搭无一搭闲摆些龙门阵，彼此太熟悉不过——正如手熟悉头，头熟悉手。发型也传染。冬天，老师傅把剃头的人下面剃得发白，上面留得老长，一街的徒弟也如此

图·磁器口横街 戴前锋摄

比照——结果发型呢，满街皆是生动的“马桶盖”。对彼此的技艺，他们不说“大哥不说二哥，两人差不多”这样的话，他们说得干脆有力：“两爷子比卵，差不多！”

还有补铁锅和锑锅换底的本事，会的人也多。磁器口有个唐矮子，补锅在沙坪坝一带大名鼎鼎，嘴是大嘴，能吹！号称除了天漏了不能补，天下再烂的锅也能补。磁器口的人看得多了，也偷学了几招。铁锅有了砂眼，特钢厂找来小钢舀或小精砂罐，里面放上铁锅碎片，架在灶上大火猛烧，关键是碳，一般的无烟煤不行，要炼铁的钢碳火力才旺，出铁水的关口还必鼓起嘴不泄气对上吹火棒一阵快吹，然后将火红的铁水倒在手上——不，其实是倒在戴的帆布手套上，猛一下摁在砂眼上，再用裹紧的布卷来回速搓，接着用木槌敲打，打磨平顺。

还有音乐，只互相传染些简单的吧。笛子、二胡、板胡和口琴里面，口琴不贵（单音的两三块，重音的六七块），又是最容易学的，中小学生上学放在书包里或插在裤兜里。口琴，不管有无音乐细胞，只要有嘴，对准了上下两格发气就行，舌头胡噜来胡噜去，反正总会有些奇奇怪怪的声音出来。一段时间，学口琴的人多，早晚时分，长街上悠悠扬扬流动着口琴的声音，如果偶尔有笛子、二胡声，往往一下子就超拔出来，那已经不是有曲有调的旋律，而是老街的呼吸和心的述说。在月夜，磁器口的打鱼队到江里下网捕鱼，三三两两的小渔船头亮着马灯，仿佛一颗颗神秘而晶莹的眼睛哼着若有若无的散曲。品得散曲，心生自由。

解放后，磁器口的大场面消失了。商船如云、客货熙攘景象随着马路的延伸而变迁；大名如吴宓一样的文人已踅出茶馆各自走向那个叫工作的地方；盐帮、桐油帮、船帮等等吃码头饭、吃讲茶的人散若鸟兽，码头那里只空留下一个叫罗家茶馆的地方。

不过，对于当年的我们来说，磁器口码头永远令人兴奋。

冬天，我们可以从烈士墓旁的西政一路小跑到磁器口。枯水季节，码头一下子扩展延伸到小半个河道上，沙滩和鹅卵石上，上游合川来的白萝卜、红萝卜和圆白菜高低成堆，浓雾卷来，犹如诸葛亮摆下的八阵图。白萝卜，我们还是买歌乐山的酒罐萝卜，化渣，淡甜。圆白菜爱买合川的，个大，八九斤，十多斤，霜雪打过，里面紧紧裹着时间的露水，清冽干净，可以不洗，撕下大片的叶子和白萝卜片、粉条一锅煮了，再撒几颗油渣下去，吃起来呼呼呼的——这种汤菜只有放猪油特别是撒一小撮油渣下去才是本香本味。倘若，身没冒过汗，汗没结成盐，你永远尝不到生活的原味。

夏天还有一个名字叫丰富精彩，或者干脆叫激动万分吧。在九尺岗一带，你可以随拉纤的人躬紧了腰喊起嘉陵江号子，那号子是旋律的力量和重量。有人调皮，故意帮倒忙，使劲喊着号子推某个纤夫的屁股，纤夫绷紧了岂敢气泄半口，劲松半分，也只有强忍着这屁股推。过了滩，才回头要打，那娃儿早已逃之夭夭。

闲下来兴致好的时候，合川来的船工会搭我们的腔，和我们对几句号子。他们在船，我们在岸。我们唱问："船老板，你们从哪里来哟？"他们唱答："合川。"我们唱："船上拉点啥子哟？"他们答："白菜！"我们唱："你们今天吃点啥子哟？"他们答："咸菜。"我们问："你们船上还有哪个哟？"他们答："婆娘！"我们唱："那婆娘乖不乖哟？"他们答："丑乖"……

上上下下的船来船往，激起了大浪小浪，磁器口的娃儿喜欢大浪。大浪一来，一群群娃儿扑出去斗浪，起起伏伏，一冲一冲，且用"狗刨骚"——如公狗攻击母狗动作简劲而骚动。水性好的人爱将自己抛出去，只要说抛出去，就知道是真正游长江嘉陵江的娃儿，往上游游几把再放滩。乘着快速激荡的水流，那双手潇洒挥出去，一下一下啪啪拍在水上，我们叫"大把"。有的娃儿悄悄傍着上合川的大船船舷，偷一段油（节省体力的意思），再放下来。

1972年夏天，我们初中毕业了。我们哥几个，来到磁器口码头，对着浊黄而奔涌的嘉陵江讲述我们的理想。我们把脚伸进水里，扑打着。记得，人生第一次吃火锅在磁器口小街我哥哥初中同学家里，那时，只有几颗蒜苗儿棵葱；我们几个人第一次傻傻的、仪式般的说理想也在磁器口。可是人一长大，再也羞于说出内心深处的什么，儿时的理想和梦想，包括我们那时的青春语言都成了不见青藤和浆果的废墟。为什么，我的长街磁器口，你告诉我。

儿时的“太平渡”

蒋朝吟　四〇后

南岸区下浩　教育工作者

太平渡“不太平”

“太平渡”位于重庆南岸龙门浩浩梁下游末端。据说，早在南宋时代，这里就是木船渡江码头。史书记载，民国十九年（1930年），南岸与重庆城、江北城之间的渡口，就分上五渡和下五渡。上五渡是铜元局、黄葛渡、海棠溪、龙门浩、太平渡，下五渡是玄坛庙、野猫溪、呼归石、王家沱、五柱石。

20世纪50年代初，龙门浩没有游泳池，太平渡是下浩崽儿最喜爱游泳的地方。龙门浩浩梁内，江面风平浪静，由浅到深的沙滩水面，聚集着初学游泳的人群。他们时而戏水、时而在沙滩做游戏，就地取材，用沙粒在水湿的裸体上涂抹，做各式各样的衣服和裤子。那些企图从沙滩游上浩梁的人群，也聚集在这里。浩梁外面水深流急、水势险恶，旋涡鼓泡很多，聚集着企图放滩的游泳高手。我们选择太平渡学游泳,是因为渡口沿着石梯而上，有一块地方呈“V”字形，便于初学游泳的人练习“扑水”。每到夏天,携兄带弟，成群结队、络绎不绝来到太平渡。家长们“江中淹死会水人”等警诫，全都弃之脑后。“江边长大的崽儿不会游泳，羞死八辈子人”，激励着我们努力学习游泳。

太平渡有时不太平，稍有不慎就会引来杀身之祸。长江水不仅淹死会水人，而且不会水的人更容易被淹死。那是1955年的夏天，我和林世华等小伙伴到太平渡学游泳。我扑水时用力不够，掉在“V”字形的谷底，头被浑浊的江水完全淹没，气泡“咕咕咕”直冒。小伙伴们吓坏了，急忙去找远处的大人施救。我沉入水底心慌意乱，闭着眼憋着气等小伙伴救援。没想到岸上的小伙伴都不会游泳，无人来救援。“只能靠自己了”！于是，我把眼睛睁开。俗话说“天无绝人之路”。浑浊的江水居然遮挡不住我的双眼，我仿佛看见左面斜坡是扑水的起点，右面斜坡是扑水的终点，后面是绝壁无路可走，前面是淹没了的太平渡石梯。往前走是陡崖，必然掉入深渊，被急流冲到长江之中，十分危险。思前想后，我毅然决定向右转，沿着斜坡上行，走出水面。当我的头冒出水面时，林世华等小伙伴欢呼雀跃，十分高兴地喊叫：“起来了，起来了！”

经历这次危险，坚定了我学会游泳的决心。经过两年的努力，我终于从“旱鸭子”变成游泳高手，脱离了太平渡“V”坡，经常活跃在浩梁外的游泳人群之中。“能游千米，只游八百”，成为我人生的座右铭。

右图·龙门浩老码头 戴前锋摄

左图·太平渡 作者提供

听铜锣声渡长江

我的爷爷蒋德斋是土生土长的重庆南岸龙门浩人，生于川主庙右侧（现下浩米市街6号，屋内尚存大型米碾和能盛六担水的瓦缸）,公私合营以前住下浩正街72号，经营有坐堂医生的最大中药铺“利东药室”。他的嗜好不多，除了长期抽叶子烟外，就是蹲王伯怀的茶馆交流信息以及到剧场欣赏川剧。1950年初，下浩建成“新生影剧院”，在觉林寺牌坊旁边，其设备极其简陋，只有一些长板凳。爷爷带我去观看了《做文章》《辕门斩子》等川剧折子戏。1951年新生影剧院停演，我们经常乘龙门浩至望龙门的轮渡过江，到“重庆剧场”观看川剧。

1955年，重庆剧场演出根据郭沫若话剧剧本改编的川剧《孔雀胆》，名角荟萃，十分火爆，一票难求。爷爷托住在小米市的好友徐伯定，买了两张星期天的早场票，叫我陪他看戏。可惜早上大雾漫天，30米内什么也看不清，龙门浩轮渡已经封渡。怎么办？爷爷决定乘木船渡江。

枯水期间，木船停靠在太平渡口。大雾天乘木船过江的人很多，有卖菜的、有办急事的、有赶时间看早场戏的……一会儿，木船就装了十五个人和两挑新鲜蔬菜。一声鼓响，开船了。船上有两个工人，前面的工人使用带钩篙杆，负责将木船撑出河岸。后面的工人负责搬艄，察看水势，引领航向。离岸以后，前面的工人负责推桡前进；后面的工人一边搬艄，一边推桡助力，听着铜锣声向东水门驶去。由东水门出发的木船，听着大鼓声向太平渡驶来。船到河心，一个巨浪迎面扑来，我急忙站起来避开，立即招来一片骂声。爷爷告诉我这样会影响船的平衡，容易翻船。为了稳住我不再犯同样的错误，爷爷给我讲了很多逸闻趣事，如像龙门浩轮渡的变迁。早在1938年初，重庆轮渡公司开辟了望龙门至龙门浩的航线，用轮渡代替了木船渡江。当时为方便玄坛庙的乘客，趸船设在太平渡，后来才移至上浩轮渡码头。摆谈中，木船不知不觉就到东水门。

我们匆匆上岸，喘着粗气赶到了重庆剧场，《孔雀胆》剧组已经打响了开场锣鼓。名角在台上精彩演绎着《孔雀胆》凄美的历史故事，而刚才发生的听铜锣声渡长江的一幕幕场景，却久久萦绕在我的脑海之中。这是我人生的第一次，也是唯一的一次。事隔60多年，依然记忆犹新。

图·海棠溪眺望渝中半岛 戴前锋摄

我那伟大的大阳沟菜市场

浤浤　七〇后

上小较场和新华路艺术馆　自由职业

这是我最喜欢的大阳沟菜市场，就在解放碑，我家旁边。

以前是千家万户食不甘味以后心驰神往的地方。

20世纪90年代初卖给了香港的地产大王。然后，香港的地产大王拆了大阳沟菜市场，修了大都会广场，和它那同时修在上海的梅龙镇广场一起，在长江这头和那头，一起倾销资本世界过剩的奢侈品和无聊的生活。

我反对也没有用，毕竟这是大多数人的选择。

大多数人都热衷于城市新开张的摩天楼、顶级购物场所、奢侈品专卖店、最IN（流行）的PUB（酒馆）；热衷于被资本的力量牵着鼻子乱跑；或许，应该被称为追逐财富和幸福，媒体都这么说。

反正这是别人的世界，关起门来就与我无关，我的世界在脑海里在画纸上，唯有它，才能安慰我。

这里是城市的中心，我打出生就在这里。并在陪外公或者外婆，妈妈或者婆婆去大阳沟菜市场买菜的过程中长大。

陪他们买菜有个好处是他们最后都会用剩下的一点零钱给我买个吃的：冰糕、汽水、凉粉、棒棒糖、冰粉、绞绞糖、酸梅粉、豆腐脑、棉花糖、熨斗糕、糖关刀、麻糖、烤红苕、爆米花什么的。

只要有其中一样，都足以令我放下一切，陪他们奔赴菜市场。而如果今天买烧鹅或者卤菜，我还会吃到第一口，如果菜口袋是由我来提，那我还会吃到很多口，直到被他们发现。

大阳沟菜市场是典型的川东建筑，屋顶很高，四周呈开放式。夏天通风纳凉，冬天通风除湿，缺点就是阴暗，所以都会有很多明瓦，玻璃烧的明瓦，点缀在黑瓦中间，每栋房子都是这样。光线射下来，一柱一柱的，光阴，所谓光阴，就是这样。陪这些老年人慢慢走在光阴里，我的地理大发现和晚餐竞猜也由此开始。

如果去买宜宾的芽菜，我就知道今晚要弄烧白；如果去买的是涪陵榨菜，那今晚可能只是吃一盘榨菜肉丝；如果去打一碗郫县的豆瓣和甜酱，那百分之百是要炒回锅肉；但如果还买了点山柰八角和汉源的花椒，荣昌的猪肉又多称了两斤，那烧红烧肉就是粑粑烙熟的事了；如果买的是白市驿的板鸭，我再联想起来窗台上晾干的陈皮，那今晚上的陈皮鸭子是绝对跑不脱的。

带强烈的地理标签的，还有自贡的井盐、内江的白糖、忠县的豆腐乳、永川的豆豉、缙云的怪味胡豆、合川的桃片、江津的米花糖和天府花生……都是经常买的佐料和零食；而合川的红橘、江津的广柑、五步的红橙、垫江的沙柚、茂文的苹果……都是最好吃的水果；打酒，外公从来不打宜宾和泸州的好酒，他只喝江津的老白干，因为他是江津人。

每一个特产都会让我知道一个地方，在我们的南边北边，东边西边，或者更远。比如舟山群岛来的海参、墨鱼、带鱼……耗儿鱼——我们管他们叫的马面鱼叫耗儿鱼，这鱼用来红烧，是我的最爱，我由此知道了海洋，有好多奇怪的鱼类；比如那些下江人带来的饮食，像大阳沟的盐水鸭，就是战时那些南京的移民带来的，但是明显比如今南京的进化多了。

如今南京的所谓正宗盐水鸭，啥佐料都没得，还好意思切恁么大块，像民工补充能量的干粮，不知道南京后来的鸭子是不是养的北京鸭，肉又厚又粗，又干又糙，除了咸，啥味都没有。

反而，重庆的遗族继承了南京的传统，做的鸭子很小很嫩，切得很细很细，不超过五毫米宽，再用一支小小的排笔刷上花椒粉、麻油、盐水，硬是安逸吔，我由此知道了南京，吃得很精细清香；还比如上海的梅林午餐肉，是随着冠生园人道美战时内迁带来的吧，一直都是烫火锅时午餐肉的不二选择，几十年如一日，我由此记得了上海，还是有东西很巴适的。

所有的这些，都在大阳沟菜市场，全部的味觉嗅觉视觉享受，都在这里。

这个菜市场的漫长走道，长得像穿过了整个四川省，而里面，有我们听说过的，能找到的，一切美妙的食物。

不仅如此，在那时，它的几个路口，还集中了全市最好吃的摊摊和馆子，是的，那时都在那里。

八一路东边大门，是老四川，里面有最好吃的各种牛肉：五香牛肉、灯影牛肉、麻辣牛肉、卤牛肉……

然后是人道美的酱油，是要经常去打的，还有它的糖醋大蒜和盐大蒜，味道巴适得惨，每次去买时我都要偷嘴，味道还跟江南的不一样，江南的太甜了。

八一路西边大门对面，就是有名的好吃街了。一排过去，高豆花、王鸭子、李鸭子、担担面、山城小汤圆、一四一火锅、小天鹅火锅……旁边还有丘二馆、陆稿荐、川北凉粉……高豆花的豆腐脑最好吃。大热天的，如果我有一毛钱，那我都舍不得拿去买瓶冰镇汽水，而是想都不想直接冲到高豆花去买碗豆腐脑。

如果我有两毛钱，那在吃了豆腐脑以后我会再冲到担担面馆去买碗担担面。如果钱多，就买王鸭子的鹅爪爪来啃。王鸭子的烧鹅，按我家大人的说法，是我的最爱之一。

其他的是泡姜泡海椒炒魔芋、干煸鳝鱼、红烧耗儿鱼。最爱，就这四个吧！反正家里人每次去买王鸭子，如果不带上我，是绝对不行的，我要在路上解决一个鹅爪爪，还有一个鹅翅膀，带几块鹅肉，鹅脑壳反正也没人吃那就都给我吧……最后逼得大人们不得不加快脚步拖我回家，但是不管大人们怎么努力地狂奔，到最后回家时好吃的也被我吃得只剩下一半了，关于这事我表妹最嫉妒我了，又不能放下一个女娃儿的矜持，所以很痛苦。

我理解。

嗯，基本上谁手上的东西都能被我拐来吃了，该背时，各人不快点吃。

要是我的橘柑被我吃完了，我表弟还在拿着他的橘柑要来要去，如果我抢过来的话，肯定要被他告，那我就拿橘柑皮扔他，把他扔冒火了他就拿起他的橘柑扔我，嗯，正合我意，赶紧吃，反正我又没偷没抢。

川北凉粉我可不爱吃，虽然很多人都爱吃，一堆一堆地挤在门口捧个碗碗在那里吃得辣呼辣呼的，真丢人，我最讨厌那些在街上吃得辣呼辣呼油嘴满面的人了，没得吃相没得形象。我家里人都爱吃川北凉粉，我被拖着去吃了一辈子，还是不喜欢它的那个酱味，我喜欢我们本地的凉粉。

陆稿荐，好像是战时从无锡迁来的名小吃，嘿，奇了怪了，战时迁枪迁炮迁兵工厂呀！迁小吃做啥子吔？能救国吗？难怪都说那时权贵们是“前方吃紧，后方紧吃”，还发明了锅巴肉片，意淫为“轰炸东京”。

反正我不爱吃陆稿荐的菜，我都记不起来它卖的是些什么了，是卤菜吗？

丘二馆在五一路口，饭馆里当伙计的我们叫丘二，丘二馆好像是几个丘二开的，绝对老字号，它的鸡汤最有名，但是不便宜，只有我妈拖着我去对面的五一电影院混免费电影看时，如果还有一点闲钱，如果还有十分钟才开场，她才会请我去丘二馆喝碗鸡汤，嗯，硬是巴适吔！

而隔壁，有卖经济凉面的，也算是最早的了吧。经济，就是便宜划算

的意思。但是，我一直纳闷的是——凉面，难道还能做得豪华吗？

如果去和平电影院混免费电影看，那就吃川北凉粉。如果我不愿意，就吃对面那家最老字号的沙利文西餐馆里面的鸭肝炒饭，再加个德国牛扒，一共一两块钱的事，味道巴适得惨，人家上百年的历史了。

其实我最想吃的电影映前餐，是来龙巷还是姜家巷里面的豌豆臊子面，电影放的啥子我都没工夫去想，我只想完了以后可不可以再去吃一碗。

八一电影院就在好吃街上，那确实不摆了，把一条街吃遍了再去看电影，看完把这条街再吃一遍才回家。

后来，好吃的东西就像夏天疯狂繁殖的苍蝇一样不停地出现在八一路，比如口水鸡，就在大阳沟菜市场八一路的西边大门旁出现了，它的前身是家里面的白斩鸡，但是它这个“科研”搞得嘿门嘿门对头，居然整出了几十种佐料，非常讲究，非常漂亮，一字排开勾勾点点，看看都流口水，生意火爆啊，后来发了财，还申请了专利。我家人就派我去研究过人家的佐料，从我七八岁开始他们就经常委于我这种重任，因为我是全家族里面对色香味最有天赋的，所以后来我在家里面搞出来的口水鸡，跟八一路的差不多了，那时我还在读小学。

实验剧场旁边有过桥抄手哦，好好吃呀，对面的麻辣小面也是这一带最巴适的，而它旁边的那家海带刀削面，我一次要吃八两，后来我舅舅说这样不划算，让我去打两个四两回来吃，结果就吃不完，打四个二两，那就更是，龟儿杂皮，欺负小娃儿嗦！老子正在长身体的关键时候，居然这么欺负我，害得我到处去吹老子一次能吃八两，把别个都吓一跳，其实我只吃到了四两，好丢脸咯。

基本上全市的电影院和老字号小吃都集中在解放碑四周，我家里人跟每个电影院的人都很熟，所以看了一辈子免费电影，吃了无数遍解放碑的各种老字号小吃。

不过我经常一个人去污电影看，遭抓到了，只要把大人的名字说出来，就会被放回家，临走前，人家还叫我回家去喊外婆来要，我可不敢回去说这事，因为我污的是儿童不宜的电影。

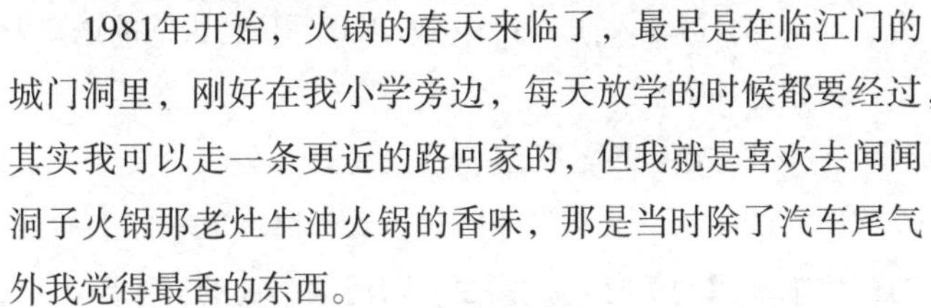

1981年开始，火锅的春天来临了，最早是在临江门的城门洞里，刚好在我小学旁边，每天放学的时候都要经过，其实我可以走一条更近的路回家的，但我就是喜欢去闻闻洞子火锅那老灶牛油火锅的香味，那是当时除了汽车尾气外我觉得最香的东西。

图·大阳沟菜市场　重庆市美术公司提供

咦！当时我怎么会觉得汽车尾气也很香呢？

放学的时候，都是他们烧锅底的时候，这样做一是为马上就要到来的食客做准备，二是让香味飘到街上去勾引一些意志不坚定的人，比如说我，但我哪里有钱烫火锅呀，我一个月的零用钱才一块钱，哪像我表弟读书的时候一个月的零用钱都是一两千，天，那是什么数字，它意味着一个月内可以请兄弟伙烫20~50次火锅，或者一个月内可以请兄弟伙喝666~1332瓶山城啤酒，龟儿太奢侈了，难怪他喊人帮他摆平情敌时应者云集，要是我小时候也有这么多零用钱，那我在重庆市的所有学校里就没得摆不平的事了。

这世道，兄弟伙总是越多越好，才能把一些杂皮彻底弄下课，才得清净呀。

临江门的洞子里飘出来的煤烟味和牛油火锅味搅和在一起，刺激我疯狂分泌着口水，吞下口水我就开始想那些能天天吃得上火锅的是什么人，都是些三教九流呀。这些放回来的劳改劳教分子，是最早从事私营经济并消费的人，那时候正经人是不会当个体户的，都是这些失去了正当工作的“两劳分子”才敢做，正经的工薪家庭，也是在外面吃不起这些宴席的，消费它们的，也都是这些个体户和赚黑钱的人，哦，还有搞文艺的知识分子。但是外婆说不能为了吃而去干坏事，男人好吃要拉账，女人好吃要上当，最后都会被坏人拖下水……所以我要顶住火锅的诱惑做一个好人。

火锅好坏呀！

正当我在临江门经历了剧烈的思想斗争决心要做一个好人然后穿过解放碑回家的时候，又不幸地路过了五一路，五一路上的五一火锅是最有名的，比临江门的都有名，就在大阳沟菜市场的五一路出口，每天门口人山人海的，都是些三教九流的打滚匠和搞文艺的知识分子，后来又开了五二、五三火锅，门口照样还是人山人海的“王大哥”“王大姐们”。我那才刚刚平复下去的心又被满街飘荡的老灶牛油火锅味激荡了起来，唉！到底是要做好人还是坏人呢？真伤脑筋！

就在大阳沟里面和外面，在这么多的寂静和喧嚣里，在四射的光阴里，我就这样蹦蹦跳跳地穿越过了一个城市的历史。

我们的穷街陋巷，我想以后我会重建一个的。

我还要组织一个大家庭，每天为家人去买菜。

随后的光阴和尘埃里，一家人坐在一起烫老灶牛油火锅。

图・大阳沟菜市场 重庆市美术公司提供

老弱专摊

菜市场

胡重然　四〇后

南岸区　自由职业

上世纪60年代我住在南岸海棠溪烟雨坡小学内(母亲是教师)，上学在市17中(现辅仁中学)。小学在高高的烟雨坡上，每当下雨，坡上雨雾似云似烟，“烟雨坡”名副其实。坡下是海棠溪公交总站——川黔公路的起点，再往下是过河去市中区的轮渡码头。一条小溪潺潺流淌在坡底，以前两岸海棠花盛开，于是叫海棠溪，地以溪为名，于是有了海棠溪正街、海棠溪小学、海棠溪码头、海棠溪汽车站……

小溪由南向北流入长江，两岸在江口由一座石拱桥连接(由无数“连二石”铺就，叫烟雨桥，好几丈长，两头接着石板路连石阶梯)，是沿河东来西往的重要通道，石阶两边是民房，从西下坡沿江是一排排吊脚楼，房子建在林立的木桩上，远望悬在空中，夏天江水上涨淹没木桩，房子又像浮在水面；下到坡底，过桥，沿石阶向上是海棠溪正街，两旁依坡就势都是门面房，有煤球厂、小作坊、杂货铺、小吃店等，半坡上的店里有品种繁多的早点：稀饭馒头、油条包子、油钱麻花、豆浆发糕，其中有一家的白糖糕弹性十足、筋道喷香，我特别爱吃，以至于几十年来走了千山万水，经过几十个城镇乡场再没吃到过那么好吃的米糕。再向上是海棠溪小学，再上几十级台阶就是公交站海棠溪站——海(棠溪)弹(子石)公路的终点。由于两岸都有学校，尤其是有公交站、码头，所以烟雨桥上人流不断，特别是早晚：上学放学，上班下班，进城出城，买菜卖菜的，熙熙攘攘，热闹非凡。记得有一年长江涨大水，淹没了石桥，于是有河边的船民撑来几只大木船，首尾相连铺上木板解决了两岸交通问题，每人交2分钱过桥费。我和几个同学要过溪到上新街去，对“过桥”要交钱这种事还是头次遇到，真有点舍不得。可这桥不过，要绕好几里路。没法，过去交了钱，战战兢兢走在摇摇晃晃的跳板上，突然水中冒出个大人来，浑身一丝不挂从船这边爬上，屁股两块结实的肌肉凸显，大大咧咧横向走过，“扑通”一声跳下水去，原来他在紧固船只。只是那时少见多怪，乍见裸体，一股热血直冒头顶，面红耳赤，尴尬万分，两女生手遮着脸，痴痴笑着过了“浮桥”。那一幕永远留在脑海，那汉子一身红棕色健壮的身体，上下肢鼓起一坨坨的腱子肉，六块腹肌颤动，很像今天的健美运动员，至今难以忘却……

斗转星移，一晃几十年过去了，如今年过花甲故地重游，当年的海棠溪已填平，两旁兀立高楼大厦，正溪当中位置建起了圆圆的大型体育馆(游泳馆)，连接两岸的是现代化大桥，宽阔的公路直通南坪；高高的烟雨坡没了影，代之而起的是金灿灿、尖顶的现代建筑——喜来登大酒店，在沿江鳞次栉比的高楼大厦中也显得壮丽独特；轮渡没了，几座造型各异的大桥飞架长江，天堑变通途；烟雨桥也没了，变成了一个大花园广场，入夜，市民们在广场跳舞做操、吹拉弹唱，广场的几组喷泉在五彩灯光照耀下变幻莫测，千姿百态，婆娑起舞；沿江是美丽平坦的南滨路，对应江对面的北滨路，两条灯带长龙般蜿蜒而去，在两江四岸的山城夜景里蔚为壮观……

那夜一人伫立江边，熟悉的江风吹拂，望着山城万家灯火，思绪万千，真是沧海桑田，对故土海棠溪的巨变，心潮起伏,无限感慨！

下图·作者在长江大桥上留影

右上图·作者提供

左上图·作者提供

嘉陵新村

王雨　四〇届

渝中区　作家　医生

我读的小学在当年重庆市郊的嘉陵新村，那时候是庄稼地和乱坟山。小学在山脚下，我家在山顶上。放学是自己回家，沿着山间的泥巴小路蹦跳着上登。夏天多半会手拿苍蝇拍和火柴盒。除四害，要多打苍蝇装进火柴盒里交给老师点数。途中那露天粪池的苍蝇多，有次打苍蝇掉进了粪池里，是滑下去的，双手撑在茅坑边。记不得是怎么回家的，哇哇哭。母亲在挤住有几户人家的竹篾房子的小院坝里对了天喊我的名字，小院坝的住户都跟着喊我的名字，叫我回来，快回来！说是把我吓跑的魂喊回来。这样折腾一番，我好像就没有哭了。

儿子现在住的小区在山顶上，孙女读书的小学校在山脚下，跟我儿时读小学的情景相仿。才发现这小区紧邻嘉陵新村，当年是更为偏僻的荒山地。

孙女用不着登山，有电梯直达山顶的小区。小区的环境甚好，草坪地郁绿，杨树、槐树、黄葛树、苦楝树林立，叫不上名字的花儿开了或是待开。孙女走路一蹦三跳，说她高兴说的话。接她放学回家的我和老伴点头笑，笑出声。孙女回家要看动画片，我和老伴没敢顺从，好言相劝。疲惫的儿子儿媳下班回来，便开始督促辅导孙女做作业、画图画。上了一天学还忙，小学生就是累，我心疼孙女，牵了她去小区玩耍，孙女好开心。

时代变了，嘉陵新村及其附近已是高楼林立，住户间却是少有往来。我找寻儿时的感觉，已是淡了，亲情倒是浓的。

图・嘉陵新村　戴前锋摄

北碚那个梧桐城

万启福：四〇宿舍

北碚区河街武昌路 / 作家

在北碚正码头河街住了30多年。自成家以后，30多年间，搬了3次家，移过3个地方：在月亮田山坡上住了20年；在月亮田山坡下望月村住了7年；家搬到城南，一晃又是几年。这后30余年，尤其是在城南，常回去的地方，唯河街老城而已。

提到老城，我脑海中浮现的主要是下半城靠近河边那一圈老街，老街建于上世纪三四十年代，纵向平行的街是南京路、庐山路、广州路、北京路，横向平行的则是新华路、上海路、天津路、武昌路，武昌路下还有一条离河最近的太原路。这一纵一横，犹如经纬，编织出老街的格局。那些房屋是连排的三层小楼，砖混结构，玻璃窗；底层是铺面，楼上两层住人。街道四通八达，街旁有序地种着法国梧桐。老辈人说，这格局是北欧风格的。据说，这些街名是当年卢作孚先生为铭记因日寇入侵而沦陷的失地而取的。

1999年，老城“改造”之后，新楼修造起来了，楼高了，街宽了，那么一捣弄或曰整合，原来的街似乎少了那么一两条，许多街名还在，已非旧日风貌了。也罢，王国维先生说一代有一代之文学，换至今日下半城而言，一代有一代的街道，换种眼光看，旧有旧的意蕴，新有新的便利，旧者逝去不可挽回，新的来临还须适应并接受它。关键是在这新旧之间找平衡。

1989年至1999年，我在下半城做小生意，天天在街旁梧桐树下喝茶、聊天、下棋，或码字、玩石头，感觉自己和小街天人合一。城里朋友们一茬茬来，一茬茬走，走时都丢下一句：老街真漂亮，北碚人真悠闲。

这天堂般的下半城已不在了，但我在那里前后生活、劳作了40多年，童年的脚印乃至青年的中年的辙痕留在那里。现在，我常去老街风景最美或惬意的地方，一是正码头一带，一是三个花园一带。

正码头在武昌路与北京路的尽头，那儿原有一块圆形开阔地，老街坊们叫它月坛坝儿，坝儿的口子就是石梯口，石梯是青石梯，由河坝到街面，大约百来级。石梯口的海拔在200米多一点儿，每次嘉陵江涨水，涨到这儿就意味着洪水涨上大街了。站在石梯口可以望见回水沱、白鱼石，望见庙嘴，还可以远眺温塘峡，对望东阳镇……1999年老城改造后，青石梯没了，嘉陵江岸修了堤岸，堤岸上下两层拓修两条公路。而老北碚人仍把这里当正码头看待，一提正码头，马上就清楚具体方位。

印象最深的应数正码头一带的嘉陵江畔。春天，河滩上风筝飘满了天空；久阴久雨后阳光灿烂的节假日，河滩上人声鼎沸。这里周末人也不少。涨水的日子则是北碚人涌到正码头最齐整的日子，无论早、中、晚，都有潮水般的人涌到那儿，站在堤岸，打望一江洪波从峡口奔泻而下，看洪水流过嘉陵江大桥，扑向庙嘴，淹没白鱼石……涨水还吸引从乡镇赶来的人。近年，开私家轿车来的观涨水的人明显多了起来，举眼一望，堤岸上的轿车齐整整的一长串，排得密密匝匝，再一细看，从车上下来观水的往往是一家人，祖孙三代的也不稀奇。

在这些日子，正码头如庙会，河堤及河滩上设了些简易棚，设立更多的是蘑菇伞，伞下安置桌椅，水波声中，江风轻拂，泡一壶清茶聊天，打打扑克麻将，或品尝小吃，也是赏心乐事。在江堤骑自行车的，在江边钓鱼的，在河滩拾卵石的人，也时常可见。

三个花园指原新华路今朝阳路的三个花园一带。小孩雕像的花园人气很旺，花园中摆有好多副中国象棋，每个棋摊都围得水泄不通。还有掏耳朵的、擦皮鞋的……工商银行旁那个小花园通常也是人来人往。气氛最热闹的当数被法国梧桐围住的街心花园（抗战后修建，当时形如三角），几乎每两根法国梧桐树下，都安有一把靠背铁椅子，常常见到三五成堆的老人坐在椅上，或倚立树下，或相互聊天，或含饴弄孙；情侣同坐一椅的情景也不鲜见。

这一带的法国梧桐是北碚最美的，树干粗壮，瘿结千奇百怪，枝与干分岔低低的，枝叶碧翠，旁逸斜出，每一棵梧桐都是一把绿伞，一处风景。闲坐在这样的椅上，徜徉在这样的浓荫下，春赏叶绿，夏听蝉鸣，秋看叶飞……

前两年，每逢阳光明媚的周末，哪怕是快到中午了，我也从城南乘车去河街。老街仍是集市，卖菜的、卖花的、卖日杂的、卖饮食的……人群川流不息。河滩中堤岸上也有许多人悠闲地走着。许多人是陌生面孔，但我感觉他们行走河街，散发出的气息是喧腾的，也是真实的、生动的。哪怕闻到集市散后的烂菜烂水果味道，也觉得亲切。有时，寒天和妻一起到老城，她到公园打拳，我到河边捡石头。约定九点钟在堂弟的日杂铺子见面。和堂弟两口子聊天，亲戚的那些事儿，聊个没完。而我捡的石头，也成了话题，遇见爱石的熟人，难免显摆。

近一年多，河街的菜市花市搬迁了……我也不时到河街，会会熟人是故土难离的充足理由；还不时到庙嘴散心。

在老街，遇见熟人的机率比新城多得多，老同学、老邻居、老同事、老朋友以及亲戚，不是在正码头遇见，就是在街上相逢，没准你一屁股在梧桐树下的靠背椅坐下去，就遇见一个熟人，而这个熟人多年不见了。有一天，我在老银行宿舍转角遇见一个老太婆，似曾相识，一问，竟是老街坊，她听我一报姓名，就说：“我年轻的时候，带过你弟弟，带了一年多。”一问，她92岁了。我便想起她家那几个孩子，当年和我满街乱窜，精蹦如狗；她家幺女很漂亮，可惜十多年没见到了……

不时到庙嘴喝茶，庙嘴就是文昌宫。

文昌宫类似北碚的文庙，创建于明末清初，清乾隆四年（1739年）进行过修整，是北碚三宫八庙的仅存者。清末民初，文昌宫改作私塾馆；1923年，江(北)巴(县)璧(山)合(川)峡防团务局成立后，其司令部及后来的嘉陵江乡村建设实验区署、北碚管理局都设在这里，从1926年起，卢作孚、卢子英兄弟开发三峡、建设北碚，就是在这里发号施令的。中华人民共和国成立初期，北碚军管会、朝阳派出所也设在这里。很长一段时间，文昌宫被移作居民住宅，这里隔出好几十家住户，大都为重纺五厂工人；通道曲折如迷宫，房间小间小间的，年久失修，破旧不堪。现在，文昌宫终于重生了。修建工程基本遵照“修旧如旧”原则，只是限于地势，它的外形已有适当改变，如原先的正门没开，进门改设在侧边。周边环境也改观了，由杂芜变得清爽。道路宽了，种花植树，并在庙前修了卢作孚、卢子英并肩携手的塑像；一前一后两个进口设了标志，也醒目可观了。文昌宫的旧名没用，改称卢作孚纪念馆了，我曾多次陪亲朋好友参观文昌宫。

文昌宫前的平坝上设了一茶亭，亭是老板营生的茶寮，坝子才是营业地，茶客来了，随便摆桌子、椅子。杯子是有把玻璃杯，比青花茶杯大，5元一杯，茶味相当醇厚，是老板定购的高山绿茶，新鲜，自有真味。我感兴趣的不仅是文昌宫和绿茶，同时还有此处的风景，此处远可眺嘉陵江温塘峡，近可打望北碚老街，下可观赏白鱼石、黑石潭……

我常独处一桌，静静地看稿子。近年出版了一长篇小说，仍未停笔。每写完一稿，打成纸本后修改，在家看得烦闷了，就跑向庙嘴……看到中午了，就到老地方——以前常去的熟人馆子，一碗豆花一份烧白，吃个肚儿溜圆赶车回家；有时到老街一个楼过道吃六个大汤圆，这个幺店子的汤圆卖了十几年了，味道不错；有时十一点从图书馆红楼出来，走到另一个老地方，吃一份红烧带鱼，嘴巴一抹，然后到一个熟人的烟摊买包烟，踱到庙嘴喝茶去。有时碰见熟人，他抢先把茶钱付了。然后，茶话趣话老龙门阵新言子，从茶香氤氲中汩汩而出……

右图·作者开的工艺品小店，南京路31号，大约拍摄时间在一九九九年

左下图·北碚正码头拆除前　武昌路

左上图·作者在自己的工艺品小店

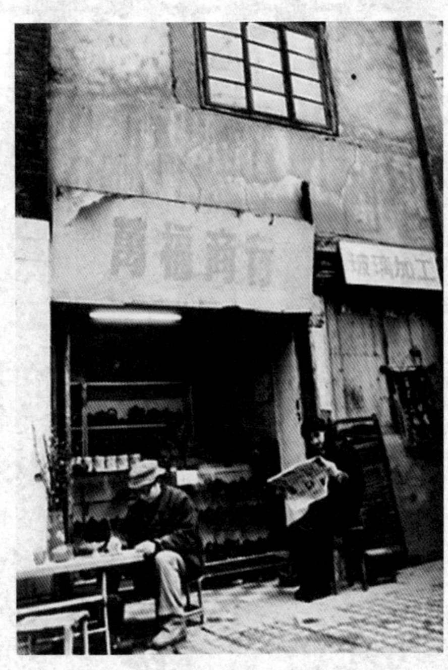

龙门浩枣子湾 49 号，残垣断壁儿时园

老树 四0后

江北上石板街

做过知青 搬运工人 中学教师 机关干部

我儿时的家在东水门长江大桥南岸桥头，轻轨6号线上新街站斜对面的坡上还残存着一处废墟，那就是我儿时的家——龙门浩枣子湾49号。那座曾被市政府列为文物保护单位的小洋楼，原是荷兰人修的商馆。1938年6月，美国驻华大使詹斯率领使馆人员随国民政府移驻重庆南岸南山，龙门浩枣子湾49号就成了使馆下属的美国海军武官处，直至抗战胜利1946年4月随使馆迁返南京。后来，这里成了保险公司托儿所，再后来，保险公司和人民银行合并。这里又成了南岸区人民银行的职工宿舍。1958年秋，复旦大学毕业在重庆17中学教书的父亲一夜之间被划成右派，批斗后被带走，母亲不忍我们五姊妹被欺辱，从17中罗家坝教师宿舍搬到了龙门浩枣子湾49号银行职工宿舍。

龙门浩枣子湾49号院落林壑幽深，面江背山，一条石板路蜿蜒直通江边。70年代中美建交，美方武官处的一些老人提出要旧地重游，有关方面慌了神，房屋破旧且不说，院门、院坝、石栏、围墙、小花园、厕所，均被区检察院占去修宿舍了。枣子湾49号银行职工宿舍二十几家人挤在一处，沿石板路到老码头挑煤球上来煮饭，烟熏火飘，既脏又乱。当时家里都没有厕所，男女老少得到两三百米以外的公厕去方便。为应付美方人员来访，有关方面临时种了一些花草，在坎下修了个没有下水道的假厕所并刷上白漆。居委会通知大家开会并交代：外事无小事，厕所禁止使用，保持干净，届时还要关门闭窗，楼上不能挂万国旗，各家关好自养的鸡鸭，不能擅自和外宾答话，等等。

龙门浩是水陆码头，南岸“五渡”之一。巴县长生、樵坪、鹿角等地的稻米多经下浩米市街销往市区；食盐、百货则人挑兽驮经龙门浩至黄桷垭的黄桷古道运往贵州。我家门前和附近的青石板路，人称官道，因人挑

图·美国大使馆武官处旧址 戴前锋摄

兽驮、年深久远，中间都被踩成了窝形。幼年时对这些通往江边的青石板路没有认识，跳上跳下觉得好玩，待到下乡多年因成分高只能到龙门浩运输合作社下力时，才觉得整天在这些石板路上爬坡上坎，肩挑背磨，搞人力搬运不好玩。重庆的酷暑全国闻名，负重在身，天上明晃晃，脚闪眼皮跳，磨骨头养肠子，抬连二石（条石）、预制板（水泥板）上下船，堆码、启程、丢包，每天都要在这些石板路上流一身臭汗，脱一层皮，整整干了15个春秋。突然间，这些石板路随着城市建设被巨大的水泥建筑林、高速路、立交桥取代；农民工蜂拥进城，专司人力搬运的运输合作社也寿终正寝。时至今日，老家的石板路和大巴山背东西的大架子、二架子、打杵子还偶在梦境中出现，潜意识中也许还没摆脱负重的羁绊。残垣断壁儿时园，斗转星移时空换。解鞍曲肱沧桑路，过眼云烟养颐年。

寺庙改建的学校

张开泽　四〇后

渝中区新民街忠烈祠 10 号　新闻工作者

寺庙与学校，按说两者不甚相干。但在过去的年代，政府为兴办教育事业，因地制宜，将许多寺庙改建为学校，让这些闲置寺庙得到充分利用。在特殊的时期，让寺庙与学校结下了不解之缘。

（一）

要说哪一个寺庙和学校的缘分最深，非重庆的文庙莫属了,文庙（也叫孔庙）就是纪念孔夫子的寺庙。 过去，重庆府治，巴县县治同城，所以既有府文庙，又有县文庙，称为府学、县学，统称为学宫。近庙立学，设有学官主持。重庆府文庙比巴县文庙规模大，建于宋绍兴年间，明、清两代不断培修。

我小时候经常去离我家不远的文庙玩，那里精美的寺庙建筑让我至今记忆犹新。辛亥革命以后，巴县教育局迁入崇圣祠，1914年改建庙内的明伦堂，设四川省立第二女子师范学校。1935年庙内设巴县县立模范小学校，后来改名为巴县县立中兴小学校。抗日战争中，文庙被日机炸毁；解放后，政府在文庙原址设重庆二十九中学。掐指算来，从1914年改建庙内的明伦堂设四川省立第二女子师范学校，发展到现在的渝中区重点中学——重庆市二十九中学，已经一百年有余，可谓办学历史悠久。 巴县的县文庙坐落在过去的县庙街（今解放东路)，规模比较小，但庙制和府文庙相同，也建于宋绍兴年间，明清两代不断培修，乡贤祠祀本土乡贤数十人。1928年第一高等学校迁到此处，增设初级班，取消高等之名，以后又改名巴县县立黉学小学校。抗日战争后，设正阳学院于此；解放后，政府在这里设立重庆第二十六中学直至今天。

（二）

现在的渝中区新民街小学也是由当年的寺庙存心堂改建而成。存心堂是一座倡导积善行德的寺庙，坐落在重庆主城区的新民街上。我清楚地记得，巨大的山门屹立在新民街西段的高坡上，登上数十级石梯，进入寺庙大门，经过宽敞的通道，再上几级台阶，便是一个青石板铺成的坝子，穿过坝子，一个大的殿堂接着一个殿堂，殿堂两廊都是一排排的房间。殿堂右面是一排三层楼的房子，楼上楼下一共有二十多个房间，二、三层楼都有长长的走廊，楼房前是一个宽大的广场。寺庙建筑很气派、很漂亮、房舍建筑质量好，当时，庙里那么多空房子闲着也是闲着，有关方面经过调查研究，决定将寺庙稍做改造，作为学校。于是房间换上玻璃门窗，安上电灯，既宽敞又亮堂。添置一些黑板、课桌、椅子，这样，教室、教师宿舍、办公室等全都有了着落。虽然是小学，存心堂规模不小，可同时容纳两千多名师生，20世纪50年代，我在此念了小学1年级到4年级后转学，在这里度过了少儿时代最快乐最难忘的时光。

长安寺是崇因寺的俗称，崇因寺坐落在今渝中区新华路155号长江索道旁，始建于宋神宗熙宁元年（1068年），该寺庙是重庆主城最大的寺庙之一，崇因寺在抗日战争中被日本飞机炸毁,1953年政府在寺庙原址上重建房屋，设立了重庆第二十五中学。重庆市渝中区原来有鲁祖庙街（今民生路花市），此处旧有鲁班庙一座，该庙名为鲁祖庙，属于纪念性质的寺庙，人们只知其建于清代，具体时间已不可考。民国时期，这里被设为私立培育小学，解放初仍然叫私立培育小学，后收归国有改名为民生路小学直至今天。20世纪50年代，我的兄长便是在这所私立培育小学读书。那个时候，寺庙没有改建，保留了原来的大殿、配殿、戏楼、碑刻，结构相当考究，建筑十分精美。因为好奇好玩，我小时候常借口找兄长进入校园玩，对庙里的一切至今记忆犹新。

（三）

在重庆，寺庙改为学校的例子还有很多，比如坐落在渝中区通远门旁边的五福宫在抗日战争中开设开智小学，解放以后改名为金汤街小学。此外还有东华观小学、金马寺小学、玄坛庙小学等，都与当地的寺庙有一定渊源。寺庙改作学校，不仅房舍好用，而且还有一种古老的文化气息。那时候的闲置寺庙都保留了大量的壁画、彩绘、雕刻、碑铭等精美艺术品，不仅书法规范、雕刻精细，而且记载了历史上的一些比较重要的事件和人物，颇具历史研究方面的价值。校园各处都陈列着许多大小不一、年代不等的石碑，多数都上有碑冠下有碑座，有的古朴自然，有的制作精美，还有的采用浮雕、透雕工艺，刻着蟠龙、双凤等造型。学生在这里学习还可以潜移默化地接受传统文化及艺术教育。

将闲置寺庙改作学校乃是特殊年代的特殊举措，不仅让闲置寺庙场地得到了有效的利用，也是其传经布道功能向教书育人功能的延伸，其在教育发展史上的作用不可抹杀。时过境迁，曾经的“寺庙学校”已成为历史，保留在历史档案和我们这一代人的记忆之中。

图 · 民生路正街 戴前锋摄

周贡植故居

杨维义 五O后

九龙坡 专业技术人员

在橘乡腹地的铜罐驿镇陡石塔村周家大湾，有个而今还算幽静的院落，叫周家大院。它坐北朝南，分上堂屋，下堂屋，左厢房和右厢房，呈“山”字形。共有房屋20余间，前有围墙、大门。门前一湾水田，屋后竹林，四周种满橘树。

这就是中共四川省第一次代表会议旧址，即周贡植故居。

周贡植生于1899年2月5日，又名周孔崇，字文楷。童年时，周贡植在铜罐驿读私塾，后与胡子昂、周钦岳、周维桢等就读于重庆巴县中学。1920年8月27日，周贡植与谢陈常、冉钧、邓希贤（邓小平）等87人，赴法勤工俭学。后经赵世炎、袁庆云介绍，加入共产主义青年团，不久转为中共正式党员。他积极参加由赵世炎、周恩来、刘伯坚领导的革命斗争。1925年受党派遣回到重庆，以个人身份从事国民党（左派）省临时执行委员会农民部工作。杨闇公任农民部长，周贡植任秘书。中共重庆市地方执行委员会成立后，代行中共四川省委职权，周贡植是委员之一，与杨闇公、冉钧等同在一个支部，周贡植负责全川的农运工作。周贡植利用假日回到家乡铜罐驿传播革命思想，先后发展党员7名，1926年2月10日正式成立了中共铜罐驿支部，归中共重庆地委直接领导，并在城区厚慈街富佑馆成立铜罐驿党支部的外围组织——巴县集思镇留渝学会。

1926年初，毛泽东主持的广东农民运动讲习所第六期扩大招生，重庆地委决定，由周贡植负责经办，从重庆、合江、綦江、江津、宜宾、南充等县派选25人去广州学习。次年，又派20余名青年到武汉参加第七期农民运动讲习所学习。1927年1月，国民政府中央军事学校武汉分校在重庆招生，周贡植、杨道融、肖华清等被党派去担任考试官。经严格的审查考试，录取男生270人，女生30人，其中不少人后来成为我军的军事骨干，如女英雄游曦、赵一曼，军事将领罗瑞卿、陈伯钧等，这些同志为中国革命立下了不朽功勋。

1927年，在重庆发生了震惊全国的“三三一”惨案，在四川的党的负责干部和革命志士杨闇公、冉钧、陈达三、漆南薰等先后遇难。周贡植等脱险去武汉，向中共中央和国民党政府汇报“三三一”惨案情况。在武汉，周贡植调任国民党湖北省党部秘书长。

中共中央“八七会议”后，受党的派遣，傅烈、周贡植、方策（刘披云）等人到四川，建立中共四川临时省委。傅烈任书记，周贡植任组织兼农委书记，方策负责宣传。

在党组织得到恢复和发展的情况下，临时省委认为，成立中共四川省委的条件已经成熟，1928年2月10日（农历大年初一）至15日，中共四川省第一次代表大会在周贡植家中秘密召开，会期6天。参加会议的20多名代表都是由中共四川省临时省委指定的，来自成都、重庆、南川、江津各地以及团省委的负责人。

会议着重讨论通过了傅烈起草的《四川暴动行动大纲》，选举产生中共四川省第一届委员会，傅烈当选为省委书记兼军委书记，周贡植任组织局主任兼农运书记，刘愿庵负责宣传工作，牛大鸣任秘书长。还选举了出席中共六大的代表。

1928年3月9日，中共巴县县委在重庆兴隆巷八号召开成立大会时，不幸被敌人发现，除省委秘书长牛大鸣脱险外，省委书记傅烈、组织部长兼巴县县委书记周贡植等10人全部被捕。同年4月3日在重庆朝天门，傅烈、周贡植等人被杀害。

周贡植故居是四川省早期革命活动的重要遗存，具有重要的历史纪念意义和教育意义，2004年，周贡植故居作为革命传统教育基地被纳入“红岩联线”单位。2009年，被列为重庆市文物保护单位。

白市驿
与川剧结缘

周晓杰　四〇后

重庆巴南　教师

白市驿以前是成渝古驿道上的一个重要场镇，十分热闹，光是戏台就有好几座，只要有演出，就算摸黑，人们都会打着火把、提着灯笼从十里八乡围拢来看戏。即便没有演出，茶馆里“唱玩友”的座唱也吸引着老老少少。

20世纪60年代，白市驿除了本地爱好者演出或打玩友，时常有巴县、重庆市乃至成都方向的大剧团来演出，《抓壮丁》《乔老爷上轿》《芦荡火种》等剧目时常在当时的区公所（现镇政府）大礼堂演出，经常是连续演出一周，天天满座，没买上票的只好在场外听戏过瘾。

在“打倒一切”的十年劫难期间，戏曲被说成是“帝王将相才子佳人”的封建糟粕，备受摧残，川剧活动一度中断。

十一届三中全会的春风吹来，老“玩友”黄中兴等6人开展川剧座唱，不久又和镇上的李华云等人一起，变座唱为舞台表演，并吸收农村爱好者参加。1979年下半年，这个组织开始招学徒，1979年起，先后聘请鼓师江善培、老艺人王自勤(艺名华莲)、冯光琳等9位老师充实了专业力量。在各方支持下，1981年成立“白市驿青年农民川剧团”，不久改名为“巴白青年川剧团”。除了到当时的巴县各乡镇院坝、敬老院演出外，还先后到江津、永川、贵州习水等地演出。十年多来共演出4000多场，收入20多万元。先后排练演出《碧波红莲》《白蛇传》《红灯记》等50台大戏，30余出折子戏，改编《状元与乞丐》等其他剧种的剧目，还自编、自导、自演反映农村现实生活的《人情与国法》《铁嘴书记》等10多个现代川剧。重庆电视台1986年、1996年先后拍摄和播放该团的部分优秀节目。

不仅如此，当时白市驿区的6乡1镇，都成立了川剧分会，会员达211人。剧团和川协还在8所小学40个班开设川剧普及教育课，并在白市驿第二小学组建“娃娃川剧队”，不仅能表演清唱，还可以表演《拷红》等折子戏。

牟毅小朋友在“巴渝杯”川剧座唱比赛中荣获新苗奖，不久又在重庆市中小学川剧调演中，主演了现代川剧《小萝卜头》，得表演二等奖。罗蛟小朋友赴杭州参加全国少儿小梅花戏曲比赛，荣获梅花金奖。川协和剧团从成立至1992年期间，获得的重要奖项有：国家级奖1个，省级奖13个，市级奖12个，区县级奖20多个。

20世纪80年代后期，白市驿镇动员社会力量集资、捐资修建了一个可开展川剧小型演唱、录像放映等综合服务的“百卉园”，面积1000多平方米，总算是解决了阵地问题。每逢大小节日、赶场天都开展座唱或彩妆演出。荷兰民间艺术考察团到重庆考察期间，在白市驿松岭乡五里村吴家院子观看了川剧演出。1989年巴白青年川剧团解散，留下部分人员转入第三产业维持火种，川协担负起川剧演出活动，在场镇、农村仍有不少爱好者，他们经常开展座唱或演出。1991年文化部原副部长、著名文艺理论家陈荒煤同志在市委有关领导陪同下考察白市驿川剧活动，并在“百卉园”题词：“发展农村文化建设，弘扬民族优秀文化”，对白市驿川剧活动给予了充分肯定。

1992年4月，重庆市委、市政府领导到白市驿街头观看川剧座唱表演。不久，白市驿镇获得“川剧之乡”称号。

后来，白市驿镇划归九龙坡区管辖，白市驿的川剧之火，又重新燃起来，就连渝中区、沙坪坝区甚至贵州遵义的戏迷也纷纷前来参加川剧爱好者活动。重庆市文化局经过对白市驿地区川剧活动的多方考察，于2006年2月28日再次授予白市驿镇“川剧之乡”称号，不久重新成立了“白市驿镇川剧爱好者协会”，近百人参加。元旦、春节、五一、国庆、中秋、重阳节都有川剧演出，并形成惯例。有时还在街头广场、大礼堂进行川剧打擂比赛，川剧已经融入父老乡亲的生活中。

2011年4月，白市驿川剧被列入第三批市级非物质文化遗产名录。2011年，重庆市文化广播电视局授予白市驿镇“重庆市民间文化艺术之乡”称号。

望龙门一号院子

韩培楚　四〇后

南纪门　重庆话剧艺术团行政人员

望龙门并不是重庆真正意义上的门，重庆十七门不包括望龙门。据说在望龙门街能看到长江对岸龙门浩壁立于江中一块叫龙门的巨石，因而得名。望龙门街不长，只有三十六个门牌号码，街道蜿蜒曲折，宛如一条静卧于江边准备下潜的蛟龙。下半城中段好大一片区域就叫望龙门地区，但凡是老重庆人，几乎没有不知道望龙门的，这里有重庆第一条爬坡轨道交通线——望龙门缆车，还有通往南岸的重要渡口望龙门码头。我是认同这个门的，我的童年、青年就是在望龙门街一号大院里度过的。这里承载着多少历史的记忆，这里有我和儿时玩伴生于斯长于斯的热土，这里有我的岁月，我的悲欢，往昔的点点滴滴记载着这个院落的过往云烟。

自清代至20世纪初，重庆伴随工商业的发展而逐渐兴旺起来，望龙门辖区曾是重庆的行政、金融、贸易中心，是远近闻名的繁华热闹去处，有着百多年历史的湖广会馆、古城门之一的东水门旧址也在这一地区，商贸活动格外活跃。

望龙门之所以名气不小，因为它是连接东水门到下半城朝菜（朝天门到菜园坝）大马路的主要通道。望龙门街到东水门之间有一条当时非常热闹而有名的街道——芭蕉园，在陆路交通不发达的时候，人们活动的交通主要靠水路。朝天门是两江交汇的地方，水势险恶，滩涂太长，东水门水势相对平缓便于泊船，卸完货的船都停于此，同时东水门也是到南岸的重要渡口，过往客人和扯船子（纤夫）都在这里起坡。后因滩涂太长渡横江的码头移到望龙门。抗日战争时期，国民政府从南京迁到重庆，定重庆为陪都，重庆又进入了一个快速发展的阶段。芭蕉园也因此非常热闹繁华，贩夫走卒云集，达官显贵往来，商贾活动频繁。

这条街上有百货商铺、五金铺、油腊铺、铁匠铺、裁缝铺、面包坊、

右图·望龙门石阶 戴前锋摄

左图·望龙门缆车道 戴前锋摄

茶馆酒肆、自来水站、老虎灶、生产五金杂件的手工作坊、出售建筑材料的石灰仓，历史悠久的湖广会馆禹王宫也香火鼎盛，还有为适应新生活运动而修建的官茅厕。这里每天人头攒动，熙熙攘攘。当时的繁华景象可想而知。这一切都随抗战结束，国民政府还都南京，陆路交通的发展而逐渐式微。

我家是20世纪50年代初搬到望龙门街一号大院的，这个院落从前是无锡旅川同乡会，查阅资料鲜有记载，但有一点可以肯定，这个院落曾有一段非同凡响的辉煌，从它的建筑形式和内部格局可见一斑。一号大院的大门叫朝门，是三四米高的双开大木门，进门一块空地，左右两套房间，然

后是五米宽一坡水门汀磨石石梯，拾级而上至一块院坝，正对面有一个水门汀磨石舞厅，院坝右侧有一单上木楼梯，到中间又分左右木梯，上至各自的走廊，其后是厢房。院坝左侧有一小门，过小门有一排两层小楼的建筑，我家当时就住在两层小楼的一套房里。

20世纪50年代初，重庆的商贸中心移向上半城，无锡旅川商贾也逐渐出走，这座大院日益萧条，只住有大门口张姓两姊妹，还有一户郑姓商人，随着局势稳定，这个院落又住满了人，重回往日的热闹。郑老太爷在公私合营后不久即去世了，在院坝中举办了丧事，请来道士做了三天法事，老少爷们悉数披麻戴孝，职业哭丧婆的哀号令人动容，整个旧式丧葬的流程，给人以震撼。

50年代末，涌进城市的人口激增，闲置的舞厅也隔成了三套房，安排住户。院子里住了近三十户人家，小孩就有六七十个，院子里可谓五花八门。有教师、旧军政人员遗孀、商贾遗少、公安警察、消防警察、交通警察、公司职员、汽车司机、商贩……人员庞杂，职业繁多。

张氏二妹人称二孃，每天开关大门，几十年如一日，尽职尽责，寒来暑往，并无怨言。每天清晨，睡眼惺忪的二孃打开大门，迎来第一缕曙光。傍晚，只要听见二孃扯起喉咙喊她的女儿“琼娃子，砍脑壳的，太阳落坡了，该落屋了”，就知道要关大门了。夜深人静，打更匠走过，随后就响起了走街小贩的叫卖声“炒米糖开水、藕粉、面茶”，馋嘴的小孩就吵闹着要父母买夜宵。

天一亮，家家户户房门洞开，小孩子们东家走进西家窜出，来去自由，其乐融融，大人们也不管。因为有一块院坝，又有前后两院，楼上楼下，孩子们就有了很多娱乐场所。游戏有：藏猫猫、斗鸡、跳橡筋绳、官兵捉强盗、修房子、抓子儿、抽陀螺、拍洋画、滚铁环、翻绞绞儿、打摸摸爪儿，相约下河游泳，游戏花样繁多，既有休闲益智的，也有竞技斗勇的，所有游戏随性而为，有时难免起纷争，争吵再凶要不了多时便雨过天晴，重归于好。院坝里常来些搞修补的工匠，皮匠修鞋，补锅匠修脸盆、换锑锅底，还有为破损瓷碗镶补的，最绝的是补铁锅的，一个风箱，一个小炉子，用熔化的铁水堵住铁锅的破洞，偶或掸起一点铁水，火花四溅，煞是好看，大门口间或来一些食品手艺人，爆米花的、捏面人的、车糖关刀儿的，孩子们团团围住，指指点点，叽叽喳喳，对着糖吹的耗子钻夜壶乐不可支。突然，一声爆响，孩子们惊得四散，崩出的玉米花随手就塞进嘴里。可惜许多手艺因时代的变迁而失传。

院子里趣人趣事不少，朱家孩子们的舅舅王福生就是奇人，小儿麻痹症致双腿残疾，拄双拐在一福利工厂上班，人聪明手灵巧，一肚子的故事，会多种乐器，二胡拉得特别好。冬天，孩子们到他家围着火炉听他摆古往今来的龙门阵；夏天，太阳落山了，人手一把蒲扇，在院坝空地上纳凉，几乎每晚都是舅舅主讲，听得孩子们如痴如醉，男孩子们附和着鬼故事的情节怪叫，女孩子吓得落魂失魄不敢回家睡觉。第二天大家忘了头天的惊悚，依旧盼望太阳落山，在院坝里听舅舅开讲。

“大跃进”时期，一号院还炼过钢铁，开办过大食堂。进入“文革”，一号大院有革命派、造反派，也有牛鬼蛇神，但值得庆幸的是，人性在这个院落没有泯灭，残酷的斗争烈焰在这里始终没有燎原。再后来，大一点的孩子分散各地下农村，“修地球”去了，剩下不多年幼的孩子也没有了往日的热闹。

90年代初，一号大院因年久失修拆除，原址重建了一幢筒子楼，如今更因旧城改造而夷为平地。望龙门街失去了往日的风采，原有的住户也星散各地。这个院落故事太多，囿于篇幅，只能拉拉杂杂选取几点敷衍成篇，以飨世人。

图·望龙门缆车 何智亚摄

图 · 望龙门大码头 何智亚摄

捍卫路二巷

罗易　五〇后

渝中区　媒体人

年轻时，老婆生气时常骂我“巷子里头长大的娃儿”。那个时候我觉得这个词有点儿贬义，带点儿轻蔑和侮辱性质。于是怒气冲冲地反问：“你又是哪里长的?”老婆总是很傲骄地回答：“机关大院。”说这话时，她头是上仰成45度角，眼神也是往上的，而我往往找不到适当的词来打击她。

其实，她说得一点儿没错，我真的是“巷子里头长大的娃儿”，属于一多半在巷子里长大的重庆人的一分子。20世纪60年代的重庆，或者比60年代远得多的重庆，其实就是由高矮不一，长长短短，宽宽窄窄的巷子织成的一张网，我们就是在网中游来游去的鱼儿。

我家所在的那个巷子正式名称叫“重庆市市中区捍卫路二巷”。这地方其实就是一个山沟沟。从巷口往沟底走，落差大概是百米左右。蜿蜒曲折的石板路，以及像树根一样分叉出去的巷子，巷子通往沟底后又向四面八方延伸出去，可一直通往嘉陵江畔，巷子里住着密密麻麻成百上千户人家。巷子两边是用木板、竹子、石灰、油毛毡和各种乱七八糟的材料搭建而成的吊脚楼，其中也夹着一些老重庆常见的三四层高的“假洋房子”，这些在我的心目中纷繁复杂，宏大得像整个世界。

沿与巷口平行的一支小巷而进，进巷口拐几道弯，上几步石梯，就有两栋楼高三层的“假洋房子”，中间夹出一条长约20米宽约2米的巷子，旁边还有许多板房、吊脚楼。我家家门就在巷子中间。两扇有雕花的木门，宽约3米，墙由半砖半篾涂抹洋灰而成，有些年头的木地板、木走廊，摇摇晃晃的木栏杆，既是通往厨房的通道又是晒衣服挂杂物的阳台。“假洋房子”有上中下3层，楼下住一大家子人，主妇是“段代表”。我们一家6口人住中楼两间屋，约35平方米。另有一约12平方米的小屋住一丈夫常年在外的年轻妇女，厨房两家公用。楼上是一户也姓罗的母女，母亲一个星期回来一次，女儿是我一个小学的同学，比我低一年级。

印象中这条巷子是看不到天的，但是下雨时，雨水沿两边的屋檐垂直下来，水滴石穿，把巷子的地面砸出一个个小坑。因为房子“当西晒”，夏天这条巷子就成了宝贝。屋子里没空调，巷子有“穿堂风”，下午五点后，四邻八舍就把凉椅、凉板、凉席搬出来占位置。太阳落山，街灯亮起，这里便是天堂。女人家长里短窃窃私语，男人摇晃着大蒲扇抽烟神侃。也有一家人摆个小方桌子吃饭。也有学生娃佝着身子就着小凳做作业。父亲便把屋子里的灯支出来，灯光下有烟雾缭绕，有笑声响起，甚至还有歌声传来。对面那栋“假洋房子”住的是一位中学老师，她女儿比我大几岁，唱歌唱得很好。每当这个时候，当老师的母亲弹风琴，女儿便唱“马儿哟你慢些走”，那歌声在我听来如天籁。坎下还有一男孩，跟我同年，每天晚上要唱“洞庭湖上好风光”，也唱得很好，那句“好风光”吼得上去，让我仰慕不已。

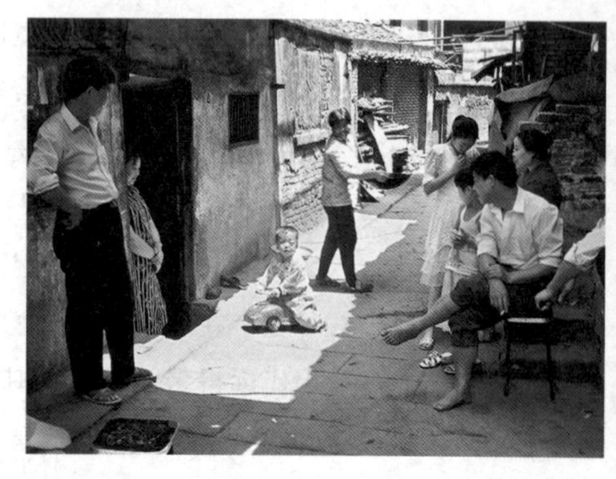

右图・四德村　戴前锋摄

左图・黄家垭口　戴前锋摄

晚上11点，当大人们谈兴渐歇，娃儿们睡意昏沉时，坎下那夫妇俩的哭喊声准时响起。那男人是个“搬运二哥”，黑瘦精怪一“酒罐”，女人像是农村来的，有几分姿色。男人每天喝酒喝到此时回家，然后就审问老婆，今天又和哪个男人调了情，然后就打她，很大的动静，那女人的哭喊声一直要持续到半夜。奇怪的是，巷子里的人都习以为常，没人劝架，也没人干涉。更奇怪的是，第二天那女人依旧生龙活虎。

坎下是层层叠叠一片“捆绑房子”，时时有炊烟袅袅，时时有“二娃娃回来吃饭了，砍脑壳的龟儿子死到哪里去了嘛”的喊声响起。间或有两个女人吵架，那叫骂声此起彼伏，把祖宗八辈都一一问候，把家里的丑事都翻出说。一巷子的人都在听。骂归骂，吵归吵，家里的男人装聋作哑不插手。男人间有问题一般出去解决，绝不在巷巷里动手。即使是在“文革”时期，也没听说有人在巷子里打架，更不用说带一帮人来巷子里打人这种事。巷巷有巷巷的规矩。倒是有这么回事，“文革”期间，有段时期闹强盗，巷子边缘有一家单门独户，女人一个人在家，半夜三更突然敲响了洗脸盆，一会儿工夫，巷子上下一坡人家密密麻麻都敲起了洗脸盆，绝对像鬼子进了村。胆大的男人女人拿起棍棍棒棒找到声响的源头，一看原来是这女人一个人在家夜深人静害怕，敲洗脸盆壮胆。男人女人们齐声

骂：“狗日哈婆娘！”然后回家睡觉。

这里还有一个特点，整个二巷还加上周遭的巷子一大片没有一座公共厕所。于是每天早上，每家每户的某个人都提着尿罐，经二巷到捍卫路再到黄家垭口，走过路口的邮局左拐进一小巷再走20米到那里的公共厕所倒掉。倒尿罐成了二巷乃至捍卫路的一道风景，也成了我最大的噩梦。你想，我就读的捍卫路小学就在二巷口下去不到200米的距离，街上同学来来往往，我提个尿罐穿过半条街，难免被同学特别是女同学撞到，那种难堪没法形容。

右图·海意摄

左图·胜利路 戴前锋摄

那时，我最怕家里来客人，特别是男客人。来女客人还好，女客人总不至于在别人家解手，她们总是由母亲或我们领着到黄家垭口的公厕去。男客特别是父亲那些侃侃而谈的朋友就不行了，茶喝多了就要找厕所，偏偏父亲还给他客气："就在尿罐屙。"那人还真不客气，真的就屙了。满屋的"哗哗"声和臭味弥漫开来，不多会儿，父亲就会叫我们去倒尿罐。那时心头那股气哟到现在都没消。

这里还有一道风景：每天上午10点，有一位中年妇女会挑一挑粪到一号桥嘉陵江边的粪船上去。这是她的工作，每天如此，从不间断。这位大婶是巷子里最受尊敬的人。一方面她是二巷的时传祥，北京的时传祥是光荣的，重庆二巷的时传祥也是光荣的。另一方面，这位大婶决定着谁家的尿罐可以倒在她的粪桶里，谁家的不行。我们为了避免提着尿罐穿过大街的尴尬，都讨好她，多远见她脸就堆满了笑容，弟弟妹妹后来和她的关系搞得很好，以至于每天到了倒尿罐的时候，她会主动通知他们。她总是挑着粪桶从容淡定地走过，无喜无悲，满脸显露出来的都是她的尊严，绝无半点卑微。她有一个女儿，比我大好几岁，在学校里也颇受尊重，是整个捍卫路小学的少先队大队长，后来保送进了四十一中。

我家这栋"假洋房子"坐落在一块红色的岩石上，这种红岩在重庆很常见。岩石的缝隙中长出一棵很大的构树，裸露的树根包裹了半个地基，根系狠狠地插入岩石的心脏。树冠紧贴着屋子的木质走廊。春天构树开满了白色的花朵，像一朵朵小小的麦穗。夏天树上就长出红色的类似草莓的果实，我尝过，很甜，很招引各种昆虫。最吸引我的是树上的"金母儿"

（金龟子）和“牵牛”。“金母儿”身披绿色泛着金光的铠甲，性情温顺，非常漂亮。你可以捉来让它顺着你的手指头爬来爬去，它也不飞走。“牵牛”是一种凶猛的昆虫。刚捉到的时候，它的头摆来摆去，发出吱吱的声音，一对剪刀般的大颚不停地咬合，脖子两边还长有两颗凶恶的尖刺，很不好惹。但是它有一对黑色的大眼睛，一对像锦鸡尾一样的触须，很像神话中的妖怪，或是京剧里的武生。还有一种可望而不可即的虫儿“林啊子”（知了）。远处听它鸣叫得最是闹热，走近却怎么也看不到它。巷子里有本事的男孩，捉一大串“林啊子”提在手上，鸣响不已，逗我们眼馋。

坐在我家的木走廊上可以望出去很远很远。蓝色的天空上飘着朵朵白云，远处的嘉陵江泛起白光，江面上有轮船鸣笛来往，江对面的长安厂历历在目。二巷里的居民大都是乡下人，“文革”年代他们甚至没“闹革命”的资格，大都是“文革”的旁观者。那时的我在木走廊的一角搭建了一个笼子，养了几只鸽子。没事就望着天空中的鸽子飞翔，听鸽哨悠扬回荡。

这就是我生长的二巷。一个镌刻在我生命里的乡下人的世界。佛、道、儒都讲入世出世。入世即做凡夫俗子，像凡夫俗子一样去生活，以此悟道。出世便是离去，脱离凡人生活，超凡入圣。“以入世的态度做事，以出世的态度做人”。许多年以后，我在想，我曾经在一个叫二巷的地方生活，在那里度过了我的小学、中学年代。那里一沙一世界，一岁一枯荣。我或许早已在此入世，但是我在此间悟到了什么?即便是离去也应该不算出世，因为我离悟道还远着哩。又或许，我们根本不要出世，因为我们原本就不羡慕神仙，就如二巷的人们，做一棵小草不好吗，野火烧不尽，春风吹又生。

在某年某月的某一天，我又来到捍卫路二巷，原来的二巷层层叠叠的房子连同它成百上千户居民随着旧城改造早已不见踪迹，光秃秃的山沟沟显得很小，让人怀疑它能否装下得那么大一个世界。“经不过的似水流年，逃不过的曾经少年”。我回得去过去，回不去当初。

征收局巷的大院

漫行 五〇后

沧白路 公务员

这个小巷里有一个大气的院落，我不知道这个小巷叫征收局巷，却熟悉这个庭院幽幽的大院，我一直用“人民公园下面”的说法来指代这个大院。这个幽雅的大院坐落在渝中区人民公园南面很僻静的一条叫左营街的小街下面，它曾是国民党（左派）四川省党部旧址，也曾是重庆高中旧址和抗战陪都时期国民政府外交部旧址。这条僻静的左营街行人稀少，路面正好与院内的楼房顶等高，院内的树冠已伸展到小路的围栏，路边一条很不起眼的陡窄的石梯路连接着渝中区的上下半城，而在上半城与下半城穿梭的行人平时几乎不走这一条小路，只有小路周边的住户才是这个小路的过客，于是很少有人知道这个“养在深闺”里的冷清大院曾经的荣耀和辉煌。

我知道这个大院是在30多年前，当时它是重庆市渝中区图书馆。在那个科学的春天来临的年代，我曾在这个地方阅读，寻找心灵的极乐世界，至今我也记得，我曾在这里备战高考；我是在这里阅读到某期《收获》上刊载的轰动全国的鲁光所写的报告文学《中国姑娘》，并从此开始关注夺取世界冠军的中国女排，这种兴趣一直延续到今天。

也是在这里，我认识了一个年轻的馆员，当时只知道他是父子同业，都在图书馆工作。没想到30多年后我与这位馆员在重庆市渝中区图书馆的新址重逢时，神情依然潇洒的我们都两鬓挂霜，彼此都感叹人是物非，美好年华已离我们而去。

不知是什么时候，重庆市渝中区图书馆搬迁出了这个院子；又不知是什么时候，我偶然路过看见大院的外墙上挂上了文物保护单位的牌子，上面写着“国民政府外交部旧址”的字样，从此我知道了一点这个大院曾经的历史，也开始想象它曾经的风光。

大约20年以前，一个大朋友的父亲在古稀之年告诉我，他曾经就职于国民政府外交部，在1949年的大风大浪里，一念之差而没有随风而去，从此背上了沉重的“十字架”，妻离子散，家庭里的每一个成员都没有逃脱厄运，过了几十年被“专政”的刻骨铭心的“悲惨”生活……

啊，原来这个幽深的大院，在不同的时代给人带来了不同“命运”。那个老人在这个院子里进出，给自己和家人带来了毁灭性的灾难，断送了子女们的美好前程；我在这个院子里进出，却拥有了人生的转折和梦想成真的快乐。感叹时代的变迁……

如今这个大院闲置着，既没有开放成陈列馆，也没有用作他用，大院周边都是旧城改造工地。院内的两幢西式小楼一幢空着，一幢住着人家，估计是值守院落的人户，走廊上横七竖八地挂满了生活杂物，院内杂草丛生，石路、石凳、石桌上长满了青苔，只有遮天蔽日的大树，让人依稀感受到当年深宅大院的威严和传奇。

图·征收局巷 戴前锋摄

山城"板板中学"的前世今生

黄勇智　五〇后

江北城永平门4号　油画家 漫画家

山城民办中学，位于渝中区下半城储奇门百草香气的羊子坝15号，它有一个让同学们抬不起头的不雅别称：山城“板板中学”。

从1953年6月起，重庆市的中学，基本上都是按编号顺序更改校名，比如位于沙坪坝的一中，化龙桥的二中，沙坪坝的三中，南岸黄桷垭的四中、五中，渝中区上清寺的六中，沙坪坝的七中、八中……位于石桥铺的111中学排到最末。直到20世纪80年代，六中、四十一中等一批中学才恢复了以前的求精、巴蜀中学的校名。当然，仍有不少学校继续沿用了以编号为学校的校名。所以，当时编号之外的中学，除了院校的附中之外，一般都是民办中学。像原市中区的捍中（捍卫路民中）、官中（官井巷民中）、红旗民中等，而我就读的山城中学，也属于民办中学之列，只不过由于是工商联办的，相比其他民办中学算较好的。

提到民办中学，说来话长。那时候的民办中学，不是地方偏僻，就是校舍简陋，再不然就是师资力量薄弱，与现在高大上的私立中学完全不是一个概念。在重庆，但凡老一点的人，都爱把又臭、又脏、又差的事物比作“茅厮板板”，而“板板中学”便是民办中学的代称。本来我1971年从安乐洞小学毕业，可直接就读二十一中，但因为我十分要好的一个哥们李义，要转学去山城中学读书，说该校是半工半读，能学到无线电装配技术，并说他的王姑爷是学校的工宣队队长，如果我想转过去，他可以帮忙。逗恁个，我背着父母就把学转了。几个月后，还是班主任冉炎老师告诉了我，这所中学是民办的，也就是人们常说的“板板中学”。一些调皮的同学们爱戏谑地说：“板板校、板板校，男的抱到女的笑。”至于学无线电装配技术的事，也没有了下文。后头不管谁问到我读的哪所中学时，就是我最“低调”的时候。总感觉嘿没得面子，好像低人一等一样，还无奈自嘲地回答道："山城'板板中学'。"

重庆民谣《城门歌》，是这样描述储奇门的："储奇门，药材帮，医治百病。"1971年的一天，我第一次来到这所连一个像样的传达室都没得的学校，校门左边有些药材库房，右边有个烂拃拃的蔬菜摊摊，但一走进学校操场，眼前这栋巴洛克风格的欧式小洋楼虽说有些陈旧，还是着实让我眼前一亮。原来，明末清初至民国时期，储奇门一直是重庆山货药材的集散地，而这栋建筑则是药材同业公会旧址，建于1926年6月。

学校不大，进门就是一个篮球场大的硬泥巴坝子，左边院墙和右边永红小学楼房的墙壁上，各安装了一个篮板。大楼前面正中间，有一个1米左右高的三合土的台子，供学校开大会时做主席台使用，要进学校里面，只能从两边的梯步拾级而上。

楼房主体建筑共三层，因年久失修有些破败凋零，但整体建筑外观以浮雕为主，欧美风格的设计既精巧细腻，又恢宏大气；二楼栏杆处的排水口被雕琢成嬉戏的石狮，水可从狮子口中排出。这座曾经是附近一带最高的建筑，向世人彰显着她昔日的光彩和华贵。

洋楼底层中间，在不太平坦的青石板上，放置了一个乒乓球台，随着右后边又急又陡的木质转转楼梯上二、三楼。中间是教室，左右两边倒大不小的房间，就是办公室和校广播室，再往上走就是阁楼，供教师居住。我们班上的张勇，他老汉是学校的领导，就住在上头。在我记忆中，楼上没得厕所，所以，只要课间铃一响，大家总是一窝蜂地跑下楼，涌向后面的厕所，硬是打挤得很。

在楼前这个不足50平方米的三合土台子上，学校的演出、开学散学典礼及各种大会都在这里举行，但在众多的大会中，给我留下深刻印象的有

图·作者提供

两次，先来说哈批斗会嘛。68级有个瘦咔咔外号叫耗儿的学生，经常操社会、打群架，有一回遭张在明主任弄来先关到底楼右边小屋子的办公室里，后召开全校大会，把五花大绑的他弄到台子上，进行现场批斗……

另外一回就是开表彰大会，表扬一位69级的同学拾金不昧，将在上学路上捡到的五百元现金，及时交到学校后归还给了失主的事迹。五大五百块钱，当时，在我没有收入的年代，简直就是个天文数字。好像如果我有了这笔钱，一辈子就可过衣食无忧的生活了。难怪私下嘿多同学都说别个傻。

初中二年级，我们搬到了更远的望龙门白象街分校上课了。从南纪门走过去足足有三站路，尽管有12路公交车，但大家经济条件都不宽裕，除个别同学买了每月4元、只能在市中区乘车的月票外，几乎都是走路到学校上课。平常还好点，遇到三伏天，走起硬是热得遭不住。我和几个胆子大、水性好的男同学相约，干脆游泳放滩去上学。从南纪门下水，顺江而下，到望龙门收滩。好在那阵上课的书本不多，下水前除了穿了游泳裤，其他衣裤连同简单的书本一起叠好，用皮带箍在脑壳上，用这种方式去学校，既免遭难受的酷热，又享受了游泳带来的乐趣。

在八个样板戏风靡的年代，我们学校也先后排演了京剧《沙家浜》《红灯记》和芭蕾舞剧《红色娘子军》等片段。我作为学生美术组的一员，除了定期要搞大批判专栏外，还参加了一些背景的绘制。那是一个夏天的晚上，我在学校教室里用水粉画《红色娘子军》背景的椰子树，姚渝永老师看后跟旁边的周航老师说："黄勇智要多画些素描逗好了。"虽说我从小喜欢画画，但从未受到老师的辅导，更不懂啥子叫素描。当时我就在想，恁个大一棵树我都拿得下火，画根树苗，那是好简单的事……也正是这次绘画的经历，让我认识了姚老师，从此使我走上了绘画基本功练习的正道。

一晃，我从山城"板板中学"毕业都43年了。我不管在哪里，只要一闻到中草药的芳香，自然就会让我想起在羊子坝

右图·储奇门九道门 戴前锋摄

左图·储奇门 戴前锋摄

读初中的岁月。不论是下乡插队还是参军入伍，每次探亲回渝，我都会到我魂牵梦萦的“板板中学”旧地重游。每当我走进三楼原来的教室里，上课前班长张玉凤叫同学们起立的场景就会浮现在眼前，“提高警惕，保卫祖国，要准备打仗！”的课前口号，总会回响在耳边。原来的学校，早已和解放碑中学合并，现已改名为解放碑职业中学。以前的校址， 2002年被列为区级文物保护单位，2009年又被列为市级文物保护单位。

储奇门的花街子

李毓瑜　五〇后

望龙门　中医骨科职员

重庆下半城储奇门的花街子，位于解放西路。白天是人来人往的菜市场，到了夜里，那可是从解放西路到解放东路的美食街，相当于上半城“八一路”的好吃街，尤其是紧挨重庆日报社花街子头头的这一截路。

专管扫地的清洁大队和文化人集中的报社就坐落在这里，它们的距离仅隔着一条小小的马路，终年四季相伴相邻相望相守，好像现时人们说的知心爱人。这小马路的用途，主要是用来过清洁大队的洒水车。

清洁大队两层楼，上面住人办公，是干部的办公室，楼下是隔出来的几个空间，清洁大队的洒水车就停在这里。每日洒水车要开出开进，上、下午两趟，晚上不走车，空出来的车道就成了摊贩们做生意的黄金地段。

那时坐落在花街子的清洁大队，也算得上是市井平民眼中的一道风景。

一架旁边斜出的红漆木楼梯把清洁大队楼上的人和楼下的车连接起来，楼上的人下完红漆木楼梯，下面就有人们需要的物件。男人们倦了要抽烟，楼下开车的司机身上忘了带火，楼梯旁边就有一个迷你小屋，刚好摆下一个四尺长的玻璃柜台，透过玻璃，那里有各种牌子的香烟，随你挑选。柜台上有打火机，也不会让司机落空。

女人们若身上突然来了好事，那也不要紧，楼下的迷你小屋，也早早给你备下了。除此之外，墙上的玻璃吊柜里有松软的面包、牛奶、汽水、方便面……从吃到用，这迷你小屋都有你时时需要的东西。

迷你小屋的老板是个能干的女人，不漂亮但有味，眼睛亮亮的，不管你买不买她的东西，只要经过她的小店，她眼睛有空，嘴有空，都会招呼你，让你时时看见她，不忘她，得空就来迷你小屋买她的东西，照顾她的生意。

女人不但把小店打理得干干净净，也把自己的头脚、一身收拾得整整

图·厚慈街 戴前锋摄

洁洁。冬天在头发上斜插着一朵淡黄的蜡梅，夏天插一朵白白的茉莉，秋天是黄黄的菊花，浑身上下没有一点不妥帖的东西。只要你走进迷你小屋，不经意间鼻底就有一丝香气。如果说花街子美食街大大小小卖吃食的老板充满了居家过日的世俗之气，那么这个迷你小屋的女人就是这个世俗之气上的精神。不少男人没事也往迷你小屋的玻璃柜台上靠，一来说说话，二来也打打望。女人也不恼，来的都是客，虽然不是阿庆嫂，女人是笑脸不打人。

一年四季春夏秋冬，三百六十五天，不论刮风下雨，该应酬的都应酬了，一个都不少，一点都不含糊，迷你小屋是花街子引车卖浆之流的神往，是男人们打秋风借以弥补人生不如意、不妥当的调合剂。

迷你小屋的女人，让花街子灵动充溢着温馨，让花街子变得滋润而又风情，花街子因女人整日都热热闹闹，花街子因女人茂茂盛盛。

迷你小屋的旁边有一个同样不大的理发店，一把椅，一面镜，一个五十多岁的男人，泥炭炉灶上的火终日不熄。锅里温着水，墙上挂着洗头的白木水桶。有人来，椅子上一坐，男人就开始干自己的活儿。剪、洗、吹、修、掏耳朵外加捶背，每样都不少，让你在他的木头靠椅上，好好地享受人生。

晚上，下半城的花街子更是各色人等聚集之地，市井人声热闹非凡。大大小小的摆满了各种吃食，街边边都不得空：小面、醪糟大汤圆、抄手、包子、饺子、芝麻烧饼、糯米团、豆浆、油条、花卷、白糖糕、油煎肉饼……白天看起来是杂乱无章，可一到了晚上，那大大小小的灯一亮，黄的、白的，红的、蓝的，帆布雨篷一撑，随着炉灶上夜风蒸腾而起的水雾，曲折蜿蜒，人声笑声漂浮在水雾上，那大大小小的光亮也漂移闪烁，便沾了几分仙气，有点天上街市的意境。

下半城的吃食虽不似上半城的吃食高雅精致，却十分对下半城人的胃口，便宜旺实，吃了好各走各的路，好各干各的营生。而这烧烤是这下半城美食街世俗的时尚之物。

花街子随便的一个烧烤摊，小方桌、小凳子早就摆好了在那里等你。宽大的长方形的烧烤架放在路边，铁架下的炭火红亮亮的，旁边的盘子里摆满了各种各样用长长的竹签串着的吃食：豆腐干、豆皮、肉片、火腿肠、鸭肠、鱼、年糕、茄子、藕片、土豆片……看得来你脸上再长四只眼睛都不够。旁边的是麻油、味精、花椒面、海椒面、葱末，香气钻鼻，铁架上的东西烤得“嗞嗞”作响，还没吃，那气氛、那味道就绵绵缠缠地包围了你。

有男人带了女人来，摸出几张十元票子往桌子上一甩：“老板，每样给我烤几串。”

“对头，哥儿来了就不要客气，想吃啥子点啥子，反正你甩出来的钱是拿不回去的。”老板笑嘻嘻地把钱装进荷包里头。

晚上花街子街边边的烧烤，花钱不多，费事不大，把下半城人的欢乐和幸福搅动得热烈而生动，简单而具体。

图·巴县衙门老街　戴前锋摄

周草药
兄弟快餐
美好生活
批发冰糕、雪糕

图·江北城江川门街 戴前锋摄

大小灯泡
国内长途直拨
67552327

南泉路29号

钟仁俊　四〇后

四川成都　画家

南泉路29号是我当年在南泉居住的门牌号。

这是一条紧邻南温泉公园的背街，这个门牌号如今还在不在不得而知。即使还在，也决然不会是当初那幢房子了——整个南泉路的建筑，已摧枯拉朽另起炉灶。南泉路还在，可如今，无论我是走在这条路上，还是路过29号，一抬头，已是满眼陌生。

29号俗称“八一楼”，外面半截一楼一底，我住那半截却是建在半坡上的平房。淡黄色灰板墙瓦房，完整的木地板，百叶窗，还有一圈一米高的木质护墙板。据我所知，这幢半楼房半平房的小楼，最早是一位抗战时期的国军师长的住宅。国军的人显然不会给它起名为“八一楼”，把它叫“八一”，估计是后来又有共军的军官住过：我入住前的房主，就是我所认识的部队高干子女，他们是我的学生，其母亲我认识，父亲却没见过。我，至少是29号的第四代居民了。

南泉路那一排房子多有俗称，我更早一点在南泉路住过的那幢楼，就叫“白楼”，其规模和建筑格局，都比“八一”更胜一筹，估计房主的身份比师长更高。

“白楼”大门前的石阶平台上，有一个很精巧、也很别致的墓冢，主碑是一根约三米高、形如一只大铅笔的石柱，围有一圈圆形石栏杆，石碑石栏杆都已长满青苔，却完美无损。这是纪念一位年仅14岁，在1927年“三三一惨案”中殉难的女学生李远蓉而建的墓地。住“白楼”时，我每天必经过这里，印象很深，好后悔没有在原址为它拍一张照片，因为现在建新水泥楼房，它已经被移到对面山脚去了。

在“白楼”与“八一楼”之间，有一个带有宽敞坝子、筑有围墙的连体洋楼，叫“银行”。这么短一条街就有这么大一个银行，抗战时期，陪都重庆金融业的兴盛可见一斑。离南泉路约一公里的虎啸口旁，还有一座规模很大的山林别墅区——孔园，则是孔二小姐的居所，后来成了九龙坡区党校。

南泉路另一幢规模与银行差不多的楼房叫“清华”，“清华”旁边还有一座“幼儿园”，这些称谓多是从抗战期间延续下来的。这“幼儿园”我见惯不惊，可20世纪80年代后期，法国画家法比恩小姐（她后来成了法国驻华使馆首席文化外交官）见此非常赞叹，对我说：“这幢建筑很了不得，是中国境内保存下来为数不多的法式建筑。”还指着一大块因维修拆下来扔掉的屋脊说：“这是一件很值钱的文物呀，真的就这样扔了么？”可惜，凭我当时的能力，根本无法保存它。

右上图 · 1988年作者与法比恩在南泉路29号

左下图 · 1987年在南泉路“幼儿园”前

左上图 · 1990年初作者在南泉路29号（八一楼）

“八一”楼左侧紧邻的，是一幢别致的宗教建筑“福音堂”，这是南泉路如今保存下来的唯一老建筑。凭借它，我才可以辨认出南泉路29号故居的位置，因为当年，我正与它毗邻。也是80年代，我与四川美术学院的几个学生，在这里过了一个难忘的圣诞节。驻守这福音堂的是一位孤老先生，个子较高，面色红润，笑容慈祥。他是我的邻居，所以听说我们这批青年人要过圣诞节，还对耶稣充满敬意，特意为我们几人敞开教堂大门，开了所有吊灯，让我们在高大宽敞的厅堂自由活动。除了祷告，我们还根据各自的理解，在台中央十字架前，摆了各种虔诚姿势拍照，留下一批很有氛围的照片。那个厚重、高大、精美的金色十字架，令我过目不忘。暗自惊诧这个平时一推开百叶窗就可见、其貌不扬的陈旧教堂，内部何以如此堂皇？

如今方知，这座福音堂之所以能成为唯一保存下来的老建筑，是因为它的来头很大：它是抗战时专为方便宋美龄、蒋介石做礼拜之用所建。陪都时期，位于南泉的小泉“校长官邸”，是蒋介石在渝的四个官邸之一，住校长官邸的蒋氏夫妇，每周的礼拜，就在这里进行，乃至当时还引来一些金发碧眼的洋人，不惜车马劳顿也来此做礼拜，一睹亚洲美人宋美龄风采。

无独有偶，当年马英九的父母，辗转来到大后方重庆，也是在这座教堂举办的婚礼——谁也不曾料到，几十年后，他们的结晶——儿子马英九会成了中国台湾地区最高领导人。可惜这座教堂如今的外装修太过当代，丧失了它的本来面目和历史感。

显然，这条不过200米长的南泉路，若能完整保存下来，不仅是非常地道的“民国一条街”，更是非常珍贵的“陪都一条街”，因为这短短一条街上，住的都是很有抗战历史故事的人物。有案可查的，就有八位，其中包括黄炎培、熊克武及重庆银行董事长潘昌猷等人。我住的南泉路29号，是国军著名师长曾子唯沂风别墅（后为南泉工人疗养院）的一幢附属建筑，还是另一位师长所建，不甚清楚，但那房子的标准，没师长这个级别，是建不出来的。

我每年来南泉为父母上坟都必经这条街，目睹这条老街的彻底改头换面，乃最近两三年的事。变化迅雷不及掩耳，一幢熟悉的房子说没就没了，正后悔还没有为它拍张照片，不料下一次再见时，连剩余的也都夷为平地了。

80年代中期我脱离南泉去了开放的黄桷坪谋生，家还暂住这里，法国女子法比恩小姐是一位年轻的汉学家，她对中国文化有着浓厚兴趣，她夜以继日地学习、工作，一直顾不上休息。有一天，她突然对我说："不行，再不休息我会垮掉的，你帮我物色个地方休整一下，度假。"我能想到的最轻松最方便的地方就是南泉，她欣然赞许，当即来到南泉路29号度假一周，游泳，登山，吃现成的可口饭菜，时不时也有些画界同行来造访。其实她并没完全休息，一歇下来就让我翻开家传的线装书，照本宣科给她讲中国画论。奇妙的是在洋人面前讲起中国文化，我竟能从古汉语中逐字逐句如数家珍，她显然被迷住了，对我说"你应该去欧洲讲古汉语"，我知道那是中国文化本身的魅力。我们饶有兴味地侃中西方文化的差异，有一次提到某人精神方面出了问题，她指着自己的脑袋说"他这里出了问题"，我当即指了指自己的胸口说："不，他是这里出了问题。"只见她睁大眼睛望着我"嗯？——"，她寻思良久，颇感兴趣。我这个看法，后来还真在中医学中找到了理论支撑——"心为百官之首，神明出焉"（《黄帝内经》）。心理问题，表现在头脑思维出了问题，但就其生理病理基础看，更与心脏相关。

法比恩天天去温泉游泳池游泳，蛙泳仰泳自由泳，从这一头游到那一头。休息时像发现新大陆似的突然对我说："我有个发现——这些人都不是来游泳的。"见我愣愣地盯着她，她说："他们是来玩水的。"哦，我这才意识到，不仅是游泳池里泡在水中的大多数人，就是我，也通常是来玩水的，不是酷暑，我基本不进游泳池。幸亏登山时，我体能极佳，功夫也深，老把她甩在后面，使她也体会到了中国人的又一句古话："仁者乐山，智者乐水。"各有所好，各有千秋。

法比恩能以她有滋有味的重庆话融入这座遥远的东方城市，是很用心的。有天我们去爬山，在南泉路29号楼下等了好久我老婆还没下来，我说："唉，她这个人就是，啰唆得很。"

她饶有兴味地盯着我，问："啰嗦的反义词是什么？""麻利。"我说。"你这个人"——她很认真地用非常麻利的重庆话对我说："你也太麻利了。"

新马路

张魏萍　五〇后

渝中区枣子岚垭（新马路）财务人员

重庆市人民大礼堂的背面，有一条呈“之”字形的马路。20世纪50年代的时候，新落成的重庆市人民大礼堂金碧辉煌，她身后的这条马路，也被叫作新马路。

我的家，就在这条新马路的“之”字中间。这个“之”字中间，是一大片青草坡，草坡上高低错落分布着几幢小平房。这些小平房，背靠着马鞍山上的大礼堂，面对着嘉陵江边的人和街，现在想来，其实是依山傍水的好地方，而那时，这个地方，被用来安置“犯了错误”的人家。

我朦胧懂事的时候，也就是中国的“文化大革命”开始的时候。孩子们都不上学了，男孩子们自制滑轮车，滑轮车通常是由三个轴承组成，因为轴承不好找，能有四个轴承当然更好。前面一个后面两个，或者前后各两个穿在两根木条上，再钉在一块木板上就可以做成了。每天黄昏时分，新马路的“之”字顶上，在一群小伙伴羡慕的眼神中，有车的孩子得意扬扬的坐上滑轮车，“呼呼呼”往下飞快驶去，一会儿，提着车“噔噔噔”从之字底下那一坡梯坎跑上来，又滑下去。如此往返，乐此不疲。没车又想玩的小孩，眼巴巴地看着，等到有人玩累了让自己也玩上一把。那条马路，带给了孩子们多少的快乐。

新马路的一边，是人民大礼堂的围墙。围墙里面，种了一大片的芭蕉。围墙跟行道树差不多高。在大孩子的带领下，有一天，我们七八个小孩集体爬树翻墙，跳到大礼堂里面。芭蕉太高，始终够不着，我们就往礼堂里面跑，进去才发现，那一天，礼堂里面人还真不少。台子上站了一排人，戴着纸糊的高帽子，低着头，胸前挂一块大牌子写着他们的名字。我已经开始认字了，我认得那些名字有任白戈、廖书华……

新马路的另一边就有我的家。我家房子后面，生长着许多野生的夹竹桃，开花时节，红的花白的花分外好看。我家门前，有一块坝子，坝子边上，长着几株有些年头的枸树，夏天枸树结出红色的果实，噼里啪啦落得满地都是，有小孩尝过那果实，说是甜的。我最爱用掉下的枸树叶子来擦洗脸盆，一擦就干净，可好用了。当然，草坡坡上，还有很多的枸树、黄葛树、苦楝子树等等，有的开花，有的结果，一年四季姹紫嫣红。

那时候家家煮饭都是用的蜂窝煤，蜂窝煤可以买到，引燃蜂窝煤的柴火比较难寻，有人便打起了周边植物的主意。最先被砍掉的就是夹竹桃。物资匮乏的年代，一人带头，大家都动手了。于是乎，一时间，坝子上晒满了砍成一小节一小节的圆圆的夹竹桃枝。邻居有位李爷爷，原是一有名报刊的编辑，犯了“错误”后被安置在这里，家里人都不大来看他，只有一个跟我年纪相仿的小女孩，他的孙女陪着他一起生活。有一天，孙女尿床了，李爷爷拿着尿湿的被子到坝子里晒，不幸踩在圆圆的夹竹桃上，狠狠地摔了一跤，从此瘫在了床上。

话说重庆玄坛庙

欧阳晓村　五〇后

南岸区　退休工人

从小我生活过的地方，叫玄坛庙，位于重庆南岸，依山傍水，是一个美丽的地方。

玄坛庙有着许多鲜为人知的故事和传说。

传说中的玄坛庙，供的是赵玄坛，就是人们尊崇的大财神赵公明。相传很久以前，他曾骑着黑虎来过重庆，在玄坛庙的野猫溪住过几天。像赵公明这样的财神爷都来过，玄坛庙的人不祭祀他才怪了。

玄坛庙，其实并不是什么寺庙，就那么一块石碑，中间放了一个祭坛，常年香火不断。这个玄坛，我小时候见过，是建在一个叫黄家巷的地方，后因政府要在这里建一所学校，就让那些信财神爷的市民把它搬迁到“呼归石”岸边的那块悬崖峭壁上去了。至今，仍有人到那里去祭拜。

玄坛庙地区，坡陡坎多，街巷短小狭窄，著名女作家虹影曾来这里，在“新民坡”的小巷里住过。她在小说《饥饿的女儿》中，描述了一幅玄坛庙的画面：“从我的家中窗户看去，正是两江汇合处，在那个饥饿的年代，谁有心去欣赏江景？从江边爬上坡顶，回头遥望，那夕阳铺在嘉陵江中，闪闪烁烁，那反光把玄坛庙也映得灿烂辉煌了……”

据说清代之前，玄坛庙一带已经形成码头，直到重庆开埠。从清光绪二十二年（1896年）起，英、德、美、法、意、日等国以保侨民为借口，先后派军舰来重庆，都是停泊在这里，被当时人们戏称为“洋码头”。随着“洋码头”的扩张，玄坛庙街上逐渐出现了“洋行”“洋铺”、工厂和仓库。在“呼归石”附近，法国人还建造了他们的水兵师俱乐部（南滨路法国水师兵营遗址）。除了停靠军舰外，他们还带来了一些传教士，在玄坛庙开办了重庆第一家西医医院（现重庆市五院）。他们按教会传统，起名叫“仁济医院”。

当时在玄坛庙居住的人多半是水手或跑船的底层劳动者，因生活贫穷，生了病看不起中医，看到这所医院居然是免费治疗，而且效果明显，于是他们很乐意地接受了这舶来的医术。因此，玄坛庙一带的居民成为重庆最早尝试西医的人群。1929年，重庆设市，曾在玄坛庙设市政管理处，分管由巴县划入的南坪、海棠溪、龙门浩和弹子石四坊。

抗战时期，著名电影表演艺术家白杨等人在玄坛庙一所宅院里建立了一家电影制片厂；国民政府的财政部、海军司令部的部分机构也在玄坛庙安营扎寨。

玄坛庙还出过武林高手李国超，后来被推荐当上了蒋介石的卫队长。

中国著名画家晏济元先生的家就在玄坛庙，就在我的母校滨江中学分

部那边。凭借父亲的关系，我有幸在1975年拜晏老为师学习画画，虽然学画不过一年，但也算忘年之交。晏老于2011年2月11日在成都仙逝，享年110岁。

罗京，中央电视台著名新闻主播。他的童年是在玄坛庙施家河渡过的。

在玄坛庙施家河，还有过一位名人，他就是首创川江夜航的老船长莫家瑞。他曾多次受到过毛主席的接见，令玄坛庙的人都深感自豪和骄傲。

《草原之夜》的作曲者，新疆建设兵团文工团的团长田歌，是我们玄坛庙石溪路的女婿哟！1966年，田歌携家属在石溪路住过。田歌跟我们一样经常在供水站排队打水，他待人亲和，脸上常常挂着微笑。

右图·五院老住院部（仁济医院1897年）沈克提供

左图·玄坛庙 戴前锋摄

过去的玄坛庙，曾经有过很多企业。从石溪路这边起有重庆二阀厂、重塑五厂、纺织配件厂、服装四厂、纸盒厂、马铁厂、酱油厂、新华皮鞋厂、重庆茶厂、铅笔厂、重塑三厂、重庆金银饰品厂、铭牌厂、长航船舶修理站等。整个地域上至五院下到野猫溪，沿途设有粮站、煤店、百货公司、邮局、银行等，地方不大却设施齐全，你会看到许多餐馆和茶馆，门庭若市，十分热闹。

“文革”中的“立四新、破四旧”，让石溪路的尼姑庵（千佛寺）遭到严重破坏，所有东西被洗劫一空。而当地另外一座寺庙——慈云寺则是幸运的，丝毫未损，传说是该寺庙里的武僧功夫了得，那些去闹事的红卫兵小将连门都进不了，无奈之下只好作罢。

自从千佛寺遭遇劫难后，寺庙就变成了街道工业的一个塑料厂。直到

“文革”结束后，千佛寺才恢复重建。尼姑们都回来了，年迈的老尼姑还带回七八个年轻的小尼姑。从此以后，寺庙里重新响起敲钟声，那钟声冲破夜空，久久地在风中回荡，传得很远。而今，千佛寺虽然获得新生，却在滨江路众多高楼大厦面前，显得有些孤独和矮小，尽管如此，它依然还在这里待着，坚守着属于它的信仰……

玄坛庙另一座寺庙——慈云寺距离千佛寺并不远，步行10分钟就到。重庆佛教协会会长唯贤大师喜欢在这里定居，2001年9月，我采访过他。慈云寺始建于唐代，重修于清乾隆年间，原来是观音庙，1927年经运岩法师募资扩建后，更名为慈云寺。与中国其他寺庙迥然不同的是，慈云寺的建筑具有中西合璧的特点，更具独特的是，慈云寺在全国是唯一僧、尼合一的寺庙，男女僧人分别居住南北之楼，并设有“十方丛林”为界。每逢初一、十五，倘若你前来烧香，只见殿中做法事的和尚尼姑共在一堂庄重严谨，男女声混合的礼佛诵经，使人肃敬。

慈云寺，地处长江南岸狮子山，占地面积并不大，它依山而建，整体看起来很有气势，大雄宝殿、普贤殿、三圣殿、韦陀殿、藏经楼、钟鼓楼等一一完整。所藏文物玉佛、金刚钟、千佛衣、藏经、菩提树等并称五绝，乃镇寺之宝。院中花园水池有莲花一朵，上立释迦太子像，四周塑有九条龙。庙内精致整洁，沿幽静石梯攀山而上至最高处，你将看到长江和渝中半岛美丽的风景，清风徐来，俗尘顿消。

今天，三峡大坝的水位已经提升到175米，加上修建南滨路形成江堤使河道变深，玄坛庙辖区江边的礁石——“呼归石”和“野猫石”永远告别了我们。记得小时候，每逢枯水季节，我们常常去“野猫石”玩耍，一边打望朝天门，一边晒太阳，江边戏水，特别自在。

传说这两块江中巨石是神石，是大禹治水时故意留下来的。现在它却没了，也不知道神仙们会不会生气？

黄家巷，是玄坛庙地区唯一保留下来的老街旧巷，也是重庆主城区不多见的老街旧巷之一。一条从慈云寺上达五院的石板路，在这寂静的小巷深处无声地延伸着。走进这里，可清晰听见自己轻微的脚步声，那种远离城市的喧嚣、清静的感觉，就像那解放碑的钟——不摆了！

2008年，重庆市政府批复了《慈云寺老街保护计划》，我们期待着这个项目早日实施。

玄坛庙，曾以灿烂辉煌的面貌在重庆独树一帜，它就像一本书，记载着许许多多的传说和故事，吸引着我们和我们的后人去看它，去读它，百看不厌，百读不倦……

图·玄坛庙正街 戴前锋摄

储奇门至今叫“大庆路码头”

恽和平 五〇后

筷子街 公务员

要把这个问题说清楚，先要说重庆的城门，再说码头。重庆的城门在明洪武初年就已经形成了，高十丈，周二千六百六十丈七尺，环江为池。城门有十七座，九开八闭，像九宫八卦。“朝天、东水、太平、储奇、金紫、南纪、通远、临江、千厮”九门开；“翠微、金汤、人和、凤凰、太平、定远、洪崖、西水”八门闭。当时的重庆城，从朝天门上溯至金汤门，再从现在的金汤街到通远门沿嘉陵江回到朝天门，就那么大一块坝坝。所以，在如今的山城第三步道栈道中段，昔日凤凰门之上，尚存十数米明城墙，立了一块碑，专门说明此段城墙是明城墙。属于古城者，还有如今悬于和平路隧道之上的通远门和荒废于湖广会馆旁的东水门。余者不存。

储奇门，命名含有预兆丰年，祝福城市昌盛之意。

储奇门在城之南，沟通上下半城，由此门出城渡长江到海棠溪是川黔公路起点，也是川黔古盐道的始点。

储奇门一带过去是山货、药材业集中之地，药帮、药材字号、堆栈林立。数百年后的今天，此功能继续发扬光大。乘公交车，只要广播喊“中药材市场”“西部药城”，你就知道储奇门到了。

重庆开埠以来，经济商贸发展极快，城门似乎成了一道藩篱。20世纪20年代，杨森任商埠督办，先拆了临江门，其后的市长潘文华为了建筑南干道（下半城）和中干道（上半城）马路，又把沿长江的几座城门悉数拆废。储奇门也拆了，但其泊船、屯货、中转的功能依然存在，于是人们建码头。据史载，储奇门码头是1935年建成的。解放后至20世纪六七十年代，储奇门码头已初具现代化功能：有两条绞车作业线，有吊车、浮吊、直型叉车、装载等重型设备，有泊位19个，重庆港的13、14码头也在储奇门码头，能靠100~1000吨船舶。

储奇门码头正对储奇门行街，左右各立水泥石柱，上书“储奇门码头”。

“文革”中，受政治影响，全国改地名和人名的风气大炽。重庆也紧跟形势，路名地名被改了一半多，比如朝天门改成红港，鹅岭改成红岭……“文革”后，绝大部分地名改回来了，有的还是保留着“文革”的遗痕，比如现在的八一路，以前叫保安路，重庆的名小吃多集中在这条街上，现在成了重庆的一张名片。

其时，储奇门码头的两根水泥柱也用篾席围了起来，再打开，人们骇然，储奇门码头变成了“大庆路码头”，因为储奇门行街改成了“大庆路”。字，颜体，雄浑遒劲，据坊间称，此五字是当时重庆市红岩三中(今复旦中学)学生，如今重庆有名气的书法家毛锡雄所书，不知确乎？

大庆路码头就大庆路码头，并不影响老百姓的心情，照样上下，大庆路码头下行有宽10余米的条石台阶数层，左拐是轮渡，四分钱即达对岸海棠溪；右拐下行是车渡码头、泊船作业点和码头公园。老储奇门的人都叫码头公园为“花园坝”。花园坝沿江垂柳依依，夹竹桃枝叶茂盛；园内石桌石凳，竹林幽径，是储奇门当地人息憩的宝地。码头左边是储奇门顺城街，沿城墙可以一直走到四方街、白象街。储奇门顺城街街口是缆车站，一分钱坐下去，二分钱又坐上来。缆车站旁是冰糕厂，下半城的人在此批发零售；上半城的人到石灰市冰糕厂。

光阴荏苒，半个多世纪过去了，储奇门几经风雨，轮渡停摆，缆车不动，冰糕厂也垮了，码头的泊靠吞吐优势也被寸滩、九龙坡等这些现代化集装箱码头所替代；连上下石梯也无人行走，渐至荒芜，为杂物和小摊户所堵塞。

大庆路码头的石柱于风雨剥蚀中默默屹立，至今尚存，此遗物，如明城墙一样，堪称“古老”，仿佛在告诉人们那曾经有过的一段历史。

图·重庆药材同业公会旧址 戴前锋摄

两路口印象

半夜鸡叫　五〇后

渝中区　企业家

我50多岁时，学会了开车。每当我驾车路过渝中区两路口时，一方面感到城市交通日新月异，菜园坝长江大桥如同彩虹连接大江南北两岸，人们出行方便了许多。另一方面，两路口昔日的繁荣在我记忆中挥之不去。它是我儿时记忆中的“天堂”！记得有一篇得满分的高考作文写道：“回忆对青年人来说，是包袱；对老年人来说，却是财富。”这句话很有哲理。

在我印象中，当时的两路口道路中心有个指挥交通的岗亭，围绕岗亭的四面八方有不少著名的地标性建筑。

记忆最深的是一条连接上清寺和朝天门的柏油马路，它是市中区（后改为渝中区）的大动脉。有“辫子杆”的1路电车是当时主要的公交车。电车从上清寺开出，途径两路口、文化宫、观音岩、七星岗、临江门、解放碑、小什字，最后到朝天门终点站。开电车绝大多数是女司机。不知什么原因，电车“辫子杆”经常脱离上面的导电线，一脱离，电车就停下了。司机必须下车把脱离导电线的“辫子杆”头头上的电线槽对准导电线接上，电车才能恢复通电行驶。这是一个技术活儿，因为电线槽是活动的，电线槽必须竖起才能连接上导电线。所以“老司机”一般讲究的是一杆准。有不少年轻的女司机，最怕脱杆。特别是夏天，地上柏油路被太阳晒得软软的，直冒烟，天上毒日当头没有一丝云彩，后面一长串车子等起。她们用尽全身力气把“辫子”拉下来，电线槽却紧到对不准导电线，还产生耀眼的火花，身子后仰成45度角，汗水八颗八颗流，周围还围着一大圈看热闹的人群，那才是急死人哟！现在想起当时的情景都浑身冒汗。

当时1路电车两路口站最拥挤。因为电车站旁边是重庆缆车站（现名为皇冠大扶梯），缆车下面连接着重庆客运火车站。由于重庆是山城，1路电车相对火车站来说，在半山腰行驶，火车站建在山脚。要坐火车，如果行

李多，就要坐缆车下去。所以，凡是坐火车到重庆的外地人印象最深的就是两路口的缆车。它不算长，但很陡峭，一根钢索拉着上下，看起很悬。我一个昆明大学同学曾经坐过重庆缆车，他的感受就是很害怕缆索断了缆车滑下去会粉身碎骨。其实现在我们上班回家都坐电梯，缆车还有坡度，电梯可是一股钢索拉起垂直上下运动。只是电梯看不见，感受不到危险而已。两路口缆车是重庆特有的交通工具，能让外地客人下火车就切身感受到重庆是座名副其实的山城。坐缆车有点像到重庆须仰视、朝拜。

两路口缆车站对面还矗立着一座形态非常漂亮的建筑——山城宽银幕电影院。它与重庆人民大礼堂、大田湾体育场等被誉为重庆十大建筑。它是当时重庆唯一放宽银幕电影的场所，也是我青少年时代最喜欢去的地方之一。由于电影院建在山坡上，造型又漂亮，屋顶是平顶波浪形，正面竖了近10根巨柱，很壮观。人们下火车、坐缆车上来，出站迎面扑来的就是山城宽银幕电影院。给人的印象是山外有山，重庆很高，仰视还是仰视……它就像古时重庆的烽火台，一览众山小；又像古城堡，锁住进城的要道，护卫着渝中区老城的安全。改革开放后，旧城改造，山城宽银幕电影院被拆除，再也没恢复，但好像旧址还是被围起的，原因不明。听说还有不少老重庆还在向有关部门呼吁恢复山城宽银幕电影院，估计希望不大。

右下图·重庆两路口百货公司　重庆市美术公司提供

右上图·山城宽幕电影院　重庆市美术公司提供

左图·两路口老街　戴前锋摄

两路口还有一座巨型建筑，就是著名的大田湾体育场。据说是贺龙元帅在重庆时拍板修建的。这是重庆最大的建筑之一。儿时我们经常去大田湾体育场跳伞塔看运动员跳伞，偶尔有机会也去室内体育馆看篮球比赛，我记得重庆“人交”和铁道篮男队经常争夺冠亚军。“文革”中，我们中学生经常被学校带去大田湾体育场参加各种大型集会。会后有时还混在游行队伍中走一段路，喊几句口号。大田湾体育场的附属建筑非常洋气，交通很方便，体育设施比较齐全，当时在全国都有点名气，属于重庆名片之一。90年代，随着重庆“奥体中心”的落成并投入使用，大田湾体育场逐步成为全民运动的健身场所。

体育场跳伞塔斜对面还有重庆图书馆。该馆的前身是民国政府为纪念在世界反法西斯战争中做出重大贡献的美国总统罗斯福，于1947年设立的“国立罗斯福图书馆”，是当时中国仅有的五个国立图书馆之一。解放后，重庆图书馆是首批“全国古籍重点保护单位”“国家一级图书馆”。馆藏有民国时期出版物、古籍线装书、联合国资料等，在全国颇具影响。

大田湾体育场大门正对着的是劳动人民文化宫中门。这也是当时我最爱去的地方。有游泳池、灯光篮球场和电影院。我们小孩最喜欢的是傍晚混进去，晚上等到看露天电影。如果正面没位子了，我们就看反面，所谓位子也是自带的小板凳，我们经常是坐地下，却看得津津有味。我现在也经常去文化宫，相比现在修的园博园、中央公园，文化宫显得很小。但在闹市区，50年代能修建一个这样的文化宫，说明当时的人民政府是非常有远见的。据说邓小平同志等老一辈革命家都参加了修建文化宫的义务劳动。文化宫修好后邓小平还题词“劳动人民文化宫”，并刻在了正大门的门框上。

两路口中心还有一个热闹的地方就是两路口百货商店。简称“两百”。当时“两百”属于国有大型百货商店，百货商品琳琅满目，在重庆都是数一数二的。它与山城宽银幕电影院紧挨着，所以逛百货商城、看宽银幕电影在当时是件很惬意的事。小孩们常常趁大人逛商场和等待电影开场间隙成群结队躲猫猫。如再能吃上4分钱一支的冰糕，那个凉快劲就要从心里冒出。

20世纪80年代末，重庆医疗急救中心落成。它地处两路口中心地带，与重庆市教育局毗邻。它的前身据说是建于1939年的中正医院。急救中心建筑是当时重庆为数不多的高层建筑，建筑形态很有特色。它的裙楼呈弧形，塔楼也呈弧形。屋顶定了一个传说还会转的大圆球（后来才知道这个大圆球不会转）。据说裙楼面上还可以停直升机。当时是个传说，因为绝大多数病人都是乘公共汽车来看病。急救中心大楼的建成和投入使用，使繁华的两路口平添了一道风景线，社区功能更加齐全。

随着重庆直辖，城市化进程大大加快，南坪、江北、渝北、沙坪坝等城市组团的崛起，使两路口地区原功能发生了变化，其逐渐成为交通要道。带“辫子杆”的电车早已退出历史舞台，火车客运站大部分搬到了渝北区龙头寺火车北站，缆车成了观光扶梯，“两百”风光不再，大田湾体育场主要功能被新建的“奥体中心”代替，重庆图书馆新馆在沙区落成，急救中心大楼不再独领风骚，数千万计高楼大厦已铺满重庆主城的天空，连文化宫也被多个餐饮店和小型儿童游乐场“占领”。这是中国特色城市建设的写照，是半个世纪以来重庆城市建设发展的见证，从这个意义上讲，是历史的进步。遗憾的是，我们城市建设的历史和文化元素往往被忽略了。

50年，在人类历史长河中是一瞬间，但对新中国来说，却是占了大半时间。重庆是邓小平为第一书记的西南局所在地，许多著名建筑都是当时借西南局的力量立项修起来的。两路口地区曾在新重庆建设发展历史上起了重要作用，可惜没有留下多少历史的痕迹，许多建筑拆了就修不回来了。我以此文怀旧，目的不言而喻。

沙坪坝火车站的前世今生

王抒　六〇后

站在站东路的人行天桥上向北望，巨大的深坑下伴随着劳作身影的是卷扬机、搅拌机的轰鸣声，三峡广场改造工程正如火如荼地进行着，这就是市民所说的“沙坪坝火车站加盖盖工程”。

深坑的前身是重庆北站，主要用来缓解菜园坝重庆站运力严重不足的问题，起到减轻重庆站压力的作用。少年时的我常因这个火车站被冠以“重庆”二字而莫名的得意，全然忘却了它所起作用细微的事实。直到2006年龙头寺火车站竣工，它被迫交出“重庆北站”的桂冠，含泪送给龙头寺火车站做了贺礼，而自己顶着“沙坪坝”这顶草帽，灰头灰脸地沦落为“屌丝”级连火车时刻表上几乎都查找不到的小站。对于这次火车站的“降格”，年届不惑的我内心感受是复杂的，莫名的得意忽的一下变成了莫名的失落，犹如未来得及抵抗的良人匆匆屈从了恶棍的淫威，有种打掉牙齿往肚里咽的委屈。往小的方面说，我是犯心胸小气了，往大的方面说，我这是微缩版的爱国情操!

五六岁时，我常随外公来到这里看火车站的建设：枕木一根一根地铺设，铁轨一根一根地衔接，直到1979年，沙坪坝火车站正式建成通车，我也从小学升入重庆八中就读。学校和火车站只隔了长虹制鞋厂和一堵高墙，每当有火车进出车站，拉响的汽笛声便爬过围墙，越过制鞋厂的房顶强行借道校园奔向远方。时间久了，我们便能根据汽笛响起的规律再辅以青春期那时常咕咕叫的肚子做参考，八九不离十地判断出是哪一趟列车进出站了，推算出此时大概的时间，倒计时着下课铃的响起……

当年火车站设施有些简陋，站台和候车厅都不大，但火车站管辖面积却极为宽广。月台往东有一条小道，经铁路职工医院、长虹制鞋厂，便到了小龙坎，出口离重庆八中大门不远。向西的铁路通往歌乐山脚的货运站，其间有两座铁路桥，桥的下边是梨树湾生产队的农田，农田的边沿偶有大丛的竹林。间或有风起，摇曳的竹林便隐约露出黑瓦泥墙的农家小院，炊烟经风的稀释慢悠悠地四处漾开，将竹林和院落渲染得缥缈朦胧，于是宁静的院落便有了仙境般的美感。只是在那食无肉，居有竹，不算雅，身形瘦，荷锄牵牛的农人身影闪现其间时，发愣的人儿的思绪才从仙境回到了凡尘。南面围墙外就是沙坪坝公园，茂盛的林木将枝叶探过墙头打望着东来西往的列车，墙外并列着多条铁轨，上面停有连串的车皮、蒸汽机车、巡道车，这里是装卸货物，更换车头的临时停车场。我们常在这里"逮猫"、打弹枪战，挥霍着过剩的精力。月台往北数十米，一堵高墙将沙坪坝火车站和沙坪坝区人民广播电台隔离开来。沿墙根向东两三百米到水泵厂技校围墙外，是大片长满杂草的闲置土地和附近居民垦荒种上苞谷、时蔬的菜园。那杂草与稼穑齐生长，荒地和菜园共繁荣的景象常使我感慨大自然对杂草和荒地的包容，以至于茅草的身高不输挺拔的苞谷，茂密的"官司"草不逊葱茏的韭菜。

火车站工作人员对待进出站台的人并不是一视同仁。梨树湾的农民可以挑着担从容地出入火车站检票口，把新鲜蔬菜挑到300米开外的陈家湾菜市场出售，这也是他们往来城区与郊区的重要通道。附近居民也可以自由地借道检票口抄近路上下班、上下学，而其他人则必须凭火车票进出检票口。检票员早已练就一双火眼金睛，能轻易地辨别出谁是本地过路居民，谁是妄图混票进出站的乘客。我们在上下学路上常能见到有逃票的乘客被揪住堵在墙角接受盘问，他们或对着戴红袖箍的检票员大声嚷嚷、百般抵赖，或赔着笑脸低声哀求、希望通融，检票员则昂起下巴坚持要秉公执法，神情凛然威严。

火车站虽是简陋的小站，却有往来于北京重庆的9次/10次特快停靠。这原本与我们一帮孩子搭不上任何干系的停靠，却令少年的我们生出些激动和骄傲来，脑海里不断冒出首都、祖国的心脏、天安门、长城、人民英雄纪念碑等字眼，仿佛只要自己愿意，天天都可以乘它去北京，于是，首都北京与重庆沙坪坝的距离一下被拉近了很多很多。

沙坪坝火车站的使命自然是迎来送往八方旅客，运送货物到全国各地，促进商品流通，可它实际上还兼做了沙坪坝读书郎的百草园，是重庆八中和水泵厂技校学生背诵语文、政治、英语，应对考试，使用频率高的氧吧和自习室；它还是小青年谈情说爱的情场；社会青年和一些中学生以武力解决争端的战场。若遇上连续几天的暴雨，火车站的荒地上还会出现大小不一的积水凼。小龙坎小学的小屁孩们最爱在往返学校的路上玩水，捉蝌蚪，粘蜻蜓，抓蚱蜢，开心投入。常有贪玩的孩子猛地意识到快要迟到了，便撒开双腿一阵狂奔，书包在他的屁股上啪嗒啪嗒地打着节奏，突然笔盒跳出书包摔在地上，铅笔、橡皮、蜡笔、尺子、计数棍什么的集体玩了把胜利大逃亡，眼瞅他喘着粗气折回收拾“逃犯”的窘相，火车站办公楼上穿制服的工作人员忍不住笑了，骂骂咧咧地说些什么要迟到，会被老师罚站，要请家长之类的话来吓唬他，语气中多少有点“幸灾乐祸”的阴暗。

至于临近上课时间了还悠闲地坐在草地上的三五成群的少年，多半是附近中学逃课的学生。太阳高悬，清风徐徐，一无所有的他们就这样豪气地虚掷着和黄金等价的光阴；毛茸茸的上嘴唇被阳光染成了淡淡的金黄色。其中一人划根火柴逐一点燃你三分我五分他一毛“众筹”来的没有滤嘴的“老白干”——重庆牌香烟，夸张地发出嗞嗞的吸呼声，差点被呛出泪水，仰起头不太熟练地吐出个把还算成形的烟圈，假老练似的将一脸难受伪装成享受模样。

天高皇帝远的火车站荒地，常有梳着“一匹瓦”帅气的男孩和扯根“官司”草衔在嘴里用门齿轻轻咀嚼的长辫女孩来这里牵手互诉好感……沙坪坝火车站就这样静静地注视着过往的人们以及这里发生过的一切。

寒来暑往，岁月轮回，我日复一日地在沙坪坝火车站与重庆八中之间穿行了6年，与沙坪坝火车站日益熟悉、亲密，又随着校园生活的结束而相忘于江湖。

在我四十五六岁时，我又见证了沙坪坝火车站一砖一瓦地被拆除。2012年12月，随着第一声爆破声在候车厅响起，沙坪坝火车站渐渐地连皮带骨从人们视野中消失，最后留下一个二三十米深，宽广得可以饲养几头鲸鱼的巨坑。

一转眼高中毕业30周年，高86级建了同学会的微信群，大家在上边热烈地谈笑着，回忆着，其间多人无数次提到那些发生在火车站的趣事。我们二班那俩常结伴去火车站复习功课的同学最后结为夫妻，成为我班硕果仅存的一对“内部消化”的美谈，今天在群里晒了合影照，秀了下恩爱。我说自己在火车站背诵英语单词时，偷挖过附近居民种的红苕，用小刀草草削了皮，边吃红苕边背单词有事半功倍的魔效。话匣子一打开，大家纷纷自省或帮助他人反省：有人嘴馋生吃过嫩胡豆，上吐下泻差点中毒，有人与“地主”抢时间，偷吃过略红的番茄，有女生采胡豆花插头上臭美被发现，遭“地主”提着粪瓢狂追……在不设防的同学群里，成绩优秀的、成绩平平的、男的、女的，纷纷曝光了自己“做贼”的经历，原来，少男少女的心中多少也藏着一点“绿林情怀”。还有人提到一班几个调皮同学，经常在火车站荒地和附近中学的学生约架，把当时八中的名气“打”出去了，今天，我应几个在外地和国外同学的要求，站在站东路的人行天桥上为他们拍照、拍视频“实况报道”沙坪坝火车站的施工进度。告诉他们沙坪坝火车站经过4年的重建，已具雏形，预计2017年底建成投用，将与三峡广场连成一体。他们很是感慨，几个生活在国外的同学更是对家乡的巨变备感骄傲。

我轻轻挥手作别记忆中仅两层楼高、没有空调暖风、狭小而简陋的沙坪坝火车站；我手搭凉棚翘首眺望，崭新的现代化的沙坪坝火车站正满血复活，缓缓起身向我走来。

我和我的母校

一八一小学

廖普爱　五〇后

湖南永州　重庆邮政局职工

重庆人都知道巴蜀小学和人民小学，鲜有人知重庆原来还有个西南军区八一小学。我的母校就是原西南军区八一小学。西南军区八一小学是原西南军区司令员贺龙和政委邓小平一手创办的，是为解决中国人民解放事业英勇献身的革命烈士遗孤和军队干部子女的入学问题而创办的。《红岩》小说江姐的原型江竹筠烈士的孩子彭云就是八一小学毕业的。1952年5月2日，原西南军区司令员贺龙看望了重庆人民小学的孩子，8月2日就和邓小平政委签署了成立西南军区八一小学的命令，刘海潮被任命为第一任校长。学校的老师和工作人员都是从部队选拔的优秀干部。

西南军区撤销后，西南军区八一小学改名重庆八一小学，但仍属部队编制。由原西南军区后勤部班底组建的总后驻重庆办事处接管。

我1958年入学报到时见到我们的第二任校长陈文玉穿着军装，佩戴中校军衔在校门口迎接新生。父亲在渝办工作，他们认识，说了几句话，陈校长知道我比较调皮，开玩笑地对我说："你爸爸穿的是虎皮，我也穿的是虎皮，不听话对你不客气哟。"说完哈哈大笑。见他一笑，消除了我所有的陌生感，真是个可亲的叔叔！

西南军区八一小学坐落在重庆市中心浮图关上（即现在重庆电视塔下）。八一小学是寄宿制学校，没有一个走读生。学校实行军事化管理，听起床号晨起，不允许赖床。叠好被子到洗脸室刷牙洗脸，然后到教室进行早自习。早自习完到食堂吃早饭，上课铃响一次，同学们迅速跑向教室，响第二遍铃正式开课了。午饭后大家都规规矩矩回寝室睡午觉。晚自习后熄灯号响，所有寝室关灯睡觉。

我们从小就生活在部队大院，很快就适应了学校的生活。

学校有医务室、食堂、洗衣班、小卖部，没啥大事基本不用出校门。

每星期部队放映队还来学校放一场露天电影，我现在记得看过的电影有《扑不灭的火焰》《花儿朵朵》《国庆十点钟》等。

记得很清楚，入学时交学费两块多钱，伙食费每月十二块，医疗包干费五毛，再无其他的杂费。从小学一年级到六年级，一直就这费用，没涨也没跌。星期天回家还要退三毛八分钱的伙食费。烈士子女免费并发零花钱。

灾荒年，我们的学生没有饿过肚子。陈校长跑到各驻渝部队首脑机关求援，一个部队掏一点粮也能填饱全校五百多学生的肚子了。另外，驻渝部队为了改善生活组织了打猎队，上高原打的野山羊等野物回来后从不忘了给八一小学的孩子们送些过来。学校还有个死规定，凡是部队送来的食物，教师食堂决不沾边。

一入学，老师们就给我们讲艰苦奋斗和节约的优良传统。洗脸室写着节约每一滴水，食堂贴着节约每一粒粮食的醒目标语。吃饭是不允许掉一颗粮食在桌上。

那年月全国处处都看得到“我为人人，人人为我”的标语口号。我们每天都睁大眼睛找好事，做好事。实在找不到了，我就将自己用剩的半块橡皮擦当捡到的失物上缴了，好歹也算做了件好事。那时的我们是真纯啊！

生活像流水，时而舒缓平静地流着，时而经历急流险滩。

有天，八一小学出大事了，有个学生偷了同学一支钢

右下图·八一小学同学在鹅岭公园聚会
右上图·作者提供
左图·春游

笔。这是绝对不能容忍的行为。学校为此在大礼堂召开了大会，牟副校长在会上讲了个纸包不住火的故事，说某人偷了支钢笔不敢拿出来用，后转学认为没事了，但当别人问他这支钢笔多少钱买的，他答不出来，傻眼了，遂暴露了，这就充分说明纸是包不住火的。哇！太深刻了！我们一辈子都不敢动偷窃的念头了。所以我敢说，八一小学出来的学生可能有这样那样的缺点，但决不会有小偷小摸的习惯。

在八一小学六年，给我们留下更多的是温馨、阳光的回忆。我们在学校踢球、打乒乓、斗鸡、拍纸烟盒、中秋吃月饼赏月、去鹅岭公园观菊、到华岩寺野营，以及步行往石桥铺公社学农，在那里我生平第一次踩水车帮农民抗旱……

1964年，我们小学毕业了。终于要离开了。记得那是个阳光灿烂的下午，毕业班的全体同学在学校礼堂集合。校长讲了话，老师发了言，同学表了态。我一句没记住。那天学校给每个同学发了一支冰糕，一支牛奶冰糕，好甜好甜。吃完冰糕，我突然意识到这是母校和我们做最后的告别。从此，我将离开朝夕相处了六年的老师和同学，离开我熟悉并备感亲切的校园，我的心好酸好酸……

1964年我们离校，随后不久八一小学就移交地方了，改名为重庆市114中。但我们的学弟学妹们继续在校完成了他们的小学学业。他们的八一小学情结不会改变，他们永远自豪地宣称“我们的母校是重庆八一小学”。

禅林八景名声远

范国明 六〇届

四川广安 公务员

清康熙年间，华岩寺在华岩洞对面山坡落成，圣可大师遍邀高僧雅士相聚丛林，最终议定天池夜月、帕岭松涛、远梵霄钟、疏林夜雨、双峰耸翠、古洞鱼声、曲水流霞、寒岩喷雪八景以彰名刹风光之胜。寺僧曾将此付之丹青，圣可、道智、张宗祥亦先后为之赋诗。三人生活年代相隔几近四百春秋，他们笔下的华岩八景各见其妙，至今为人传诵。

天池夜月在华岩洞上约一公里处，今为华岩小学。此处原有“天堂庙”，为华岩寺僧供养母亲之所。旁凿一池，积水为潭，潭水清澈明净，鱼虾嬉戏；四周草木葱茏，鸟儿啁啾。入夜，月朗星稀，一轮明月倒映水中，银光灿烂，水天一色，即有“天池夜月”一景：

含虚秋倍夜光多，不息鹏飞息素娥。

有物文华珠灿烂，蚌犀乘望即频过。（圣可）

欲钓寒江未有闲，持竿深入万重山。

水清月白天如镜，只在离钩方寸间。（道智）

凿池积水邀明月，水月相亲倍可人。

借问水中天上月，不知谁假更谁真。（张宗祥）

帕岭松涛在华岩洞庙左，沿小路上坡顶，即大塔坡松林地带。此处为华岩洞庙之屏障，山势连绵，青松裹翠。清风徐徐，松枝摇曳，宛如碧波荡漾。狂风乍起，松涛翻滚，万木咆哮，恰似拍岸惊涛。有诗赞曰：

青山一幅画堪闻，半入寒窗半入云。

盈壑盈丘若不见，鹤知夜半亦通君。（圣可）

倾秋倒岳势何遄，怒浪惊涛响万川。

禁得山僧全不得，风波狂吼上青天。（道智）

谡谡长风天际来，万松似卷浙潮回。

白云翠浪横千叠，不使三门染点埃。（张宗祥）

远梵霄钟为禅景，在华岩寺官厅后花园处。寺僧早晚课诵，晨钟暮鼓，抑扬顿挫，悠扬婉转。夜深人静，独坐寺中，凉风习习，月色朦胧，梵叹之声、钟磬之鸣远远传来，时断时续，渐逝云霄。诗人身临其境，未有不赋诗赞美者，其如：

盰宵云风击幽冥，遐迩人闻梦亦惺。

百八音沉鱼骨冷，灼无声臭更堪听。（圣可）

松斋夜静月朦胧，断续声惊断续风。

惭愧有心听不得，知音多在寂寥中。（道智）

纤纤新月照寒林，梵呗声消杳莫寻。

忽听蒲牢出云吼，一声已是警尘心。（张宗祥）

疏林夜雨在华岩寺大山门右侧，随石梯而下，至湖边右侧楠木湾、千子岗一带。此处原有大片楠木林，后遭砍伐。现在香樟、修竹成林，夜雨悄来，清风飒飒，千松歌吟，万竹和韵，犹如天籁之音。诗曰：

松涛竹韵响壇坛，四壁无风榻亦寒。

漏室谁嫌迟月影，可知岑寂有禅安。（圣可）

万山深处思无涯，飒飒风清月色奢。

香雨不知何所得，满林空翠滴松花。（道智）

四围浓雾压山低，夜雨萧萧草木迷。

明月溪流出山去，新秧得水绿痕齐。（张宗祥）

双峰耸翠中的“双峰”指华岩寺后面山丘的千子岭与大塔坡顶，两峰隔湖对峙，林木葱郁，翠若华盖。风和日丽之时，信步登临：连峦拥秀，白云献瑞，双峰青如并蒂，湖水蔚蓝如碧。诗人尽赞其胜：

连峦拥秀接晞曛，远并涂峰迩白君。

待老甄陶四七字，粘于壁上宿重云。（圣可）

白云堆里郁嵯峨，两点青如并蒂荷。

说与万峰莫休恃，好山原不在于多。（道智）

北山对面是南山，湖上何时得好还。

万里乡心无寄处，为君写入画图间。（张宗祥）

古洞鱼声亦禅景，在华岩洞庙内。“古洞”即华岩洞，“鱼声”指和尚念经时敲击木鱼的声音。华岩古洞，玄奥幽府，傍岩结庙，雅致玲珑。香烟袅绕中，诵经之声隐隐可闻，木鱼之声时鸣渐远，引人不问世事沉浮，忘却斗转星移，超然物外，解脱凡尘。昔人曾赋诗表其意境：

洞里金仙不歇声，梵音清雅半过鲸。

石龙岩畔升腾也，变化仍归入水晶。（圣可）

虚岩云隐一灯青，中有老僧闲诵经。

除却生公台畔石，不知谁解静中听。（道智）

双桂传来法派长，一龛佛火洞清凉。

鱼声长日穿林出，知是山僧礼法王。（张宗祥）

曲水流霞在华岩洞庙的石桥下，此处有小溪，水流曲折，清澈见底。两岸桃花吐艳，绿柳成荫。春雨淅沥，鱼虾成群。每当朝晖夕曛，但见溪水泛着霞光，远远而来，缓缓而去，恍如世外桃源。诗曰：

桥上轻云驻犊头，且随环碧濯萦流。

闲闲两耳无世事，贮满军持柱角游。（圣可）

东一湾兮西一湾，更添春水作波澜。

大块文章收不得，桃花飞上钓鱼竿。（道智）

巉巉乱石挡前头，夺隘争关日夜流。

始信世间坚忍力，不须刚健但须柔。（张宗祥）

寒岩喷雪在华岩洞庙的背面岩壁上。其岩高数十丈，庙依岩结，岩俯其巅，四时水珠续续而下，形如瀑布，状似珠帘。月夜，远远望去，月华照瀑布，宛如雪片纷飞，又似银海摇光，有诗为证：

万斛珠玑吐不休，为传心事赴江州。

寒岩有月清如许，不照人间草木秋。（圣可）

银台翠滴落花香，六月生寒枕簟凉。

添得诗家多少兴，水晶帘外卧秋霜。（道智）

一丸冻月寂无声，银海光摇万里明。

待得春回霞管后，化为飞瀑润苍生。（张宗祥）

右下图·华岩湖鸟瞰图　范国明摄

右上图·古洞鱼声　范国明摄

左　图·步云桥　范国明摄

璀璨的艺术明珠

张俐　六〇后

九龙坡　公务员

四川美术学院最早建在九龙坡黄桷坪地区，现扩建为黄桷坪校区和大学城虎溪校区，是我国独立建制的31所普通高等艺术院校之一，也是中国八大美院之一。学院自1940年建校以来，以完善的、独特的美术教育体系，活跃的学术氛围，卓越的艺术成就，驰誉国内外，成为“长江上游的一颗璀璨的艺术明珠”。

1938年李有行、沈福文、雷圭元、庞薰琴等热血青年，在四川成都创办“中华工艺社”，表达振兴中华之意。1940年成立由李有行任校长的四川省艺术专科学校，后与南虹艺术专科学校合并，并改名为成都艺术专科学校。1950年，随着解放大军挺进西南，一批由贺龙担任校长的西北军政大学艺术学院的艺术战士随军从西安南下，抵达重庆，创建西南人民艺术学院。1953年，全国进行院系调整，成都艺术专科学校的绘画科、应用艺术科和西南人民艺术学院的美术系合并，成立西南美术专科学校。两校的合并，实现了人才的荟萃，画界专家与艺术战士的结合，西方艺术教育和传统文化与革命思想的融合。1959年正式更名为四川美术学院，校名为郭沫若先生亲笔题写。

经过70余年发展，大批优秀艺术人才脱颖而出，一批艺术精品举世闻名。沈福文漆艺作品《晨曦浴海》，李有行的水粉画《山城之夜》，大型泥塑群雕《收租院》，叶毓山、江碧波等创作的《歌乐山烈士纪念碑》及壁画，集体创作的大型纪念碑群雕《红军长征纪念碑》，罗中立作品《父亲》等属精品中的佼佼者。

四川美院根植于黄桷坪地区，盛开了无数艺术花朵。特别是“涂鸦”一条街吸引了无数中外艺术爱好者和游客流连忘返，学院新校区建在大学城虎溪，那独具风格、返璞归真的校园在中国大学校园建设中独树一帜，给大学城平添一道亮丽的风景线，深受师生们的喜爱。

此外，学院富有特色和完善的美术教育体系，是西南地区培养高级美术人才的重要基地；每年还有大量美术评论、美术批评和画集、学术专著出版。四川美术学院为西部自然、人文资源保护性开发研究，以及实现地方经济文化建设的可持续性发展做出了重要探索与贡献，在中国当代美术史上占有重要地位。

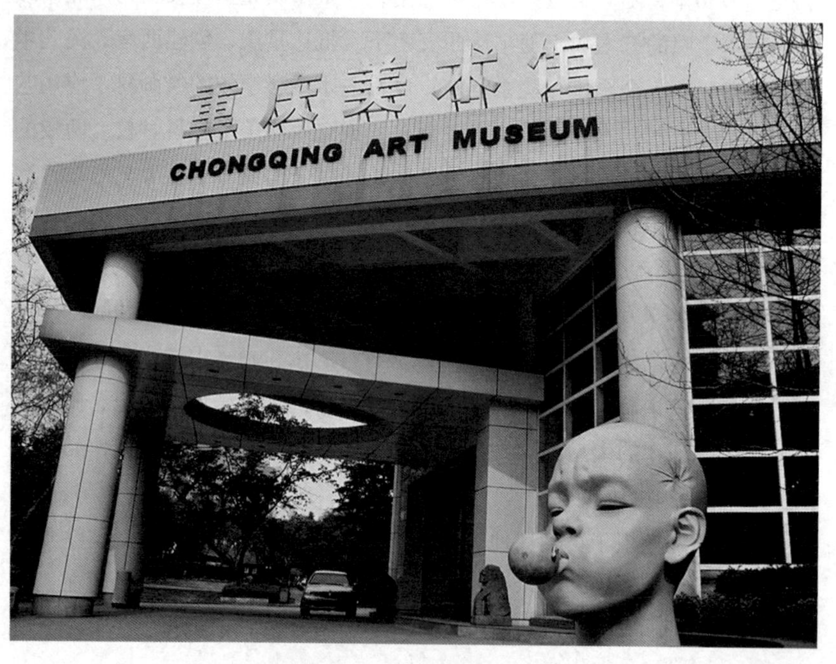

图·重庆美术馆 重庆出版社《览胜九龙》

六店子
——刘伯承元帅旧居

石阶 六〇后

重庆 职员

过去，从重庆市区上佛图关，有条石板大道过六店子，那里如今属于九龙坡区渝州路街道管辖。该处原来设有食、宿、茶、烟、药、油腊六个小店，故名六店子。刘伯承元帅的旧居就在六店子。而今，旧居异地迁建于不远的烟墩山上——烟灯山公园内。

在1913年的讨袁战争和1917年护法战争中，刘伯承作战英勇，足智多谋，被誉为“川中名将”。1924年，刘伯承来到重庆，在石桥铺六店子购置一栋晚清时期所建的木结构民居，并在此居住3年多，以秘密开展革命运动。

1926年5月，经杨闇公、吴玉章介绍，刘伯承正式加入中国共产党。同年11月，杨闇公、朱德、刘伯承等人在六店子旧居召开中共重庆地委会议，传达中共中央有关指示，成立了地委军事委员会，领导制定了顺泸起义的方针、策略和作战计划。顺泸起义是中国共产党人独立掌握革命武装，举行武装起义的第一次重要尝试，堪称重庆的南昌起义。1927年，轰轰烈烈的顺泸起义失败后，刘伯承将六店子旧居、土地等物移交其亲属，并分配给顺泸起义牺牲的烈士的家属居住和使用。

重庆解放后，刘伯承在邓小平、贺龙的陪同下来到六店子旧居，回顾当年革命斗争情景，并一起植树留念。该遗址因一次火灾，原建筑部分损毁，只剩下两间穿斗木结构房屋。

2007年，在高九路建设过程中，发现刘伯承六店子旧居因火灾及拆迁被严重损坏。经批准，修复方案采取异地迁建方式，将故居移至石桥铺烟灯山公园内复建。

旧居占地800平方米，青瓦、白墙、穿斗木构架，复式四合院，3个天井，典型的川东民居风格。管理中心根据市委宣传部会议精神将旧居布展工作委托给红岩联线，由红岩联线负责设计施工。旧居共分为3个展区，8个展厅，1个会议室，1个卧室，另有马房1间。按照历史发展的线索，故居内陈列了40余套文物（复制品），包括文物14套、文照8套、文物档案照片6套、文献11套以及2套实物，真实反映了刘伯承元帅在旧居战斗、工作、生活的历史场景。

烟灯山公园及刘伯承六店旧居管理中心将根据“修德”“尚武”“怡情”“养生”的设计理念，完善旧居管理服务中心，恢复“小街六店子”，把公园及旧居打造成为“传统教育、文化交流、休闲娱乐、健身养生”四位一体的红岩联线重要景点、爱国主义教育基地、社区文化生态公园品牌。

烟灯山公园及刘伯承六店子旧居地处石桥铺核心区，轻轨1号线和5号线石桥铺枢纽站向北步行一刻钟，快速公交1号线六店子站向南步行5分钟左右即可到达。

启市驿机场与飞虎队

张同福　七〇后

九龙坡　职员

1937年7月，抗日战争全面爆发，仅半年时间，华北大部及京、沪、苏、杭均在日寇铁蹄之下。11月，国民党中央政府移驻重庆，当时，珊瑚坝、广阳坝机场狭小，设施简陋，无法承担保护首脑机关的重任。因此，国民政府航空委员会责成四川省第三行政督察区专员沈鹏负责，征集民工两万余人，编为四个中队，修建白市驿机场。

机场征地1900余亩，削山填沟，建成一条跑道，其他设施一无所有。飞机降落后，还要几十个人推到公路旁的机库里停放。起飞时，还得重新推回跑道。跑道两边没有任何电灯标志，夜航时，必须由很多人提着“马灯”，站在跑道两边作为航标，飞机才能正常起降。

当年驻白市驿机场的还有苏联志愿军，参战飞机16架，人称“乌棒机”。苏联志愿军纪律严明、作战英勇、忠于职守，不管天晴下雨，飞行员们都休息在机翼下，严阵以待。1939年10月，武汉失守，重庆暴露在日机轰炸航程之内，白市驿机场更是日机轰炸的重要目标。

1940年9月13日，重庆璧山上空爆发了一场异常惨烈的大空战。当天清晨，日机从三个方向直扑重庆，中国空军第三、第四大队34架苏制L–15、L–16飞机起飞迎战。战斗中，中国空军24架战机被击毁，10名飞行员牺牲，空军遭受重创。

璧山空战失利后，保护重庆的空军元气大伤，日军对重庆的轰炸更加肆无忌惮。同年，苏联与日本在远东的关系出现缓和，苏联志愿航空队亦从中国撤走，重庆上空无兵可用，十分危险。此时，美英等国仍保持着中立态度，国民政府萌生了雇佣外国飞行员打仗的想法。

应国民政府要求，在美国政府的支持下，美国飞行教官陈纳德带领一支由300余名志愿者组成的“中国空军美国志愿援华航空队”，于1941年7月悄悄奔赴中国战场，投入战斗。当时，中国几乎丧失了制空权。陈纳德认真研究了自己战机和零式战斗机各自的优缺点后，制定了灵活的战术。由于战术得当，取得了不错的战绩。曾经参加中美空军混合团的前驻美代表夏功权大使说道："美国空军第十四航空队在陈纳德的指挥领导下非常坚强，他的战斗技术是举世无双的，因为他用英国人不要的老型P-40飞机打了胜仗。"

1941年12月，美国对日宣战，20日，日军轰炸机再次来犯。美国援华飞行员驾驶着性能优良的P-51（野马式）、P-38（闪电式）型战机给予迎头痛击，日军损失惨重。看着敌机一架接一架被打下来，百姓欢呼雀跃，甚至有人不顾危险前往观战、助威。

在飞机上画吉祥物，是美国空军的传统。参战飞机的机头绘有张开大嘴，露出牙齿的鲨鱼头。老百姓将鲨鱼误认为是老虎，就称这支部队为"飞虎队"。后来，中美官方也开始称援华志愿队为"飞虎队"，陈纳德也成了中美两国家喻户晓的"飞虎将军"。

1942年6月，"飞虎队"司令部移驻白市驿机场，一方面保护国民政府首脑机关，另一方面保护盟军中国战区统帅部和盟军总部。7月4日，"飞虎队"被改编为"美国驻华空军特遣队"，亦称美国陆军第10航空队第23大队，从志愿军转变为正规军。1943年，日本鬼子停止了空袭重庆的行动。

1943年3月10日，特遣队被改编为美国陆军第14航空队，陈纳德为第14航空队少将司令。抗战后期，白市驿机场的设施不断完善，美国空军的B-25、B-24等重型轰炸机、运输机进驻白市驿。除担任军事任务外，还肩负起为中国重要领导人保驾护航的政治任务。先后护送蒋介石夫妇飞越"驼峰航线"前往埃及开罗出席中、英、美三国盟军首脑会议，即"开罗会议"。1945年11月，从赫尔利访问延安，到1945年毛主席赴重庆谈判，

“飞虎队”的运输机频繁往返于重庆和延安之间，运送中共领导人参加各种政治会议。1945年8月，还护送刘伯承、邓小平，飞越胡宗南的黄河封锁线，分赴各自部队。

在抗战胜利前夕，陈纳德辞去第14航空队指挥官职务，重庆《中央日报》发表社论《惜别陈纳德将军》，文中说：陈纳德将军“领导一支微小兵力，以有限力量，和较强大的敌人搏斗达三年余”，使倭寇“从中国上空败退”。

图·抗战时期飞机

北方人的南方故城

程天石　八〇后

河北省承德市　儿童书经营者

毕业十年，南北六省。有些人生来命好，人生滋润得像朵温室里的小花儿，沐浴阳光雨露，无关风霜；也有很多人像野草，顽强、平凡，可劲儿跟命运死磕。我的人生则像朵蒲公英，漂泊流离，从未停留。

有句话说“人生到处谁非客，得意江湖便是家”。这个理由听起来不仅牛逼，而且够洒脱，足够让疲惫的身体和孤独的灵魂一直漂泊下去。可我仍在寻找一座城市，给这个不靠谱的魂儿一个停下来的理由。我却从未找到，不管到了哪，我都会想：我得继续走，去下一个地方。

后来，出差重庆，我记得在2014年的愚人节淋着小雨，来到了这座建在两江山水上的城市，印象里的第一个地名是两路口（后来才知道这里的林妹妹米线和胖妹小面，以及四季红火的渣渣老火锅），来到了这座蓝天弥足珍贵的城市，这座傍晚的街头洋溢着老火锅香气的城市。

早已麻木于常年出差飞来飞去的我走着、看着，发现她是一座奇妙的城，比喻成一个“女汉子”特别恰当，外表有南方的常绿和姑娘们的苗条白皙，骨子里的底蕴却是北方的粗犷豪放。这里的男人白天打拼，晚上回家系起围裙；这里的女人有着著名的好皮肤和好样貌，也有同样名闻全国的火爆性格，用她们的美艳却凌厉的眼神告诉你：泡妞有风险，下手须谨慎。

这是座巨大的都市，有着全国最多的人，早上的城里堵车堵得一塌糊涂，也有酷似曼哈顿一般繁华灿烂的渝中半岛，来到这以后，摄影水平活生生地被拔高了几个逼格儿。它没有6万元一平方米的房价，也没有38元一只的青岛大虾，老百姓们挣着不多的工资，吃着6元一碗的小面，每天把辛苦挣到的钱回家交给老婆，很少抱怨；时常搓搓麻将，陪老婆孩子逛逛观音桥；酒局上的朋友不管贫富，都是一杯酒满上、干掉，袍哥范儿，日子这样一天天过去，挺好。

我出生在20世纪80年代，一路走来，时代变迁，如今还能有一座这样的城，挺好。

我想留在这里，停下来，继续一个中年男人的奋斗、生活，也许20年后这儿终于成了家乡之外的另一座故城。尽管我很渺小，可我有时候想为她做一点什么，回报她对一个异乡人的包容，想把对她的喜欢一点一点地记录下来，用我的眼睛和嗓音，用手里的笔和相机，写一首七成普通话味儿加三分重庆味的外来游子寻乡的歌。

图·建兴坡 戴前锋摄

爱多VCD
爱多VCD
爱多VCD
爱多VCD
美心
Dulux
CHENG JIN EXPRESS
成錦高速

上新街

太平全麦消化　八〇后

雨岸下浩　金融

我婆婆屋头的老房子在南山下面，从上新街皮革厂那个巷子进去，爬上坡，走过一个桥桥，往右，爬坡，再往右，再爬坡，右拐，直走，再过一个小桥桥，好了，看到房子了，要到院子里面，再爬梯坎。

房子是那种最老旧的穿斗房，一共是五六间屋子一个院子还有一个仓库，爷爷买的是靠右边的三间，正好占有院子和仓库。墙就是土黄色的泥巴墙，地呢，我有记忆的时候是凹凸不平的水泥地，不过早些时候大概就是土的院坝。屋头当然是很黑的，不过还好不大，不至于伸手不见五指。我点点大在屋头跑来跑去耍，还看到过屋里头高高的伞字形梁架支撑，木头的，不直也不粗，木头间白色的墙也是不平的，落了很多灰，这白色的墙，我想大概也是后来刷的。我妈讲第一回去上新街（我们家里都把去婆婆屋头说成去上新街），简直觉得不可思议，从来没见过这么破的房子，简直是赤贫。当然了，像我妈这种三年困难时期照样吃肉喝牛奶穿灯草绒裤子的肯定是没见过这样的阵仗。

我是觉得非常好玩。没有厕所，用的是痰盂，是那种高脚的，我最喜欢坐那个痰盂，比在自己家里用的好玩很多，因为高脚的坐上去脚是可以吊起来晃荡的，不过我也很担心，怕要是没好好地爬上去，弄翻了它。在上面晃荡晃荡，还可以听见搪瓷的底跟坑洼的地面摩擦的声音，地上会有细碎的屑。

没有天然气，烧的是煤炭和柴。这个更好玩。散的煤堆在一起，一个个的煤饼贴在墙上，也有蜂窝煤，最厉害的是我爸爸做了一个打气筒一样的东西，插进煤堆，把手推出来就变成蜂窝煤。我简直觉得是变魔术，比我捏橡皮泥不晓得高级多少倍，非常地向往。不过从来没玩过，大人都说脏得很。煤炉子早上要生火，晚上要留一点。炒菜就更热闹，炉膛里面是烧得噼里啪啦的柴火，热热的锅倒菜油下去，噼里啪啦噼里啪啦。

夏天就在院子里铺上凉板，点蚊香，吃西瓜，看星星，大人都在那里摆龙门阵，我被蚊子咬很多疙瘩，然后婆婆就会拿出泡过花红和其他草草的酒给我抹啊抹，那个酒的味道非常奇特，涂在身上也很刺激，可是对蚊子完全没用。奇怪是奇怪，不过这个上新街才有的味道，和周围所有东西都非常协调，是老屋子的味道。冬天的晚上，就有红红的煤炉子的气味，烧得黄黄的水壶气味，冷冷空气里滚烫滚烫的水倒到搪瓷脸盆里的气味，新毛巾的气味。

那个时候我婆婆爷爷还没有退休，我还记得跟我婆婆走到下浩去领工资，厂门口有一个坝子，全是大石板，石板中间是青苔，后来说起婆婆厂头，马上就想到一种幽深的绿绿的东西。爷爷厂头有更深刻的记忆，因为两个姑姑也在那里上班。我还记得她们带我去厂里玩，那个时候她们都还没结婚，都很乐意把我带出去玩。厂门口有大狗，车间头的孃孃对我非常友好，还给我小小的装饰扣子玩，全是皮鞋配件，不过很简陋，比如鞋带眼上的那种金属镶边，我岁数是大了点，我妹妹后来玩的都是那种几十块上百块的镶满水钻的配饰，她天天在那里往身上贴金，假装是仙女里面的公主。朴素的我记忆最深刻的是钉鞋的那种小钉子，非常小，我爷爷的工具盒里面满满当当都是，我就在里面找那种新的发亮的，一颗颗钉在桌子上，钉锤也是很小巧的，比一般的工具袖珍很多，所以这简直是给我这样的小朋友量身定做的。

婆婆已经走了12年，老房子早已拆迁。前几年回去看，只有年轻时的爷爷和小时候的爸爸一起垒的堡坎还在，杂草青苔，郁郁苍苍。

图·上新街眺望渝中半岛　戴前锋摄

防止城市空洞

王鸿森　八〇后

九龙坡杨家坪　广告

2016年4月1日，《火锅英雄》全国上映。久违的中国电影市场，在《疯狂的石头》出现10年之后，再一次向全国影迷深刻展现出重庆这座城市的非凡魅力。更成熟的轻轨线路，更漂亮的跨江大桥，更立体的城市轮廓，当然了，还有那似乎在银幕面前都能闻到的火锅香味。就连吃火锅长大的重庆人，突然之间也有了新猎奇——吃老火锅，去防空洞。

重庆是大座山城，有山就有造洞的条件与需求。这座城市防空洞的出现，是两个特殊时代赋予它的使命：陪都时代应对日本飞机的轰炸，人民需要躲避的场所；六七十年代响应“深挖洞，广积粮”，备战备荒。

时代在变，环境也发生变化，当年重庆人民为了生存而挖掘的众多防空洞，基本上已无用武之地。可这些冬暖夏凉的洞穴就此荒废岂不可惜！聪明的人们因地制宜，于是今天的我们能够看到：鹅岭一线的防空洞，华丽变身成为精美的酒窖；两路口、嘉陵西村下的防空洞，容纳下各种火锅馆和洗车店；石板坡一线，聚集了众多金属加工店；曾家岩那个超长的洞，进化成前往大礼堂的地下通道和避暑休闲场所……

越来越多防空洞迎来“人生第二春”，很好地证明了城市发展的反思与进步，不过已经很少有人知道，我们熟悉又陌生的防空洞，绝不仅仅只是路上能轻易看到的那些。在这个城市中心不为人知的深处，还藏着一个防空洞群，它可不是“随便”的洞，而是有故事的洞。它可谓伟大，见证了抗战时期，中国人民以弱敌强的反抗精神。它就是在重庆所有的防空洞中，唯一被列为“全国重点文化保护单位”的重庆抗战兵器工业旧址群。

旧址群位于谢家湾鹅公岩北桥头旁，建设医院下的断崖中，这个位置，即使如今谢家湾万象城一带已是绝对的中心地段，相对依旧非常隐蔽，这正是它的优势所在。70多年前，军工先辈们正是隐遁在此，昼夜不分地制造反击日军的武器。以“洞”的容量，我们不难想象当年国民政府不会有什么大型机械设备，不可能制造大型先进武器。而最终胜利的，恰恰是我们弱小，却拥有不屈意志的先辈。是他们，在这些洞内，一颗一颗磨砺坚定的子弹，一挺一挺锻造顽强的机枪。70多年后，先辈们不在了，防空洞继承着传奇历史。

只是旧址群虽身份尊贵，却落魄不堪：脏乱的作坊在此作业，绝大部分洞口杂草丛生，堆满垃圾。它的现状，远远比不上那些酒窖、避暑场所，甚至火锅店。

很庆幸重庆有光荣的过去，庆幸我们拥有证明光荣的过去的遗迹，庆幸我们的城市在进步在反思，只是希望进度更快一点，防止城市变得空洞，反思再多一些，别让骄傲被无情遗忘。

走马镇
的“故事”讲不完

钟守维　六〇后

九龙坡　职员

走马镇位于重庆市九龙坡区西部，西邻璧山区，南邻江津区，素有“一脚踏三县”之称。全镇面积29.9平方千米，大小溪流13条，重峦叠嶂，林木葱郁。

以前，这里是重庆通往成都的必经之地，青石板铺就的驿道穿越该镇的8个村。据考证，早在东汉时期，这里的人口就相当稠密，经济发达。一个小场镇单戏楼就有3座、茶楼12家。场口的关武庙至今还完好保留着建于清初的戏楼。境内曾有历代修建的大小庙宇15座，香火终年不断。方圆百里的善男信女来此礼佛的同时，也为传播口碑文学提供了便利。由于地处要冲，过往客商、力夫都要在此歇一宿，他们相互讲述异地见闻或吹龙门阵，或扯开喉咙吼山歌，附近的村民也参与其中，外地民间传说、故事在此交流、集散。因此，走马镇的民间文艺活动不仅热闹，涉及的地域也很广。

走马镇的民间文学以民间故事和山歌为主。自1983年以来进行过数次民间文学的普查、发掘。已发现316人的讲唱群体，其中以农民为主，亦有少数工匠、草药医生、街道居民及干部。尤其值得一提的是魏显德、魏显发兄弟，他们均能讲述千余则故事，被联合国专家誉为“中国的格林兄弟”。

镇里还成立了民间文艺协会和民间故事保有会，讲民间故事和唱山歌已成为广大群众喜闻乐见的活动，自1990年开始，每年的中秋节是全镇的民间文学活动日，春节期间为民间文艺活动周，镇里组织开展丰富多彩的民间文艺活动。

在走马场的茶馆、戏台上，您随时可以听到娓娓动听的民间故事；一年一度的“走马观花文化旅游节”上，您同样可以在现场欣赏传承人们的精彩讲述。走马镇的民间文学还与闻名全国的沙区“广场故事”联合，使得更多的人认识走马，领略走马民间文学的独特魅力。

在进行民间文学发掘工作的几年中，走马镇共采集了故事10915则，已采录整理了9714则，同时采录民间歌谣3000余首，谚语4200则，歇后语、俗语、楹联等4000余则（副），录制磁带400余盒，记录成文700万字。现已出版了《魏显德民间故事集》《走马镇民间故事》，在全国和省市报纸、杂志发表了50余篇，并被收入重庆市民间故事集成卷和歌谣集成卷。2006年，走马民间故事被列入国家级非物质文化遗产保护名录。

图·建兴坡 戴前锋摄

菜园坝缆车与皇冠大扶梯

郑伟 八〇后 八〇后

以前渝中 现南岸 汽车制造

还记得以前渝中区菜园坝通往两路口的大缆车吗？那是重庆最早的客运缆车。以前菜园坝去往两路口除了那条建新坡大梯道外，就是那座缆车。第一次去坐的时候是1992年，从菜园坝上车，票价才5角。发车时站内有3个信号灯，红、绿、白三种颜色。这三个信号灯是有顺序的，缆车上客时红色灯亮，缆车门关闭时绿色灯亮，缆车启动时白色灯亮。当时速度也很快的，约几分钟后到达了两路口地下通道站。出站之后我感到意犹未尽，嚷着要再坐一次，于是又花了5毛钱从两路口坐回菜园坝。最后一次乘坐的时候是1993年，那时缆车尚未被拆。可是令我感到惋惜的是那年的某月就被拆了，说是要修一条亚洲最长的扶梯，名曰“皇冠大扶梯”。

1996年，扶梯正式竣工开放。这时我不是跟着父母一起乘坐了，而是自己一个人去。我从菜园坝地下通道进入站口，打算坐到两路口。票价多少已经不记得了，好像是1元吧。扶梯上行时，我感受到了特别的恐惧。抬头一看，吓死我了，感觉整个人都在往后仰，似乎要掉下去一样。于是我不再向上看，而是双眼平视，怀着沉着的心情坐完了全程。出站时，别人见我浑身冒冷汗，不禁笑起来。面对别人的嘲笑，那时的我很尴尬。后来我几次去乘坐时，眼睛总是平视前方，不让自己抬头看。原来皇冠扶梯的设计是如此“诡异”，天花板的倾斜程度接近80度。

这座让我产生恐惧的扶梯投入运行已经20年，平时我都在南坪这边，几乎很少坐过，只是偶尔去一次而已。

继续高举反对帝国主义、保卫世界和平的旗帜·高举革命
高举无产阶级国际主义的旗帜·高举马克思列宁主义的旗帜·
和平、民族解放、民主和社会主义事业的新胜利！

图 · 王家坡缆车 重庆市美术公司提供

化龙桥，再也不见

王星 八〇后

渝中区化龙桥 医生

重庆城流传着这么一句民谣：小崽儿，你不要嚼，你妈妈住在化龙桥……

2005年化龙桥的命运像中国大多数城市一样面临旧城改造。2006年化龙桥整体拆迁，一座旧城就这样被连根拔起，片甲不留。数万人不得不从熟悉的家园迁移到陌生的地方延续柴米油盐的生活。

那年我21岁，带着复杂的情感跟化龙桥说了再见。就像一位挚友，因一次变故说走就走了，从此音信杳无，各自天涯。算来，今年刚好有十个年头了。那年离开后，我再也没有回来过，偶尔坐车匆匆而过，还没来得及追忆便又离开了。如今高楼林立，一派繁华，除了地名没变，一切都变得面目全非，恍如隔世。两天前，我从上海赶回重庆迫不及待地与发小邹远见面喝酒，举杯相见欢。两天后他的婚礼在重庆天地琳琅餐厅浪漫举行，那天稍晚一些的时候，我独自走进漫咖啡重庆天地店，点了杯Latte，点燃一支黄鹤楼，开始回忆起了曾经。

多年前的仲夏清晨，一轮红日被包裹在云雾里，像颗橘色的糖嵌在空中若隐若现。在床上饥肠辘辘的我，突然好想吃牛肉面。父母还在隔壁房间熟睡，我偷偷拿了钱，回到卧室模仿着电影《人猿泰山》里男主的吼声"哦哩哦哩……"朝着窗外一阵怪叫，像一块巨石落入宁静的湖面，激起了千层浪和邻居家旺财的狗吠声。这是我与发小邹远多年来配合默契的接头暗号，如果得到相同的回应，说明对方知道了行动的指令。果然，我下楼就看见邹远一脸惺忪地站在门口，揉着还未苏醒的双眼："这么早，干啥子？""请你去吃金洪家的牛肉面。"我笑着把十元大钞拿在他面前摇晃。听我说完，他立马进屋换了一身行头，精神抖擞地出现在我面前。

一束晨曦的光破云而出，不偏不倚投向他的侧脸，我清晰地看到挂在他唇边的唾液在阳光里异常晶莹。空气中飘着淡淡的橡胶味道。街道上，勤劳的卖菜大叔当街吆喝着，坑坑洼洼的地上，瓜皮果壳和脏水形成地雷阵，我和邹远踮着新买的白网鞋，在中间蹦蹦跳跳，好不容易才突围。不久，一股牛肉面的香气从前方飘来，味蕾在舌尖上悄然绽放。

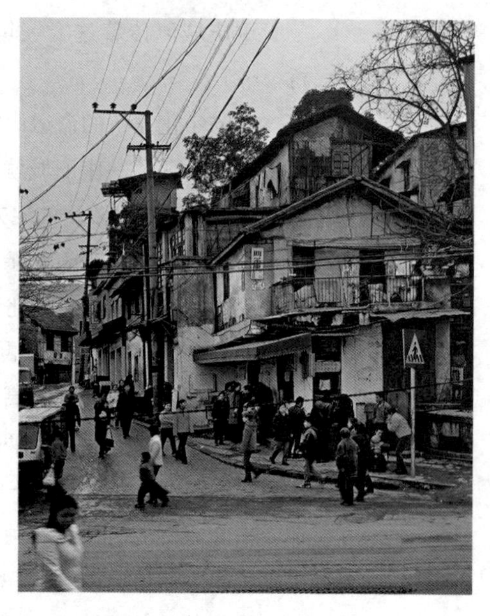

踩着夏日的阳光，我们欢快地冲进店内。“老板，牛肉面，提黄、多青、多放点海椒。”我们迫不及待地喊道。里面食客两三个，摇着蒲扇吃着面，吃得酣畅淋漓，全然不顾满布在额头上的汗珠。老板在灶前忙活，一边手法娴熟地煮面，一边全神贯注地打着佐料，他面前的面碗一层又一层地叠在桌上，像一堵固若金汤的城墙。

化龙桥进城（特指去解放碑）有两班公交车可供选择，一班是白底红绿相间，中间有个和平鸽图案，始发站从红岩村到小什字的104路，另一班则是从双碑始发的绿色车身的215路公交车。如今，104路被其他线路取而代之。我印象最深的是拥挤的104路，车还没进站，有些胆大且身强力壮的男人很远就吊在车门上。等到车进站后，他们拼体力的时候就到了，经过一番激烈的角逐，第一个冲上去的人往往会回过头，用凛冽的颜色鄙夷众生。司机则满脸忿忿，遇到个别脾气火爆的会狠狠地骂一句：“争撒子嘛争，八百年没坐过车吗？”就这样挤在“一脚半宽”的车厢里进了城。下了车深感进一次城不容易，作为一个吃货来说，唯胃不可辜负。就硬拉着妈妈的手，走进人道美买二两一包的可可香干，吃一串好吃街上正宗的新疆羊肉串，喝一杯较场口老黄葛树下两角一杯的老鹰茶，最后坐在人民公园绿荫下的石凳上歇歇脚，你才能体会到岁月的静好。

那个时候，最难受的还是夏天，特别是在三十七八摄氏度的高温下，感觉整个人像腻在猪油里，闷热的空气令人窒息。夜幕低垂，华灯初上。夜的黑遮蔽了世上所有的丑与恶。但夜并不寂寞，街头王姐麻将馆里的和牌声依旧清脆悦耳。杨三娃烧腊摊的食客络绎不绝。孃孃们三五成群地聚集在李五的副食店门前的黄葛树下，一边嗑瓜子一边滔滔不绝地说着谁家的三长两短。一如往昔。这些都不算什么，化龙桥的人气聚集地始终还是桥头三拖一的街边火锅店，每晚高朋满座，人声鼎沸，里里外外座无虚席。一锅红汤，一群朋友，一起欢声笑语，一起泪流满面，一起醉生梦死，一起把下半夜的喧嚣与热浪推向高潮。记得有回吃完火锅，几个打滚青年在路边蹲着，他们穿着吊裆军裤，手里的标配是钢尺、牛角刀等凶器。其中有个留着叛逆的板寸，目光凶恶，眉毛似砍刀，犹如一头饥饿的猛兽紧盯着猎物。“小崽儿，过来包包翻给老子看一哈儿。”我们站在原地谁也没动，我朝着他们说了一句：“小崽儿，你不要嚼，你妈妈住在化龙桥，好多号，18号，打得你娃呱呱叫。”然后，我们一路狂奔，奔向各自憧憬的未来。

如今“你妈妈住在化龙桥”再也不是一句调侃，或许已成了某种身份的象征。十年之前，我离开你。十年之后，我们再也不见。也许在重庆人的眼中只有长江大桥、嘉陵江大桥或者朝天门大桥才能在真正意义上被称之为桥，但在我心里的那座桥，虽然它已不在，但永远都活在了心里。她的名字叫作化龙桥。

图·化龙桥嘉陵江畔　戴前锋摄

消失的洋河沟水库

磊磊　八O后

李子坝　媒体行业

从北城天街到九街，如今江北最繁华的地方，谁能想到20多年前这里是一个叫洋河沟的大水库，围绕着水库的是一片片农田。

80年代末到90年代初的江北对渝中区的人来说就是农村。两岁从李子坝搬到江北一住就是30年，30年的时间里江北的变化也应该是主城各区中最快的吧。

两岁随父母单位搬迁，一家人搬到现在江北洋河体育场附近。那时候这里叫洋河沟，除了父母上班的重庆仪表厂，周边几乎都是农田。这样原生态的地方也给我们这些小崽儿提供了“千翻”（调皮）的广阔天地。当时父母单位修了好几栋楼，厂里的大部分职工都集中居住在一起，而和我差不多大的小孩也有十几个，每到放暑假就是最热闹的时候，那时候我们最爱去的地方就是洋河沟水库。

当时去洋河沟水库有好多种耍法，最常见的耍法就是去钓鱼、钓虾。出发前只需要从家里拿点棉线和别针，然后十来个小孩一起出发。途中我们会经过父母单位的伙食团，这时有经验的大娃儿会在这里舀一些伙食团的剩饭、剩菜当成鱼饵。到了洋河沟水库，大家就开始砍竹子做鱼竿，然后各自抢占自己的有利位置开始钓鱼。都还是静不下来的小崽儿，正常的钓鱼最多持续半个小时，之后就进入抢位子、相互打闹的时间，印象中几乎没钓起来过什么大鱼。

到洋河沟水库除了钓鱼之外，最多的就是游泳了。当时父母管得严，再加上周围邻居都是一个厂的，只要你胆敢和小伙伴私自去洋河沟水库游泳，一旦被一个家长发现了，一起去的全都跑不脱。参与了的小崽儿大多都是被罚一个星期不准出门，这对精力旺盛的娃儿来说无疑是最严酷的“刑法”了。也正因为管得严，我们一起玩耍的小伙伴们都没因为私自游泳而发生过意外。

当然，在家长的带领下还是可以去洋河沟水库游泳的。夏天父母下班之后吃过晚饭，就会带上我去洋河沟水库游泳。周围的小伙伴们这时也会在父母的带领下相继出现，许多人都是在洋河沟水库学会了游泳，我也不例外。除此之外，父母单位每年也会在洋河沟水库举办游泳比赛，记忆最深的比赛项目就是逮鸭子。裁判用船把一只鸭子带到水库中间，然后将鸭子放到水中，与此同时一声令下，岸边的选手们同时下水逮鸭子，最先逮到鸭子的获胜，奖品就是这只鸭子。

90年代末，洋河沟水库周边开始开发，水库也开始放水。放水期间去看过一次，记忆最深的画面就是水库将近20米深的水被逐渐放干，洋河沟水库变成一个大坑，许多人到坑底去抓鱼。这之后洋河沟水库开始回填，有了后来的海洋公园、欧式一条街与今天的北城天街、九街。

虽然在网络上怎么也找不到洋河沟水库的照片，但每每和当年一起在此玩要的小崽儿们聊到洋河沟水库时，大家都是兴奋而欢乐的，我们都知道这里曾经有属于我们的欢乐童年。

拼凑的记忆之石桥铺

蒋美玲　九〇后

九龙坡石桥铺　学生

故乡，总是在离开了才会觉得甚是想念。

如今的我，已经是第八次离开重庆了。而也只有到每次快离开的那几天，才会觉得，还有好多地方没有去回味过，还有好多地道美食没有去细细品尝过。每次回重庆之前，总是豪气冲天地说要吃好多好多次火锅，总是信心满满地设想要去吃遍我们的前50强小面。可是，每次的每次，我都食言了，重重地打了自己的脸。

而这脸，总会在离开的时候觉得很疼。

我家现在在九龙坡区石桥铺一带。可是，那时的石桥铺，可不是现在所谓的“电子数码城”，互联网科技云集的地方。现在的石桥铺立交，在八九十年代的时候，有一个很接地气的名字——转盘。印象中的那儿，总是被来来往往的车子环绕着。有的时候，车子们像排队等候发放果子的幼稚园孩子，当前面一有路的时候，便兴奋地鸣着喇叭往前挤。

八九十年代的公交车上要么是头长“两个角”，要么是头顶“一个包”，也就是我后来知道的电车，以及烧煤气的车。尤其是电车，印象特别深刻。那些在天上看似交叉盘错的电线却丝毫没有影响对方的工作。想起了那首很火的诗：世界上最遥远的距离。套用一下其中的句式，便是：世界上最遥远的距离，是近在眼前相互凝望的电线，却没有交汇的轨迹。虽然后来电车渐渐退出了时代的舞台，可是它始终是我脑海里一道晕不开的墨迹。

谈了这些，其实最觉得，是我的小学生时代和老重庆最有关系了。我就读于石桥铺小学，但应该和大多的重庆小学一样，放学之后学校门口的丰富多彩是我们无法抹去的一切欢乐。回忆起时，总是眉飞色舞。

五毛钱可以干很多事情。

可以转一次糖人的大转盘，总是希望指针可以指向那条龙，不是因为它很厉害很吉祥，而是因为它是最大最多的。

可以吃一碗分量十足的“小火锅”，海带、土豆、苕皮、粉、豆芽……一个小塑料碗，却感觉应有尽有。那时的我们是不是很容易满足？那个时候卖这个的奶奶可算是我们小学最受欢迎的人了。

可以买几条白嫩嫩的蚕宝宝，把它们小心翼翼地放在装满桑叶的塑料袋里。可是不出一天，我们却又得为如何去寻找更多的桑叶而发愁。那个时候还得漫山遍野的去找（重庆的老山城啤酒厂后面有片山坡）。谁叫我们的市树不是桑树，而是黄葛树呢？经验证明，蚕宝宝很能吃，而且真的只吃桑树叶。

可以买上几根颜色不一的彩绳编成各种各样的手链，这是女生们最爱的活动了。

那个时候，觉得有一块钱的同学，是大户人家。

总之，还有好多好多很小却很有趣的事。

可是，时光已经过去了，我们，也只能偶尔翻翻发黄的照片，看看那些曾经笑得灿烂不已的自己，然后慨叹。

但是不管怎样，珍惜眼前，总是最重要的事。分享一句话：一辈子很短，如白驹过隙，转瞬即逝，可这种心情很长，如高山大川，绵延不绝。

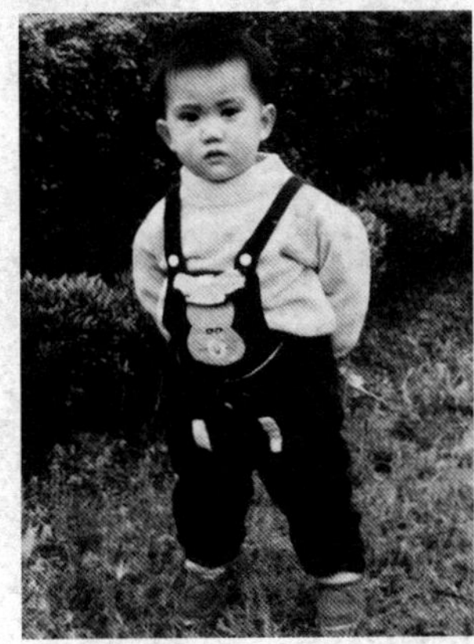

图 · 作者小时候

印象平顶山

刘清泉　七〇后

西川安县　教师

很久很久以前的平顶山不是现在这样的。那时的平顶山甚或不是山，只是因为“一岗突起，山顶平阔如案”，所以才从某一天起被某人称作平顶山。久而久之，位于重庆市沙坪坝区小龙坎的它便真成了海拔425米的山，向东南一直绵延到化龙桥虎头岩。几年前有人在山上盖了一座酒店，取名“野山”，因为觉得暗合平顶山的出身和来历，我去住过一次，却没体味到一丝野味。酒店服务很周全，我反倒在那里寻着了一抹家的温馨与舒适。从那里下山，偶尔还会惊起一只野兔。或许是时过境迁的缘故，那野兔竟是慢悠悠的，不惧人，少了许多野性。

不很久以前（大概二三十年前吧）的平顶山也不是现在这样的。那时的平顶山有草有木，有风有花，有月有鸟，却不是公园。那时的平顶山据说有一棵很灵验的许愿树，长在山腰，大，两人难以合抱。也不知道是从何时起，红男绿女们竟爬坡上坎来到这棵树前，在枝叶上系一根红丝带，双手合十许下心愿。许福禄寿，据说灵；许百年合，据说更灵。所以这里是恋爱男女的“圣地”。后来有个看破红尘的男青工在树下搭了草屋，虔诚地守着这棵许愿树。于是香火日盛，平顶山的声名亦日盛。同样不知道是从何时起，这里就建起了公园，占地16万平方米，以山地园林景观为主要特征。香烟飘散了，许愿树消失了……拾级而上，我登临公园最高处，再俯瞰山腰，恍然发现那护树的年轻居士，寂寥的身影在更多相互掩映的树与草之间游荡。是的，公园采了天地之灵气，集了山川之雅韵，紧邻都市却又远离尘嚣。可是，在沙坪坝的这个制高点上，我却不知道为何不能极目远眺；我所看到的，为何是那样朦胧恍惚？

不久以前的平顶山上，山桃花、白玉兰、金鸡菊会在不同的时节里漫山遍野，开得很规整，很正派，显出温馨和谐的模样来。这自然是拜公园所赐。隐隐地，我又觉得有点不自在，好在还可以在公园的广阔平台上放风筝。阳春三月，这里是人海，也是风筝的海。平顶山的天空布满了各种样式的蝴蝶、雄鹰、小狗小猫以及孙悟空、猪八戒、玉皇大帝……它们的命运被人的手掌控着，或高低起伏，或群戏独舞，或灿烂，或孤僻，映现着人生百态。每每此时，我就会有些无聊地想：当所有的风筝都升至最高点，我们可不可以同时放手，让这些风筝自由飞翔，自由发挥，去会晤它们各自的结局和归宿？可惜的是，我至今仍无缘目睹这样的壮观。我自己曾经试过放手，我的“小燕子”向上猛冲了两下，忽地又急速下坠，最后落进目力不逮的乱树林，失去了踪影。而我收获的是儿子的哭声和外婆的责备，他们知道风筝是我花钱买的，却不知道风筝本是属于风的，放风筝本是一件很累很累的活儿！

现在的平顶山则是怅然的。冷凉感冒了秋天，现在上山的人，定是为了寻找慰藉。所以我总能在公园的烧烤摊点看到一些跟我面色相似的人。我们区别于其乐融融的一大家子，也区别于卿卿我我的二人世界。我们选择枯坐独酌，伴着烤鱼烤肉，让风在包裹单衣的同时，也敲打敲打我们的面颊、神经和须发。这时的平顶山，应该就是登临者的私人会所。夜色里，会有一些玲珑的灯在明明灭灭中画着写意的画，也会有一两声夜莺的啼叫划破空气，给这座本不缺人的小山平添几许寂寥。但这寂寥里又含着冷静的平和，倘若有月升起，最好是不满的月，在天上亮着，游动着，诗意便禁不住落满了胸怀，一点一点地散开，像跌落枝头的花，也像细细淌着的沙。

将来的平顶山又会是什么样子的呢？因为紧邻城区闹市，我想它会更多地被用于休闲，也可能在经过更多人工修建之后而成为货真价实的城市公园。但对于生活在沙坪坝的我来说，平顶山将来一定会是一个标杆，用来证明我28年光阴是如何度过的；平顶山还会是一座无字的碑，把我们的部分记忆铭刻下来，留在山上那些深深浅浅的影子里，留在长长的阶梯和步道上，留在风里雨里……

文丹妮　八〇后

三峡库区淹没的城镇　金融

下浩是下龙门浩的简称，是重庆三大吊脚楼集中区之一。听老一辈人说，下浩曾繁华兴盛，是重庆早年开埠之地，众多企业、洋行坐落于此。下浩的街道单听名字就很美，比如董家桥、觉林寺、米市街、望儿楼、葡萄院等。就如望儿楼，楼因大禹而得名。相传大禹治水离家出走，其母建楼，终年遥望，盼儿归来，故曰“望儿楼”，可见其地历史悠久。

下浩依山而建，爬坡上坎。独特的地形，造就了魔幻的视觉效果：坐在门前看大江大河，头顶上空轻轨呼啸而过，过江索道徐徐穿梭。而最奇妙的，是他和繁华的南滨路只有一墙之隔。难以想象，通过南滨路旁一条极为狭小的步道，之后豁然开朗，老街顿时呈现眼前，一头回到了80年代。

这里保存了典型的重庆老街风貌，不同于那些被打造开发的商业街，这里在外人看来是“不与秦塞通人烟”的世外桃源，而对于当地的老街坊而言就是他们世代生活的地方。我从来没有来过这个地方，但它又跟我童年生活的地方一个样子，满地都是岁月的幻觉。潮乎乎湿漉漉的小巷，不平整的青石板路，衰败的吊脚楼，颜色各不同的木门不同于现在单一的防盗门，三两小狗睡在茶馆门口等着主人，重新修葺的洋行旧址紧锁门窗，老式的录像厅用粉笔写着“今晚放映《血的战役》，晚上8点开放”，老字号的骨科诊所关门歇业了，小卖部的老板娘一边打着毛衣一边看着电视。后来去的次数多了，我和街坊们也熟络起来，知道哪位大叔喜欢周末的时候在家门口画老街，知道哪家的猫咪生了双胞胎，知道哪位爷爷脚摔伤了，知道哪家自制的花生糖卖了十年。就是这么一条老街，在繁华落寞过后，那浓浓的市井味道，反而显得更加从容更加真实。

老街的人们自给自足，只有一家餐馆，然而这家餐馆，却成了全重庆内我最喜欢的，名曰“十多味豆花鲫鱼”。老板陈哥朴实真诚，据说年轻时混黑社会，我便打趣他为“下浩老炮儿”。每天中午，陈哥推着石磨，磨出细腻豆花；下午，开始赤膊炒料。大锅的菜籽油，大盆的红辣椒，大刀剖鱼，大火一烹。不像其他备料齐全的餐馆，在这里，要吃什么蔬菜，自己去旁边菜市场买；要喝什么饮料，自己去对面小卖部拿。如此随意，也是别有风味。桌子摆在露天的街道上，旁边是一颗年长的苦楝子树。红油衬着白色的豆花，鲫鱼伴着各类时蔬，配上陈哥自己酿造的野木瓜酒。夕阳从墙缝中透过来，微风徐徐，如此惬意。

待晚上8点，鱼卖完了，不再接客，陈哥便闲下来，拿着酒碗坐下来和食客们喝喝酒，谈谈人生。兴致一高，食客们微醺，吃完后打着电筒，跌跌撞撞穿过幽暗宁静的老街，从那条小巷子猛地一下扎进南滨路的车水马龙里，头顶上方的东水门大桥灯火通明，江水滔滔。此刻我们仿佛是东坡，在出世与入世间循环，唯江上之清风，与山间之明月。恍如隔世。

城市不会轻易泄露自己的过去，只会像手纹一样细细隐藏。它被写在街道的角落、窗户的栏杆、慵懒的小猫、晾晒的衣服上。然而下浩也不再可以安放我的乡愁了，红色的“拆”字别扭而霸道地写在了老街大大小小的门上。不明白为何在城市的发展中，总是推倒了重来。建筑可以重启，但历史终究无法复制。那些对过去岁月怀念的情愫，越来越难寄托。那些关于三峡、关于老街的旧时激流都只能存于记忆之中。“心有所动，即知物哀。”《源氏物语》如此说。

图·长江索道 田涌摄

打望正在
消失的老街

鱼洞，
我旧时的老街

林妍　九〇后

巴南鱼洞　新媒体

“过了此地，就是悲伤的城市”，太宰治在《小丑之花》里如此写道。

我生活在钢铁森林，我怀念小时候的老城。

鱼洞算是我住得最久的小城。那里曾有过一条老街，是我时常惦记的地方。老街的名字就叫“老街”，如它的名字一样，总之，就是一条大概有百年历史的旧街道罢了。那里的路都是青石板铺就的，大概是因为摔了太多跟斗，石板路上的青苔我都还记得一清二楚。我总是在下雨天之后，穿着小皮鞋在上面蹦跶，结果可想而知，一个完美的弧线，换来了和青苔颜色相得益彰的青色疤痕。但大哭之后还是会像个傻子似的，继续在青石板路上蹦跶。

老街的房子都是土木结构，那些像小时候看的古装剧里一样的瓦片房、小阁楼，放眼望去简直就是古装电视剧最佳取镜处。比起钢筋水泥、高楼大厦，老街那模仿不来的古朴和陈旧，都让它看起来别有一番气质，就像学富五车的老学士，续着长胡须在那里静坐，镇定自如。

那里的房子有的木门还是非常古老的拆卸型——我记得那时候有个老爷子，每天一片一片地把门条拆下放在一边，然后坐在竹凳子上，和趴在地上的野猫一起，晒着亘古的太阳。我住的地方也充满了稀奇古怪，老街尽头的石梯向上走大概二十个阶梯就是哥哥的住所，他是我儿时的玩伴。每次走进那个房子，都让我有种进入了山洞的错觉。那里乌黢麻黑，没有阳光照射，昏黄色的灯光，刻满雕花的清朝床沿，回想起来，仍觉得有些害怕。房子里的木地板，走过必有痕迹，嘎吱嘎吱的声音，像是冗长岁月诉说着苦闷。但年轻小人理解不了岁月的苦闷，那时年轻小人亦不相信苦闷。

老街虽然让我喜欢，但终究只有一条街，住在那里的大多都是拄着拐杖的老人，和他们一一打过招呼后，也只有到小卖部旁边，数数买不到的零食玩。还好老街旁边便是长江，有时候也会顺道去抓抓蝌蚪钓钓鱼，打打水漂玩玩水。但最后还是会回到老街那个诡异的小屋，听岁月诉说苦闷。

老街的夜晚是充满诗意的，若到了夏日，概括起来大概就是：蛐蛐，猫叫，虫杂声；星星，灯光，醉酒话。仿佛在这里，可以凝住一个盛夏。不知道是因为记忆的自动修饰，还是本身逝去的残缺美，回想起来，它好像是无与伦比的。后来，我还没来得及珍惜它，没来得及道别它，轰隆的炸药声，就带走了年迈的老街。我再也听不到那个漆黑的小房子里的苦闷声，甚至来不及哭出声，它就成了一座废墟。

彼时我已经离开鱼洞，在重庆的另一个地方上学。这时候，我开始明白苦闷，明白岁月想要诉说的，其实就是挣扎。

“过了这里，就是空蒙的深渊”，太宰治还在《小丑之花》中如此写道。

这个深渊是什么呢？是苦海无涯，是回头无岸，是寻人无果，是辜负自己的珍惜？

我以为，人都会怀念过去，大概是因为得到的和想得到的之间的差距，造就了对时间的愤懑。人说，时间啊，你为什么不愿意等等我。等等我吧，让我再看看你，仔细地触摸你，让我牢记你，定不会辜负你。

但时间不会心软，假如时间会说话，我打赌，它会说：“滚。”太宰治还说过这样一句话，“我在无人知晓中变得异常，又在无人知晓中恢复正常”。

一如生活在城市里的千千万万。

轰隆的炸药声，躁动的机械声，改编着城市的格局，修改着前进的路人的记忆，呜呼，这实在太可怕。纵使我再喜欢“删繁就简三秋树，领异标新二月花”，但我终其一生，都将在这样的改编与适应中束缚着，沉默着。

许多消失的人、事物总是会毫无征兆地出现在梦里，他们比现实更真实。我只梦见过一次那消失的老街。梦里老街依然有着缕缕炊烟，老房子里的笨重电视闪烁着微弱的光，老街里的老人一如从前慵懒自在，老街的青石板路依旧布满青苔，但老街里的我，在哪里呢？我，我啊……我早已离开老街。

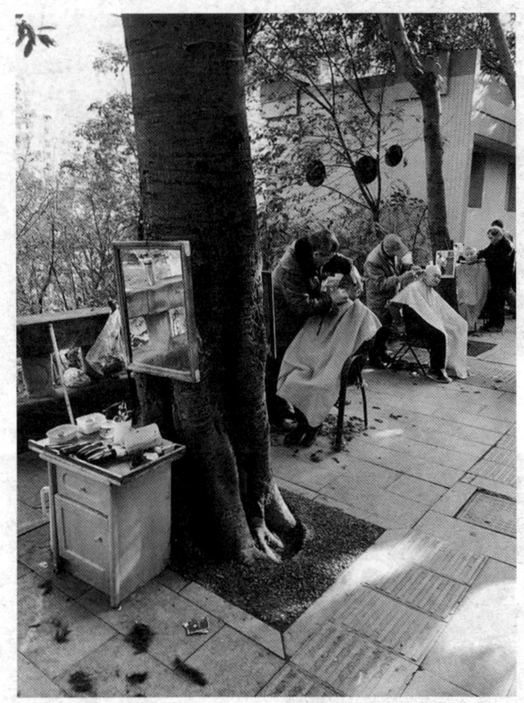

图·作者提供

一个可以怀念的地方

李虹　六〇后

南岸龙门浩枣子湾 34 号　建筑师

小时候，我家就住在重庆南岸龙门浩下浩枣子湾，直到1983年春节前，才搬家到上浩的摊子口，相隔距离仅一里地而已。“龙门浩月”是龙门浩地方名称的起源，龙门浩以上浩和下浩为主分为两大片。上浩和下浩两处地方都是我少儿时期生活、学习成长的地方。也是同现在校区划片的原因一样，同学多数是下浩片的。因此，个人对下浩的印象更原始、模糊一些，但其痕迹和韵味却极为深刻。

由于长江商业开埠，沿江边有许多码头趸船，沿下浩的长江江中有一道石梁，我们叫它“外石梁”，传说与大禹治水降伏的水怪有关。外石梁把江的主流分隔出一部分内河，围着码头趸船旁就是我们亲水游乐的地儿。

上小学前的夏秋季节是父亲带着我和哥哥去长江边“下河”洗澡，那个年代很保守，江边除了特定的地方有洗衣服的女人外，是没有女人“下河”游泳的。所以下河的大人小孩们都是赤裸裸光着屁股的。粉碎“四人帮”后，渐渐有女人来游泳，男人们也就逐步穿上内裤或游泳裤下河了。商店里很少有标准的泳裤卖，为了节约，泳裤大多数是自家用一些废旧的衣裤或口罩缝纫的。下河沥水以后，绵纱布粘贴在身体隐私部位，凹沟凸点，若隐若现，常引起同伴的嬉笑。在江水中快乐地戏谑，把丁点的羞耻感淹没殆尽。后来就和同学们悄悄邀约去下河，被父母察觉了就要遭挠脚杆，有了泥水的痕迹，那无辜的屁股就少不了吃一顿“篾条炒肉”，然而痛并快乐着，隔天又去下河了。

下浩正街是下浩的“市”中心，家人、同学、同事、朋友居住生活几十年的地方。记忆中买水果糖、买糕点、打酱油、买米面粉都愿意往下浩去。放学后在街坊小道里玩“抓特务”的游戏，还可以没有顾忌地去哥哥的朋友同学家串门，讨得叔叔孃孃们的喜欢。

“文革”期间的学校每周四下午没有正课，要么在教室组织读报学习，要么在校办工厂印制练习本，要么去学校附近的农村参加送潲水或送肥料（挑粪）的支农活动。

最多的支农活动是送潲水，中午回家吃饭，下午上学就用塑料袋把前些天攒集的潲水带上，集合后集体从学校出发，送到联系好的生产队里去。那时候潲水是可以卖2～5分钱的，有农民挑着桶来收集。支农活动没有报酬，但同学们在山坡地垄间奔走，像放养鸭子一样一路欢歌笑语，充满了向往。

以前公厕很少，居民每家的排泄物都是用土罐或者小木桶收集存放，挑着粪桶的农民大叔一路吆喝“倒尿罐咯——”，人们才把放在角落里的尿罐提出来倒进粪桶，在就近的水沟边涮洗。有一次特别的支农活动，我和几位同学一起去下浩街区收大粪。由于步调不一致，踉跄晃荡，有些黄水溅洒在裤腿上。为了躲避，扁担滑落了，米田共洒了一地……我们真的不好意思再走街串巷“倒尿罐”了。回到学校，老师还批评了我们怕苦怕累，偷懒耍滑：苦不苦，想想长征二万五！

当年的儿童少年都成人，同学朋友早已搬家离开了此地儿，人事已非；该拆迁的都已经拆了，速写的很快就要流逝了。龙门浩及上浩下浩也随着社会的变迁、城市的发展要“凤凰涅槃”了。

东水门大桥南岸桥头正下方，那栋孤立的青灰色的破旧房子就是我儿时生长的地方。

岁月蹉跎，悠悠地来淡淡地去，不羡疾风劲草，不惧暴风骤雨。所有的念想，聊以自慰。

图·作者绘

我梦中的礼嘉华侨城

乔成文　八〇后

深圳　文化旅游从业者

三千年重庆　尽归渝中半岛

一声川江号子响起，这条江就醒了过来。

总是雾蒙蒙的天气里，天际线与江面似乎分不出界限，船灯橘黄，在这片天地间点亮了些许暖色。

码头上的船只都整备完毕以后，整个码头俨然成了棒棒军们的舞台。精壮的汉子们挑着沉重的货物沿陡峭的江畔阶梯拾级而上，无人攀谈，只有偶尔一声沉喝，带出了肩上的分量。

而在他们的步伐丈量过处，狭窄长街的两旁，小面的油香已经溢满了浮游的空气。

两岸的吊脚楼也该醒来了。

吆喝声此起彼伏，不外乎生活中的种种小催促，妻子催着丈夫出门，母亲催着孩子起床，简简单单的生活日常，却带有别样的鲜活生猛，就着几句重庆言子儿，透出了这座城市的几许气质。

然而这座城不会泄露它的过去，只会把它像掌纹一样藏起来，写在梯梯坎坎上，在吊脚楼的支柱里，在舟过两江的汽笛声里，在九曲回肠的盘山公路上，每个环节依次呈现江的痕迹、山的痕迹、生活的痕迹。

许多人在岁月里不断回头审视着这座城市走过的脉络，不断地勾勒着自己想要的一生，喜怒哀乐不断上演，悲欢离合被依次设想，关于城市的欲望逐渐变成记忆，且歌且行中，无一例外，江山都是最宏大而又最基本的背景。

江山对于重庆而言，早已成为一个不可或缺的生活符号。

远古周朝，渝中半岛就是巴国的国都，传统意义上的重庆城，指的就是渝中半岛，它承载并传续了巴渝璀璨文化。可谓一街一巷、一楼一景都烙印着历史文化的痕迹；一代又一代的重庆人在渝中半岛发现自己的梦想。他们在山水之间踏出人生的第一步，兜兜转转世事历遍，又回到这里，安静守望着故城的变迁。

大千世界之变 怎能独善其身

时光倥偬如白驹过隙，巴山渝水千年来早已沧海桑田。在这座以江为血脉，以山为骨骼的城市里，尽管血脉仍然流淌，骨骼仍然健壮，但人事代谢，终成古今。

变化才是永恒的不变。时光的浪潮更迭，抛下的不仅是那些早已破旧的船舶、落伍于时代的店铺、残颓不复的门墙、未见音容的故人，更是带来了大量变革与进步。

舟楫与木桨换作钢铁巨轮，代代相传的营生被工业化、信息化所取代；就连曾经为重庆人艳羡且熟悉的吊脚楼，也不可避免成了钢筋混凝土结构。

然而重庆仍然在两条河流和连绵山脉之中耸起，这是一座故不去的城

美人在骨不在皮相，城市亦如此。

无论是农业文明的稳定还是工业文明的快速兴盛，或是那信息时代风驰电掣般的到来。于重庆，唯有江山鼎盛之处，方可衍生出属于一个时代又一个时代的人文，纵兴衰而不更其律。

新的繁华与新的人群争相涌入，恢弘的摩天大楼鳞次栉比，驰骋的车流昼夜不息，璀璨的霓虹倒映在江面上，直教星光失色。

这一切如同夜空华丽的魅力，根植于这片河山之上。本质上而言，与秦汉的巴渝风采、唐宋的千舸争流、明清的西南通衢、民国的陪都情怀，并无区别。

古人曾经有云，物华天宝，人杰地灵。

可见唯有如此江山，方可涵养出如此文明。

渝中半岛曾经承载了重庆的几乎全部辉煌与荣光，旖旎的繁华也吸引着所有人。无数怀揣着梦想的人来到了这片土地，他们的身影活跃在每一个行业与角落，用汗水辛勤地浇灌着城市的生长。随着历史的发展，这座城似乎越来越忙碌，越来越拥挤，在此消彼长的喧嚣与逐渐逼仄的空间中，几近困难地喘息着。

重庆直辖后，做出了向北发展的战略决策。在这一个全新的时代，重庆开始寻求和打造下一个“渝中半岛”。

法天形胜之地　秀于礼嘉半岛

人法地，地法天，天法道，道法自然。真正识别世界运行规律者，方可随心所欲，顺应为之而不逾矩。

千禧年以降，重庆向北迈进速度愈来愈快。嘉陵江北岸各种大型商场、金融大厦和居民住宅小区迅速崛起，它与渝中半岛遥相辉映，给山城夜景平添了一道绚丽的风景线；同时，它也延续了渝中半岛的繁荣、喧嚣和逼仄。

穿梭在重庆的大街小巷，参差不齐的街道仿佛是写满字的纸张。这座城市能洞悉你必须深思的每一件事，让你借由它的发展路径，剖析自己的本我，亦思考人类的欲望，是否与城市的未来愈来愈远。

与其说是为了再度体会过去而思考，毋宁说是为了寻回失去的未来。

城市也认为自己是心思和机缘的造物，可是这两者都无法支撑它的屹立与发展。一座城池得以始终处于时代的浪尖，在于它是否能让每一个人都在此找到属于自己的答案。

渝中半岛曾以江、山、湾勾勒出重庆钟灵毓秀的城市蓝图，抽丝剥茧，三千年烟云尽数散去以后，随着重庆向北、再向北的步伐日益加快，一个物华天宝之地，终于徐徐浮出水面。

壮美的嘉陵江流经这里，缓缓成湾，三公里江岸线沿着一个美妙的弧度，划出一个礼嘉半岛。如果说渝中半岛的历史底蕴让它显赫于时代，那么礼嘉半岛的天赋优越，亦足以让它成为下一个时代的佼佼者。

作为两江新区的重点区域，礼嘉半岛不仅在城市地位上有着难以逾越的优势，在发展潜力上，也难有望其项背者。未来，礼嘉将形成生态总部区、商贸核心区和高品质生态居住区三大片区，同时也将成为主城二环以内的核心城区中全新的大商圈，成为重庆面向世界的新名片。

环江盛世纯墅　风雅庭院生活

当整个时代被前所未有的速度挟裹着前进，城市渐次崛起，自然却渐渐沉默；日日穿梭在高耸的楼宇之间，麻木过后，灵魂却被对自然的渴望重新唤醒。

中华人院落情节很重。自古而今，中华人费尽心思拾掇着自己的院落。空间必须安宁，有合宜的光线，有混合着树叶沙沙声的静寂；在专心沉思的时候，应当能静谧如天地之间空无一物；在静坐闲聊的时候，应当能万物生动如自有情趣。如张潮在《幽梦影》中描绘的那样："花不可以无蝶，山不可以无泉，石不可以无苔，水不可以无藻，乔木不可以无藤萝，人不可以无癖。"这何尝不是中华人居中情趣的精髓所在？而这一切，又都依赖于一个院落。

在礼嘉半岛上，也有这样一个作品。

它临江而居，远眺是连绵起伏的崇山峻岭，近揽为烟雾朦胧的江面，让自然生活应运而生；它创造性地将中华人居的风骨与精髓融入建筑的精神符号，回应着山城精英心灵深处的文化归属感；于江山云崖之上，园林花谷之间，疏朗布局优越生活，启幕人居新高度。

它，就是我梦中的华侨城。

发轫鹏城深圳　再筑侨城荣光

礼嘉半岛的崛起，似乎已成必然。

如同当年在时代洪流中进入渝中半岛的人潮与资本，礼嘉半岛的发展也势如破竹，新生的人流和物流竞相涌入。在新的时代环境下，礼嘉半岛甚至比当年的渝中半岛更具想象空间。文化的底蕴成就了渝中半岛的深度，地理环境的限制，却制约了它更大的发展空间；而礼嘉半岛的每一片土壤都有着完全的创作空间，一个闪耀的世界级繁华都会，一个将汇集全球500强的商务中心区，一个装满了别样欢乐的超级大乐园，凡此等等皆有可能在这里生长。

值得一提的是，发轫于深圳的华侨城，携带着它在中国改革开放的前沿阵地——深圳的创业经验，为重庆，为礼嘉半岛带来了大量融合文化与艺术、节庆与狂欢的全新生活方式。这对于整个城市而言，都有着重大的意义。它不仅是礼嘉半岛一颗璀璨的明珠，还将成为新重庆建设和发展的又一新名片。

城市的生命是靠各种关系维持的。为建立这些关系，无数人来了又去，在区域中结成一个又一个网络。时间将赋予重庆新的文化，网络随着人的迁徙，游弋到新的区域，也编织着重庆人新的梦想。

一座城市的过去，到一座城市的未来，是一种历史和时代的必然变迁，一种与我们每个人生活息息相关的进化。重庆的历史与文化，不会因为这样的跃变而衰减，相反，它会在吸收新的能量后，焕发出更亮眼的光彩。

华侨城之于重庆，恰如时代与文明的一曲恋歌。它始终有一个信念：城的最高尚的美德和感情，都维系在最虔诚的情感里。匠心细致的技巧筑出风雅牵系于上的城。一切世俗的繁褥都被扬弃，最为含蓄的仪态，谱出了这个时代最和谐的美丽。

这座城市的历史与文化，不会因为这样的跃变而衰减，相反，它会在吸收新的能量后，焕发出更亮眼的光彩。

我们都生之于世，我们对于理想生活的追求亦都从未停止。阅读城市不断变迁、承续的历史，阅读人类是如何改变这片自然，也阅读自然本身的独特印记。

直至明了建筑不应该被视为一种人工化产物，它本身就是另一种形态的自然。而后这一切都跃然于现实之中：且看那徐徐风过，浅浅浪吟，溪谷自山崖流下，刻画土地的纹理，又汇入江河，完纳自然的一个轮回，也成就了城市的又一次升华。

第二篇

忘不掉的人

第一个在重庆跳伞塔表演跳伞的女人

白素琼　二〇后

我是一个军人，在重庆跳伞塔第一个表演跳伞的人就是我！

我出生在1923年的合川，是家中独女。父母开川剧团，在那个年代还算家境殷实，所以我读书一直读到大学。我高中在北碚的国立重庆师范读的（那时候的师范是高中），同学很多都是全国其他地方逃难来的，他们不仅没有钱，甚至也没什么行李，很多都是靠走路来重庆，所以我那时就很痛恨日本人。

我们的老师也来自全国各地，很多都是水平很高的教授，当时有名的戴爱莲还教过我们跳舞！我们还有滑翔机课——滑翔机不用起飞，是用橡皮筋一样的东西弹上天。我开滑翔机的时候还把飞机的左边翅膀撞坏了，老师罚我不准再开，哈哈。

上学时，我们还坐船到重庆来过，那时候跳伞塔刚修好，很有名气，政府要在那里办活动招待外国政要，我们班就被安排在跳伞塔给他们表演舞蹈，有中国舞，也跳踢踏舞之类的国际舞蹈。表演完毕后，老师问有没有人愿意表演跳伞，我胆子大，就自告奋勇地报名了，于是我成了第一个在跳伞塔表演跳伞的学生。

1944年，从重庆大学新闻系毕业后，我听从国家号召，参加了青年军，进入政工班第三期，后来被分到政治总部政工队，成了现在说的文艺兵。在政工班的时候，我们的班主任是蒋经国，所以我们都自豪地称自己为“蒋经国的学生”。那时候美军也驻扎在重庆，很多美国大兵都跟我们一起生活、活动，我性格活泼，爱好多，所以和美国人特别合得来。他们教我们英语，我们就教他们中文，而且还是重庆话。

我在政工队一直升到中尉，随后被分到綦江202师政工队，计划抗战胜利以后随部队去台湾参与接收工作。1946年春天，我们坐着登陆艇去台湾高雄，一待就是三年多，在高雄的时候我被升为上尉，也担任政工队副队长。说起在台湾的生活，比在重庆跟美军一起生活都好，那时候我们住的是日本人修的带榻榻米的房子，你别说，修得还挺漂亮。

我一直在高雄住到1949年，我们部队被调到北平任城防，但没有在北平待多久，我们师就起义了，我也因此再次回到重庆。我这辈子最开心，最难忘的就是当兵那几年。后来我想，要是那时我跟美国人去了美国，也许我一辈子的命运就改变了。

重庆关爱抗战老兵志愿者补记：我们在2016年初找到孤寡老兵白婆婆，在确认身份后便时常去看望。每每与她聊天，都会被她的开朗感染。她是那个年代少有的高知女青年，军队中的骄子。一说起在政工队的岁月，她就会兴奋地聊起很多和美国大兵共处的细节，完全就是民国时代偶像剧的情节啊！不过可惜，随着后来社会变迁，她的照片和资料都没能保留下来，不然我们还可以看到她身着军装的飒爽英姿。

图・跳伞塔　重庆市美术公司提供

一个女孩的避难所

虹影　六〇后

弹子石　作家

我家附近的中学街，与重庆南岸其他街相比，并不陡，也不算窄，每隔十来步石阶就有一块平地，无论石阶还是平地全是青石块铺成，年份久了，石块好些地方有斑点并凹陷不平。中学街是野猫溪与弹子石两地区交汇点，有好些小店铺，夹在住家之中，依此中心地段做点小生意为生。1966年开始文攻武卫，游行批斗，街上的店铺只开半天，没过多久，今天这家关，明天那家关，余下的油腊杂货铺子，左瞧瞧右望望，也关了。可人一天也缺不了油盐酱醋。于是，油腊杂货铺子又半掩半开了。

1967年夏天，我快满五岁，只有玻璃柜台大半高。我站在油腊铺柜台前，一边递钱，一边眼巴巴等着酱油瓶子从柜台里面递出来，一边瞅着机会看铺子里花花绿绿的东西，尤其是有着各种图案色彩的火柴盒，依柜台右边墙壁，一层层放得整整齐齐，你喜欢哪一盒就自取一盒，并不像其他铺子用牛皮纸包好，放得远远的，得问店主要，才够得着。

火柴盒上的图案通常有工农兵大唱革命歌曲那样，也有红旗飘飘毛主席语录那样，还有"四川巴县"的工厂田野也经常见到。可最边上竖立着三盒火柴，旧旧的，全是动武的漫画，有大拳头还有小椰子树，写着"我们一定要解放台湾"，和之前看到的图案都不同。"台湾，台湾在哪里？"我喃喃自语。

"那是福建边上一个小岛。"我旁边站了个上了年纪的男人说。他提着竹篮，里面白菜豆腐盐红辣椒，盛得满满的。

"福建远吗？"我问。

"好生拿着，好生拿着！"杂货铺子里的女人递我酱油瓶，"不要乱张嘴，小心打破瓶子。"

我明白自己惹人嫌了，捧着酱油瓶，便跨出门槛，因为心里紧张，几乎跌倒，那个上了年纪的男人一把扶住我。

我站稳了，看看手里沉沉的酱油瓶，还好，没摔破。我把它捧得紧紧的，下意识往家的方向看，生怕回去迟了被骂，于是快步走。

“连声谢谢都不知道说，真老实。”背后是那男人的声音。

“蔡老大，就你会这么赞她。她没有家教，婊子养的！”铺子里女人的话，我离得远也听得清。

又过了好多天，父亲换泡菜罐子边的水，往里面加盐时，发现盐不够，就让我去油腊杂货铺子买一包。我走到中学街两街汇合地方，发现蔡老大站在石阶上。他脸肿肿的，眼睛发红，明显喝醉了酒，穿了件黑黑的布衫，有好几处都打了补丁，针线不是太齐整。

我往石阶上走。有个比我高一头的女孩，站在石阶上用腿拦着，不让我走上去。我朝边上走，她就跑到边上拦着。我急得没有办法。那女孩把我扎小辫子的胶皮绳扯断，使劲抓我的头发。

蔡老大走下来，那女孩害怕他一身酒气，闪开了。

我趁机过去。

忽听身后一声大喝：“回来！”我吓坏了，以为是那女孩在叫，往石阶走了好几步才回头。那女孩已走掉，是蔡老大向我点头。我看了一眼，没敢理。我也怕喝酒的人，大白天喝酒的人更可怕。

“过来。”蔡老大说，他从裤袋里掏出一本小人书。我走下石阶，接过小人书。

我马上蹲在石阶上看，进入一个有血气有热量的新奇世界，连鬼也是善良的。刚看到小半，蔡老大说：“小姑娘，你回家再看吧。”他打了个呵欠，酒气臭熏熏，是那种过夜的臭，跟阴沟里的臭不太一样。他傲慢地扭扭脖子，身体一歪一斜地往野猫溪方向走去。原来他并不住在中学街。

我好奇地跟上他，看着他拐过一个小巷，身影消失。我朝家走去。脚跨进房门，父亲问："你买的盐呢？"

"我忘了。"

不知父亲在说什么，我飞快地跑到中学街。这条街转瞬间人多嘴杂，油腊杂货铺前站了好些人，我只得排队。

我想看完那本小人书，却一直没寻到机会。到了傍晚，我不敢开家里的电灯，一直等到晚上路灯亮起。

我到院外小街上，那儿有盏昏黄的路灯。我掏出小人书继续看。里面鬼比人好，舍了自己救爱的人的命。

第二天，我借故去油腊杂货铺，等蔡老大，他却没有来。这一天我未看到新的小人书，心神不定。一周后我在江边碰见蔡老大，他背了个竹篓，在捡废报纸、玻璃瓶和塑料。我的好奇心又上来了，便跟着他。最后，他走到收购站卖了八毛钱。

我把书还给他，他从裤袋里摸出另一本小人书，说："这是《水浒》，一共有21本，你看完一本，来换新的。"

我当然照办，一本换一本，看了一个多月，我浸透在虚构世界中，忘掉周围残酷的社会，尤其当有人欺侮我时，我就想书里人物会跑来为我抱不平，他们安慰着我受伤的心。还蔡老大最后一本时，他说："少不看《水浒》，老不看《三国》，而你小小年纪，却已经看《水浒》了。"

我问："为啥事先不告诉我？"

"先告诉你，你就不敢看了。"

"那为啥呢？"

右图·下回水沟 何智亚摄

左下图·弹子石 戴前锋摄

左上图·弹子石眺望朝天门 戴前锋摄

粮油专销店

他不肯说，在我再三追问下，他才说："等你长大，你就会懂我的话。"

我经常琢磨蔡老大的话，一直长到十八岁，才有点懂。少不看《水浒》，是怕年纪轻轻，血气方刚，打架造反；老不看《三国》，是担心搞阴谋诡计，祸国殃民。

不知这是不是蔡老大的意思。我想找他问问，可他没再来油腊杂货铺。我也问过铺里那女人，她不理我。我跑到野猫溪一带上上下下的巷子里，可是未能遇上他。如以前，我每次想知道他具体住在哪一条街哪一个房子里时，悄悄跟着他走，却总是弄丢他。他拐过一条巷子，上了一坡石阶便不见了。或许，他就是小人书里的一个人物，只能这么解释。

图 · 小人书 海意摄

洪崖洞河边的记忆

姜汤　五〇后

江北区刘家台码头　自由职业

我的母亲是一个可以随意哼出好听旋律的人，她遗传给我酷爱音乐的基因。但凡听到有感觉的音乐，我会全身发麻、泪流满面。

十七岁那年夏天的一个傍晚，我们迎着夕阳沿嘉陵江边玩耍。刚走到洪崖洞下面河边，忽然听到充满魔力的音乐声。

原来是离河边不远的一幢木屋门前有个男人在弹着吉他唱《桑塔·露琪娅》。

这在当时是无法想象的事！那是一个无比荒诞的年代，大街小巷只有革命歌曲。当时如果有谁唱、甚至只是欣赏“黄色歌曲”，就有可能被抓或被判刑。

什么是黄色歌曲？就是除了那为数不多的革命歌曲外，其余全部都是黄色或反动歌曲。

那时我是很烈的反叛少年，蔑视正统的一切，听到这么优美的曲调简直激动万分。

就在那天我认识了余庆生。后来，余庆生在重庆弹吉他的名气很大，能听他弹吉他是一件很有面子的事。

再后来，我从码头搬运工当上水手，我们船停靠的码头刚好就在洪崖洞余庆生家下面。

那时洪崖洞一带不是现在的样子，许多捆绑房子密密麻麻地重叠着，又沿着河岸排成一条街。那条破烂的街道充满着迷人的气息，经常会有一些性感无比的少妇和少女在那条街上走来走去，仿佛是最美的音符构成了最美的旋律。

至于吉他是什么时候开始进入重庆，这也许很难考证。但从“文革”时起，余庆生这条线应该是吉他在重庆城的主线。

据说余庆生的吉他老师叫胡越，是哈尔滨人。胡越是跟在哈尔滨的俄罗斯人学的吉他，后来胡越从全总文工团下放到重庆，1968 年3月余庆生开始拜师跟他学吉他。

1981 年重庆发大水，滚滚江水冲垮了余庆生的家。在此之前，我经常伴着夕阳去余庆生家门前的小坝子，在那里听他弹奏一首又一首直击心灵的歌曲。有时我也请他到船上来尽兴，甚至还请来拉提琴的朋友一起高兴。

大水过后，余庆生他们搬走了，很快我也离开了重庆。

后来，洪崖洞下面那一整条破烂的街道也没有了，那些曾经为我们养眼的美丽女人也不见了。

那条街的位置刚好是现在以“概念·98”为首的美食酒吧街位置。现在的确要比那时规整和时尚许多，但不会再有余庆生在夕阳下的琴声和歌声，也看不见那些摇曳在河边迷人的洗衣女。

这个世界呀，一切都会重新开始。

图·洪崖洞天成巷 戴前锋摄

家住十八梯

赖永勤　五〇后

重庆涪陵　文学编辑

（一）

重庆十八梯的整体拆迁让媒体很是热闹了许久，随着不少拆迁户的搬离，昔日喧嚷的十八梯变得沉寂了。沉寂之后的十八梯反而更为人们津津乐道，或曰这里铭刻着老重庆的记忆，或曰这里浓缩着山城的显著特点，不少初来乍到的外地人甚至将十八梯作为必游之地，他们不惜将短暂的时间抛洒在十八梯长长的梯道上。

每每看到这些，我都会会心一笑，我想，如果将时光倒退到30多年以前，相对于解放碑、上清寺、朝天门等地，居住在这里的人是难以启齿的。我一位在外地工作的朋友，曾经在十八梯居住，有人问起他的家住在重庆哪里，他竟犹豫了半天，才支支吾吾地说住在十八梯。

我对十八梯还没有到难以启齿的地步，上个世纪70年代末，在当时调动非常艰难的情况下，我从涪陵调到重庆来已属万幸，何况还有一间小木楼可供栖身。我居住的小木楼二楼一底，我住一楼，底楼是公用厨房。每到清晨，楼下发火做饭，浓浓的煤烟会从楼板的缝隙中直升到家里，一时间房间里浓烟密布，全家人便在这袅袅的烟雾中开始了新的一天。

令人懊恼的还有窗外的农贸市场，凌晨三四点，肉贩剐骨头剐得蹦蹦直响，鸡贩子往活鸡活鸭嘴里塞填凉粉苞谷惹得鸡鸭们嘎嘎直叫，小贩们为抢摊位或大打出手或破口大骂，各种声浪在这里交融……劳作了一天的十八梯人很难有一个清净的日子。

十八梯的住户多为靠体力为生的寻常人家，我的楼下是一对打铁的夫妇，靠着两夫妇抡着大锤二锤不停地敲打，养活了6个儿女。我的楼上住的是一个靠拾废品为生的人家，成天大背进小背出，进出的不是破铜就是烂铁。居住在我家隔壁的一家姓魏，1949年前曾经在国民政府空军部队任职，因为所谓“历史问题”，一直在潇湘馆餐厅当洗碗打杂工；另一家姓葛，在远郊某银行分理处上班，每天早出晚归，甚是辛苦。

从我家的小木楼往里数，真是各色人家鱼龙混杂，或在搬运队拉人力车，或在街道作坊当工匠，或为煤球店开票的小店员，或为小食店的“跑堂倌”……与之相反，一些单位好的人家在十八梯就显得格外的出类拔萃了，譬如诗人培贵，独唱演员三三，他们在十八梯属于“贵族阶层”而备受瞩目。

很难相信在“贩夫走卒”集中的地方竟有这些“精神贵族”的出现，同样是居住在背街，同样穿行于陋巷，但他们的神情总是悠然的，有了他们，十八梯不乏小资的时尚和浪漫。

诗人培贵是我的街坊，他在这里写下了《深巷的回想》，我至今记忆犹新，因为在这首诗里，有我们对十八梯共同的记忆：“那深巷已经离我很远很远/就像小时候读过的刘禹锡的那首唐诗/至今还觉得很甜很甜……”

（二）

居住在十八梯的有铁匠、水手、收荒者，甚至还有做花圈、糊灵屋的……但也是不少“没落贵族”的栖身之地。如果追溯他们的前半生，他们被命运遣落至此多少有些迫不得已，如我的邻居老魏。

老魏系四川成都人氏，生得仪表堂堂，高大魁梧，年轻时在空军部队服役，后转业投身到商界饮食业，曾经是“心心咖啡店”的掌门人。这段经历当然令老魏以后的日子不会好过，于是被发配到七星岗某餐厅洗碗。

图·十八梯　戴前锋摄

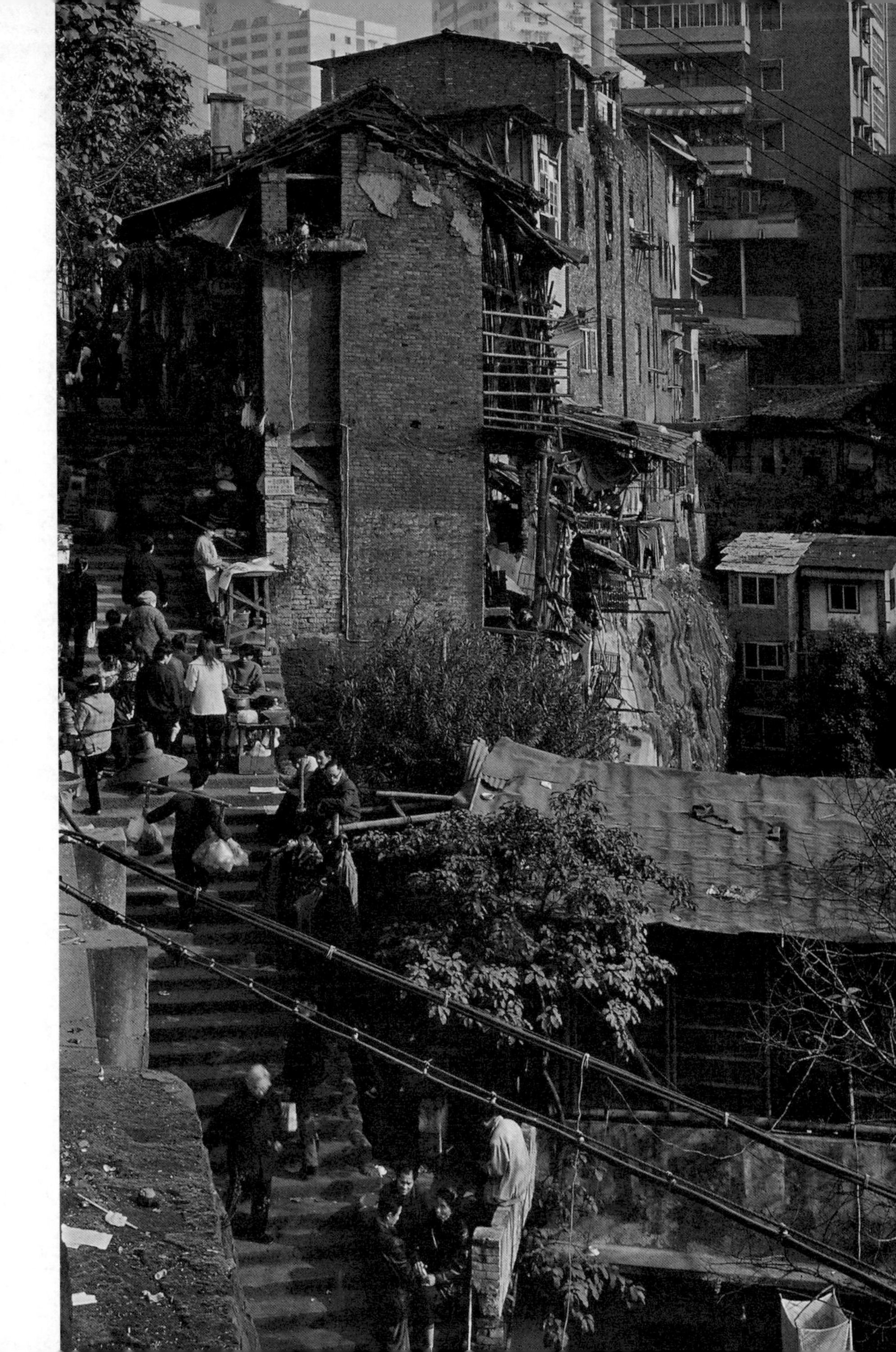

我认识老魏时他仍然保持些许成都的口音，生活方式也留有川西人特有的考究与闲适。譬如：在住房面积有限的寓所，他仍然在墙角安置了一个木质的三脚花几，花几上摆放着一盆兰草，尽管不名贵。他喜欢喝茶，并坚持用盖碗茶盏喝虽然有些廉价的花茶。他还在收入不多境况下购买了留声机，下班回家后，经常独自一人在家欣赏老上海的歌曲，有时甚至会轻轻地哼上几句："哥哥，可别忘了我呀，我是你亲爱的梅娘……"

我曾经在七星岗见过他在餐厅时洗碗的模样，一件白色的工作服洗得已经有些发旧，手袖处还套了一个沾满油迹的袖笼子，微微发福的躯干已经不灵活了，笨拙的双手不停地在洗碗槽里淘上淘下……这一切，很难与他曾经的身份联系起来。

好奇的我非常想了解老魏的年轻时代到底有多风光多风流，陪他喝茶时曾经几次试探他都缄口不语。有一次陪他喝酒，趁着他微醉之时，我又问起他年轻时的事情，他差点说出来，最终还是欲言又止，"算啦，过去这么久了，还提它干啥？"

1985年冬天，我要出差去上海，受老魏之托，在上海重庆南路找他的前妻吴英，才知道老魏曾经是一个风流倜傥的空军军官，是她劝老魏离开了空军部队，跨入商界饮食业，来到了"心心咖啡店"。上海之行，终于使我对老魏有了更多的了解，他的奇特经历就像一具时代的标本，这具标本却活色生香地生活在重庆十八梯。

（三）

作为十八梯的居民，我的户口簿住址栏里清楚地写着下回水沟133号，按照地辖范围，儿子就读的小学也就在离家最近的永兴巷小学。

从下回水沟朝上回水沟的方向走，再从第一个巷口拐进去就是永兴巷小学，当我拿着户口簿走到这所学校，真令我吃了一惊！要不是门口处挂了一块牌子，我真不敢相信这里竟是重庆市主城区的一所公办小学。

这是一座不大的中式老院落，分里外两层。外院左右各有一木楼梯直通楼上的两间厢房，老师告诉我，这是低年级学生的教室，也是学校沿袭下来的惯例。

儿子正式上课后，我曾经悄悄地上楼看他上课时的模样，透过呈弧形的木窗棂，只见十几个孩子稀稀拉拉地坐在已经很陈旧的课桌上写作业，坐在门口的是他们的老师，一位五十开外的女人，她手里端着一个用塑料网笼着的玻璃杯，只见她轻轻地抿了一口茶，然后用教鞭敲击着课桌，“同学们，要用心写，抓紧写！”

学校的后院比前院大，后院有一天井，是唯一可供学生们锻炼的地方，他们做课间操也在这里。天井周围有大小不一、形状各异的房屋数间，其中最大的一间是毕业班的教室，趁孩子们做课间操的时候我去瞅了瞅，教室里悬挂着4支日光灯管，墙壁好像刚刚用石灰粉刷过，在日光灯的照耀下，竟白得有些刺眼。

校工是一位姓毛的小伙子，专事看门和打钟，他的体型精瘦，头发卷曲，眼睛黑亮，非常热爱文学，孩子们上课时他就埋头在桌上不停地书写。走进他的房间，能够嗅到一股很浓的香烟味，果然，桌上的烟缸盛满了烟灰，地上也到处散落着烟蒂。在满是《电影文学》之类的文学杂志和散乱的稿页中，一只闹钟和一根木棒格外醒目。

“叮叮叮……”闹铃响了，小毛从椅上欠起身来，抡起木棒朝校门屋

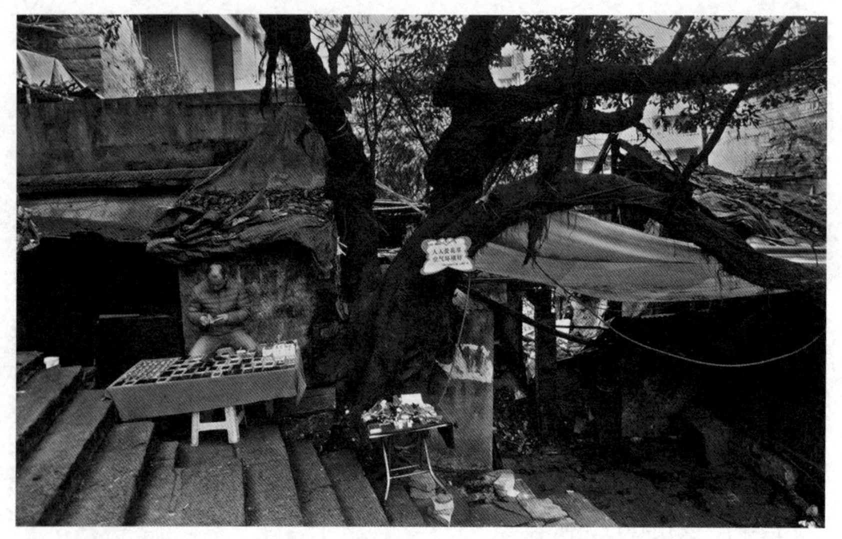

图·十八梯 戴前锋摄

檐下的一根钢管走去，随着他的轻轻敲击，钢管发出了清脆的声响，“当当当”金属声与孩子们的雀跃声交织在一起，让冷僻的永兴巷顿时有了生气。

十八梯下有不少像永兴巷小学这样的老院落。就以永兴巷14号院子为例吧，十八梯人习惯地称它为“豆腐车间”，何智亚经过考证，在他的专著《重庆老城》里留下了这样的文字：“清末，因此处有永兴当铺而得名，民国初期此处也称永兴当巷……”

（四）

由黄昏向黑夜过渡之时是十八梯相对安静的时候，喧嚷的市场没有了小贩的吆喝，下班人的脚步声也再不急促和匆忙，他们的脸上带着些许轻松与闲适，让绷紧了一天的神经终于松弛下来。

我喜欢这个时候的十八梯，特别是当夜幕降临之时，家家户户的灯光所传递出的温暖，不仅让人嗅到一股浓烈的市井气息，还感到了一种真实的温馨。通常在这样的时候，我会将我的小屋收拾干净，然后泡上一杯菊花茶，拧开收音机，在我熟悉的波段里收听我喜欢的文艺节目。

而就在某一天，我还没有拧开收音机，就听到了阵阵轻快的歌声：

“太阳刚刚爬上山冈，尼罗河水在荡漾，家乡美丽的土地上，劳动的人们在歌唱……”当年这首由朱逢博唱红大江南北的《尼罗河畔的歌声》非常流行，是从哪里传来的呢？仔细一听，是从我家对面的窗口飘过来的。

我曾经向一位声乐科班老师学习过声乐，对声乐略知一二，凭听觉就知道歌者已经不是一位业余的歌者。果然，夫人这样告诉我，唱歌者叫三三，原来是街道文艺演出的积极分子，现在的她已经考入重庆歌舞团，是搞专业的。

我在闲暇之时也喜欢唱歌，特别是电影《甜蜜的事业》的插曲《我们的明天比蜜甜》甚为流行，我也非常喜欢唱：

“甜蜜的工作甜蜜的工作无限好啰喂，甜蜜的歌儿甜蜜的歌儿飞满天啰喂……”一旦我放开嗓音犹如江河决堤，越唱越来劲，每遇此时，夫人总要提醒我，“对面三三是专业演员，你小声点唱。”我便压低了嗓子，但唱着唱着，声音依旧还原。

诗人培贵是重庆歌舞团创作员，一天，他送来两张票，告诉我，这是他们团里精心排练的一场歌舞晚会，演出地点就在八一路的解放军剧院。

一走进剧院，我得到了一份节目单，其中有女声独唱，演唱者是余承斌，夫人告诉我，余承斌就是三三。

大幕开启了，身着奶黄色连衣裙的三三粉墨登场，在柔和的灯光下，我终于近距离地看到了我的街坊，那天晚上她发挥出色，一连演唱了好几首，在返场时加唱了《尼罗河畔的歌声》：

“月亮挂在碧蓝的天空，尼罗河水在荡漾，晚风吹拂的椰树下， 劳动的人们在歌唱……”

三三唱得非常投入，观众也听得如醉如痴，在观众们热烈的掌声中，我真想告诉他们，这位歌唱家来自十八梯。

多年以后，我仍然非常怀念在十八梯放声歌唱日子。我曾经告诉我的儿子，在贫困中坚守的美好才是真正的美好，在困境中保持的浪漫才是真正的浪漫，而这种深刻的人生体验，直接来自十八梯的日日夜夜，每时每刻……

图·十八梯 戴前锋摄

勤劳勇敢的吊脚楼居民

余琼琼　五〇后

人民路　干部

从小，我就知道对重庆人有一种赞美叫“勤劳勇敢的山城人民”。然而，只有亲身体验了吊脚楼住民的生活后，我才真正地懂得了“勤劳勇敢”的含义。

吊脚楼，是旧时重庆一道独特的风景线：依山傍水，两根大木柱钻进江边的石崖上，一排木排，一边钉在木柱上，一边连在山上的路边，然后木排上四周再围上木排，顶上盖上瓦，就成了一间吊脚楼了，这就是他们的家。讲究点的还在地上（木排上)舗上木板，墙上贴上墙纸，但大多数都是贴的报纸，一层又一层，贴多了，也能遮风挡雨。

从朝天门坐横渡到玄坛庙，上岸后走过一片沙地，就上到这种一边是吊脚楼，一边是小山坡的石板路了。我有几个同学就住在这种吊脚楼里。

家里非常简单。除了日常必须用品几乎没多的家具，门前的石板便是他们家厨房，吃什么不仅邻居们知道，连过路的路人也看得清清楚楚。

进到屋里，透过地面木排上的缝，还能看见江里的水，扒在窗前，就可看见长江上航行的船，有大船经过，激起的浪撞激着崖石啪啪地响。恐高的我晃一眼便退到门口，坐到对面小山坡上，还是脚踏实地才有安全感。

吊脚楼和山里的木房子相反，是冬冷夏热，冬天，江上的寒风呼呼地吹，夏天，烈日炎炎地晒，江面上水蒸气蒸得人出不了汗，好在下半夜会退凉，倒也能舒坦地睡一觉。

旧时的重庆人对枯水季、涨水季，都有着深刻的体会。从小，我就喜欢涨水季。因为水涨船高，我可以少走好多路了。但是对于吊脚楼的住民来说，每年的涨水季，都是一场场战役。

每年夏天，他们就会密切地关注着汛期，但是洪水总是防不胜防。我参加过一次他们的“会战”。

已记不起是哪一年了，是特大洪水，而且是半夜暴发。早上到学校，老师说：今天的任务是帮助江边住家的同学们。于是我们跑步前进，来到江边那一溜吊脚楼前。

洪水比起昨天晚上已退了许多，但是有的地板还泡在水里。吊脚楼的人们都在搬东西，家家户户都把盖的、穿的、吃的往外搬。对面小山坡的空地上，甚至别人的屋里屋外都堆满了，到处晒起。

我们也立即加入战斗，帮着一样一样地搬。门外的煤球及炉子已经泡湿，正在晒还没干，煮不了饭。不知道是老师还是居委会的人，端来一大筲箕馒头，对面坡上的人家煮的绿豆稀饭，激的醋胡豆，几十号人就站的站、蹲的蹲，把午饭解决了。我敢说，那真是我童年生活中吃得最香的一顿饭。

午饭后水位又退了很多。大家又开始做清洁了。洪水洗劫后的吊脚楼，覆满了淤泥，地上、墙上、床上……先用篾片块刮，再用水来冲、最后用抹帕抹。好不容易才完成了。

正在把东西往屋里搬，居委会来传达：防汛指挥部通知，今晚还有洪峰，请大家注意防范！得，又赶紧搬出凉板、马架，晚上得露宿了。

那场景也真是壮观。小山坡上、石板路旁，堆满东西，凉板上马架子上密密麻麻都是人，有人数星星、有人讲鬼故事、有人摆龙门阵……清晨又听着长航船上的汽笛声愉快地起床。

那真是夜不闭户，路不遗失的好时光啊！

年复一年，我同学说每年汛期，他们都要这样重复多次。当时，以我小小的智力，我实在不明白他们为什么不搬走。

现在的我，只能说“勤劳勇敢的山城人民”！

图 · 十八梯吊脚楼 戴前锋摄

白象街吊脚楼民居　戴前锋摄

凤凰台的崽儿

张海星 四〇后

渝中区南纪门 教师、企业主

我在凤凰台这条小街住了将近40年。

狭义言之，称得上“故城”的，仅是“九门八码头”范围内的重庆老城。我就是所谓“城头的崽儿”。老城分上下半城，我是“下半城的崽儿”。我的户口一直在南纪门派出所，失业时的工作由南纪门街道办事处分配，所以我又被归纳为“南纪门的崽儿”。

居住之地无典不雅。《诗经·小雅·四月》：“滔滔江汉，南国之纪。”南纪门地区素来是重庆的蔬果集散地与牲畜屠宰码头，据说也是专吃毛肚鸭肠腰片的重庆火锅发源地，下里巴人多，嫌犯也多，把这里的城门取名南纪门显然有法纪约束之意。

凤凰台就在南纪门。重庆城门又有“九开八闭”之说，其中一个闭门“凤凰门”，就在正对着凤凰台的马家岩城墙下，凤凰台的街名大约就源自于此。李白名诗“凤凰台上凤凰游，凤去台空江自流”，赋予了我住的这条小街某种深深失落的不吉祥的色彩。

1958年初，我父亲就是从这里开始失去23年自由的。他在《四川工人日报》当文艺编辑，以为工会主办的报纸就应该为工人说话。我后来发现他落难前在废稿笺背后写有一首咏李白的诗，第一段是：“儒学何所用，我狂歌笑孔丘，千山万水不够我遨游。不是相信云岭会遇真仙，朝中世上太多假面猴……”

报社宿舍就在凤凰台25号（后来改为9号），那里面两个小院坝一个篮球场住有三四十户人家。我家住在内院两间屋内，那里记录了我们快乐的童年。父亲下狱后，报社把我母亲和她的6个子女从宿舍撵走。所幸我母亲所在的印制一厂收留了我们，职工宿舍就在凤凰台1号，与25号仅隔一个水沟巷。

凤凰台1号院子以其户数多达百余，真可谓重庆城的头号大院。它由三组楼房组合而成。其中雕梁画栋的一组楼房面对滔滔长江，长年被封死的石砌院门上，有斑驳的“清白家风”四字。另一组楼房在凤凰台南街口，院门也是长年封闭。唯在上世纪的“红色饥荒”年代一度被打开，成为“城市人民公社食堂”之一的“上游食堂”的大门。第三组楼房的大门才是整个大院长年开放的院门，它正对着凤凰台街另一侧的法院，紧挨法院是个犯人转运站。后来知道民国时期这里已有法治单位“审判所”，其渊源也许来自南纪门取名之初。

这房屋众多的“清白家风”里住的自非等闲之辈。那是清末民初当过重庆商会会长的实业家和古琴家杨庭五的后嗣。杨家花园原在如今的龙湖花园一带，其子杨少五继承家风家产和琴艺，抗战期间曾在城里凤凰台此处成立“天风琴社”，社员有于右任、冯玉祥和荷兰外交官高罗佩等。1950年土改时房屋被没收，住进印制厂工人80余家，杨家被撵到厚慈街86号三间屋内。1955年3月，杨少五在一个深夜被抓走判刑，家中珍贵文物含20张古琴被博物馆没收。1958年下半年被放回来，全家就住进了凤凰台25号我家腾出来的那两间空屋内，那时工人日报社已迁到成都去了。

凤凰台北街口紧接厚慈街，丁字街口那里是我读高小的厚慈街小学。我初小读的市级干部子弟校巴蜀小学，父亲蒙难，家境大衰，再也缴不起那贵族学校的住读学费，才转学到这所平民小学来。厚慈街小学隔壁是市中区看守所，门牌是厚慈街107号，看守所的外号就叫“107”。“文革”期间，我家幺兄弟和他的美术伙伴们用画笔伪造露天电影院的门票，初为白看电影，后来发展为卖钱，得来的“赃款”全用来买恩格斯的《反杜林论》之类。警察抓捕他后虽然深觉惊讶，还是拘留了他一星期，就关在这

107里。107里的犯人按潜规则从不互通姓名，均以居住地相称，我那幺兄弟在那里面就叫“凤凰台”。

关于现在已拆成停车场的凤凰台1号这个大院，重庆民居建筑摄影家和画家都没遗漏过。戴前锋的《故城》中的蝉声，其间不时响起同样清脆而悠长的小贩叫卖：“冰糕凉快哎冰糕——香蕉冰糕——橘子冰糕——豆沙冰糕……”后来随着时代的脚步而节奏加快，变成了“冰糕凉快！冰糕四分五分的六分！”凤凰台街上一个夏姓同学的老父，络腮长须，虎背熊腰，却挎一小篮叫卖，篮内装的灯草、使君子和醪糟釉子之类，叫卖很干脆：“哎醪糟釉打食釉！”另有一个挎篮走街串巷的干瘦老头儿，唱的是顺口溜：“哎老青果，三分钱来买十颗，哎吃了又清热来又清火……”

悽凉点的声音是街上那个30多岁容貌秀气的女人，她整日在街上精神恍惚地吟唱着：“坦坦白白老老实实我没有病……”我们都叫她“坦白疯子”。她有个粗俗的男人，小孩子们都觉得他俩不般配。最好笑也最具时代特征的是1号大院那个有点耳背的门房老头，常常在晚饭后摇铃到院内各巷道，叮当叮当，总有几个小孩笑嘻嘻跟随着他一起拖声遥遥地喊：“哎～开会罗，七点钟，传达室门口，开群众大会，每家去一个，自带板凳，家家都要到堂啰……”若要把凤凰台特别是1号大院的故事写下去，哈，那是一部长篇小说，书名也许就叫《凤凰台的崽儿》。

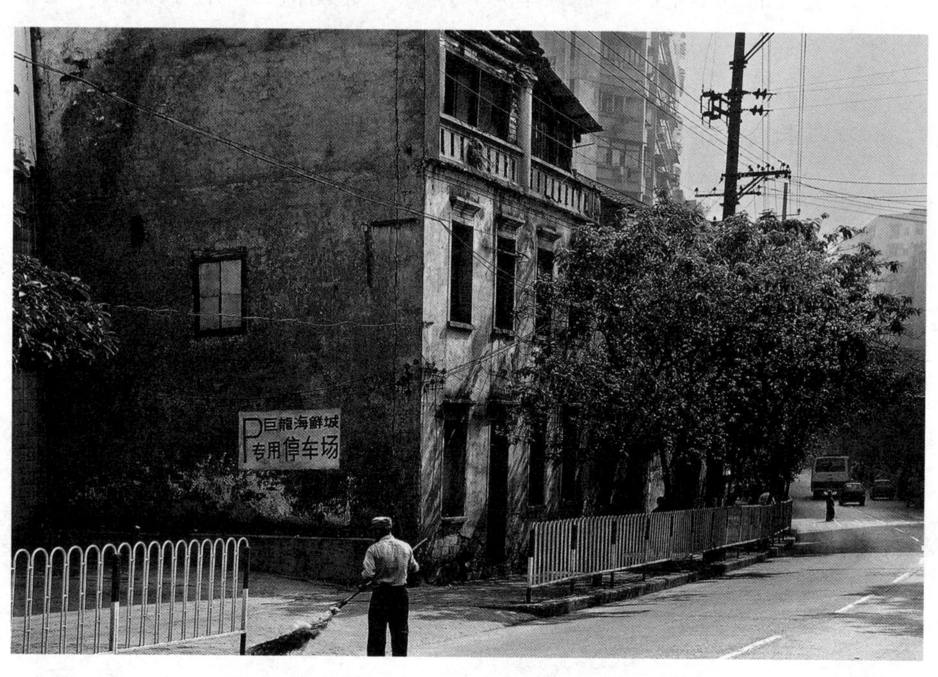
P
巨龍海鮮城
专用停车场

右下图・法国大使馆旧址　戴前锋摄

右上图・厚慈街　戴前锋摄

左　图・凤凰台　戴前锋摄

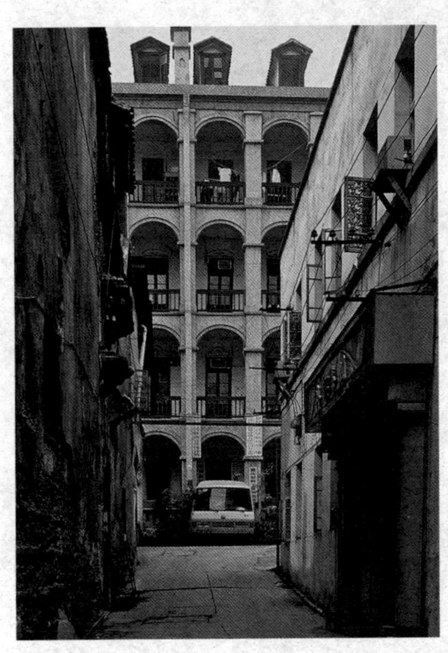

为周总理演《八大员》

萧瑟 五〇后

九龙城 专业技术人员

也许你不信，几个普普通通的社员，竟登台为敬爱的周总理表演文艺节目。

故事要从群口快板《八大员》在潘家坪的专场演出说起。1964年春节过后不久，重庆市举行文艺调演，陶家公社（陶家镇）的《八大员》被选为优秀节目。当时任西南局书记的李井泉到重庆视察，观看专场演出后留下了深刻印象。

不久后的一天晚上，巡回队正在上新街演出。突然，市群众艺术馆的吕南平等领导匆匆赶到现场，神色凝重地把《八大员》演员叫出来："刘发理同志，请你到厕所旁边去，领导要问几个问题。其他同志等到，一个一个地去，都要进行政治审查。"这一来，八个人都搞得十分紧张，也十分纳闷。陈三伦忍不住问："是哪河水发了？出了啥问题？"傅灿武说："我啷个晓得。艺术馆领导又没多讲。廖光亮你弄清楚没有？"

"我都是恍二惚兮的，何如梅、谭宝娜，你们呢？"

莫家平和廖兴芳安慰大家："能参加演出就表明没问题。"

正在大家纷纷猜测时，领导宣布："立即赶回家去收拾行李，然后在菜园坝乘当天晚上10:30的火车上成都。省里有更重要的演出任务。"

刘发理等八位演员这才放下心来。当晚拿上服装道具，踏上了开往成都的火车。呜——成都——重庆，成都——重庆，第二天早上就拢了。下午四川省委领导和省、市的一些艺术家来到住地，再次审查了节目。"耶！莫非要跟哪个大干部演出？""说不定是中央首长。""如果真是那样就好了，也不枉我站在厕所旁接受政治审查。"当晚，大家被安排在民族招待所休息。

几个人睡得并不安稳，一个上午都没有演出的消息，直到吃过晚饭，天渐渐黑了，门外响起了一阵口哨声："喂！快拿上服装道具，赶快上车！"

"谭宝娜，赶快叫上你们几个女同志，陈三伦，带上服装道具。傅灿武、廖光亮、廖兴芳搞麻利点。何如梅，这个时候怪啥子鸡肠带松紧不合适，走，走，走快点！"汽车载着大家到了金牛坝。"同志们，抓紧时间化妆，演出马上开始。"带队的领导又回来，无比激动地说："告诉你们一个好消息，今天，敬爱的周总理要来观看我们的演出……""啊！周总理！"大家高兴得跳起来，激动的泪花在眼中打转，心想我们这些普通社员，今天要登上舞台，为敬爱的周总理演出，真是世界上最幸福的人了!

我是咱公社的饲呀麻饲养员啦……金牛坝礼堂响起了大家的歌声。《八大员》被安排在第一个出场，几个人表演得格外认真，效果比哪次都好。演出结束后，周总理接见了全体演员，并和大家一一握手。他说："你们自己演自己，好得很嘛！"

时间过去了46年，往日的情景仍然历历在目。

图·在《公社八大员》中饰演保管员的陈三伦和妻子正在阅读《文艺陶家》（2014第四期）上登载的《为周总理演公社八大员》这篇文章 杨维义摄

汪云松与九龙坡

竹鄯　五〇后

九龙坡　居民

汪云松是重庆五老之一，他与九龙坡区结缘是上世纪20年代的事了。

汪云松（1873—1958），字德熏，曾任吉林五常府、双城府知府。辛亥革命后，回渝随父经商，先后任浚川源银行、大中银行总经理，重庆总商会会长，作为重庆商界领袖，时间长达20余年。

受维新思潮和爱国思潮的影响，汪云松一心走实业救国之路，潜心培养新学人才。1918年，当他亲眼见到吴玉章组织的成都留法勤工俭学学生途经重庆的盛况后很受启发，立即着手筹组留法勤工俭学重庆分会并出任会长。随后，他不辞辛劳，出面邀约工商界人士还毛遂自荐担任校长兼董事长。预备学校有学生百余人，学制一年，设有中文、法语、数学、工业知识等课程。经过毕业考试，共有83人获准赴法。邓小平是37名自费生之一，获得学校资助的100银圆。汪云松见他年纪最小，又以私人名义资助300银圆。1950年，邓小平曾当面说汪云松"为我们培养了两个副总理"。陈毅听说后做了补充：加上我，"实际算是三个（邓小平、聂荣臻、陈毅）。"

汪云松与九龙坡初次结缘是在渝西华岩古寺。该寺始建年代无考，明万历己亥（1599年）重修。自圣可大师以来，几经营造，殿宇庄严。寺藏八景，影映一湖，素有"川东第一名刹"之誉。那是民国十三年，一天，汪云松好不容易抽身，"奋而不顾命俦而游，徘徊于华岩溪涧之间，钟磬悠扬，松竹苍翠，万籁若有声无声，幻色若有形无形，物与我相忘，形与神俱寂，我生数十年以斯境为未曾有欣欣焉"。然而，待他走到华岩洞，只见殿堂颓败，佛像莓苔，不禁叹息良久。他实在不忍圣可大师创下的功业"数世而渐衰"，决定捐款上千银圆，嘱寺僧赓即鸠工修葺华岩洞。

1924年秋天竣工之前，汪云松还应方丈之请撰写了《重修华岩洞记》

并刻石，时近百年，此碑尚存，细品碑文，我们仍可感受到汪氏的一片苦心。

过了不到20年，汪云松由渝中半岛乔迁九龙坡。抗战爆发后，重庆作为战时首都，屡成日机轰炸的目标，住在城中十分危险。于是，汪云松就迁居谢家湾二公馆栖身。这里地近鹤皋岩，公馆右侧有一座立着两根望柱的古墓，当地人称“状元坟”。这一时期，在与单位及友人书信联系时，汪云松所署地址均为鹤皋岩状元坟。

1943年11月，适逢老人七旬寿辰，友人及子孙都打算为他祝寿。汪云松闻讯后，以时值抗战，坚辞肆筵设席，徒靡财物。到了生日那天，他在大门口贴上一联，表明关心抗战，先忧后乐的情怀：

我亦古稀年，生逢赤马劫尘，遑云四豆；

天如早灭日，直到黄龙痛饮，再补一杯。

冯玉祥在歇台子当保长

黄明 五〇后

九龙坡区 职员

上世纪40年代初，苦于日寇空袭频繁，冯将军就在陪都西郊的歇台子修了一处简陋住所，安顿下一大家子人。其他一些军政大员也为同样原因，此地就有了不少别墅，歇台子这个小地方一下热闹起来了。

这里设有一个保，除了贵人之外，四周早就散居着一二百户乡民，因为兵荒马乱，度日艰难。如今显贵与贫贱杂居，上面种种苛捐没完没了，原任保长绞尽脑汁也不能应付，只好磕头作揖地求大家“另请高明”。冯将军毛遂自荐，继任该保之长，表示一定尽心竭力，决不敷衍塞责。

这天，冬雨绵绵，寒风阵阵，一支开往贵州抗日前线的新兵连队落脚歇台子街上，晚饭和住宿打地铺的稻草都没有着落。上峰传令“就地想法”，连长就带上一名勤务兵，就近来到冯将军这一保。

二人走了不远，看见大路侧边的菜地里一个身穿土布对襟棉袄，头戴斗笠的老人正手拿月亮刀割冬苋菜，小连长像平时一样大声武气地问：“喂，老头，你们保长住哪里？”

老人站起身来，恭恭敬敬地回答：“我就是。”

“我们今晚住在歇台子，夜饭和稻草由你们供奉！”

“这……兵丁粮草，本是政府统拨，哪个还要地方负担？”

“军机大事，休要多言！马上派人送大米×××斤，稻草××担，大洋×××元！”

“是，是，我立马筹集，只是，请弟兄们千万不要惊扰百姓。”

老人毕恭毕敬立正回答。那标准的军人姿势让新兵连长产生了好奇心：“保长当过兵的？”

“当过，还不止一年半载哟！”

“有军阶吗？”

"有。"

"什么级别？"

"班长、排长、连长、营长、团长干过；旅长、师长、军长、总司令干过；战区司令长官也干了几天。"

老人不慌不忙，说得一板一眼，掷地有声，把小连长听得脑壳发麻，脚杆发酸，最后"啊"的一声惊叫，两只眼睛直直地望着这位农民装束、人高马大的长者："你是哪一个，是哪一个呢？"

看到小连长发神了，冯将军和颜悦色，轻言细语："我叫冯玉祥，冯焕章就是我嘛！"

小连长一听，吓了一大跳，"啪"，连忙举手敬礼："报告冯副委员长，×军×师×旅×团中尉连长×××，奉令接新兵路经此地。"

"知道了。我身为保长，照料弟兄不敢怠慢。"

接着，冯将军请两个惊魂未定的年轻人到家里喝茶。经询问，方知按规定，本该由政府负担的行军士兵种种费用常常不能兑现，不得不"夺食于民"，成为地方一大公害。冯将军气得连拍桌子："岂有此理！"

决不能让抗日官兵在街头挨冻受饿！冯将军立即把侍卫找来，在他们耳边如此如此，这般这般地叮嘱一番，几名侍卫手持冯将军的名片，扯伸脚杆直奔辖区内的大员公馆，当面转达冯将军的指示。那些大户人家一看名片，晓得是新任保长冯将军派款，哪家不一一照办？夜饭之前，所需大米、稻草、大洋等等全部如数送达部队驻地了。

随后，冯将军又把行军部队普遍存在的"夺食于民""扰乱地方"等等弊端当面通报给蒋介石，搞得老蒋十分狼狈。

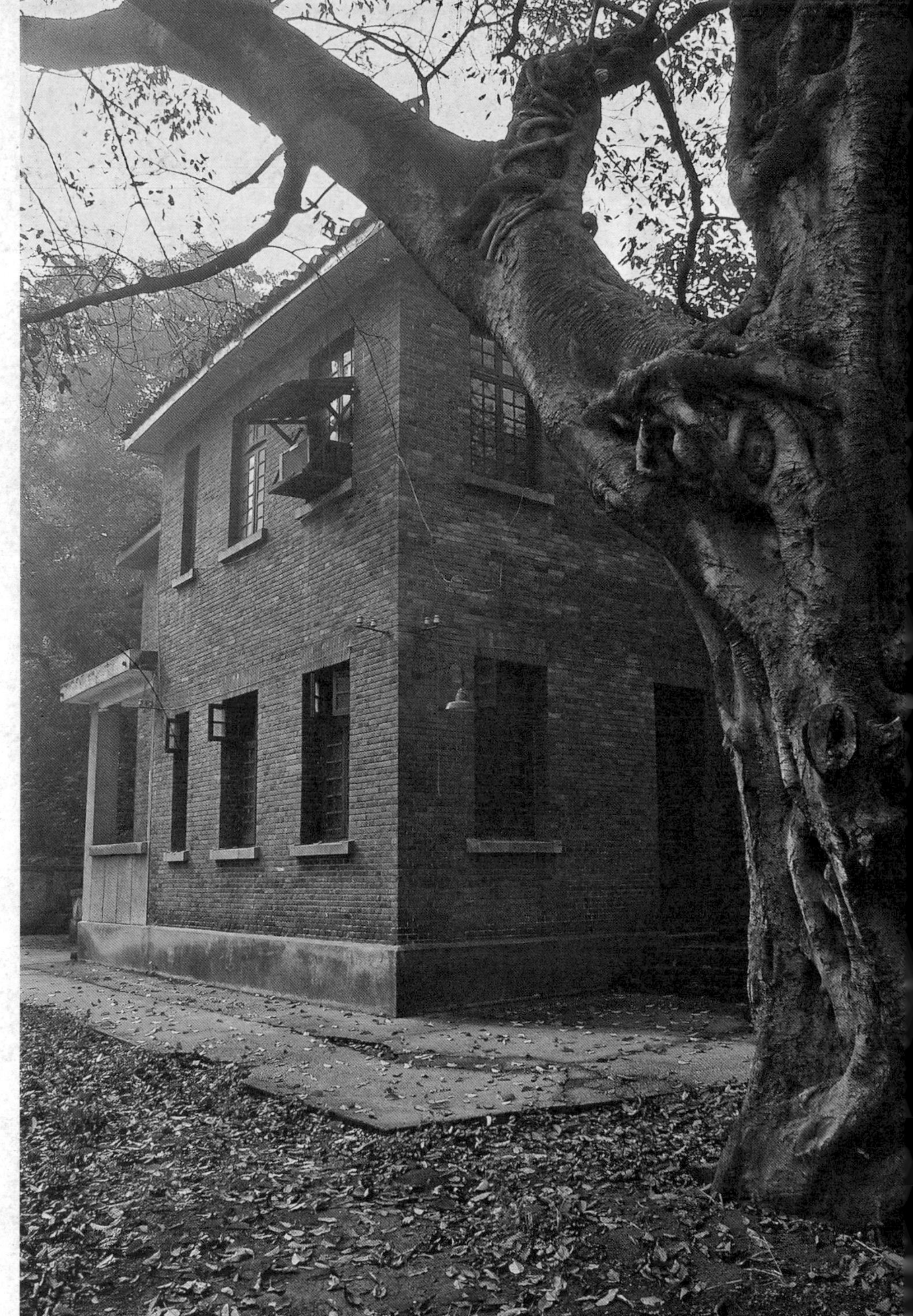

图・冯玉祥旧居 戴前锋摄

清贫自守的黄复生

扬平　四〇后

九龙坡　专业技术人员

黄复生先生是辛亥功勋，他不恋荣华富贵，甘守清贫的故事在乡间传为美谈。

1907年，黄复生在泸州兴隆黄家院子研制炸弹时身负重伤，大难不死。三年之后，又因谋炸清朝摄政王事泄，被捕关入天牢，18个月之后才得释放。这一来，他的身体状况大不如前，还落下了半身不遂的病根。

辛亥革命成功之后，黄先生先后担任了四川护国军总司令、国府委员等等要职，公务十分繁忙。可惜疾病缠身，黄先生常感体力难支，不得不于1936年辞去官职，在九龙镇和尚湾略置薄田，定居疗养。

早在1927年，蒋介石发动“四一二”政变之后，黄先生就表明了矢志不与合作的决心。但令他没有料到的是，自己在和尚湾定居不过3年，蒋介石就被小日本东追西撵，最后跑到重庆来了。

蒋介石不来，黄先生终日粗茶淡饭，倒还清静。他住房东面不足两百米就是滚滚长江，黄先生无事就拄根拐杖，到长江边随便走走，或者径直向西，和山沟里的乡亲们摆摆家常，吹吹龙门阵。这蒋介石一来，国民政府也跟到迁来了，每逢礼拜一，就要做“总理纪念周”，背诵《总理遗嘱》。别样事情可以不管，“总理纪念周”，黄先生是从来不会缺席的。

从家里到国民政府，有近20里远，因此，每到这一天，黄先生都要早早起床，吃过早饭，坐上佃户何吉兴、赵兴礼抬的滑竿，沿着长江北岸弯弯曲曲的便道，急匆匆地往城里赶。他坐的滑竿抬拢礼堂大门口，蒋介石装模作样地上前寒暄几句，又伸手扶起黄先生进入会场。他还不止一次地说，“老先生住在乡下，这个是，这个是多有不便，唦？不如搬进城里，免受往返奔波之苦”。黄先生听了，总是一笑了之。

这天，蒋介石命令部下前往黄先生住处考察，说是要解决他往返不便的问题。那个部下年纪不大，他钻进小轿车，来到杨家坪梅子堡下面的双巷子，“嗞……”的一声，司机把车子停了。

“抛锚啦？”

“报告长官，前面是飞机场，黄老先生府上是不通马路的。”

“不通马路唧个走？”

“我也不晓得！”

他们终于找到一个农民带路，蹬起亮刮刮的皮鞋，沿着一条歪歪斜斜的石板路，高一脚、矮一步地下毛狗洞，过鹞子湾，跨榨房沟，翻二道岩，到了红纸作坊，再踩过一根长长的田坎才来到黄先生大门前。一路上上下下，左弯右拐，走得那个部下和司机气喘吁吁。一见到黄先生，他就大声诉苦：“老前辈啊，贵府风景如画，世外桃源哪！只是，这一路的交通，真是不便啊！”

“噢，二位坐车从西边来，当然兜了大圈圈啰！我进城走的是东边，便捷得很嘛！”

“东边？那就是走黄沙溪、兜子背，哎哟哟，河边那个路，干一脚湿一脚的，不好走啊！”

那部下回到国民政府，连忙把黄先生出入之难添油加醋地向蒋介石做了报告，最后，还不忘加上一句：

“幸好，在下去时天公作美，要是遇到刮风下雨，悬岩陡坎的，唧个走哟!”

又一次做“总理纪念周”时，蒋介石说，为了尊重辛亥功勋，决定给黄先生修一栋别墅。黄先生听了连连摆手：“用不着，用不着！”隔了不久，蒋又说，老先生进城开会实在不便，要从双巷子修一条专用马路到大门口，今后就可以坐车进城了。谁知，黄先生还是不答应：

“那一坡路好几里长，要占多少良田熟土，其心何忍啊！”直到他1948年与世长辞，那条马路也没修上一寸！

图·黄复生

五宿舍的邻居们

杨亚君　五〇后

重庆仁济医院　药剂师、职业经理人

五院的五宿舍，在玄坛庙友于里13号，从我记事起，我家就住在五宿舍。那是一幢一楼一底的青砖青瓦建筑，一条走廊的两边串联着许多个单间，长长走廊两端通风，楼梯也在走廊两端了。这幢楼建于50年代初期，据说是按照苏联专家的方案修的，原来设计是单身宿舍，可是不多久就成了家庭住房了。这幢楼房没有厕所，也不设厨房。厕所在马路对面门诊部旁边，有一个公用厨房在楼下旁边一幢平房里。早些年大家都在食堂打饭，我们家偶尔开小灶，也只是在房间里用酒精炉子煮点汤圆之类的。“文革”时期学生不读书了，家家都自己开火，小学生也学着做饭，厨房就在巷道了，这是后话。

宿舍的两头一端朝马路，马路对面就是门诊部，另一端朝向聂家山林。我们家住在楼上靠山一边的端头。

60年代初，我家隔壁是刘光耀叔叔的家，刘叔叔有三个女儿，都比我小。大娃、二娃和三妹。刘老大很受她爸爸的喜爱，三妹还小，只有2岁不到，深得她妈妈的宠爱。倒是刘二娃在家经常被训斥，时不时还要挨上几篾片。有时候，原本很安静的隔壁，突然就听见刘叔叔大声呵斥，然后就是“啪啪”几响，紧接着就传来二娃的哭声，我很少听见刘二娃在家里的说话声和笑声。

记得那是一个夏天的下午，太阳很毒地照在大地，穿着凉鞋踩在地上都觉得很烫。我站在宿舍靠马路边的楼梯上，看见刘叔叔牵着刘二娃的手走在路上。二娃刚刚洗了头，头发还在滴水。此刻的刘二娃的脸上露出少有的幸福，因为刘叔叔牵着她的手走到绿色的冰糕箱跟前。刘叔叔买了几支牛奶冰糕，拿出一支撕开冰糕纸递给二娃，二娃把冰糕送进嘴里。然后刘叔叔把剩下3支冰糕递在她左手上：“这三支冰糕拿回家，给妹妹一支、姐姐一支还有妈妈一支。”此刻刘二娃吃着冰糕，头脑放空，不知在想什么，完全没有回应她爸爸的交代。刘叔叔蹬着眼睛大喊一声：“听到没得？”这一吼把刘二娃吓了一大跳，手一抖，三支冰糕全部掉在了地上。此刻的刘叔叔气急，朝二娃一挥手，只听“啪”的一声，稍顿，便传来“哇……”的哭声。刘二娃的幸福瞬间被这一巴掌扇得无影无踪了。

我们楼下是七莽一家。这是一个庞大的家庭，父母之下有7个孩子。老大是儿子，然后有5个女儿，最小的一个是儿子，大家都喊他七莽。这个家庭有个特点，就是非常团结。任何一个家庭成员和邻居发生了一点小小摩擦，必定是全家倾巢出动，所以我们一般都不太去惹事。

右图·玄坛庙远望渝中半岛　戴前锋摄

左图·玄坛庙江岸老宅　戴前锋摄

80年代初，政府对做生意似乎管得不那么紧了，这一家人的团结有了可使之处。每天早晨5点钟，全家就行动起来，将头晚泡好的豆子磨出来做豆浆，石磨发出咕隆隆的声音让在楼上的我们也睡不着了。他们小心地把烧好的豆浆端出去，在门诊斜对面的公路边点燃了炉子，架锅炸油条，早上7点钟，生意就开张了。

苏苏是他们家里最小的女儿，七莽的姐姐，虽是一个女孩，但生性豪爽，也肯帮忙。2008年，我妈妈因为药物的副作用，白细胞值降到很低，不到1000，在去医院看病的途中突然休克，恰逢苏苏遇见，赶紧和路人把

妈妈送到门诊抢救，据说当时妈妈呼吸和心跳已经很微弱了。我那时正在成都出差，在宾馆和四川地区主管谈工作，接到电话时，几乎不能左右自己的情绪，转身扑在房间的柜子门上痛哭起来，我以为见不着妈妈了。

后来在五院见到苏苏，我诚恳地感谢她，她说：“说这些，我们毕竟是五宿舍几十年的邻居，哪个也要帮忙噻。”

那个年代的邻里

周庆华　五〇后

南纪门　会计

上世纪50年代，我的童年时光在渝中区南纪门半山腰的一个四合院里度过，整个院落由老旧的木板瓦房组建而成，每家每户老老少少都挤在一个房间里。我家三代五口人，虽然住在一间总面积不到30平方米的房间里，但热热闹闹也习惯了，只是夏天的时候感觉特别热。

楼上住着一对年轻夫妻，带着3个孩。他们的房子比我们更小，只有大约16平方米——16平方米现在是啥概念？大概就跟现在比较小的大学生集体寝室差不多吧。这样蜗牛壳大的地方也住了5个人！当然，那时候的厕所和厨房多是公用的，不算在这16平方米之内。

不知什么时候，楼上阿姨响应国家号召当“英雄妈妈”，又生出了一对双胞胎！这可好，本身就拥挤的房子，还要多容下两个奶娃儿！

相比之下，我家住的地方宽敞多了，为了让奶娃儿过得舒服一些，楼上的阿姨跟我妈妈商量能不能换一下房子住，过几年等孩子稍微大一些就换回来。大人们商量后就同意了。后来，我们一家就搬到了楼上16平方米的房间里，生活了5年。

这事放到现在一定让人觉得不可思议。没有任何文字协议，没有任何补偿，邻里双方通过口头商量就把我家本来就不宽裕的房子让出去给更困难的邻居住，自己去住比原来小一半的房子，而且一住就是5年。但在当时人就是这么善良，人和人之间就这么淳朴，“远亲不如近邻”是我们的切身感受。

那年头，大家生活都苦，细粮吃得少，常常顿顿都是苞谷面，现在的人估计都难以下咽，但谁家做了点好吃的都会给邻居端一点；房子也是，只要能容下一张床，多装一个帘子就算多出一个“房间”，哪里想过什么私人空间……

其实回过头来想想，人少点欲望、少点猜疑，互帮互助、其乐融融，也是一种很“舒服”的活法。

右图·南纪门正街 戴前锋摄

左图·南纪门临江民居 戴前锋摄

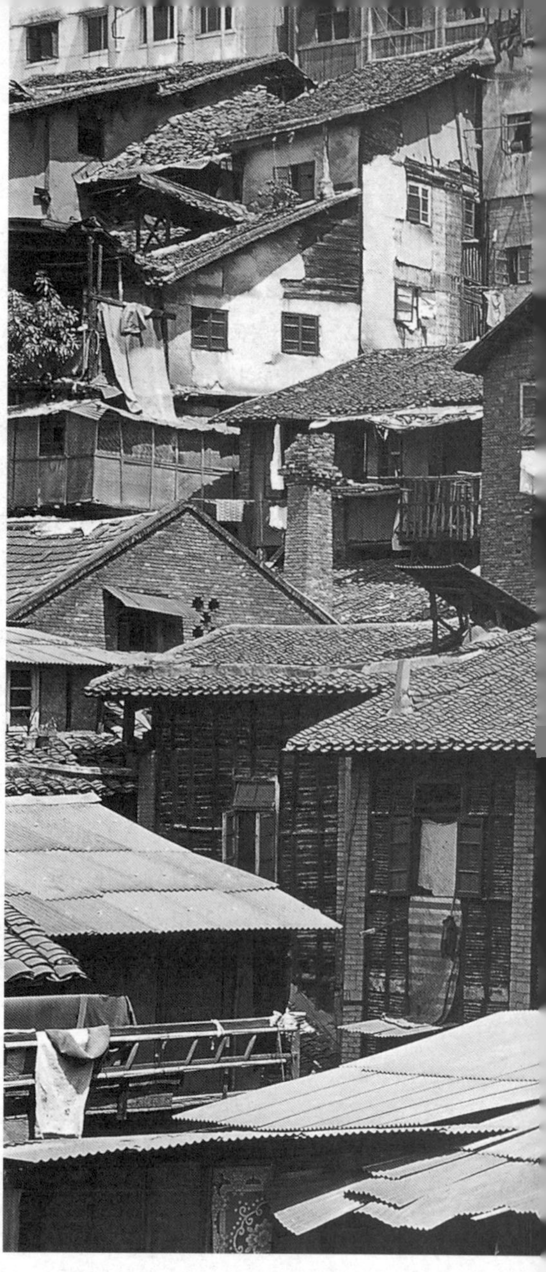

回忆“三大步”：官茅厮和淘粪工

半山隐士　五〇后

重庆市市中区新华路道冠井

重庆市邮政局渝中区分局（已退休）

重庆，特别是清末、民国时候，外来人口骤增，老百姓房子依山而建，而山上又缺少水井，守着两条河没水吃，还得辛苦地到河边挑水。枯水期挑水工更辛苦，要走长长一段鹅石板路。今天的棒棒军的前辈就是这些挑水工。

人口多了，城市繁华了，但生活废弃物，污水处理却成了一个大问题。特别是人类排泄物。因此不晓得猴年马月，这个城市又多了一种工人——淘粪工。

现在的公共厕所旧时称“官茅厮”，清为官家，民国喊政府，茅厮就是官办，所以叫官茅厮。

那年月没有化肥，农村肥料全靠人、畜肥。城里头这么多人，这么多粪便，无疑像一个现代大型化肥厂。

每天淘粪工都到指定的“官茅厮”淘粪，用两木桶挑到一辆板板车上（是胶轮板板车，上面有一大木桶，似现在油罐车的缩小版）。

现在的年轻人也许没有这个概念，但看看历史，当时首都北京有个淘粪工叫时传祥，还被评为全国劳模，毛泽东、周恩来、刘少奇还接见，握手、留影，他的信念是：“脏了我一个，干净千万家。”

各大城市都有淘粪工，且各有特色，上海是傍晚时分才允许进里弄，工人摇着铃，拉着车，准备多时的家庭妇女早早站立两旁，像是欢迎又像是受阅，一道风景。

重庆人耿直，也是傍晚时分，粪把式走街串巷，扯起喉咙，大声武气吼：“倒罐子，罐子拿来倒”。在官茅厮收粪和倒罐子完毕，淘粪工会清洗干净地面污物，拉着粪车缓缓离开。

重庆是个山城，依山而建，山上有路，路边有屋，屋上有路，路上还有路，还有屋。有盘山路，也有长斜坡，而大河上的千厮门、储奇门、望龙门、朝天门，小河上的临江门、沧白路、洪崖洞一带，都有粪码头。别小看这粪码头，旧时还是官家和袍哥大爷把持着呢。

我所描述的是老市中区这块，当时南坪地区、江北观音桥要坐划子过河，是纯粹农村。

淘粪工人分别从现在和平路、凯旋路、捍卫路、中一路等高地（枇杷山是市中区高地），拉着粪车，一路狂奔，只见粪车飞一样，工人在前面把住中杠，两只脚尖尖着地，快步移动，年青男工人速度更快。如同武林小说中描绘的草上飞。整个人完全在车把上悬着，不一会就飞奔到河边。

那时市中区几条主要街道仍是这么宽，这么陡，和现在比，没啥变化。只是路上车辆极少，行人也不多。由于是山城，山高路不平，黄包车、人力车、“洋马儿”都少，行人多为步行，有少量滑竿。粪车在这“宽广”马路上飞奔，没什么危险。重庆崽儿喊的三大步，就是说的这档事。

解放后，官茅厮改叫公共厕所，隶属重庆肥料公司管理，“文革”期间，公司有文艺演出，谐语：肥料公司宣传队，头个节目三大步。

现仍有淘粪工，已归环卫局，所用工具是汽车和泵，淘粪仅仅是环卫概念。但60岁以上市中区的人，只要一提到啥子叫“三大步”，绝对会心一笑，晓得。

图·中兴路　戴前锋摄

父亲的“扫街”生涯

李恭方　五〇后

七星岗金汤街　教师

（一）

我父亲李树均是1936年重庆大学首届毕业生。他毕业就进入重庆自来水公司，主要的工作就是组织工务科的员工奔忙在山城的大街小巷，安装自来水管网，维护管道的畅通，解决偷水盗水投诉纠纷。这种工作被公司员工称为“扫街”。

今天的人们体会不到吃水要到长江、嘉陵江去挑水的滋味。

重庆自开埠以来，虽然有长江、嘉陵江两江环绕，但山高水低，城区饮水是很困难的，全靠挑水工送水，那时挑水工高达数万人。目睹此景，徐悲鸿画了一幅著名的挑水工汲水图。可见那时自来水在重庆之金贵。

1984年前，重庆人才吃上自来水，那时的重庆自来水厂在打枪坝，主要供应七星岗以内的老城区和两路口、上清寺一带新城区的用水。重庆市首任市长潘文华是创建自来水厂的首倡者，山城自来水之父，留德的税西恒先生是设计自来水厂的总负责人。

上了七星岗城墙，朝上走，就是鼓楼巷，顺着上去，就可以到自来水厂，如果走下面金汤街上去，从重庆妇幼保健院上去也可以到。

1936年7月7日午后3点钟，李树均第一次“扫街”，他以科员的身份带着员工去存心堂处理水站私售自来水的纠纷——那时自来水管道没有进入一般人家房屋里，要吃水，要挑着水桶到水站去买。管理存心堂水站的刘树林却私自售水并殴打前去关闭水站的员工。这还了得，李树均和其他人追拿刘树林至百子巷口，才在警备部的协助下，扭送到公安局处理。重庆市第三任市长李宏锟接到自来水厂整理处处长潘昌猷（注：当时的最高负责人）的呈文后，直接向公安局长何叔衡发出训令，要求惩办。这样一件

“小事”，竟然是处长上呈文，市长发训令，局长处理，就不难理解自来水那时在重庆的宝贵性了，对私自售水惩处的严厉了。

（二）

在抗战时期，自来水就更为珍贵了，到1938年，日机已开始对重庆狂轰滥炸，到1939年，造成“五三”“五四”大惨案，水就更弥足珍贵了。那时李树均已经是工程师，负责工务处工作。

日本从1938年2月18日至1943年8月23日，对重庆实施为期5年半的“重

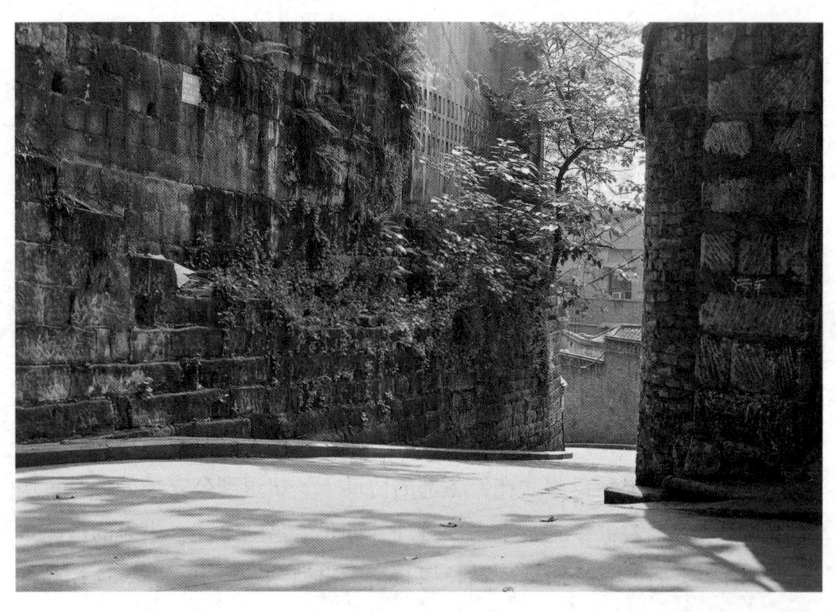

图·鼓楼巷 戴前锋摄

庆大轰炸”时期。在日军轰炸过程中，中国军民伤亡两万余人，整个城市几乎被毁。

抗战时期的陪都重庆自来水厂工务科的工作，很少发生售水之类的纠纷，更多的是与日机轰炸后的抢修管道、灭火联系起来。那时李树均成为率领工务科员工冒着日本的轰炸，奔忙在管道线路上抢修的指挥者、工程师。在“重庆大轰炸”时期，不说自来水公司其他部门的艰辛，单说李树均率领的工务科抢修队付出了多少心血和代价，虽然没有统计资料，但可以想象。2012年重庆自来水有限公司成立80周年的纪念册《历程》第二章烽火家国（1937—1945）讲述了大轰炸时间自来水公司的设备、厂房毁损，公司员工的伤亡；讲了公司取得的战绩和受到蒋介石撰文的赞誉、重庆临时参议会发来的慰问电等。

（三）

1949年9月2日，重庆发生了震惊世界的“九·二火灾”，据说被称为世界十大火灾之一。

时当盛夏，素有“火炉”之称的重庆，更是酷热难当. 下午三点四十分左右，下半城陕西街余家巷内突然起火，火借风势，风助火威，一瞬间，从东水门到朝天门，从陕西街到千厮门一带，几十处高大的火头，无情地吞噬掉幢幢民房，连成一片火海。

大批无路可逃的市民在腾腾烈焰逼迫下，只好退向河边沙滩。斯时恰值江水上涨，朝天门江边的大片沙滩已被淹没，逃难的市民潮水般地拥上停靠在江边的木船和趸船。临嘉陵江而建的大批房屋带着烈火垮落江边，又引燃了停泊在江边的船只。火船把停靠于嘉陵码头附近的一只民生公司油船引爆燃烧，油漂到哪里，火就燃到哪里。一时，满江是火，满岸是火，烧死和淹死市民无数。大火因烈日和风势助虐，到处逞威，朝天门一带火光冲天，大火延续了十几个小时，最后被位于新街口的美丰银行（现中国人民银行）、位于字水街的中国银行（现重庆饭店）和位于曹家巷口的川盐银行（现重庆饭店旅馆部）等几处高大的钢筋水泥建筑挡住，方才停熄下来。平时摩肩接踵，熙熙攘攘，被称之为重庆华尔街的银行区和重庆港的仓库区，一夜之间化为一片瓦砾。

历史档案资料统计：这场大火烧毁大小街巷39条，学校10所，机关10处，银行钱庄33家，仓库22所，拆卸房屋236户，受灾9601户，灾民41000人，有户口簿可盘的死者2568人，掩埋尸体2874具，伤4000余人；物资损失棉花15万担，棉纱2500余件，布匹2000余匹，食糖640多万斤，食盐1000余万担，粮食2000余担，以及大量汽油、桐油、猪鬃、烟叶、纸张等物资。据和源实业股份有限公司和交通、中国、川康银行有关档案材料记载，仅猪鬃一项，即可折币当时的近25万元美元。

“九二”火灾后，国民政府嫁祸于共产党，并煞有介事地公开处决所谓的“共谍”；中共也还以颜色，指责国民党纵火。

1951年3月13日，我父亲蒙冤坐牢，后得以纠偏。出狱后，我母亲又意外出事去世，父亲决计结束重庆的“扫街”生涯，申请调到雅安去设计修建自来水厂。此后又被抽调到成都西南市政工程设计院，先后主持修建内江、万县、荣昌的自来水厂。1959年，在修建内江自来水厂时，节约经费30多万元，光荣地出席了“全国科学技术发明创造积极分子代表会”。

但是，蒙冤坐牢这段历史一直伴随父亲终身，成为父亲终身憾事。

右下图·作者提供

右上图·重庆市档案馆档案（市长发训令）关于自来水

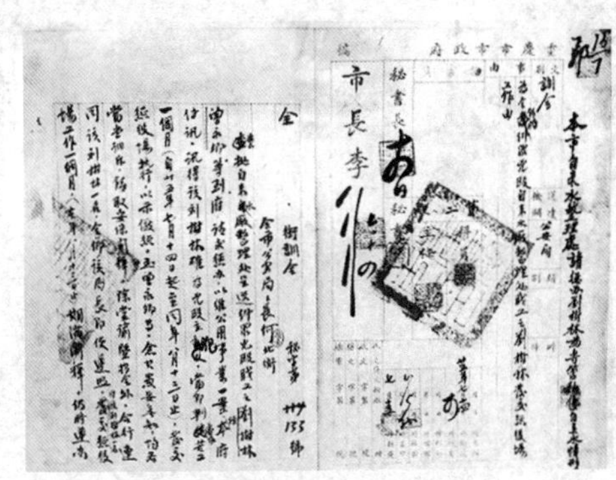

重慶市市政府

訓令

秘書長

市長李

船走川江

梁奕　六〇后

“呜……”轮船一过长寿县城，就对着江雾中渐渐清晰的长江、嘉陵江汇合处的朝天门码头亢奋地鸣笛。

这是一艘重庆至武汉的客运船，一个月的时间它从朝天门码头起程在宜昌打个转，装满一船的峡江风景，装满一船的奇闻逸事，也装满船工们被江风吹焦的干柴般的欲念，回到那个坐山抱水的家乡。

杜船长一只手提了托人从上海带的包有“玻璃”纸的糖果，一只手提了用旧报纸裹紧的烟叶和烟丝，慢慢地沿着岸边的石梯往家里走。他的家就在老城里巷子头的吊脚楼上，家里有嫁给他10多年的婆娘和两个人称赔钱货的女儿。杜船长每次回家都得穿过那个叫“东水门”的破旧的老城门，每回上岸都不慌不忙的，他才不想像船上那些后生家鬼追起一样往屋头跑呢。

“没有风来，没有浪哟，
船驳子啥，哪个在晃哟，
大姐幺妹嘛，你猜一猜呀，
看看哪个啥能搭得上哟。嗨……”

杜船长踱着方步，哼着抒情版的川江号子就来到了自家门口。照例，他那话语不多的婆娘会打一脸盆滚烫的热水放在洗脸架上，腾腾的热气一会儿就模糊了架子上的镜片，遮掩住了船长有些急切的眼神和婆娘脸上的些许的慌乱。

忽听得巷口一声吆喝：“楼上楼脚的倒桶哟！”各家各户的门就吱吱嘎嘎打开了，宽衣解扣的女人们，趿拉着拖鞋，揭开捂了一天的尿罐，“噼噼啪啪”往板车上的大木桶里倒，一时间黄汤直下，臭气熏天。船长这时一准会趴在窗台上往楼下张望，因为那些在街沿边蹲着洗刷尿桶的女人们一准露着如去皮的藕一样白的小半个屁股。

那一夜，船长的鼾声半条巷子都听到了。

船长对婆娘说：下趟水跑完南溪到宜宾的短途就回来过年。大年三十的早上，他驾驶着装有百来号人的客船顺江而下。船上都是些去宜宾办年货的农民和商人，还有从抗战前线下来养伤的国民党伤兵。当船行至一个叫“筲箕背”的地方，正遇江中礁石上有人“打滩”。满船的人都围向一边看闹热，致使船身严重倾斜。江水进了底仓，慢慢淹过了脚背，淹过了膝。船舱里鸡飞狗跳，乱成一团，眼看船身就要翻转，杜船长用锤子砸开了驾驶室的玻璃窗，顺着水势朝下游游去……

不知过了几天，船长睁开像磨盘一样重的眼皮，在屋顶一口天窗投下来的昏暗的光线里，他看到一张年轻女人熟悉的脸，这女人就是住在南溪下游10多公里的江安县城的殷寡妇。前年，因婆娘一直未生男娃就叫两个女儿认下了已有1个儿子的殷寡妇作“干[illegible]”（干妈），说是将来好养男娃。

突然有一天，船长婆娘出现在他们面前，不由分说地照着殷寡妇的脸就是一大巴掌，这寡妇不哭也不闹，当晚把娃儿拉到船长和船长婆娘跟前，硬要他们认下娃儿作干儿。第二天一早，殷寡妇就失踪了，有人说看见她在下江一带帮人。船长在坐了当局几个月的大牢后恢复原职，一直干到解放，干到退休。

杜船长生名叫杜开明，因出生在长江边的巫山深处，且为人爽快，做事敏捷，兄弟伙们便给他取了个极富个性的外号——“杜鲫壳”。

“鲫壳”十一二岁就跟着父亲在大宁河里放排，跑货运。他们把山里的药材、山货等经大宁河放到长江，又把城里的烟草、洋酒等从大宁河拖进山里。“哟呵呵……”的号子一起，木排便像一张树叶顺流而下，放排人的歌声也跟着被拖出去很远。

“那边的妹子亲又亲哟，好像河里的鲤鱼精。河里的鲤鱼莫慌走嘛，让哥下河来亲一口。”

“鲫壳”长到15岁时就来到重庆的李家沱“接漂”（大船无法靠岸，用小木船划过去接大船上的货物上岸）。“接漂”的人要下水推船，他们只穿一件过膝的长衫，里面连内裤也不能穿，每往深水里走一截就把衫子往上卷一截，直到白晃晃的屁股出没在白晃晃的江水中。到了有一天“鲫壳”也羞于卷起他的长衫时，他就跟着父亲上了大轮船，正式在川江上的客货轮上当上了水手。

他除了干水手分内的事外，还兼干杂工的活路：给船长打洗脚水，给客人和其他船员送饭。只见他一手端碗碟，一手撑着船栏杆起身一跳，轻巧得像鲤鱼跳龙门，从船尾的厨房到客舱和驾驶室一圈的路程被他省去一大半。由于精明又勤快，未满三年他就当上了舵工。一站上驾驶台，“鲫壳”就特别兴奋，一兴奋他就会情不自禁地“讴”几句自创的“打油诗”：

不图富来不图有，但愿长江化成酒。

闲来躺在沙滩上，一浪打来喝两口。

就像走下水的船一样，“鲫壳”以后的晋升路是顺水又顺风。从三副到二副，再从二副到大副，时间一到就上一步楼梯，不磕不碰的，但他觉得生活似乎过于平静了，因为他天生就是个喜欢在浪里“扎猛子”的人。不久，这样的机会还真就来了。

这一年已是船长的“杜鲫壳”驾着“江渝轮”从重庆经三峡直抵上海。百余名商人和游客在轮船一进三峡就齐刷刷地站满了甲板，“咿咿呀呀”

地兴奋个没完。当轮船驶进瞿塘峡里一个叫“白鹤背”的石滩前时，船舵突然失灵，对直朝黑压压的礁石冲去。杜船长命舵工强行启动应急舵：“对到石滩开，不要偏舵”！轮船便开足马力向石滩驶去，全船的人都吓得闭上了眼睛。然而，轮船在接近石滩时却顺着两边的水势擦着礁石驶过……从此，“杜鲫壳”在川江航运上名声大振，船员们明里暗里认他为真正的“船老大”，于是他就理所当然地有了“山大王”的待遇……

退休后的杜船长还是丢不下他的“浪里人生”，他干脆在朝天门码头的一个老茶馆召集起一群川江船人，一帮老哥，一根烟杆，一杯老茶，一通旧话，一坐就是一整天。

“文革”期间，家家户户挖地道，备战备荒。一天清晨，见时间还早，杜船长想先拐到老船工家吹“龙门阵”，哪知黑灯瞎火的堂屋正中挖有一个一米多深的坑道，船长一脚踩空，摔了下去。奇怪的是那柄叶子烟杆“毫发未损”，一杯浓茶滴水不撒，但他却因右腿粉碎性骨折被送到医院。

医院的好医生都下放改造了，船长的伤腿被一帮工农兵学员当成了活教材，大小手术共9次，埋在骨头里的钢针再也取不出来。长江上的“蛟龙”，叱咤川航的船老大，被搁上浅滩，再无翻覆之日。或许是前40年他开着船把该走的路都走完了，这后10年老天爷要让他在床上度过，寸步难挪。

这10年，不知道多少次他在梦里穿云破浪，快意行走；不知道几回梦醒时分，他老泪横溢，暗自伤神。他一天天萎缩下去，吼声渐少，鼾声渐弱，直到一天夜里，已是肺癌晚期的他，不哼不喊悄悄地离开了人世。

右下图・东水门　戴前锋摄

右上图・嘉陵江北岸渡口　戴前锋摄

图·朝天门 戴前锋摄

大溪沟三元桥往事

余时利　六〇后

渝中区人和街　教师

三元桥37号.在通往大溪沟河边的街上，是一幢三层的吊脚楼，底楼在堡坎下，对着煤坪坝，那些煤堆，是孩子们的乐园。二楼是平街层，临街面，每层楼两户人家，赵嬢嬢家住堡坎下的底层，天窗开在二楼临街的屋檐下，正置街边边。过路的人走累了，就坐在窗格上聊天，或打牌，聊着聊着，突然屁股像遭了针刺，一下反弹起来，掉了魂似的跑得飞远，回头，只见天窗里一根竹竿从下面伸出来，上下地乱戳，那揭竿而起的，不用说正是赵嬢嬢也。有时行人不知道是天窗，以为是下水道，就“哼、哈、啪”地一下往窗洞里吐痰，这吐痰声像是扔了个炸弹下去，炸出了赵嬢嬢一连串的骂人声。这个天窗是赵嬢嬢家唯一透光的窗户，也是他家家庭作坊的照明窗，赵家人都没有正式工作，他们家从皮鞋厂领到一份差事，把弯曲的铁钉从新敲抻展，以便回收利用，从中就可以挣一些盐米钱。天窗下一块石板搭起的石桌，就是她的工作台，我们小孩子去了，都喜欢去帮着锤铁钉，觉得很好玩，一边也想听赵嬢嬢讲故事，因为她很爱动情，每每讲到白毛女被黄世仁欺负，她都要眼圈发红，用食指和中指夹着鼻涕，一甩，一把鼻涕一把泪的。故事完了，她的鼻子也揪红了。她讲的故事大多记不得了，可是这故事中的插曲，是我们记忆犹新的，也是故事中最精彩的。

底楼的另一户是刘婆婆家，紧挨着全栋楼的公共厨房，三层楼的住户都要到底楼煮饭。一天，刘婆婆突然中风了，瘫在床上，儿女都在外地，只有一个孙女丽容在身边，全栋楼的婆婆妈妈义不容辞地出动了，轮流排班照看刘婆婆，煮饭喂饭端茶倒水，擦洗身子，大半年的时间，就这么过来了，刘婆婆终是没有挺住，我妈妈又赶忙在她身子未僵硬时，给她穿上了老衣老鞋，没地停放只能把她停放在厨房里，这一停就是几天，等她的儿女们赶回来。

刘婆婆走了，留下十来岁的孙女——丽容，她不愿回贵州跟后妈生活，愿孤身一人在城里上学，隔壁的王大妈主动拉她去自家吃饭，还说：“反正添人添双筷子个嘛。”这一吃后，就寄养在她家好几年。丽容一个人住害怕，我妈妈就让她到我家，同我们娃儿一起住，我们四个娃儿加上她五个，就挤在两张床上。

我家住的二楼是平街层，隔壁是王大妈家，与我们家只隔着一人高的竹篾墙，墙上敷上了报纸，既不隔音又不隔人，我家的弟弟和她家的灵灵，常常撕开报纸，把手伸过竹篾的缝隙，一会儿握握手，一会儿打打摸摸掌，或者睡觉前还要讲讲鬼故事。完全是一家人的样子。她家是平街第一家，进出都要从她家过，王大妈古道热肠，真真做到了“我家大门常打开，开放怀抱等你”。王大妈会带娃儿，经她带大的娃儿个个像年画娃娃，可以给肥儿粉打广告了。王大妈经常把她的喜悦拿给我们分享：“我玉儿，又当三好学生了，是班长，老师喜欢她得很。”引起我们一阵胃酸。她也给我们诉说她的悲伤，她说：“我毛儿，那天，他故意说吴昌英孃孃找我，把我支开了，连说都不说一声的，背起铺盖卷走了，去云南支边去了，都不让我送，才十六岁呀，就晓得怕我难过。”说着，还抹一下眼泪。她也没有什么隐私，她的家信也让大点的姐姐念。信中知道毛儿耍了女朋友，是他们一起支边的，叫黄先碧。于是全栋楼都晓得了毛儿的新闻了，而且就开王大妈的玩笑了，王大妈也嘿嘿地笑个不停。

王大妈的楼上就是罗阿婆家，据说罗阿婆是旧社会大溪沟资本家的小老婆，也算是大户人家的人了，我们对她的身世很好奇，但又基本一无所知。只从她的吃穿用度上看出点蛛丝马迹。比如她们吃饭的碗都是小碗，她们桌上的菜一小碟一小碟的，肉末切得很碎洒在蛋黄上，上面一层油，很细腻精致的样子。一家人说话细声细气，在我们看来，甚至有点酸。她的大女儿叫梦丽，听听，多小资，像电影中特务的名字。梦丽是“文革”前的高中生，很漂亮，学生时代就有人追。工作后嫁了个大学生，这在当时的我们看来，是多么稀有的人种哦。后随桥梁工程队，参加了南京长江大桥的修建，完成了非常伟大的事业。

我们家楼上的住户就是陈婆婆一家了，陈婆婆有高血压，经常喊头痛，头上包个白帕，鼻子、颈子上经常揪了痧，像盖上了个个红印章，脚是缠过的，走路颤颤巍巍，典型的旧时老太太形象。陈爷爷很慈祥，但有严重的气管炎，虚弱得已经很少下楼了，只有一样事情迫使他不得不下楼，那就是，家家户户炒海椒时，呛人的辣味实在受不了了。我们都知道这对他的影响，所以每次有人家要炒海椒时，就在一楼对着三楼喊：“陈爷爷，下楼了哦。”这种声音经常在楼里响起。他们有个小娃儿，叫陈平，很受宠爱，基本很少被骂，更别说被打了。有一次班上写作文，好像要写国庆贺词之类的，这对于小学二三年级的娃儿来说，是太高大上了点，他家的大人——他的爸爸妈妈嬢嬢叔叔一起帮他想，一会儿就想出来了，记得开头一句就是“转眼间………”，其他内容不知道了，但“转眼间”这一句起笔的大气、简捷，很让我咀嚼了半天，真羡慕他有这样的万千宠爱呀。他们家的厨房在楼上，活动中心都在楼上，所以知道的不太多。

图·黄花园 戴前锋摄

旅英华人的故乡碎记

陈红 六〇后

渝中区南纪门凤凰台 旅英华人，跨国公司高层管理有人说每个城市的气味都是独特的，我特别赞同，每次回重庆走下飞机那一刻，扑面而来的气味告诉我这是到家了。我在重庆连续生活的时间不过17年，自上大学以后就只零零星星地回去过，而每次回去都是来去匆匆。重庆近30年来经历了千变万化，现今的重庆高楼林立，轻轨高速路四通八达，跨江大桥修了一座又一座。然而，最能唤起我心中故乡情，萦绕我脑海，熟悉而亲切的故乡仍是那个陪伴我度过童年青少年时期的重庆，那个六七十年代的重庆，那个解放碑堪称周边最高建筑时的重庆。那时的某些人、某些事，如同发生在昨天，仍记忆犹新……

（一）70年代的较场口奇遇

我从3岁起就上全托幼儿园，从家到幼儿园步行必经十八梯、较场口、解放碑的这条路熟记于心。几年后我家有了妹妹和弟弟，那时买布做衣服要凭布票，家里人口多自然不够用，怎么办呢？妈妈就仿造别人家的方法，打手绢的主意，因为手绢可以随便买不需要布票。她买了两张同一大小同一花色的手绢对缝起来，留出一领口和两袖口给我做了一件既凉快又好看的背心。一个周日的上午，妈妈看我穿着不错，就对我说："你自己在家待一会儿，我再去买两张手绢给二妹也做一件背心。"我顺口回答要得，可是妈妈刚走几分钟我就后悔了，该跟妈妈一块去，我决定去追。我想妈妈一定是去了解放碑方向，于是我迈开双腿飞似的跑出机关大院，右转，穿过厚慈街，一口气爬完十八梯，来到较场口转盘也没见妈妈的踪影，我不知道该去哪家商店找妈妈了，于是就在转盘的小树林中溜达，想等妈妈回来……

大约过了五分钟，树林里一个60来岁的老太婆背着背篼一手拿着镰刀向我走来，嘴里嘀咕“我找了你十二年都没把你找到，今天终于把你找到了”。她双眼冒着凶光，伸手来抓我，我魂都吓掉了，心想我还没有12岁呢，她为什么说找了我十二年？肯定是骗子。我往左边跑，她追到左边，我往右边躲，她又追到右边，眼看就要抓到我的手了，我转身拼命穿过马路往十八梯下跑，因为跑得太急一屁股坐在石梯上，惯性使得坐在梯子上的屁股根本停不下来而是一梯梯坐着往下滑，直到滑到一组石梯的最后一阶才止住。我爬起来忘记了疼痛接着飞跑，一直跑到快到机关大院门口看见隔壁邻居的男孩买面回来我才停下来，感到安全了。这次经历让我虚惊一场，暗自告诫自己今后没有大人，万万不可独自上街乱跑。

（二）拉粪车的阿姨

六七十年代重庆的一般民居是不自带卫生间的。有公共厕所，但相隔都较远，我家所在的机关小院内有公用的男女厕所，虽然不大，但所提供的方便是非常难得的，而住在街道上的居民则需要自备家用尿罐装大小便，每天倒洗，我深为自己不用这么麻烦感到庆幸。

我们这条街上每天下午四点左右，一位中年阿姨会准时拉着一大粪罐车出现，她总是双臂压着粪车两边的杠子，从马路高处的顶端飞奔下来，在平地停住，大声吆喝“倒罐子啰，倒罐子啰——”，然后把家家户户放在沿街的罐子一一举起，将粪尿倒进粪罐车内，再将罐子放回原处。她的这份工作，无论谁看都是最累、最脏、最臭的活儿，尤其在夏天，粪车一过，整条街奇臭无比，人们远远地避开，大人们时常拿她做活的反面教材，对不用功学习的孩子唠叨："你不好好学习，将来只有去拉粪车，街道上你看见的。"可是这位阿姨全然不顾周围人如何看待她的工作，只是默默地，日复一日地，简单而认真地重复那举罐倒罐的动作，无论是寒冬腊月还是炎炎盛夏，她拉粪车飞奔的身影成为这条街不可或缺的一道风景。

人们对她的感激应是发自内心的。我们小学的劳动课要求大家收粪，我是暗自以她为榜样，告诫自己不怕脏不怕臭才坚持下来。多年后，在这条街上曾行走过的人和发生过的事，对我来说已渐渐模糊，而这拉粪车阿姨的形象却从未在我脑海里消失过，经过岁月的沉淀反而越发鲜明，我偶尔会想这位阿姨今何在，现可好？如果阿姨能看见这篇短文，请接受我由衷的敬意！

联通
UNICOM
重庆中国青年旅行社
SIEMENS
SIEMENS

右下图・较场口 戴前锋摄

右上图・较场口 戴前锋摄

左图・都邮街抗战胜利纪念碑 戴前锋摄

情深的老船长

瞿宁　七〇后

在江北城正街的电影院对面，有一个陈旧且昏暗的油腊铺，顺着铺子右手边的木楼梯下去，穿过一个黑乎乎的甬道，在一排木板墙尽头的左边木门里，住着一对老夫妻。

解放前，老爷子是一个常年漂在江面上讨生活的船工，而老太太是一位年轻有为的国民党军官太太。没有雾的日子里，老爷子常在江北嘴和朝天门之间摆渡，而老太太经常穿着漂亮的旗袍，踩着贼亮的高跟鞋，乘坐着滑竿而来，摆渡到解放碑的姐妹家打牌，来去如风，因为经常见面，彼此认识却没有任何的交集。

解放后，老爷子进了轮渡公司，成了一名光荣的共产党员，穷苦的出身，根正苗红，而老太太因为丈夫的原因，成分不好，带着三个女儿凄苦生活。

偶然总是出现得很是时候，老爷子再次遇到老太太，原来码头上那道来去如风的身影悄悄地在老爷子的心里生了根，老爷子扛着重重阻力，不顾与老太太的身份有多么的悬殊，坚决地将老太太迎娶回家，成为三个小女孩的“幺爸”，从此将这母女四人纳入自己的羽翼下保护起来。

日子就这样和和美美地到了1975年。大女儿幸福地诞下一个小丫头，老爷子欣喜若狂，抱着外孙女那叫一个激动，真的是，含在嘴里怕化了，捧在手心怕摔了，小心翼翼地守护着小丫头长大，凡是老爷子不当班的日子，总能看到他带着外孙女到处走的身影，小丫头手里从来都是满满当当的零食，从当年一分钱一包的炒米、三分钱一包的“金橘丸”（即俗称的“耗儿屎”）、五分钱一包的山楂片到二毛七一包的鱼片，不管价格贵贱，只要是小丫头张嘴要，那买下是必须的，于是江北城的小街小巷留下了爷孙俩的一串串足印和孩子天真而满足的笑声……

老爷子自身没有留下一儿半女，却像一棵参天大树一样守护着这个家，领着高工资（记得是80年代初，老爷子每个月工资差不多有80元），抽着最劣质的烟，他倾其所有奉献给了这个家的所有女人。

右图·水市口 戴前锋摄

中图·江北城汇川门街 戴前锋摄

左图·嘉陵江北岸 戴前锋摄

图·江北城保定门临江民居 戴前锋摄

袁家岗崽儿，爬坡上坎去上学

黄锐 八O后

袁家岗 新媒体推广

我是80后，一个承上启下的年代，如今也是30出头。闲暇时，我还是一个喜欢给更年轻的外地朋友侃重庆故事的“老重庆”。

我的童年是个迁徙游走的童年，从烟雨坡到南坪青年街，到江北鹞子丘，再重回南坪，住合建房（现金台大厦），最后到珊瑚村，终于来到了小学高年级时代。我就读的是珊瑚小学。珊瑚小学旧址在如今万达广场车库附近，珊瑚大厦旁边。而当时我家在珊瑚村59栋，需要爬坡上坎才能回家。虽然垂直高度不过几十米，但对于小学生的我来说，这条上学路还真是翻山越岭！

虽然当时的家在坡上，但对于我这样的小孩来说，其实乐趣是无穷的。最大的乐趣，自然是与同龄人结伴咯。90年代的居住条件有限，但我们住进了楼房。

当时我们比现在更容易发掘和制造身边的快乐，因为很多同学都是居住在这坡上（这坡上有珊瑚村至少10栋居民楼）。一放学，大家都会结伴玩耍，直到快6点半才散去，因为这个点是动画片时间。我们曾经在课间，迎着窗外射进来的阳光，幻想着每天一集的动画片，到哪个时候可以让我们一次看个够，那遥不可及的大结局，可不可以来得更快点。

我们也曾经为了自己的卡通偶像争执不让。当时懵懂的我们也开始追星，我们不再满足于音乐课上教授的那些“老歌”，而是学着街边每天重复播放的港台流行乐哼哼起来。在那个时候，我们知道了四大天王，我们学唱了《潇洒走一回》，我们文具盒上开始有了贴纸。从现在看来，那时的我们正急速地吸纳着身边的新鲜事物，就像这座城一样，即将迎来自己腾飞的一天。

小学时代的趣事太多，但我最难忘的是1991年那场大雪。

这是1991年12月，我出生后的第一场雪，漫天大雪。只记得那天上午还在上课，就看见阴雨天里，开始飘起了白色雪片，然后一刹那教室沸腾了。对于重庆主城区的孩子来说，看见雪本来就是难得的事，更别提如此大雪，实乃奢侈！在那天之前，雪的概念仅仅是书上的描述和图片。老师赶紧安抚我们，显然当时这状态，把老师也搞得不知所措，但课还是要上的，这就是他的想法。然而这种时候，又怎么能管住这群孩子的心呢？几经周折，只听见广播里通知，今天全天放假，老师组织出去赏雪。广播未完，声音已经被欢呼声淹没。

那天我们去了离学校较近的后堡公园。在那里，我们第一次与白雪零距离接触。有人展开双手，拥抱着白色世界；有人把手簇在一起，接住天上飘散的花朵，看着它们在手里慢慢地消失，然后兴致勃勃地再接第二朵；还有人开始堆起雪人来，这是一项浩大的工程，一个小学生的能力有些欠缺，但很快他的周围就拥上来了帮手，一起完成。

那场雪，对于重庆是罕见的，对于我们是恩赐的，对于童年是永恒的……

没想到再见大雪是25年后的2016年。捧起雪花，靠近嘴边，心里默问："好久不见的你们，可还安好？"

黄葛树下的故人们

刘维良 九〇后

观音岩兴隆衙 学生

1993年的4月7日，我出生在妇幼保健院的产房里，七斤二两。外祖母第一眼看到我，便说这个孩子眼睛里透着机灵，便取了乳名“点子”。

出生后的我一直住在兴隆街里。外祖父是黄花园酱油厂的厂长，所以从小我便住在兴隆街的大院里，说是大院，现在看起来也并不大。记忆最深的是院中的一棵黄葛树，很高大茂盛。树旁有一排石砌的台子，台子不高，供人坐刚好，所以，每到午饭和晚饭后，这里便成了外祖母一辈人聚会的场所。夏天在黄葛树下一边听着知了的叫声，一边乘乘凉，喝喝茶，聊聊家常。孩子们在一起玩捉迷藏，好不快活。

石台旁还有一个石砌的乒乓球台。这个球台便成了我的启蒙地。也正是这个球台，使我认识了她。她是外公同事的孙女，跟我一样，父母忙于工作，无暇顾及，从小我们便被开玩笑，说是青梅竹马。她比我大半岁，我叫她莎莎姐姐，她叫我点子弟弟。我们天天在院子里玩耍，或者去我家，或者去她家，直到有一天，她告诉我她被查出了白血病。告诉我的时候我们正坐在黄葛树下，她的脸很好看，睫毛很长。她似乎很平静，笑着对我说以后可能不能陪我玩了，要去治病。我说什么时候回来，她认真地想想后说很快。但是从那天起我再也没有见过她，半年后得到了她离去的消息。小时候不懂什么是伤心，只是觉得心里忽然少了些什么。有点茫然，有点痛。我后来总是想，如果她没有离开，或许我们现在是最好的朋友了吧。

祖母是我记事中的第一张面孔。祖母不高，身体微微发胖，带着一副深色的老花眼镜，笑起来脸上总是有三条皱纹。父母的忙碌使我这个独生子女只能和祖父祖母做伴。记得每天起床总有外祖父买的豆浆、油条，或者白糕、牛奶、鸡蛋，又或者熨斗糕，再者麻圆包子。外祖母总是坐在旁边看我吃完，然后由祖父牵着我去幼儿园。

外祖父身材不高，或许是以前担过酱油的缘故，略略有些佝偻。外祖父有一双大手，总是把我的手紧紧地攥在手心。小时候不太喜欢外祖父，觉得他总是一副不苟言笑的样子，看起来很凶。外祖父话不多，对我说话总是在问我的一日三餐，早上想吃什么，中午想吃什么，晚上想吃什么。

外祖母就温和很多，身为老师的她也自然而然担当起我的家教。外祖母出生于书香家庭，自然而然地带着温婉、知性。记忆中的外祖母很少对我发火，生气时也只是说："点子，你再这样，外婆要生气了！"

在我6岁的时候，外祖母离开了我。我至今仍然记得我见她最后一面的下午，窗外的黄葛树的叶子已经泛黄，外祖母坐在窗前，病痛使她的身子越发佝偻。母亲站在我身后，外祖母突然拉过我的手，摸着我的头对我说要好好读书。我问她我什么时候再回来，她笑着说病好了就回来，但没想到这是我最后一次见到她。她的葬礼是在院子里办的，黄葛树下，我迷迷糊糊地被母亲拽着磕了头，甚至于我怀疑她是否真的已经离去。我不想在大家面前哭泣，我觉得她还没有离去，我只能一个人躲在黄葛树后哭泣。

时至今日，我也依然记得当年院子里发生的一切。依然记得那棵黄葛树，而今的黄葛树依然伫立在那里，可是现实早已物是人非。时光荏苒，当我再回到院子里，我总是觉得院子小了很多，黄葛树看起来也没那么高大挺拔了。

但那些年的时光总使我记忆深刻，黄葛树下的人们闲谈的画面是那么美好而安静。时光匆匆如流水，却早已物是人非。

长江，我心中的魂

熊德渊 四〇后

渝中区解放东路315长航大院

曾任电影放映员　技术管理经理等职

跨入315前楼的大门，一条狭长、幽深的巷道就呈现在眼前。几栋楼坐落于巷道侧，不规则的回廊梯道贯穿其间。密密的居室紧凑排列，错乱而有序。后院尽头与举世闻名的长江近在咫尺。凭窗向南远眺，波澜壮阔的长江尽收眼底，与对岸闻名遐迩的南山隔江相望。

抗日战争时期，蒋介石、戴笠就住在南山。其公馆、行署坐落于叶茂花繁的山峦间。冬日云雾缭绕，尤显神秘莫测。近旁是巍峨壮丽的周武山，其顶峰耸立的文峰塔就是轰动全国的“一只绣花鞋”案的发生地。

315顶楼晒台视野极为开阔，是最佳观景台。盛夏的夜晚，伙伴们常聚此纳凉。山城静谧之夜，数不尽的灯火与夜空繁星媲美。映入江中，泛起无数条波光粼粼的耀眼光带。壮丽景色，美不胜收。每年暑期，是我们最渴望、最期盼的时候。长江必是天天去，没去如同丢了魂，是无法原谅自己的。重庆是中国的四大火炉，酷热难耐之时，人们纷纷涌入江畔。

晌午，成千上万的中小学生陆续汇集在长江沿岸各滩头、码头。大家纷纷把衣裤等物卷成团，用皮带将其扎于额部；凉鞋悬挂在腰间；最后将蒲扇斜插在头部。动作娴熟而干练。其扮相，与放荡不羁的非洲小土著差不多，又像一群群勇敢的探险者，英武而傲气，青涩的脸上写满不屑和无畏。

滩头下水时，为了安全，簇拥着年小和水性差的伙伴，缓缓扑向湍急的水中。像下锅的饺子，一串串、一批批，持续不断地向江心游去。地方俚语称“放滩”，即顺水漂流之意。

生长在重庆的人，历来对长江有种与生俱来的特殊感情。就像一群见到江水的鸭子，不管三七二十一，扑腾扑腾欲往水中跳。宽阔的江面上，泳者成群结队；一拨拨、一簇簇，沿江漂流，规模宏大，望不到尽头。恰似一支参差不齐的少年杂牌军团，浩浩荡荡地接受检阅。环视两岸，泊船如萝卜大小；人如蚁群，影影绰绰。放滩途中，过往船只络绎不绝。船头划破水面，掀起层层波浪。巨大的船驶过，能掀起两米高的浪。遇此机会，人人欣喜若狂，个个争先恐后，挥动双臂，奋力搏击，扑向大浪。顿时，波峰波谷间，人头攒动，密密匝匝；忽上忽下，随浪起伏。难以言喻的冲浪快感，令人销魂。搏浪者兴奋的欢叫声和口哨声此起彼伏，响彻两岸。从晌午到傍晚，一望无尽的放滩队伍，持续不断。气势磅礴，极为壮观。

315后院紧邻的太平桥，是江边一座宏大的七孔石旱桥。长约百米，三十米高。每年仲夏，洪水猛涨，桥淹过半。这恰恰成了重庆极为稀少的大型天然跳台。石墩桥栏又宽又长，能供百人同时站立跳水。天穹骄阳似火，桥上泳者如潮。成百上千的跳水少年似一群群的鱼鹰，纷纷从高空向下俯冲。有的像燕子一样翻滚，在空中划出一道弧线，轻盈而优美。各种较高难度动作随处可见。有些俏皮的跳水者，故意失控坠落，在空中狂抓乱蹬，姿势离奇，动作古怪，像马戏团的丑角。伴随一声怪叫，重重跌入水中。其勇于表现的行为和令人捧腹的滑稽动作，赢得人群称道和喝彩。弓桥斜坡低台阶处，满眼尽是湿漉漉的光屁股儿童，追逐嬉闹声不绝于耳。在重庆，人们爱把七八岁的娃娃叫“小崽儿”；准确的字音应是“小崽嘞”。也有叫“小壳钻”的。别看小壳钻乳臭未干，个个都非同一般。

过往的行人纷纷驻足观望。人群中间，有个船工模样的老头，有点看不下去，想压压小壳钻的威风。

“这么高跳下去，鸭儿挞飞了唧个办？”船工气汹汹地说——在重庆，小男孩那玩意，不叫“鸡鸡”，叫“鸭儿”。

话音未落，小壳钻倏地用双手捂住下部，引来人群阵阵笑声。

“挞飞了算了，变成女娃嘞还安逸些。”小壳钻仍旧嘴硬。

像搞笑的闹剧，惹得人群哄笑不断。小壳钻越发得意忘形。一排小壳钻手拉手向上高举，模仿狼牙山的英雄，奶声奶气地齐声高喊“打倒日本侵略者”“共产党万岁”，齐刷刷飞身向下跳。像弹尽粮绝的英雄，英勇就义。有的干脆一簇簇围抱成团，集体向下翻滚。人群一阵唏嘘：“还是后生可畏呀。”崇尚英雄的60年代，天天梦想当英雄的儿童，过足了瘾。

重庆，两江环抱，地理条件得天独厚。物质奇缺的60年代末，每月粮食定量，猪肉四两。购物一律凭票。没有电视和网络游戏；没有可乐和肯德基；没有像样的零花钱和梦寐以求的游乐场。现代少年拥有的，我们统统没有。天壤之别，简直无法比较。但生活在长江边的少年是幸运的。今昔相比，虽清贫却富足；虽苦涩却甜蜜。长江，不仅赐予精神上的欢乐和享受，对今生自强人格的塑造和顽强性格的形成，都产生过巨大影响。

图 · 315门牌号前 作者提供

永驻心中的老街
——太平门行街28号院子琐记

赵怀东　四〇后

渝中区太平门行街28号院子

重庆商社电器（前重庆交电公司）美工

1953年，四五岁的我随母从鄂迁渝，因为父亲解放前夕在渝读大学，解放后在商业系统工作。从此，我与这个城市结下了不解之缘。

一、太平门行街

童年记忆中，重庆下半城沿江河街其实顶热闹的。所谓河街，上连下半城，下接长江水，是下半城与长江的中间地带。重庆的开埠源于水运业的振兴，水运的振兴又造就了沿江码头和街市的兴盛，于是河街闹热繁华起来。民国时期，重庆下半城及河街是商业发达、交通便利的黄金地段。

太平门河街东邻望龙门元通寺巷（其实是傍河小街），西至太平门大码头，总长度接近1千米。行政名称：市中区太平门行街，行街分为上行街和下行街两段。

我的家在太平门下行街28号院子，20世纪90年代以后改为16号院子。

20世纪50代初的28号院子共有二十来户，是清一色的商业系统职工及家属。后来陆续迁走十几家，又被外来户填充。

行街靠江一侧是极简陋的木房群，倘若站立江边回望，高低参差，绵延不绝的木结构吊脚楼蔚为壮观，尽显川东山城民居特色。

28号院子及隔壁的省轮宿舍则背靠下半城高大的城墙，属砖木土石结构。受山城坡地限制，傍城墙的宿舍，一进院子就是天梯一样的石阶梯，仿佛要考验人们爬坡上坎的耐力。

居住在行街的人到下半城办事统称进城，好像这里是游离于城外的郊区。进城路线：往东经元通寺沿陡峭石坡而上，一条路通望龙门白象街。另一条路继续前行经望龙门缆车桥下沿石梯上行即到。倘若往西，经上行街尽头右转爬上一大坡宽阔平坦的石梯可到达太平门四方街。

二、28号院子及行街故事

进入28号院子，沿着石梯上行10多米，便是面积60平方米的堂屋。左拐上行可上二楼。再往上是一个小晒坝，可俯视长江，远眺南岸。在火炉山城的夜晚，这里是难得的纳凉胜地。临近黄昏，先以水泼洒地面，让暑气蒸发。晚饭后，纳凉者将竹椅、凉板搬来，泡一杯清茶，或卧观苍茫夜空，繁星皓月引起人们的无限遐想；或坐望夜幕下江面上忙碌的船只及南岸稀疏的灯火，不禁吟诵起“子在川上曰：逝者如斯夫，不舍昼夜”，发思古之幽情，叹时光如流水；或几个人谈天说地、评古论今、神吹乱侃。有几次发小肖辉煌拉手风琴，我拉二胡，另一位从小就迷上唱歌的发小何庆山倾情放歌，优美的旋律在夏夜飘荡，三人的合乐引起众人喝彩。唱够了，尽兴了，便闭目而眠，一觉睡到天明。

白天烈日烘烤晒坝时，堂屋是消夏乘凉的好去处。堂屋尽头土墙下是一个防空洞，估计是抗战时为躲避日机轰炸时修挖的吧。由于年代久远，洞口高低不平，洞壁嶙峋凹凸，洞内漆黑潮湿，据说可通往下半城白象街。

每逢酷暑，在堂屋里乘凉者络绎不绝，即使五米开外也感到冷风沁骨。这防空洞远胜于今天的中央空调，享受凉风又不缴纳电费，何乐而不为呢。

1968年夏季的一个黄昏，“哒哒哒”的枪声急促响起，28号院子的人们下意识奔向堂屋，防空洞已经成了大家的掩身地。到晒坝一望，漫天浓烟夹着黑灰从解放碑方向飘往江岸。后来知道，是交电大楼被两派武斗的燃烧弹击中起火，燃烧了整整一天一夜。据父辈讲，幸好下半夜突降暴雨，才扼制了大火的蔓延。第二天，我随众多市民涌向上半城解放碑，目睹了大楼被烧后的情景：瓦砾遍地、残柱林立、惨不忍睹！昔日西南地区规模最大的交电公司，那个年代颇有气派的交电大楼已经荡然无存了。我抑制不住情感的闸门，悲愤、痛惜的泪水夺眶而涌！因为这里是我含冤英年早逝的父亲曾经工作过的地方呀！

儿时的交友、娱乐均浓缩于28号院子。

“文革”时，正在大巴山当知青的我，每次回渝后，铁杆玩伴肖辉煌时常来我家串门。我聊知青趣事，他侃山城秘闻。互通信息，不亦乐乎。

肖伯母姓王，与我母亲同姓，她们是年龄相仿，身世同感，彼此无话不谈，推心置腹，胜似亲生姐妹。伯母漂亮，讲究，特别健谈。平淡乏味的普通小故事经她润色加工后娓娓道来，顿时增光添彩，引人入胜。全院子都喜欢听肖伯母讲故事。

肖伯父与家父是同事，均在一商局工作，他儒雅英俊，多才多艺，待人谦和。有一次我到肖辉煌家玩耍，肖伯父知道我喜欢美术，悄悄地将他珍藏多年的青年时期创作的十几幅淡彩水墨国画拿出来让我欣赏，每幅16开，小而精致，全是山水画，意境深远，色彩素雅。他对我说，他曾经在南京国立大学艺术系学习绘画，现代美术大师徐悲鸿当过他的老师。哇，相处这么多年，还不知道肖伯父有这么高超的画艺，竟然深藏不露，亦令人佩服！

遗憾的是，“文革”抄家风袭来，据说肖伯父心爱的绘画作品，连同数十支毛笔、砚台、颜料等统统被红卫兵一卷而空。我正在农村修地球，是后来听说的。

给予他的惩罚是每天扫大街做清洁。俗话说，是金子放在任何地方

图・作者提供

图·太平门大码头　戴前锋摄

都会发光。有一次上级安排他书写横幅大字，他竟然一鸣惊人！整条街都知道28号院子出了一位大书法家，上级发现他是可用之人才，遂取消扫街，让他专写墙报和毛主席语录。肖伯伯的毛笔行书隽秀典雅大方，颇有元代书法家赵孟頫风格。人们也有机会观摩学习他精湛的书法艺术。他写的语录书法成了28号院子及行街一道引人注目的风景。

28号院子附近是一家茶馆兼卖副食的大铺子，临街摆放了好几张大方桌。时而有说书人手持折扇、惊堂木在此讲评书。说者口吐莲花，听者专注入迷，仿佛穿越了时空……那种安逸和享受令我至今回味无穷。好几次因为听评书入了迷忘记买盐打油的正经事，被母亲打屁股哩！ 我忘不了太

平门小学河边操场留下我与同学们踢足球的欢畅；忘不了河边沙滩留下我与小伙伴骑马马肩、打骑兵仗的疯狂；忘不了行街留下我滚铁环的潇洒；忘不了用青杠棒穿过石墩举重时的憨态；忘不了乘坐望龙门缆车过瘾的惬意；我更忘不了下浩中学特级语文教师，28号院子的“文秀才”税安华大哥朗诵、讲解唐诗宋词的风采，他的讲解给了我润物细无声的文学启蒙……

我少年时代挑过沙石，拉过板车，捡过烂菜，在生活的苦水里泡大，也在与发小、朋友无忧无虑的玩乐中成长。我庆幸有一位伟大的母亲，父亲蒙难后，她挑起了生活的重担，忍辱负重，自尊自强。她对我说过，一个人生活苦累不可怕，人穷志不穷，只要精神上不垮，没有迈不过的坎。

三、离开行街28号院子

1982年是解放以来洪水涨得最高的年份。院内石梯被淹，堂屋积水也有一人多深。适逢改革开放不久，政府开始重视民生，单位领导率党政工团负责人慰问受灾职工，亲临我家，当即拍板拟将我家住房调宽。第二年我搬离了居住30年的28号院子，迁到了重庆饭店附近的千厮门行街。

离开28号院子以后，曾经旧地重游过几次。昔日大片河滩早已不复存在，宽阔笔直的滨江路经过太平门行街，傍江一侧的吊脚楼已经不见了。狭长的行街冷清荒僻，已无街之形状，更无往日的闹热。

站在现代感强烈的滨江路回望28号院子，儿时记忆中高大的院墙仿佛缩水，变得矮小、斑驳、破旧。啊，院子、河街已衰败、苍老，渐行渐远，即将融入历史……但我依然觉得它熟悉、亲切，令人依依不舍，难以忘怀。

谨以此文敬献给儿时的街坊邻居！祝仙逝者安息、健在者平安！

住在石板坡的黄丽

四乙 八〇后

五里店刘家舍 茶馆老板

这个城市有个地名叫石板坡，“石板坡”，顾名思义，石板路组成的山坡，多么奇特的地名，多么嶙峋的地方。

这些石板路有些虬曲在蜿蜒的山道上面，有些在悬崖峭壁的上边，最后都消失在大片驻扎在山里的层层平房里。在这嶙峋的地方加上一层雾，那就会变得富有诗意，这个城市是雾都，起雾是常有的事。

一阴霾的雨雾天，有个女孩穿着一身黄色的雨衣，背着竹篓，穿行在山道间。

“黄丽，今天摊收得早。”

“下雨了，早点回去。”她对一旁关心她的阿姨回话。

阿姨笑了笑，细声地说：“比我家的女儿懂事、能干多了。”

黄丽没有说什么，好像没有听到的样子，自己走自己的路，阿姨会心一笑。

黄丽正是这小女孩的名字，她喜欢黄色的东西，因为重庆总是灰蒙蒙的。她穿着黄色，似乎总是最闪耀的，即便是最廉价的材质做成的衣服。

下了雨，石板也是油光油光的灰，她看到雨衣袖口在这环境里显得鲜亮无比的黄色，即便雨雾天好像给所有人的笑容蒙上了一层灰。她依旧步伐轻盈，迈过一个又一个的梯子。

“背上的东西不重吗？还跳跃欢呼似的。可小心雨把裤子打湿了。”一个男孩从二楼伸出头看她，向她调皮地吐了吐舌头。

“我穿着黄色的雨鞋，才不怕雨呢。”她笑了笑，往家的方向继续走着、跳着。

那男孩手托着下巴撑在平房二楼的窗台上，他一直看着黄丽离开的背影，他心里也在笑着。想着她真是这条街的风景线，以后长大了就要娶这样的媳妇——漂亮、能干。又想着未来无限的宽广，一定能找到的！

她走到长石板的末端了，再上去就是一条小路，再往前走就是兴隆街了。她的家就在这里。她拿出钥匙，把门打开，抬头看看挂在墙上的钟，是到了做饭的时候了。

她在柜子里拿出食材和刀具，一会儿工夫，绿色的食材就变成块是块，片是片了。

过不久，香味传了出来，她隐约听到楼上的婆婆叫她，她关火，从窄窄的楼梯间飞快地走了上去。

“婆婆，你在叫我吗？”

“是的，婆婆耳朵不好，不知道你回来了。刚闻到菜香便叫了你。婆婆这不是有些小时没看到你了嘛，还不让婆婆看看你。”

“婆婆，我都十五岁了，我会照顾好自己，你就别担心我了。”

“你看婆婆腿不中用了，每天还劳烦你，你爸妈在外打工，好不容易放个暑假，全照顾我了。”

“婆婆，没有关系的，爸妈不能做的事，我来做。”

婆婆慈祥地笑了笑，伸出手抚摸黄丽的头。

正如婆婆所言，黄丽做的事很多，刚说的不论，还要帮婆婆洗衣做饭，烧水洗澡。但是，她从来没有半句不满的话。别人也总是赞许她，隔壁邻居都纷纷觉得她是好孩子，立得起。

她正值豆蔻年华，虽然背着竹篓去买菜、卖菜，但是，她知道自己是最漂亮的，因为她虽然不生在富贵之家，但是，她知道自己是那陈年的灰色的石板坡住家房子里的鲜黄。

图·石板坡二里铺　戴前锋摄

副食店

右图・石板坡硝房沟右巷　戴前锋摄

左图・石板坡　戴前锋摄

大坪时代

罗楠雨 九〇后

大坪 学生

后工（中国人民解放军后勤工程学院的简称）的军号听不到了，公厕边边的三角粑也没卖了，三岔路口卖漫画的嬢嬢是不是回家带孙孙了哟，马家堡小学门口一块五一根的火腿肠哪点儿还吃得到喔。

我们屋头在大坪菜市场楼上，正对后工，紧邻煤设院（煤炭设计院的简称）社区，我就是那个大坪支路的妹儿。

那个时候，我还是个小娃儿，六点多钟，后勤工程学院的军号就响了，没好久就听得见军人们跑操，“一 二 三 四……”，反正声音大得我每天都要遭吵醒，但是翻个身我又睡着了。于是，天天迟到的我被请家长了。从此以后，我和后工的学生一起起床。

每次坐公交车都要穿过七牌坊，那些巷巷头石板上长年都是泥巴浆浆；卖金鱼的嬢嬢卖给我的金鱼每次养两天就死了；有家生意很火的鱼店是我同学家里开的，每次路过鱼店我都要招呼老板娘；我妈经常在七牌坊的裁缝店儿定做冬天的毛呢裤子穿。

那个时候，我去上初中了。清早八晨，黑黢麻恐的时候，从大坪支路经过地下通道去赶轻轨。那时清晨地下通道很黑，还有很多流浪汉住在里面，每次往下面走我都很害怕，但是一到地铁口我就不怕了，因为那里总是有个卖鸡蛋糕的嬢嬢在等我。半张鸡蛋糕一块五，那是我每天的早餐。有一次连续五天路过嬢嬢那里都没有吃鸡蛋糕，第五天嬢嬢终于忍不住了，问我：“妹儿，吃腻老哇？”放学过后还是从地下通道走，有家钵钵鸡不卖鸡，每天下午我都在那里买四串脆豆腐，吃完才回家，五角钱一串，每天下午剩下两块钱，就在这里花掉。突然有一天，老板说要涨价了，七角五一串，两串起卖。我好伤心，那天我的两块钱只够买两串脆豆腐，后来我就再也不去了。

那时，七牌坊社区已是一片废墟，最后的钉子户妥协了，牌坊搬到了马路对面环岛上的小角落。余晖洒在废墟上，我走在废墟间的小道上，回家。

上高中了，我从黄花园转移到沙坪坝。军号听不到了，三角粑也不买了，菜市场的王肥肠好像也没得原来香了，小妹儿也变得有点青春期叛逆了。我悄悄咪咪在耍朋友，周末的时候带小男朋友在我成长起来的那些巷巷头乱窜，生怕碰见家长。

高三那年，为了备战高考，妈老汉带着我离开了这个伴随我从小娃儿长成一个妹儿的地方。在楼下等老汉去开车的时候，我在楼下好好生生看了一下这条街，人生第一次感觉到，有些东西怕是再也回不来了。

现在，妹儿我上大学了，离家半个地球那么远。

如果现在有住在大坪的小娃儿要问后工和七牌坊是啥子，那就到大坪时代天街和英利大融城看一下；记得顺便去大融城马路对面看一下牌坊，好像那里的牌坊很久都无人问津了。

图·作者提供

儿时七星岗

黄文静 九O后

渝中区 学生

无意间在微博上翻到渝中区的老照片，特别是看到七星岗保节院那张的时候，让我回想起了我小时候。

我从生下来就住在七星岗，一直到前段时间因为妈妈生意原因搬走。按我爸爸的话讲："这简直是让我背井离乡啊！"对啊，其实我也这样觉得。我对那里的每一条街道每一个地方都了如指掌，就算闭着眼睛也可以走回家，我总觉得回到那里才算是回家，即使它变了很多也变得很快。

记得小的时候，我们家在保节院那个路口上摆摊卖水果，家里就在不远的街里面，那是一个很特别的地方，有点类似于北京的四合院，但是不一样的地方是，它是那种两层的木板楼房，煮饭洗澡的地方都是共用的。我很喜欢那种生活方式，很淳朴，可能你家煮饭差点米就跑到别人家借点，我家的猫没吃的，你就帮我喂一下。反正我知道，我爸爸妈妈那时候挺忙的，到了吃饭的点，就能听到楼上喊道："小妹崽，上来吃饭老！"可以说我是吃百家饭长大的，而且我就像是皇上选妃一样，有情有独钟的一家，也有不爱"临幸"的一家。

总觉得那时候的生活很静谧美好，院里有个祖祖辈的老奶奶，她那时候已经很老了，每天下午也没什么事做，就是搬一把那种竹子编的椅子坐在院里的丝瓜藤下晒透过来的太阳，或者是看我和其他小朋友玩追追猫、家家酒。夏天的晚上，各家大人爱坐在一起打麻将，在旁边放一盆水，小时候不懂为什么。后来知道了是用来招飞蛾的。这时候他们也爱使唤我："小妹崽，在我屋头去拿点开水来！""小妹崽，过来给我捶哈背啊。"要说我特别情愿啊，其实也没有，毕竟那时候忙着看少儿频道呢。

说到捶背啊，我们院里有个叔叔，我叫他"罗幺爸"，他是个跑出租车的，所以背一直不好，他最爱叫我给他捶背，我那时候人小力气小，他就爱趴在床上，我直接跳上去一阵乱踩，他还爱叫我给他按摩头部，但是他头发又少，所以每次按完我的手上一层油！我小时候特傻。那会儿我妈妈懒得排队，就直接在院里给我洗澡，她总会说：“莫去指月亮哟，要遭割耳朵。”

我们院里还有个小朋友，因眼睛大而黑得名为“黑葡萄”，我跟她可能天生八字不合，每次一起玩老打架，而且是她先动手，不是咬我就是朝我吐口水，我又是不得“依叫”那种人，一般都睚眦必报，这时候她就开始号啕大哭，我愣了，不是你先打我吗？姐啊！大人也总是不合时宜地出现，把我臭骂一顿，搞得我欺负她一样，早知这样我就该先哭了。

那时候我还对《还珠格格》里面香妃在花园里招蝴蝶那段特喜欢，正巧我们院里也有个小花园，每次我就爱很作地在那里转啊转的，希望也能招来蝴蝶，但是从没成功过。现在想起了，招得来才怪了，全是种的蒜苗、大葱之类的。

现在想起了这些事，感觉还是记忆犹新，虽然都是些零散的记忆，但也足够回忆了。今年我高三，还有几十天就高考了，我自己的打算是想留在这座城市，即使它变得不一样了。

图 · 保节院 戴前锋摄

解放碑托儿所

熊爱渝　七〇后

黄花园　金融

我很小的时候，爸爸就在外地工作，家里只有妈妈忙里忙外。妈妈上长白班，哪有时间照顾我呢？于是我才2岁的时候，就被送进了托儿所。托儿所分为全托和半托两种方式，全托是一个礼拜接一次，平时就寄宿在托儿所里。我就是进的全托班，呵呵，我2岁就开始住读了。

我住过的第一个托儿所是解放碑托儿所，位置就应该在现在的得意世界附近，一道小小的木门进去。一个班有10多个小朋友，每周6天都待在一起。白天在老师的带领下唱歌、做游戏，但到了晚上，当天黑尽的时候，才2岁多的小娃娃们就开始想念起自己的妈妈来了，开始的时候，个别小娃娃开始撇嘴巴，到最后，所有的小朋友就开始了集体大合唱，哭得一塌糊涂。这时老师就过来弹压：“哪个再哭就拉去关黑屋！”小娃娃们这才慢慢平息下来，小手手在眼睛上擦来擦去，脸上沾满了眼泪和鼻涕。

礼拜一进托儿所之前，家长都要给小朋友准备一个星期的水果，装在包包里，写上名字，包包就挂在教室的门后面。每天晚上，小朋友们就坐在凳子上，老师打开包包，一个一个地给我们削水果，那个时候，满教室都是苹果味和梨子味。

解放碑托儿所不远就是较场口转盘，在转盘的边上，现在日月光商场前面的位置，是青少年活动中心，里面有好看的图书、各种各样的玩具，还可以看电影，我们定期要去那里活动，在那里我第一次看到了《神笔马良》。

最有意思的是每个礼拜六晚上，家长接娃娃的时候，小娃娃全部坐一排，拍着小手，嘴里唱着：“哦哦，哪个的妈妈来接咯，哪个的妈妈来接咯。”一旦某个娃娃的妈妈进门把娃娃领走，小娃娃们马上又唱：“×××的妈妈来接咯，×××的妈妈来接咯。”抑扬顿挫，很有节奏感，歌声都来自一个个渴望和妈妈团聚的小喉咙，这是我平生听过的最好听的歌谣。

在解放碑托儿所待了一学期，我就转去了二商业局托儿所。这个托儿所在七星岗领事巷，我去找过一次，但现在已经完全没有了痕迹。

这家托儿所允许每个礼拜给小娃娃带糖，于是最高兴的就是每个礼拜天和妈妈到一号桥副食店买糖果，我最喜欢的是橘瓣糖，软软的，上面粘着白糖，外边用透明的玻璃纸包成橘子、青蛙等各种造型。

最不高兴的就是礼拜一妈妈送我去托儿所，我们要在临江门乘坐15路汽车。每次车一靠站，我就恨死它了，巴不得这车坏掉，赶快坏掉。从一上车开始，我就要对妈妈反复说一句话："妈妈，你要早点来接我哟，你真要早点来接我哟。"这句话，一直伴着我们穿过高高的通远门、长长的金汤街，到了最后妈妈离开托儿所时，我还忘不了朝她的背影大喊："你真真要早点来接我哟。"

在托儿所里最盼望的事是生病，因为生了病就可以回家休息，自然就可以看见妈妈了。有天晚上老师告诉大家，晚上脚不要放在铺盖外面，不然要感冒生病哟。生病？太好了，我眼睛一亮，于是一晚上脚都凉在外面，让我失望的是，第二天喷嚏都没打一个。

转眼间，我儿子都快幼儿园毕业了，每次他听到我讲这些故事，总是笑得前仰后合的。

下图・小米市　戴前锋摄

上图・领事馆　戴前锋摄

罗文烈　五〇后

渝中区民生路
原重庆社会科学院编辑（已退休）

傍晚时分，我走进这条巷子。巷子里的台阶不见了，两边的高楼增加了不少，但比以前清静多了。

我小的时候，傍晚可是巷子里最热闹的时候。这条巷子，在新华日报社旧址旁边，当时名叫韦家院坝。

小巷里弯弯曲曲的，不时有几级十几级台阶。巷内房屋的外墙斑斑驳驳，墙角能看到绿黑相间、湿漉漉的苔藓。记忆中，重庆小巷，大都是这个样子。

临到傍晚，下班的、放学的、挑担的、拉板车的……住在巷子里的，都回家吃晚饭。巷子里，人群川流不息。

那是困难时期，家家吃饭，都在屋内。临街的也是如此。偶尔，能看见一位大姐端着碗，碗里黑乎乎的，坐在门槛上，眼睛无精打采地朝外望。或者一两个小娃娃，捧着和身体不成比例的大碗，蹿出门外，但很快屋里就传出呵斥声，小娃娃立刻返身折回屋里。

我家那时就住在这条巷里。中午放学后，一般就在附近伙食团吃"罐罐饭"；晚上才回到家里吃晚饭。平时在家吃饭的，只有妈妈、姐姐、我和弟弟。

每次饭桌上，只要有一点油荤，我和弟弟都急不可耐。20世纪60年代初，我和弟弟都很小，我们在饭桌上的活跃，总是遭到姐姐的阻挠。她是要我们让着妈妈，让妈妈多吃一点。姐姐在妈妈面前，不动声色，私下却悄悄地用眼色暗示我们。

有一次，晚饭时，桌上放着一碗难得的回锅肉。那是姐姐单位伙食团凭票供应的。姐姐一口未吃，端回家里。吃饭时，我的筷子大概在肉片上太专注、太频繁？姐姐在桌下踩了我一下。这下踩痛了，我哇地一声哭了。

妈妈莫名其妙望着我，问怎么回事。

我把筷子拍在碗上，指着姐姐：“她踩我！我一夹肉，她就踩我！”

妈妈明白了，也放下了筷子。叹一口气，半天没言语。过了一会儿，才轻声对姐姐说：“你在干啥嘛？唉，让他们吃，让他们吃。”

后来年景有了好转，饭桌上才慢慢有了变化。

临街的人家，晚饭也逐步由屋内转向屋外了。或者干脆把小饭桌搬到门口。这些人家放在桌上的，是几瓶老山城啤酒，还有油辣子拌的凉菜。红油漫在盘子里，发出诱人的香味。当然也时常看见桌上有一大盘回锅肉。

巷子里，有一块小坝子，居民们称为“水站坝儿”。

家家户户的生活用水，都是用水桶到水站坝儿去挑。可以想象，水站坝儿是巷子里很热闹的地方。各家的水桶，有大有小，为公平起见，水站坝儿设立了“公用桶”，作为收费取水的标准。这样一来，就避免了挑水的居民们中的闲话和纠纷。

水站坝儿还有一个重要作用，就是地段上，要开以斗争为主题的群众大会，居民们都端个小板凳，到这里汇聚。有一段时间，家里只有妈妈、我和弟弟。其他人都在外上班，不常回家。妈妈经常被地段上的代表通知，晚上到水站坝儿开会。

后来才知道，妈妈被人“检举”了，并戴上了“帽子”。原因是她和邻居拉家常时，曾说过，1949年以前，孩子他爹在工厂做工，家里有点经济来源。自己省吃俭用，攒了点余钱，放过贷。这不过是在摆龙门阵，说者无意，听者却惊骇不已。在“坦白”或“检举”气氛很浓的当时，妈妈立刻被人检举，并稀里糊涂地成了“漏划地主”。当时，妈妈瞒着我和弟弟，因为我们还小，刚上小学。

图·思园 戴前锋摄

妈妈每次出门去开会前，都要给我们洗好脸、洗好脚，然后一遍一遍地嘱咐我要听话，把弟弟带好，早点睡觉。然后“嘭”地关上门，把门反锁上，走了。

过道里“咚咚”的脚步声，越来越小。

我和弟弟在家里，借助昏暗的灯光，用手掌在墙上投下各种动物的影子。影子在墙上游来游去，很活跃。那是动物们在一起欢快地打斗、嬉戏。

妈妈什么时候回来的，我们都不知道。因为我和弟弟玩着玩着，就睡着了。每次都是这样。

有一天在学校里和一个同学发生争执。这个同学指着我，说我是“地富反坏”的儿子。并说：“你妈在水站坝遭群众大会斗争！我亲眼看到的！”

我顿时愣了。头脑里，我与弟弟在家里嘻嘻哈哈地玩耍的那些夜晚，与水站坝儿里，群众高呼口号的情形，叠印在一起……

黄桷垭的小路深巷

兰末　五〇后

黄桷垭　退休干部

一条深巷，半幅小路，牵着我走过十八岁的青春。那一年高中毕业，因为病残，没有能爬上去广阔天地的大篷车，却开始了在这条深巷小路上的穿行。

走过这小路，穿过这深巷，我认识了同样十八岁的他们——丁长全和彭祚励，两个和我一样没有搭上车的伙伴，从此便成了一生的朋友。走过这小路，穿过这深巷，我牵手了同样十八岁的她——静雯，从此就成了一生的陪伴。

年少的我们常在这里谈人生做好梦，总梦想着做文学家、舞蹈家。想做文学家的故意不修边幅，把一身弄得邋里邋遢，现在想来很是幽默。而做舞蹈家梦的，久而久之还真有点艺术家的感觉。

这小路，这深巷，蕴藏着丰富的养分。我的《过年》《申诉报告》《苏武牧羊》《鉴湖女侠》等短篇和《卫生球》《昙花》《六一随想》等都是在这里“受孕”，在这里诞生。那一次，我们几个梦青又聚集在巷里做梦。大家突发奇想：既然我们每个人都有不同的爱好和兴趣，不如组织起来互相交流互相学习，扩展大家的知识面。这个构想一拍即合，梦青同声叫好，经过紧张的筹备，小巷里历史上第一个社团组织成立了！我们买了酒，包了韭菜饺子，在丁长全家里狂醉，边喝酒边唱着我们自己创作的会歌。那个群情激昂的场面，至今回想起来都激动不已。那一天，是一九七七年七月三十日，我们的社团因此取名为“730学会”。

可惜好景不长。两年左右的光景，我们一帮人由于工作的原因各奔西东。

不久前参加校友会，顺道我又去了那个地方。路未改，巷依然，人却老。不禁感慨，人生易老，天难老！我们活着的，就把每一天都当着开篇，精彩地生活吧。顺着心中的小路，顺着心中的深巷，唱着自己的会歌，快乐地走下去吧！

这小路，这深巷，在南岸区，在黄桷垭……

图·黄桷垭正街　戴前锋摄

右 图 · 黄家垭口 戴前锋摄

左中图 · 黄桷垭正街 戴前锋摄

左 图 · 黄桷古道老君坡 戴前锋摄

渝建村 95 号

龚震　六〇后

渝中区人民支路　事业单位职员

（一）

渝建村95号是我爸爸单位的宿舍，门牌是我爸爸用毛笔写上去的，写在王妈他们家右侧的墙上，“95”还特地用红色的广告颜料做渲染，格外醒目。打那以后，我就习惯性地告诉别人，“我住在渝建村95号，”就像告诉别人我的名字一样。

渝建村95号，住着6户人家，各家各户没有分号头，一个单位宿舍一个总号头，王妈家自然也就成了收发室。王伯伯喜欢戴上鸭舌帽，围根白毛巾，很像电影上的标准的工人阶级，个头也魁梧，说话舌头一卷一卷的，态度很和善，特别是对我们这些孩子。王妈是地道的家庭妇女，没有工作，时常给别人看孩子，她的身边，一直没断过孩子，这也是我们爱去她哪儿玩的原因。

我们觉得最好玩的是王妈的那口假牙，整整齐齐的，说话的时候，嘴皮上下刮动，把牙齿刮得白生生的。假牙一旦取下来洗漱，就成了干瘪老太，说话也不利索，每当这个时候，我们就专门找话跟她说，看她狼狈的样子，我们无比的开心。一戴上假牙，王妈又恢复了自信。对于这种魔术般的变化，我们无限的迷恋，最喜欢干的一件事就是看王妈漱口。

王妈老两口都是热心人，他们家人多，住在挡头，信件啦、包裹呀邮递员都是送到他们家，王妈也就不厌其烦地把收到的邮件送到每家每户，自然，和大家打交道的时间也就多些。

王妈：“龚师母，你们的信。”

我妈：“王妈，不要叫我龚师母，我说过好多次了，我又不是附属品，我有名有姓，我姓罗，你可以叫我罗老师。”每次，我妈都要纠结地纠正。

我那一向不太能干的母亲终于在王妈的耐心指导下学会了做饭。能够当我妈这个老师的老师，对王妈来说，是一件十分荣耀的事。

在教与学之间，忘性大的王妈和固执的我妈仍然为姓龚姓罗的问题纠结不休，如讲绕口令一般在她们话语间没完没了地重复着……

（二）

渝建村95号对面，住着另一个王妈，北方人，爱干净，头发向后拢成髻，露出美人尖和光洁的额头，随时都是干净利落的样子。

说话软软乎乎的，像她手里拿捏的面团。

因为是北方人，面食基本上是她家的主食，他们家的面揉得筋道，面块、面皮吃起来划过舌尖，迫不及待地向喉咙游去；葱油饼的香味在唇齿游走，让人不忍下咽；馒头和包子的麦香充斥着整个过道，让人垂涎。

对门王妈给我们的印象是：普通话讲得标准，跟收音机里的播音员差不多。常年都戴着袖套和围裙，一副忙得不可开交的样子。

70年代有很长一段时间，政府大量供应粗粮，好在我们有个对门王妈做技术指导，粗粮经过她魔术般的处理，变为了可口的美食。

“做葱油饼有什么可难的，你和面的时候搁点咸盐，使劲揉，揉得越久，面皮嚼起来才筋道。揉好之后，擀成饼，搁点香油，搁点葱花，撒点花椒面，卷成卷，封住两头，再压成饼，再放进锅里烙，烙好就得。”

做面食是对门王妈的强项，可在供应的粗粮中，还有一部分的玉米面，煮稀饭，塞牙；做窝窝头，搁牙。王妈就开始运用她所知晓的面食技能，反复实验、反复琢磨，将玉米面和面粉掺和在一起，蒸出来的发糕异常的酥软。发糕起锅的时候，也是我们最快乐的时刻，只见那玉米面做的发糕黄灿灿的，用刀子划开之后，如断面起蜂窝眼，就算是成功了。发糕划成三角状，就像蛋糕一样，因为搁了点糖精，吃起来跟真正的蛋糕差别不大。

模仿，是急于长大的孩子最喜欢玩的游戏，见王妈做饺子，知道饺子不用那些麻烦的发酵过程，便开始依样画葫芦地揉起面来，先是在面粉中加水，干了，再加水，稀了，再加面，干了……如此反复，用去近半袋面粉，而且，手上、面盆里，尽是没有揉散的面疙瘩……只得求助于对门王妈。

对门王妈接过我揉得惨不忍睹的面团，三下五除二，那面团就被揉得松松的、软软的，面盆像被舌头舔过一样的干净、手上也是干干净净的。

“要想面食筋道，手上得使出力道。”这是王妈的至理名言。在当时，我听得似懂非懂，现在回想起来，不仅是做面食的门道，也是生活的门道。正是这娴熟而又精道的生活细节，她才将平凡的日子过得有滋有味。

（三）

重庆的夏天最是漫长，住在渝建村95号的我们，很多的记忆都是与炎炎夏日分不开的……

连衣裙、塑料凉鞋、痱子粉成为我们夏日里的全副武装。下午洗完澡，扑上痱子粉，穿上心爱的连衣裙、塑料凉鞋，一个清清爽爽的我无比的舒爽。洗澡盆里的水是舍不得倒掉的，用洗脸盆舀起来，把门前的空地泼上水，待热气蒸腾后，再泼，直到热气完全蒸发。

室内闷热，家家户户都把茶几、凉椅搬出来，摆上餐具，把饭菜端到过道上吃。

渝建村95号门前是一个过路的通道，右边通往曾家岩，左边通往大溪沟，前面直通大礼堂，过往的行人也都面熟，最喜欢和行人打招呼的是对门的胡爷爷。

行人："胡爷爷，又在整酒了嗦？"

胡爷爷："整酒儿、整酒儿，来点嘛？"

行人："不了，不了，今天没得空，下次嘛，你慢慢喝。"

胡爷爷说到"酒"的时候，舌头自然地卷曲，带着"儿"音，大概是想把酒的芬芳"啧"的一声卷到喉咙里去。胡爷爷小酒杯里的酒总是大半杯，酒杯端起来，一仰脖，"啧……哈"，十分享受的样子，可杯里的酒确没见下去多少；一盘油酥花生粒，一盘不知道热过多少遍的老腊肉，黑乎乎的，可胡爷爷吃得津津有味，喝酒的"啧啧"声不断地提醒着我们胡爷爷的存在。一直不清楚胡爷爷是干什么的？是哪个单位的？只知道他每天闹钟一样地准时坐在屋门口喝酒，鹰钩鼻、秃顶、背微驼，身上的肋骨跟他坐下的凉椅遥相呼应，为渝建村95号的"地标"。

图·龙潭古镇　戴前锋摄

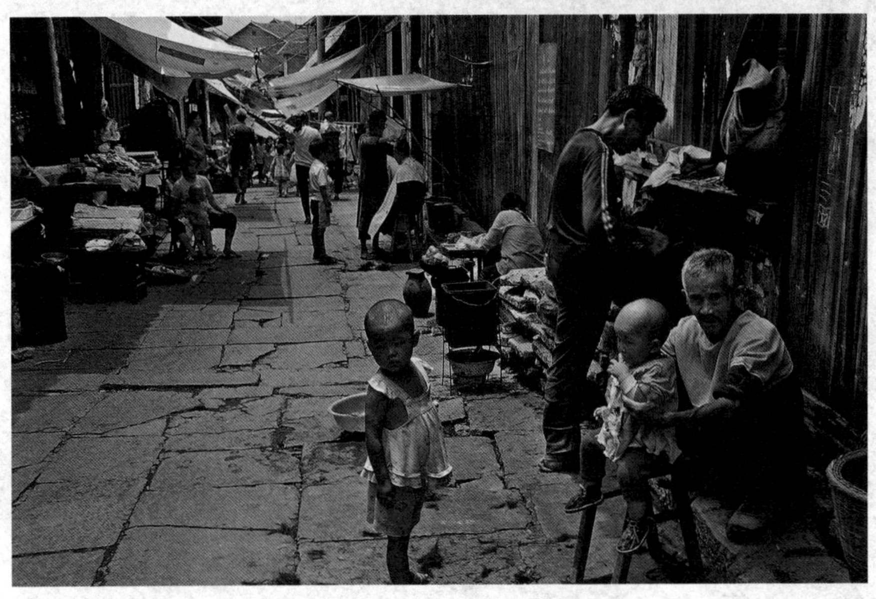

纯阳洞街

刘成杰 五〇后

白象街 教师

1956年8月，母亲调到了位于渝中区纯阳洞街的纯阳洞小学工作。从此，我们一家就生活在了这条以“纯阳洞”命名的街道，一住几十年；从此，“纯阳洞”就成为我们一家三代人不舍的情怀，剪不断的乡愁。

纯阳洞街是一条从山脚到山上、具有典型重庆地貌特点的街道。它躲在观音岩大街的后面，背靠枇杷山，依山而形成；下起观音岩大街，上接枇杷山公园观景长廊。整个街道四五百米，坡度呈30度左右，有若干坡或缓或急、或多或少，120多级梯坎。与重庆一般依山而建的建筑不同，梯坎两边房屋的距离不是那么狭窄，有七八米的宽度。同时，也不曲折蜿蜒，拐弯抹角，基本上直线通向顶端的纯阳洞小学。从观音岩大街红旗剧场入口进去约四十来米，就是纯阳洞街口。街口那家就是纯阳洞街1号，最上面的纯阳洞小学是88号（现为上纯阳洞街54-3号），整个纯阳洞街也就只有90多号。当然，一个门牌号码可能是一户人家，也可能是一个院落，或一个单位。

非常明显，纯阳洞街的取名缘于道教。道教八仙之一的吕洞宾，号“纯阳子”，不少地方都建有称为纯阳洞或纯阳观的祀奉大庙。而位于街道顶端的纯阳洞当时就是祀奉他的一座大庙。纯阳有八景，小时候我们还见过“纯阳八景”的石碑。但究竟有哪八景，谁也说不完全，只知道大概有金刚塔、洞天水月、纯阳洞、黄葛树、老井等。如今，“纯阳八景”唯有金刚塔更加香火缭绕，其余七景早已被雨打风吹去。

首先登上一坡二十多级的梯坎，经过一段稍有坡度的直路，右边有一个生产冰糕的冷气厂，生产的是当时重庆很有名的“青鸟”冰糕，左边是一排排顺着山势而建的各种民居。冷气厂过后，右面有一块纵深很开阔的平坝，连到红旗剧场（也就是抗战时期有名的抗建堂）。如有话剧演出，入夜时分，红旗剧场人头攒动，情绪高涨的人们从四面八方涌向这里。打记事以后，我们就经常见到这样的一番热闹景象。今天抗建堂又恢复了原名，并成为重庆市市级文物保护单位。

继续上行，左边一个小院，一栋两层楼的楼房是电业局的宿舍，住着三四家人。右边是被称作“七七巷”的深巷，全是木板搭成的房子，住了二十几户人家，有点贫民窟的感觉。

再登几级梯坎，左边有一个较大的庭院，庭院有一块20多平方米的坝子，一幢两层砖木结构的楼房，这就是1950年6月4日由被周恩来称为“中国杰出女性”的饶国模、王朴烈士的母亲金永华、蒙淑俐（卢作孚夫人）、李月华（胡子昂夫人）、刘惠徵（张澜夫人）等为提高妇女政治地位，提高妇女文化，兴办福利事业，为妇女儿童服务而创办的重庆市妇女互助会。母亲调到纯阳洞小学后，我还在这里上过几天幼儿园。母亲退休以后，因在地段街道工会上班，受时任会长金永华邀请，自1981年起，一直协助妇女互助会做一些工作。金永华老人当时还有个想法，今后将整个妇女互助会的工作交给母亲。

拾级而上，紧挨妇女互助会这边的是“赵胡子”。所谓“赵胡子”，其实就是一家“油腊铺”（副食店）。整个纯阳洞街只有这样一家。大概最早的经营者是一个姓赵的胡子，也许是因为胡子的特点比较鲜明，人们忽略了它的店名。“赵胡子”店面不大，十二三平方米，主要经营油盐酱醋等一类日常用品。打一分钱豆瓣、两分钱甜酱，称二两海带、半斤盐巴，普通酱油一角二分一斤，高级酱油一角八分一斤……大多数纯阳洞人对这里倍觉熟悉、倍感亲切。又因为“赵胡子”基本上处于纯阳洞街的中部，门口摆有几张板凳，一般上了年纪的人从下面上来都爱在这里歇上一脚，聊上几句。“赵胡子”似乎又成为纯阳洞街的一个驿站，一个街谈巷议的场所。也见那么一些人，经过“赵胡子”时，或要一碗“五加皮”，或打二两白酒，几口下肚，又匆匆离去。

“赵胡子”左边有一条横穿半山腰的支路，以前“纯阳八景”的石碑就立在支路的入口处。这条支路称为金刚塔巷，进去几步就见“菩提金刚塔”。“菩提金刚塔”修建于20世纪30年代，是国民党第一任重庆市市长潘文华因扩城迁坟为避人们关于七星岗通远门闹鬼的传言，于是根据佛经上的说法建造了一座“使死者超度、生者永得安宁、消灾避难”的金刚塔。小时候我们经常晚上在塔下玩耍，围着塔的四周转来转去。金刚塔有很多神秘的传说，前几年网络小说《失踪的上清寺》提到塔内有宝物，吸引不少市民前来寻宝。

过了金刚塔，是一条小巷。小巷很长，有些韵味。雨意朦胧中，漫步小巷，你也会“希望逢着一个丁香一样地结着愁怨的姑娘”。

小巷尽头一坡梯坎直下，便是神仙洞后街了。梯坎中间有一个较大的停顿，停顿处左边用石头砌成的大门里面，是有名的“余家院子”。“余家院子”很大，上下两个院落，有二三十套房，里面茂林修竹、绿荫环抱，有荷花水池，有假山小景。这是一个可称为名门望族的大院，其老主人是重庆市一个地位非常显赫的工商业兼资本家。据说后来分家时，分出17家，一家一套房，还余了好多套。我们家隔壁的余朝芳老师就是“余家院子”的女儿。

沿“赵胡子”继续上行，右边靠壁是一个水站。所谓水站就是有一两个自来水龙头，专门供居民家庭用水，一分钱一挑。70年代以前，自来水还没有进入家庭，城市居民住宅附近都有这样的水站。行走在大街小巷，人们挑着桶，排队候水的场景随处可见。

过了水站，就是重庆市话剧团。实际上，从“赵胡子”一直到纯阳洞小学右面都为话剧团所独踞。话剧团里面很大很开阔，下连红旗剧场，上与枇杷山公园最高处平行。话剧团的很多房子顺着观音岩悬崖修建，站在临街的窗户或阳台眺望，有一种俯瞰的感觉。我们住在纯阳洞小学的家和话剧团紧紧相连，窗子下面就是话剧团的一条小路。隔着小路是一排平房，正对我们窗子的是一个小排练场。60年代初，小排练场经常举办舞会，周总理、贺龙以及时任重庆市市长的任白戈等都在这里参加过舞会。连着小排练场的平房住着话剧团几个台柱式的人物。

紧挨平房的是一幢四层楼的红砖房，话剧团的多数演员都住在这里。红砖房上面就是一块与枇杷山公园平行的坪坝，开着一道门，直通枇杷山公园。我们一家和话剧团渊源颇深。话剧团里有母亲的很多学生，有我们很多同学；我在渝中区文化馆工作时，有几个老师又是话剧团前演员或演员家属；父亲90年代摆武侠书摊时，不少话剧团演职员工都是他的顾客。

图·纯阳洞小学

图·靠近纯阳洞小学校门的那坡梯坎

北泉，还好吗

刘卫国　六〇后

北碚区黄桷树玻璃新村　媒体人

从2010年起，我相继采访了数十位抗战期间曾经在北碚工作或生活过的文化、科教、实业界名人的后代。聊完正事儿，“北泉，还好吗？”这五个汉字，总会从他们的心底蹦出。

敢把北温泉简称为北泉的人，绝对是真资格的老北碚。称他们为老北碚，不仅是因为年龄的缘故，而是他们将北碚的一草一木、甚至岁月里转瞬而逝的那一抹鸿影都深深地铭刻在了生命之中，化为血脉里的那一份浓得化不开的乡恋与乡愁。

第一位向我问起北泉的老人，是中国音乐学院的奚曙瑶教授。采访进行到一半，老人突然跳过话题，冒出一句：“北泉，还好吗？”没等我回答，他就滔滔不绝地讲述起来：“1938年底，我随父母来到北碚，虽然是在抗战之中，但北泉就是我们这些小娃儿的天堂，三角池、乳花洞、挠痒树、热带鱼……北泉是卢作孚先生创建的呀！你晓不晓得卢作孚先生？”

作为北碚人，对卢作孚先生自然不会陌生。真正弄清北泉公园与卢作孚先生之间的关系，却是在随后几年的采访与研读之后。

1927年2月15日，卢作孚先生出任江、巴、璧、合四县特组峡防团务局局长，他的首要任务是剿灭嘉陵江沿线的土匪。2个多月后的5月1日，他发布了上任后的第一份文告，文告的内容却与剿匪无关，而是《修建北温泉公园募捐启》。建公园，资金是关键。此时，北碚峡防局还是一个连县级建制都没有的临时机构，职员们的工资发放都十分困难。“我父亲就向峡防局借支了40元钱。他先请一些士绅和军人来吃饭，吃完饭就给他们讲公园建成后的好处，‘学生可到此旅行；病人可到此调摄；文学家可到此涵养性灵；美术家可到此即景写生……’然后，就请大家募捐。请客吃饭花了26元，剩下的14元才去买了条石、请工匠……”卢作孚先生的儿子卢国纶告诉我：“峡防局少年义勇队也是建设北泉公园的主力……”

在随后几年的采访中，每当身在异地的老北碚提起“北泉，还好吗？”这个问题时，我就多了一份自信。3年前，我在北京向著名植物学家郝景盛先生之子郝柏林院士转述了数帆楼的来历。

北泉公园建成后，川军将领范绍增（即范哈儿）与江北县富商文化成等经常到此打麻将。卢作孚先生借机建议：不如捐建一楼，既可用于打牌，也可用于公益。范绍增当即决定：打出不打进。于是，就用这笔钱建成了著名的数帆楼。北泉早期建设的资金主要源于士绅与军阀的捐款，刘湘、杨森、陈书农、王尔昌甚至太虚大师等都慷慨解囊。

“我还记得，黄炎培在这里写下了‘数帆楼外数风帆，峡过观音见两三。未必中有名利客，清幽我亦泛烟岚’的诗句。”郝柏林院士补充道，“我记得北泉有三个池子，大池、小池，还有一个室内的叫三角池吧？小时候，我们从河边走路到北泉，大概也就带两角钱，那个时候，没有门票这一说，游泳也就4分钱吧，再加一碗北泉面，好像都用不完……”在卢子英先生任北碚管理局局长的时代，北泉还有另一种福利：每年春节前夕，北碚的流浪者可以到北泉里免费沐浴。

两角钱的消费标准大约一直保持到21世纪80年代初。当年的童谣就是见证：“我有2角钱到北泉，北泉的水清又清，北泉挂面是空心，乳花洞的阴河没得声音……”对于老北碚来说，4分钱的门票也是可以省的。捷径就是温塘峡口的那几条小路。不过，逃票也不是每次都那么顺利。大约在1977年的夏天，我们几个小崽儿刚刚从小路冒出头来，就被几个戴红笼笼（民兵之类的袖标）的人挡住了去路。其中，一个留着络腮胡的大叔说：“今天有外宾，你几个娃儿还想吃‘浑水汤圆’唛？”一听外宾二字，我们只好原路返回。走了不远，大家又商量：外国人都到北泉了，不看一盘可惜了。反正进公园的小路多的是，此路不通，另寻入口。十几分钟后，我们随人流挤到停车场，遗憾的是穿着花裙子的非洲大妈只留给了我们一个背影。“我们在北泉看到了外国人！”就成了那个暑假最骄傲的话题。

真正与外国美女同浴，是在1982年的春天。那天下午，几个同学相约到北泉游泳。剧团里练就的空翻技巧，引来大家的叫好与掌声。几位金发碧眼的男女也向我们树起了大拇指。年轻气盛的我们，那里经得起这样的鼓励，几位同学纷纷开始向高难度的空翻挑战。一位同学跳完360度转体后空翻后，竟再不上岸。一问方知：游泳裤掉水里了……

其实，男女同浴，始于北泉建成之初。在1937年的《嘉陵江日报》上有这样的记载：一位名叫青青的游客，看见北泉游泳池里的男女混浴，深感诧异：“男女同浴不能实现于重庆，而把这‘摩登’之事‘逼’到了乡村！”

北泉的“摩登”并不只是男女同浴，早在20个世纪30年代初，温泉寺大佛殿外戏鱼池里的五彩斑斓的热带鱼，就曾炫晕了重庆人的眼睛。“一到冬天，泉水散发出的热气，氤氲缭绕，寺庙仿佛如仙似幻。池里面近千条的热带鱼颜色各异，漂亮极了！那个时候，好多重庆人还没见过热带鱼呢！”西部科学院代理院长李乐元之子李惕碚院士说。“公园里桂花和蜡梅的香气，至今还常常浸入我的梦啊！”北京大学白化文教授说到北泉激动不已：“北泉面还有吗？离开北碚几十年了，我还念着这一口呢？”

让老北碚们牵肠挂肚的北泉公园，承载了几代北碚人共同的记忆，即使他们走到天涯海角，也要轻轻地问上一声：“北泉，还好吗？”

就在写这篇稿件的时候，卢子英先生的女儿卢国模老师给我转发来了一首打油诗，摘录一段，作为结尾吧！

鼎盛时期北温泉
平民天堂与乐园
门票四分就能入
憨耍整天两毛钱
…………

西和丝厂轶话

肖敬贤　五〇后

重庆巴南　职员

说起西和丝厂，如今不少人都觉得有些陌生。但在近百年前，它却办得红红火火，远近闻名。

福寿场（今巴福镇）的西和丝厂是本地人肖星垣于民国初年创办的，有职工100余人。这在当年可谓颇具规模。

肖星垣，字楚才，生于光绪六年（1880年）二月。光绪三十年（1904年），他怀抱实业救国理想，与同乡涂守愚及江津冉君谷、肖华堂作为公费生东渡日本留学。肖与涂同入京都蚕桑学院，他们刻苦学习，以期学成归国，施展抱负。

求学之时，肖星垣还有两大收获。一是与杨沧白、石青阳等同盟会人士志同道合，共同探索救国大计。二是结识了日本少女图门惠子。惠子生于光绪十五年（1889年）农历十月，二人同在蚕桑科学习，相处融洽，后来结为夫妻。肖星垣回国时，惠子告别家人，随夫来华，并更名为肖清水。

回到家乡，肖星垣夫妇立即着手兴办实业。西和丝厂在肖家老屋，这是一座占地数百平方米的四合大院，距福寿场约一公里。大门右侧的白色墙壁上，“西和丝厂”四个行书大字十分醒目。工人中，一半多是外雇的，其余则为肖家亲友的子女。其中，超过三成为13~14岁的农村姑娘。肖氏夫妇既要耐心向职工传授生产技术，还得为这100多人的食宿等问题操劳。尤其是肖清水这位东洋女子，来到异国他乡以后，努力克服诸多不便，全力支持丈夫的事业。她完全没有老板娘的架子，与工人一起劳作。为了帮助丈夫搞好管理，她很快就学会了当地方言，平时和工人说说笑笑。肖清水擅长织丝“打把”工序，她经手的产品品相好，运到重庆总能卖出好价钱。

肖氏夫妇注意在双福、走马、石板等地发动乡民栽桑养蚕。民国四年（1915年），他们又与何至亭、王兴奎等人在中梁山东面的冷水场（今华岩镇）共创蚕社，肖星垣负责男工的技术指导。为了就近解决原料，扩大生产规模，肖兴垣还派人到江津、璧山等地收购蚕茧。苦心经营数年，效益显著，西和丝厂声誉远播，肖氏夫妇的创业精神尤为世人称道。

然而，肖氏夫妇所处的时代军阀混战，社会动荡。抗战爆发，更是民不聊生。他们耗尽家产，费尽心血创办的丝厂最终还是破产了。1948年冬天，肖星垣到重庆寻找生计，不料重病缠身，竟在两路口巴山茶园伏桌长逝，享年六十八岁。

肖清水得到噩耗，含泪掩埋丈夫之后并未回国。土地改革时，在西和一社分得一间房屋和六分田地。为了生存，已经风烛残年的她在这个名叫郭家岩的地方学种庄稼，日夜为柴米油盐操心。肖家的晚辈难忘肖清水当年的热情和辛劳，常常尽力给予帮助。在肖星垣辞世八年之后，也是在一个冬天，一代日本蚕桑巧女肖清水——图门惠子撒手人寰。

旧中国积贫积弱，肖氏夫妇那一代人兴办实业、振兴中华的愿望难以实现。但是，他们那种不避艰辛、勇于开拓的精神是值得我们好好学习的。

图片言说

竹子 五〇后

江北 电视编导

在信息技术和人工智能爆棚、无厘头和搞怪娱乐至死的生态背景下，“故城”土里土巴原生态地不合时宜地出生了。它是朋友的作品，阅读的欲望自然急切。陈旧厚重的重庆旧城面孔，唯有南岸弹子石码头那长长的一坡通往弹子石街道的石头台阶让风岚穿越……

20个世纪80年代，风岚的男朋友住在长江南岸弹子石,她住嘉陵江以北。那时候，重庆还不是拥有13000座挢的桥都，主城与其他辖区全靠两座桥连接，风岚每次去男友家，都得乘轮渡才能到达彼岸，然后再爬近一小时的石头台阶才能到目的地。跟纸片儿一般弱不禁风的她，平时在自家上五楼都累个半死，这一眼望不到头的梯坎，怎么爬完?

她有什么神力相助？“哪有什么神力？是傻傻的爱洒满了台阶。”风岚指着“故城”中灰蒙悠然的弹子石台阶有些迷离地说。

这一坡高高低低歪歪扭扭的石阶，风岚每周都要爬一遍。沿途上有些小商铺和住户，几乎都是石头加木板结构的房子。这些房屋压根没卧室、客厅、厨房一说，吃饭睡觉就一个空间，做饭就在屋门口的铁皮炉灶上，与今日的住宅相比，恍如隔世。那时人人脸上都挂着平静与闲适，没躁动与贪婪，跟“故城”一个基调。

风岚最记得，每当爬一半石阶，她就会去一家糖果铺，男友在那里等她，并会给她买一包她最爱吃的鱼皮花生。这花生无所添加，自然纯粹，欣香满怀，沁人心脾。

他们总是掩盖了双方情思满满的激昂，保持着新中国恋人的标准距离，然后向上前行。他边走边给她讲一些稀奇古怪的故事。那个年代，会讲故事简直就算得上是约会神器。

今天他讲的是他的糗事。他说他曾在这里也等过他的第一任女友。那时男生流行穿白色网鞋，他买不起，为了见女友，他把哥哥的一双褪色的蓝色帆布鞋借来，然后用白色的粉笔涂抹一遍。若疾步前行，粉末会簌簌掉落。他总是会在女友到达糖果铺前，又偷偷涂沫一遍。不料一次前任女友见面便大叫内急，他只能跟随她一路小跑，于是石头台阶上留下了一个个白色脚印。可怜的帆布鞋，随着粉末的滑落，尊容尽现，扰乱了女友的芳心……

幸好遇上风岚时，弹子石码头绵延悠长的石阶和两边的石头木板房朴实静默依然，只是不再流行白色网鞋，在那个时代，知识就是时尚，大学生、研究生是天之骄子。风岚的男友是名牌大学的硕士，白网鞋岂能与之同日而语?他在糖果铺等风岚时不再偷偷地往鞋上涂粉笔，而是聚集一帮狐朋狗友大讲弗洛伊德的《梦的解析》，讲叔本华的“唯意志论”，讲海德格尔为什么住在乡下……

我跟这海同志一样，将来再好的房子我都不搬，我就喜欢这祖上留下的装着我们几代人日子的房子，住着亲切自在。据说，弹子石后来大片拆迁时，她成了冥顽不化的钉子户。

“海德格尔说，学会严肃地对待那里的原始单纯的生存吧，唯其如此，那种原始单纯的生存才能重新向我们言说它自己。”

风岚掩书自语：“谢谢故城！”

图·和平路二巷 何智亚摄

他乡，故乡

贺宁 九〇后

来重庆的第七年，与周先生相恋2280天，结婚351天。因为周先生，我与重庆这座城市紧密相连，从此他乡成了故乡，而故乡却成了远方……

日照到重庆，1998千米，坐火车需要在兖州转车，全程耗时近30个小时。在人生的前19年，我从未想过自己会与这个西南城市有什么联系，直到2009年的那一纸录取通知书！

带着对这个城市的陌生与好奇，2009年夏天独自一人来到了这个只在战争剧中看到过的城市，却不曾想到从此以后与这个城市便紧密相连，更不曾想6年后，我会在这个城市成家，7年后我会有重庆户口……

都说爱一个人，恋一座城，爱情或许都是大抵如此的吧！因为周先生，我在重庆落地生根，从此爱上了这个多山多水多美食的城市。

与周先生初识在2010年的1月，他是我军训的教官。2009年的一场禽流感让学校的军训推迟到寒假前，于是我认识了周先生，军训结束时我们也相恋了，从此我们开始了永川到重庆的异地恋……

在一切正常的情况下，周先生每月可以请一天假，时间3个小时到半天，为了不浪费他的时间，每次约会我都要起很早，坐最早一班永川到重庆的汽车，龙头寺与菜园坝便成了我们“碰头”的地点。这两个地方也成了我们恋爱中最深刻的记忆，如今每每去到这两个地方也总是会给我们带来太多太多的记忆……

每次约会，周先生总是利用有限的时间带我穿过这座城市，看长江嘉陵江的江水交汇，吃隐藏在小巷里的美食小吃，给我讲部队的趣闻，约会的时间总是过得很快，在把我送上回校的客车后，周先生再匆匆打车回部队销假，有无数次因为时间来不及而打不上出租车，周先生只能无奈地选择黑车……

时间就这样，在重庆的山水中流逝，从2010年走到了2013年，这一年我大学毕业工作，周先生退伍，我们终于结束了3年的异地恋，在重庆开始了全新的生活……

夜幕降临，华灯初上，这个城市在呼吸，这个城市在生长，2009年之前它存在于战争剧中，2009年以后我与周先生的爱情在这个城市生长……

未来，以后，它都在……

图·菜园坝与南区路 戴前锋摄

长江上的轮渡

邹世平　五〇后

黄桷垭　退休干部

重庆的江塑造了山城，长江、嘉陵江这两条大江也将整座重庆城分割开来。以前的重庆没有现在这么多的桥梁，那时往来两岸最普遍的交通工具就是江上的轮渡。

就是在这些轮渡上，重情重义的重庆人演绎出了一个又一个动人而美丽的故事，轮渡也成为重庆人心中永远的人生桥梁。

我从小生长在南岸区黄桷垭。这个主城海拔最高的穷山沟，在三十多年以前，因为交通不便，非常贫穷落后。

那时我们要去一次城里，得步行十多里山路，再乘坐过江轮渡才能到达。去一次城里，要架很大个势，比现在出去几日游阵仗还大。一般决定了要进城，头天晚上就要开始兴奋，而且周围邻居都会晓得。进城的兴奋现在说起来都是一个笑料，而让我不能忘记的，就是搭载我走出山沟，影响了我一生的龙门浩——望龙门的过江轮渡。

那个时候，市文化宫办起了职工大学，是业余夜校。我和长全、应伟、大弟就去读夜大。每天晚上上课。整整三年，下午五点钟从黄桷垭出发又去乘轮渡，赶去文化宫七点钟上课，晚上九点多钟放学，跑步近五公里路到轮渡码头坐十点钟的收班船。

如果没有赶上，那一晚上就只有在江边度过。当时有个文学青年知道了此事，写了一篇报道，在《重庆日报》上发表，占了大半个版面，标题就是《赶末班船的年轻人》。

轮渡陪伴着我们走过了青春最美好的时光，也是轮渡搭载着我们走向了外面的世界，使我们在知识的海洋里遨游。这时间，爱情也在起锚的汽笛声中悄悄拍起了浪花。

那是一个星期天的下午，我们几个又去解放碑逛书店，我买了几张塑胶唱片。大约下午四点钟，我们刚上船坐下，一个胖女生也坐在了我的旁边。看她胖嘟嘟的脸上，挂着一副琇琅眼镜，墨绿色的呢大衣，搭配一条白色围巾，一看就是城里闺秀。见我手中的唱片，很感兴趣，问我有什么歌，我说是摇篮曲。她就激动了，自个儿哼起来："月儿明风儿轻树叶遮窗棂……""外婆教我的。"她说。我也不在意，应付了几句。待船靠岸，拜拜。

第二天上班，路过电工车间，看见老板在给师傅说着什么。旁边站着一个女孩。这不是昨天船上那个女生吗？她也认出了我，冲我点了点头，算是再见。后来才知道这个会唱摇篮曲的女孩叫W，在市中区储奇门住家，是区教育局的关系介绍来上班的。

因为有轮渡上的初见，我和W自然就成了"老朋友"，我们之间就比其他工友要亲近一些。W知道我每天要到城里上学，就把本来安排好的宿舍退了，每天下班陪我，一路聊天，一起乘过江轮渡。然后她回家，我上学。

那段时光我好开心，但是却招来了大弟一伙人的不满，骂我叛徒。我不计较，因为从前和我一路的是梦青，现在与我同行的是女青。有女青一路同行，心底的愉悦他们是体会不到的。

第一次产生冲动是一个周六的下午。下班后，W找到我，塞给我三张电影票，说是请大家看电影，外国片《红舞鞋》。

"我没有啊？"她扭过头，羞羞地笑："你的我保管……"那天是周六，我不上学，那天我却下了山，乘了轮渡过江，是和W一道的，并且是手拉着手，并且回家很晚。

那次电影票贿赂之后，我就再没有被叫作叛徒了，W也就名正言顺成了我们队伍中的一员。这期间，我们队伍中曾经有人好几次梦想叛变，但都没有成功。

真想不到轮渡上的一次邂逅，会使我和W缘定终身。一九八一年国庆，我们结婚了。新婚的第二天，我们俩去了龙门浩轮渡码头。我们在江边整整守候了一夜，直到天明，乘第一班船回到储奇门娘家。

龙门浩轮渡曾经带给我许多的欢乐，但那一次悲恸的乘坐，留给我的却是刻骨铭心，永远不忘。

那是一九七九年四月十二日凌晨，父亲在临江门医院去世。我们姐弟几个哭着一团，没有主张。W主动陪我，跑二十多里回家报信。我们一路奔跑，到了轮渡囤船，才猛然想起轮渡早已收班了，只有望着江水大哭。

我们的哭声惊醒了熟睡船工们。了解了情况后，一个头头儿模样的人，双眼噙满泪花，一言不发径直走去驾舱，向江的对岸拉响了长笛，叫我们上了船，把我们送过了江。下船后我俩在江边长跪不起，一直目送着轮渡返航。那时，已经是凌晨两点三十分了。

龙门浩——望龙门过江轮渡留给了我太多的思念。那匆匆跑上囤船赶乘末班船的脚步，那江边码头夜幕中和W的依依吻别，那船工们凌晨的盈盈泪光，一直深藏在我的心底。

多少年，我独自行走在江边，却再找不到往日的踪影。多少次，我被梦中的汽笛唤醒，睁开双眼却是一阵莫名的惆怅。我知道，那些欢乐与悲痛都已是往日的时光，但是，我一定会在心底把他们永久珍藏……

右图・嘉陵江北岸渡口　戴前锋摄

左图・嘉陵江北岸渡口　戴前锋摄

第三篇

不去的情

住在诗韵中的鹅岭

米町　六〇后

北碚 作家

一直觉得鹅岭像一个唤不醒的孩子，只顾专心致志地酣睡于自己的古典梦中。也一直觉得鹅岭是一个杜鹃鸟出没的地方，鸟的鸣叫会比它处多几分意味。让我产生这些想法的皆源自一位男人。我抬起头时，仿佛总能瞧见他望着一池猛涨的秋水发呆。其实阻碍人到中年的他返回故乡的未必是巴山无尽的秋雨，恐怕还有更重要的原因，比如说一个男人的野心与志向。可惜他却不明白自己的处境——身处曾经轰轰烈烈大唐的末世，纵有千般干才，也只能在荒郊野岭之中叹几句无用之诗而已。那是乱世，也就是不让男人干事的时代。但也幸亏如此，幸亏那个时代蹉跎了男人的仕途，才给我们留下《夜雨寄北》这么一首千古的好诗，这么一个千古的好诗人。也为鹅岭这片地域播下诗歌的种子。君问归期未有期：对于岁月，这位叫李商隐的男人似乎永不退席，永远未有归期——谁见着他曾起身离开浮图关下的客栈，骑匹瘦马，穿过崖岩边飞溅而下的阴水，向着他心中的目标迤逦而去？那么，我们不妨等候吧，等候一身幞头袍衫的他随时款款而出，表情不再凝重忧郁。像所有归家的游子，坐在我们对面，轻松、欢声笑语，举起时光之剪，与我们共剪一截又一截的西窗烛。

这样的等候对于鹅岭似乎自古皆然。清道光年间，重庆人便在诗人借宿的浮图关建起夜雨寺、秋池等寺院亭阁，以此来向诗歌致敬。不少的文人骚客会大老远跑来此地试图像李氏一样在狂放的雨声中寻找到点灵感。于是夜卧浮图听夜雨，渐成时尚。浮图夜雨也成为古渝州人享受的十二景之一。

关于李商隐写下《夜雨寄北》的地方，历来有诸多争议。但我坚定地认为它应该就在今鹅岭、浮图关一带。它真是一个令人遐想、赐人灵性之地。平白无故，一座山脊横空而出，卧龙般伏在两江之间，分割二水，让扬子自浊，嘉陵自清。而它偏偏要撇开与水的纠缠，突兀地凌空高蹈，以三面的悬崖峭壁推开尘世的纷扰，单留一条盘桓于山脊间的小道向幽深处延伸，那便是被称作远方的地方。走完山重水复的人们，便可抵达外面的世界。可能也因其坐于两水之中的缘故，鹅岭便有了巨大的蓄水功能，终日的江水蒸腾，让它云遮雾涌，难见真颜。湿漉漉的岩崖上青苔繁荣、野菊疯茂。黄葛树下根须虬曲四处蔓延；黄葛树上却老树新芽，换了人间。湿漉漉鹅岭的logo，恐怕就是庞然大物般的黄葛树了。这强大的绿色军团，擅长呼风唤雨。所以鹅岭多雨，多夜雨哪是别处可以比的？若论巴山夜雨处，除却浮图关、鹅岭这一带，谁还会更典型？

可以说，这是一座被各种款式的夜雨浸泡过的山峦。也是被各种诗词歌赋营养着的山峦。无论是高耸的峭壁，还是岌岌崖边，甚至每一条石缝间似乎都弥漫着一股子诗赋的氤氲。

谈及文人骚客咏鹅岭，我反而喜欢不在文人圈混的蔡锷将军的几首诗。想起早些年与友人攀爬于鹅岭峭壁间，清秀的嘉陵江水在不远处作响，弄出的风像亲人间的耳语，缓缓萦绕于面，沁人心脾。不经意便见着石壁间的字，被绿苔乱藤模糊，读来无法连句，却仍觉有意象在心中浮现。后查寻资料才知，竟是蔡锷的《咏猿公石》。民国初年，护国讨袁（袁世凯）的名将蔡锷受鹅岭前身——礼园主人李耀庭相邀，来此避乱，待了不少时日。见过大山大水万千气象的蔡将军，显然被这藏于渝都深处山岭的奇异风貌所吸引，朝夕流连，满心喜悦，这里的一岩一石都能唤醒将军的诗赋灵感。他见一怪石酷似猿人，便咏曰："猿公穷坐万松巅，日日江头数过船。赤县飞腾经一瞬，青萍化去忽千年。昔闻巴峡连巫峡，凄绝崖边与路边。坐忘天均冥失语，碧秋瑶月几回圆。"将军的这首诗无疑是借写景状

图·礼园（现鹅岭公园）　戴前锋摄

物来浇自家胸中的块垒，其英豪之气溢于言外。但打动我的却是它对一百多年前鹅岭景物风貌的忠实记录，一读到“凄绝崖边与路边”，巴渝那时的荒凉山水便扑入眼帘。其实蔡锷还有一首咏鹅岭的诗更响遏行云。诗中有“四野飞雪千峰会，一林落月万松高”之句，读来令人回肠荡气，铿锵昂扬。它在展现鹅岭怎样的意境呢？它写出了鹅岭万松之国的气势，明月故乡的多情。可以想象当月亮冲破云雾的羁绊，升上鹅岭的高空，像气宇轩昂的帝王君临天下时，多松的鹅岭便会像在黑夜中行驶的巨轮，挟裹着如惊涛击岸般的松啸声，浩浩荡荡地直抵朝天门，然后随东去的大江，奔赴远方。那该是如何的大气象。

看过许多蔡锷将军的照片，内心疑惑：照片与照片之间，仿佛承载的不是一个人呀。时而威武逼人，单眼皮的细长眼配粗短浓眉与两片上扬的胡须，像天光下晃动着的大刀，让人生怯。而他的脱帽像，眼神温暖，无胡须的嘴部地带像少年般干净清纯，完全是翩翩文公子。蔡锷对鹅岭而言，只是过客，但这已让鹅岭处处记得他的如何来又如何去。现在鹅岭石屋壁刻的中国地图与世界地图也依然记得将军深邃又思虑的目光。这两张图不知充实过他的多少时日。

百年不短，足以供许多风云人物在鹅岭来来往往；百年也不长，许多传奇恍如昨日。鹅岭厚道，不愿忘。

右图·礼园 戴前锋摄

左图·礼园石绳桥 戴前锋摄

从某种意义上讲，鹅岭本身就是一首诗。小情小调又诡异独特，有点淡愁、婉约又激情狂野，是李清照那样刚柔相济的女诗人做出来的诗。比如说它秀丽温柔的苏州园林式风格，更因依山而建带来了一次多层面多角度的立体表达；它保留了那么多崖边曲岸，似乎又是为所有放飞狂野的眺望在做准备。由此看来，当初礼园（鹅岭）的策划人、设计者相当聪明。百年前中国富人的审美情趣比起今朝的土豪们是有过之而无不及，令人深深敬佩。

我对鹅岭的第一次印象，并非来自真实，而是来自照片：我少女时代的姨妈与一样穿着白旗袍的女同学们站在题有“鹅岭”两字的石碑前的排排照。显然，有明晃晃的太阳。女学生们都微微眯着眼，只把嘴角月牙般地扯得老高，笑得很卡通。那是一群干净的旗袍，干净的青春，尽显民国女子的清纯与洋派。以至于我如今仍觉得鹅岭就是适合女人穿着旗袍娉娉袅袅行走的园中之园，崖外之崖。因此，抗战时宋美龄来渝便选中鹅岭为栖息地，而且一直喜欢鹅岭胜过南山毫不为奇。那恰恰是她的盛年，不肥也不瘦，穿旗袍的好时光。能想象她穿着花旗袍走过绳桥、榕湖那一带时的情形么？国破山河在的四月天，黄葛树更替，旧叶新叶都会像箭矢般地飞向她。美人走起路来未必安生。

曾经的鹅岭的确像一首古诗在坚守自己的避世原则，不管哪个时代的风云人物在它身体上如何索取，仍葆有宁静致远的气质，踩着文艺范儿的节奏，慢吞吞地走自己的路，拒绝被同化、主流化。

但近些年我发现，重庆文人愈来愈不待见鹅岭了，写鹅岭的诗文也寥若晨星。难道是他们已把和蔼可亲的鹅岭视作了老妻，而以满腔激情去亲爱更幽远的别处？或者是文人们已薄情寡义，忘了鹅岭的好，忘了曾无穷无尽地消费过鹅岭？

他们当然记得。尤其记得早些年他们想行暧昧激情之事时，鹅岭是多

么宽容、方便的广阔天地，他们称那里是开发性冲动的青山旅馆。推而广之到整个重庆市民那里去，细数数，几乎每个人的青春都与这个前世为礼园、今生叫鹅岭的地方擦出过火花。说鹅岭是重庆人派对的后花园一点也不为过：我们曾在这里春游童年、约会青年、赏菊中年、歌舞晚年，一寸光阴一寸金，那金子便是鹅岭记忆。

去年初春，我陪同几个外地客到鹅岭，才解开了我心中的谜团。客人们看过我小说《男根山》里对鹅岭的倾情描写，认为那是重庆不可多得的神秘之地，皆欣欣然前往。结果，眼前的鹅岭却让他们失望，我羞愧难当，那种感觉如同自己以凋零的面容示人。鹅岭是因岁月流逝而韶华殆尽？

怎么可能呢，鹅岭的魅力本来就是靠时光叮叮咚咚地雕刻而成的。唯一的是，它不能被阉割与整容，这是鹅岭的尊严。身处一个被篡改的鹅岭，我只能扭过头去，不去看那些古与今滑稽的嫁接，不去看那些叫水泥和马赛克的家伙们如何在理直气壮地进入一个艺术的身体而毫无犯罪感。那一瞬，我对一些拥有奇怪审美情趣的经营者，有了愤愤之情。

说到这，不得不凭吊那座向诗歌致敬的夜雨寺了。清道光年间修建的该寺，一路走来天知道是怎么个不容易——天灾、人祸，改朝换代的攻城夺池，日本人的大轰炸……能走到21世纪已是奇迹，一步脚印一寸金，真该是以捧在手中怕化了的谨慎之心来宝贝它、珍惜它。可就在前些年，竟灰飞烟灭，寻不到踪迹了。据说当挖掘机挺进夜雨寺将其夷为平地的时候，一位与寺庙相邻而居的老人泣不成声。对夜雨寺的消失，太多的重庆人并不知晓，也不关注，更别说会有人为此反思与忏悔了。大家实在太忙碌，一座寺庙的存亡毕竟无关饮食男女、人生沉浮。

夏夜，重庆高温至四十摄氏度的时候，站在鹅岭峰巅的险峻处，有种不可名状的大快活。往往向着黑漆漆的嘉陵，像鸟打开翼翅般地打开自己，打开自己毅然的冲动。只企图，借山巅的风，腾空而起，便可在山与水之间——畅通无阻。

40年前的“茶道”

张宏波　七〇后

渝中区　民营企业家

在中国，茶居开门七件事之末，可见茶非日常生存的刚性需求，但毕竟进入了俗语，也就足证喝茶已是深入民间底层的第一休闲消费。

中国是茶叶的原产地，上至帝王将相、文人墨客，下至挑夫走贩、平民百姓，无不以茶为好。所不同的，不过是或于密室，或于广庭，细品牛饮，各有其道。

难得闲暇独处，翻阅好友戴前锋先生穷30年心血拍摄的影像重庆《故城》，并非作为印制出品该书的企业负责人常规质检，而是这一本书，从头到尾都在撩拨我这个地道重庆人的成长记忆。一页一页翻看，也仿佛一年一年的路径搜寻，三四十年岁月堆积下来的往事浮现于上下石梯，隐卓于黄葛树影。我最熟悉的那一片区渐现于书中“渝中区”的章节，鹅岭公园、王家坡、七孔桥、国际村，还有童年时住家的所在地徐家坡，假如没有戴前峰先生的影像指引，这些地名所应对的“原来的样子”或就会如一杯泡残的茶，色浅味淡，在日常的忙碌中被记忆弃之如敝屣。然而残茶亦曾有香冽时，仿佛忘怀，其实并未忘怀，此时一人、一茶、一书，独盏孤灯中书里的影像变得鲜活，脑海里却蜂拥起与茶相关的一段热闹，算来也是差不多40年前了。

往前追溯40年，渝中区那时称市中区，鹅岭正街却还是叫这个名字。有个“利民茶馆”，对于当时才刚刚小学一年级的我来说，是一个和茶关联并不紧密的存在。说到底，对于一个几岁的孩子来讲，茶味涩苦，并不是心目中能够存念的饮料。之所以能够在童年就对一个茶馆如此熟悉，实在的理由只有一个：爷爷要去。

原本跟着父母远在东北，婆婆去世，我便被送回来陪伴孤身一人的爷爷，所以尽管当时才6岁多，却也心智早熟，存了一个照顾老人的亲情担当。每天放学回家就守着爷爷，当然爷爷可能觉得其实是他守着我。做作业、吃饭，然后上利民茶馆，这就是我的放学三部曲。

我家当时住在市中区上徐家坡18号，一个坡也分上下，当然是山城地名的特色，然而上徐家坡仍然不是这座山的最高处，所以要描述位于鹅岭正街的利民茶馆，印象中还有一条曲折往上行的石板步梯。所有的青石板路，在今日看来是情怀是诗意，可于斯时，却是连昏暗路灯都没有一盏，全靠手电筒照明的一条普通步道。石板步梯约50步，往往人未行至，已闻茶馆喧嚣。这个时候就可以关掉手电筒，借着茶馆大支电灯泡透出的光亮，加紧几步，把自己的整个身心全部投入进去。

其实并没有什么好茶，服务员从来是见客就上一个盖碗，沱茶或花茶，价格统一，没有什么点茶这些麻烦。我有时候也有一碗，假如那几天是爷爷刚刚领了退休工资，更有瓜子花生丰富这个夜晚。好在我并不是来喝茶的，可能爷爷也不是，毕竟家里也有茶。利民茶馆的吸引力，大约还是评书连讲，以及随时随地用以佐茶的龙门阵。

那个时候真没啥娱乐，一个茶馆二十多张方桌每天都是满坑满座，我最佩服那几个说书人，没有麦克风，一方惊堂木在面前的条桌上拍来拍去也惊不了谁，但他们似乎也没有怎么声嘶力竭，却也能把每一个字传入我的耳朵。听评书我是专注的，既不喜欢喝茶，也跟那些成年人没啥可说，说书人一张嘴摆出来的封神、三国、水浒、西游，偶尔也有重庆地方掌故，构成我每天茶馆两个多小时唯一的内容。至今我仍然记得每一个说书人的样子，以至于台上一换人，我就能知道今天会听哪部书。反反复复地听得熟了，也就没了对悬念的盼望，年纪挺小就学会随遇而安。评书中脸谱化的仗义，积累成幼时的我心目中英雄当有的形象，直至中年，遇事对人，还多少会左右我的判断。

从7岁到11岁，喝茶听书整整4年，随着爷爷去世才戛然而止。在那之后，我并没有觉得若有所失，毕竟进出茶馆，于我一个几岁的孩子而言，本是一种被动的跟随。但是有一种极为神秘的印象几十年来都无法打破：那个茶馆，白天和晚上完全是不一样的。要进茶馆得从正街主干道侧下十几步阶梯，也就是说它建筑于大马路下一层的一块平坡地，白天看上去，利民茶馆就是一座普通的砖混平房，顶铺青瓦，蛛丝结梁，中餐和晚

图·鹅岭正街 戴前锋摄

餐时还卖些豆花饭，所以它其实是一屋两用的。白天进去，一般是不开灯的，反而显得比晚间昏暗，青白的日光从窗户射进去，那些木头方桌和板凳纹理粗糙得简直凄凉，水泥地板则一下显得坚硬冷冽，假如要在这儿用餐，往往是迅速扒几口饭就令人急于离去。然则到得晚间，茶馆回归茶馆的时候，我从来没有一个对它是一栋建筑的认识。晚间的利民茶馆，就是一个射出灯光的门洞，以及踏进门洞后，有几个巨大的水泥立柱，里面人头攒动，香烟茶气缭绕，灯光被人影晃悠，听不清谁在说什么却又知道人人在说，仅评书艺人一个人的话能听清的一个混沌所在。方桌还是那些方桌，板凳还是那些板凳，地板还是那个地板，但与白天不同，它们都柔和了许多，不管有没有被茶水洇湿，都如同有了年份的包浆，在人声的嘈嘈切切中，露出些非生命体欲言又不得不止的动态色彩。以至于后来我读《聊斋》，往往引发对这个茶馆不同的白天和晚上的联想。

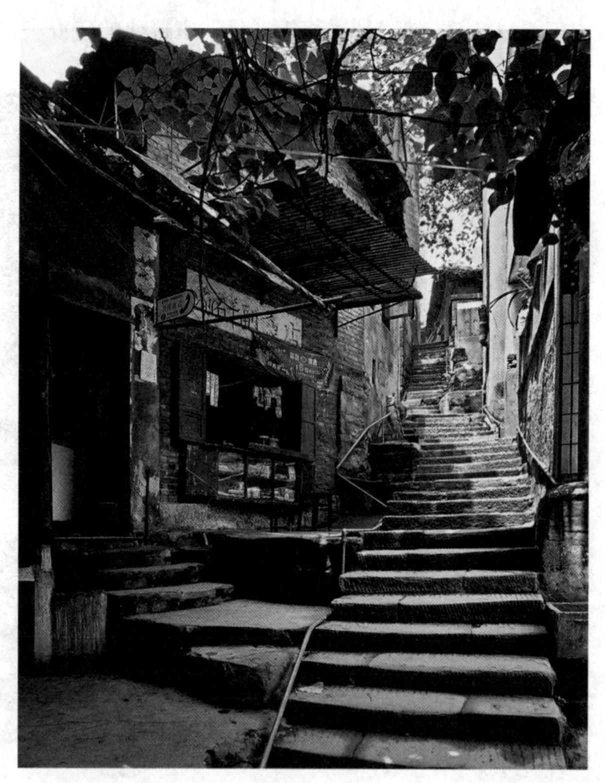

或者就是在那些时日，我就隐约觉得茶这个东西就是一种

右图·鹅岭正街 戴前锋摄

左图·鹅岭巷 戴前锋摄

生活方式的引子，喝茶从来不为喝茶，喝茶是为了有理由制造一种人们喜欢的场景和氛围。后来“茶道”一说流行开来，却为一种士大夫化的饮茶方式所垄断，似乎茶之道就仅仅意味着雅室精器、焚香悟道。然而在我的认知中，这是茶道的一种表现方式，却远远不是全部内涵，因为在茶的国度里，还有一个更为广阔的“民间”，正如差不多存于40年前的利民茶馆能够在相当长的一段时光中成为一个片区部分居民的核心“夜场”，当然亦有其道。

转眼40年，足够把一个人从懵懂锤炼成熟，对于茶，当然也从无明到懂得细品。逆境里有茶，是在苦涩转甘的过程中自我修善；顺境里有茶，是在怡情养性时渗入对自己的内省。茶的味道，为某些人不喜，或就在于它意味着自律，对于孩子，它不若果汁酸甜爽口；对于成人，它不若醇酒入口则醺。茶味的层次太多，意味也就无穷。现在想来，我其实是在一个还不能够懂茶的年龄就步入了一个由茶聚合的成人世界。对于茶，当然也从无明到懂得细品。

50年代江北城的夜生活

廖明理　四〇后

江北城文华街　教师

（一）

位于长江与嘉陵江交汇处的江北嘴，是一处泥沙冲积形成的沙河坝。每到冬春枯水季节，人们在这里用楠竹、篾席和油毛毡搭建成一条美食街。每当夜幕降临，这里就迎来一天中的黄金时段。这里有卖各种面食的；有烫火锅的；有卖盐稀饭的——稀饭中煮上耙胡豆，再撒上几颗盐，不用下饭菜，也能吞上两碗；有卖“冒儿头”干饭的，买一碗“冒儿头”，再买上一碗麻辣味重的毛血旺，包你花上不多的钱，就能把你的肚儿魁圆。

河边没有通电，照明则是点“亮油壶”——一种用土陶烧制成的装桐油的圆肚形器皿，四周有三根小拇指粗细的壶嘴，装上棉纱灯芯，点燃之后，用长长的铁丝，把“亮油壶”挂在屋中间的横杆上。在这样的照明条件下，还不至于把饭喂到鼻子里去。如果你想吃得稍微讲究一点，你可以到江北正街去进馆子。爬上一坡长长的石梯坎，过了城墙上刻有“觐阳门”三个斗大字的城门，就算是进入江北城了。这里比起河边的“亮油壶”世界来，明显要亮堂得多了！当时，店家用电灯照明的不多，多数店家点的还是煤气灯和电石灯，空气中充满一股刺鼻的电石味道。这里的店堂比较宽大，桌上一般都摆好了几样下酒菜：皮蛋、 盐蛋、卤豆干、耙胡豆之类。不过，这些是店家拿来打实物广告的，你可以只选吃其中的几样，最后根据你吃过的下酒菜多少，再给你结账。酒，是刘家台一家酒厂烤的高粱酒，专门提供给这一带冷酒馆用。你可以坐在这里，眯着眼睛慢慢晕味儿。最受欢迎的，是挎着扁平竹篮，专门卖鸡杂碎儿、鸭杂碎儿的游动小贩，他们把肝、舌、心、肫，切成小片，用细竹签一串一串穿好，和鸭脑壳、鸭脚板、鸭翅膀一起，摆在竹篮里，沿街叫卖。深更半夜时，大人们逛完街，买上一串杂碎儿回家，将睡得正香的娃儿逗醒，把杂碎儿递到娃儿的嘴边。半夜能吃到一串色香味美的杂碎儿，是童年时代最难忘的享受！

（二）

晚上，江北正街是商贩云集之地。有胸前挂一大盒子，格子里盛着糖豌豆、盐花生、粑胡豆、五香豆腐干、五香黄豆，卖“合二票”的；有套红、蓝铅笔中奖的；有捏握力计试手力的；有操纵抓糖机抓糖，抓多少得多少的。清晨在江北公园招收徒弟，教人习拳练刀的冯宝森，此时，在中月台坝儿摆上了一口大铁锅，现场熬制用祖传秘方配制的，专治跌打损伤、风湿麻木的黑膏药。更有那背着大大的冰糕箱，高声吆喝卖冰糕的：“冰糕凉快，冰糕！有香蕉冰糕、橘子冰糕、牛奶、豆沙冰糕！”这里的糖果商店，铺面都不大。十来个广口大玻璃罐里，摆放着芝麻杆、麻糖块、桃片、蛋卷之类的食品。顾客买好东西后，老板就用硬壳纸包成一种有棱有角的形状，最上面再加上一张土红纸，用麻绳仔细拴好。这样，你就可以洋歪歪地提着“礼信”，大大方方地去走人户了。

（三）

人气最旺的商店，要数位于中月台的江北城百货公司了。这家百货公司，在江北城是唯一一家使用日光灯的商场！十几盏日光灯吊在屋顶上，明晃晃的！比起那些点“亮油壶”，看起黑不溜秋的小店店来，这里简直可以用“灯火辉煌”来形容！百货公司的每个柜台的上方与收款处之间，架设了一根细铁丝。铁丝上面穿有一个票夹，专门用来付款、记账。店堂里人头攒动，空中交换系统的票夹在顾客的头顶上“嗦、嗦”地飞来飞去，一切都显得那么既繁忙，又井然有序。

（四）

晚上，江北城的文化娱乐生活是丰富多彩的。茶馆里，茶客们一边喝茶，一边津津有味地听评书艺人说评书。那边马路边围了一大群人，一个文化馆的人站在高凳子上，一手拿着一根小木棍，指着用白纸抄成大字的歌单，正一字一句地教大家唱歌。江北正街一带，白天的时候，偶尔有载重汽车经过。一到晚上，各种运输车辆绝迹，江北正街成了一条步行街。天一黑，马路中间就扯起了一块幕布，摆上一张桌子，开始放映幻灯。喜欢看戏的朋友，每个星期天晚上，可以欣赏到一场川剧折子戏表演。《花子骂相》《驼子回门》《滚灯》是常演的剧目。川剧著名丑角周企何，就曾经在这里演出过《王婆骂鸡》。如果你喜欢安静，你可以到江北文化馆去借阅图书，翻阅报纸杂志。每天晚上，这里总是读者盈门。喜欢下棋的，可以凭工作证、学生证借象棋、围棋、军棋来玩。儿童们最爱打克郎球。一直要玩到游戏室关门才收手。

（五）

江北城的夜生活，不能不提跳“嘣嚓嚓”了。“嘣嚓嚓”，是民间对国外传来的交谊舞的俗称。20世纪50年代初，中国和苏联的关系正处于

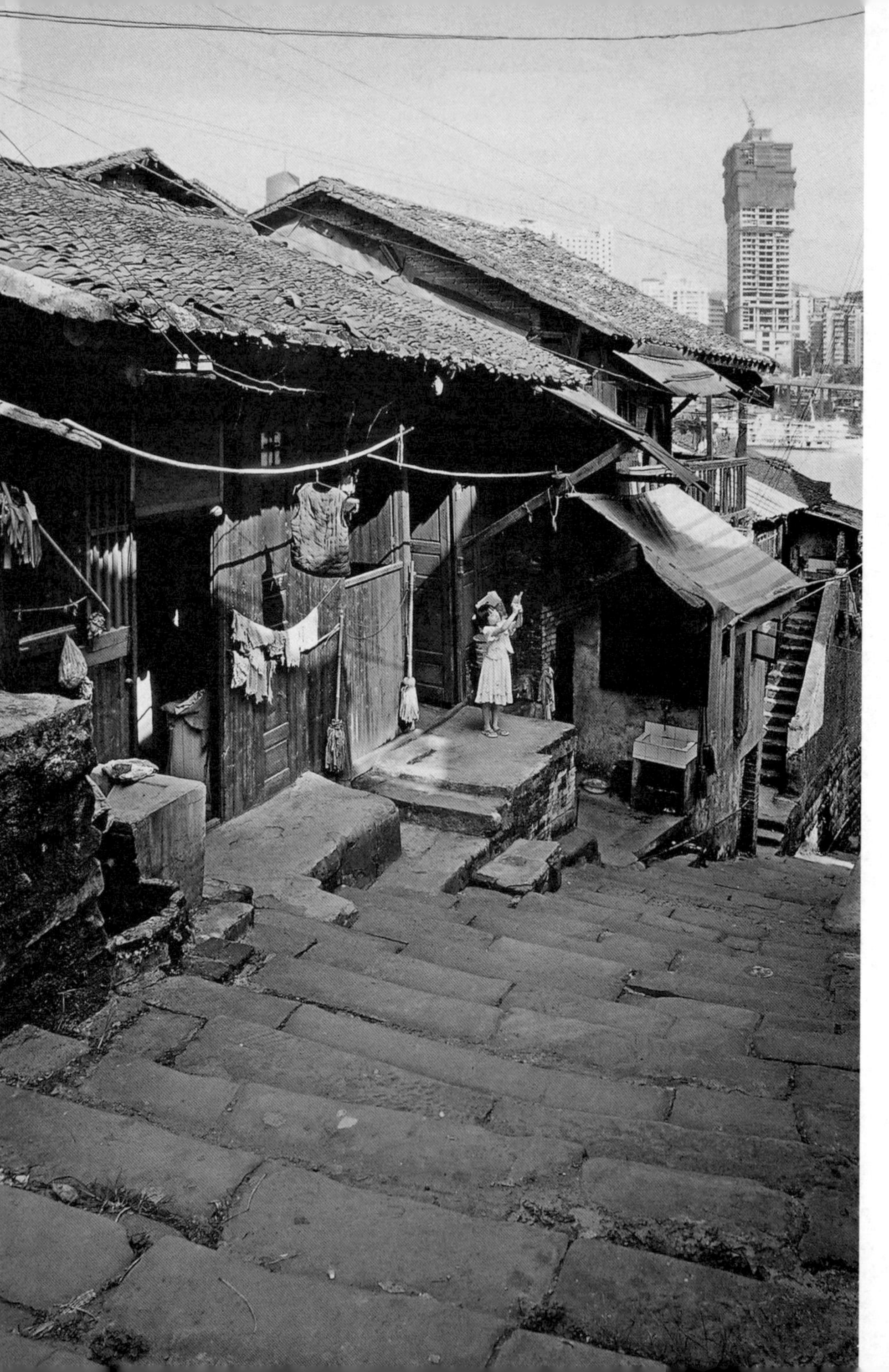

右下图 · 江北三洞桥 戴前锋摄
右上图 · 老戏院 戴前锋摄
左 图 · 江北城保定门临江民居 戴前锋摄

蜜月期。随着外来文化的影响，交谊舞也开始盛行起来。给“嘣嚓嚓”推波助澜的是各地的工会组织。每到周末，就印发“欢迎券”，邀请友邻单位的“嘣嚓嚓”爱好者，前去免费跳舞。进场跳舞者，男士穿着浆洗过的“钢板衬衫”，裤缝熨得笔直，梳着油光发亮的“飞机头”；女士穿着从苏联进口的大朵朵花布缝制的长裙，脸上擦着雪花膏，身上洒着廉价的花露水，一个二个衣之时之的，结伴凭票入场。

舞场四周，来看闹热的人不少。没有拿到“欢迎券”的，都候到门口来，眼巴巴地望着，看别人有没有多余的票；想学跳舞的，就挤到窗口，看场内会跳舞的，脚步是哪个在动；更多的，是一些十一二岁，少不懂事，又爱凑热闹的少幺爸，他们早早就爬在窗子上，除了肆无忌惮地对跳舞者评头论足之外，更多的是担负起“舞风监督员”的职责：看到哪对舞伴稍微靠拢了点，就大声武气地吼道：“隔开点！莫要抱拢很了！”气得跳舞的牙根痒，捏起坨儿想揍人！

（六）

每天晚上，江北城最吸引人的地方，要数江北露天电影场了。江北露天电影场位于江北公园内。电影场四周，用斑竹密密实实地围起三米多高的竹篱笆,里面摆上几十根长条凳。想看电影又没钱的就采取了“破坏战术”：把竹篱笆撬开一些大的缝隙，眼睛紧贴着缝隙处，这样，勉强能看到小半个银幕；胆子大一点的，练就了一身爬墙功夫：用脚趾踩在竹篱笆的横档上，手抓住斑竹，从竹篱笆的顶端，能勉强看到“全景电影”了！谁知这样的幸福生活还没过多久，一些人嫌脚趾踩久了痛，看得不舒服，把有的地方撬开一个大窟窿，人可以钻进去，堂而皇之地坐在观众席上看电影了。为了应对看“抹合”电影的，电影场派人拿着电筒、手持竹竿巡逻。凡是发现破坏竹篱笆，偷看电影的，就是一阵竹竿伺候！这样，人们一边提心吊胆地偷看电影， 一边时刻警惕巡逻人的到来。有时电影太吸引人了，只顾看电影，放松了革命警惕性，遭遇到巡逻人不打电筒偷袭，那就只好承受一阵皮肉之苦啰！后来，我们又找到一个免费看电影的好去处——到炮兵连去看电影！

（七）

炮兵连是驻扎在江北大湾的一支城市防空部队，营区就在一个山坡上，离江北城有三四里地。每个星期天，都要演一场露天电影慰问部队官兵。于是十几个娃儿约起，就去看电影！出了永平门，就是城郊，那里有农村的大片菜地，地头有农民用来淋菜的粪凼。去时天没黑，还好办。看完电影回家时，四周黑灯瞎火的，要经过一片坟包包，四周有一团团“鬼火”忽闪忽闪的。人一走动，带来一股微风，“鬼火”也飘飘悠悠地跟着你走。叫人汗毛都立起来了! 胆子小的娃儿，都不愿走最后面，一个二个都争着往人群中间拱。 这时，有人故意惊爪爪地吼了一声：“鬼来了！鬼来了！”正处于神经高度紧张的人，一听这一声惊叫，不顾命地一窝蜂往前冲！其中，隔壁邓二娃在你推我挤中被挤下了粪凼！幸好粪凼不很深，在粪凼里板了几下之后，站定了。浑身上下打得焦湿，臭烘烘地从粪凼中爬了起来，一路上哭哭啼啼地回到家。唉，都是为了看电影惹的祸哟！打更匠的“梆梆”声从远处传来，已经是二更天了。江北正街上一家家关门闭户了。

这时，卖担担面的，卖冲冲糕的，卖炒米糖开水的，在寒冷的夜空中，仍然坚守在江北川剧院门口，等待着川剧散场后最后一 批食客。空荡荡的街道上，传来他们拖声悠悠的吆喝声：“盐茶——煮——鸡——蛋！”“炒米糖——开——水！藕粉啰，面——茶！”江北城的夜生活正在结束，城市正慢慢沉睡过去。但过不了多久，江北城又将迎来一个新的黎明！

图·米市街 何智亚摄

听我给你摆龙门阵

居然是那些年，他的快乐时光

十项全能中华小当家　七〇后

上小较场和新华路艺术馆　自由职业

与长江比起来，嘉陵江算不上大河。但它是长江所有支流里泥沙量最大的，它也曾经被误认为是长江的干流。每年夏秋，当它越过秦岭，携四川盆地东北部全嘉陵江流域的暴雨排山倒海而来的时候，它就是条大河了。

那一刻来临之时，完全是场盛大的节日。

这么说吧，所有的狂欢节都会有人不慎受伤，有财物无意损毁对吧！差不多就是这个意思，江河亿万年奔腾，自有它涨跌消落之道。如果人类占了它的道，它例行巡视的时候也会有预告，但如果你连预告都不看，那就真的没有机会参加这个盛大的节日了。

我从来不认为洪水是可怕的东西，猛兽也如是。江边生长的人明白这个道理，面对天地万物，一切都讲的是顺势。江中那些赤身放滩的叔叔孃孃，于秒速3米的江心激流中可以逆流悬停，胜似闲庭散步，令人叹为观止，就是明水势。

遥想每年盛夏，江边那一排排跳水的飒爽少年，年少轻狂，也终归会有一些再也没有起来。在记忆里他们永远活在了少年的最后一天，而不似我们终究会被时间之河冲刷成沙砾。

住在江边的日子，在洪水到来的时节，那种末日到来但又不会真的到来时抓紧时间安全狂欢的感觉非常强烈。狗儿们每天自己出门去游泳，每次游完还会带些浮财回来，就是那些上游冲下来的蔬菜瓜果。等洪水涨到离家里地面只有一米的时候，狗儿们就可以直接在家门口跳水了。而浮财，早已自动停泊在家门口，这使我们每天都有吃不完的各种瓜，顿时成了大户人家。

洪水涨到离家一米也不会成为恐慌的理由，因为有水文站，那是比气象站靠谱很多的一个专业机构，不专业就要遭灭顶。每当洪峰来临，给水文站打过电话的街头情报联络站，也就是杂货店的叔叔就会说洪峰几点到，大河涨几米，小河涨几米，综合水文数据一算，并与上次洪峰的水位一对比，最后结果就是都回家睡觉吧！

河床是V型的，即使后来洪峰流量再大，江面越往上容量越大，涨势越缓。没得事的时候，我就在门口看着门前那根电线杆进行这种高级的水文计算。之前一小时涨了一米，后一小时涨了半米，现在没涨了，一看时间，洪峰已然过去。那就赶紧把那些被洪水逼到我家来的青蛙、癞蛤蟆和蛇都送出去，不然我家都没法落脚了。当然，我说的这个经验只对山城有效，山城是深V，没得深V的平原城市就像没得战略纵深的小国，分分钟遭灭。

入夜时，渔船就停在我家坝子外，渔民的视线跟我一样平行。这是个魔幻的视角，无数陌生人开放的家庭生活无缝衔接在自家坝子外漂动着。最后只好把银幕面对他们张起，给他们放一场洪水之上的露天电影，这是这个盛大的节日里最如梦似幻的节目。

即使深夜，江边也是灯火如织，探照灯一直扫视着江面，沿江停泊的轮船和趸船上的水手都要彻夜值班，时刻根据水位调整锚与固定缆绳。调整不及的，瞬间翻没，一艘五层的大船，沉底也就两分钟，所幸洪水期船上没有人。

深夜的江面，黑得望不到边，也只有在夜深人静时，才听得到江心洪流传来的巨浪翻滚的低沉而荒蛮的能量，跟远古时一样。当它以每秒3米以上的流速分分钟抵达下游不远处的朝天门，汇入携岷江与金沙江的浩荡水势而来的长江以后，一路汹涌向前劈开三峡、横扫平原、轻取荆州、直下东吴，直至冲出一个富饶的三角洲。这就是一个神明的职责，赋予生命也带走生命，周而复始。一切又归于宁静，涓流清澈，万物生长，江山形胜，明媚如诗。直到下一次疾雷过山，暴雨倾注，天地昏黄，洪水又至。

我至今记得1981年的大洪水。

那时候我很小，我决定去看我这一生遭遇到的第一次大洪水。

一路上，逃命的虫子密密麻麻地拥挤在地上，收拾细软拖儿带女，使尽吃奶的力气往高处爬，爬呀爬呀。

就是那种灰色的、软软的、形状像橄榄球一样的虫子，平时从来没有见过它们，而此时，它们却铺天盖地的来了。

我的思维没有经过大脑就将它们命名为了“涨水虫”，我希望它们不要怪我。

江面前所未有的辽阔，漂浮物浩浩荡荡纷繁夺目。

死人，我期待的死人却一直没有出现，我确实没心没肺地期待过看到死人，但现实总是令我失望。

只看到无数的木制家具、草席、茶瓶、尿罐、死猪……被江水挟裹着气势磅礴地冲向下游。

真是便宜湖北佬了！我确实这样小气地想过。

那些沿江的房子，都被淹没在了洪水之中，场面一片混乱。

人们和虫子一样，收拾财产拖儿带女，使尽吃奶的力气往高处爬，爬呀爬呀。

而我却站在江边想象如果能住在那些被洪水淹没的房子里会是怎样的一种乐趣，至少不会再日复一日地在门口重复进出，终于可以从窗户出入了，甚至还可以在屋顶上生火做饭，多么有趣。

我确实有过这样视人类财产如粪土的想法。

基本上由此可以看出我对洪灾的态度，没心肝得很！

不是不是，其实我没有这么坏，其实我把洪水当成了我最大的乐趣。

我想很多小孩子都跟我一样，我们不关心淹没的田地，我们更不关心失去的房子，我们只是在下意识里期待一次突然而至的意外，这个意外要大到足以改变我们沉闷的生活。我们便可以理所当然地不用重复成年人那套枯燥的成长过程，而是把自己流放到剧烈的灾难中去，感受它巨大的力量，由此在动荡流离中见多识广，在一个接一个的冒险中勇敢地长大，而不是在屋子里软弱地面对失败的成年人无聊的废话，接受他们为我们安排的灰暗人生。

于是我们多么渴望一场巨大的洪水，多么渴望在某一个早上醒来它便已经涨到了我们床前，我们立刻按照从传说中得来的知识坐在早已准备好的洗澡盆里，理所当然地离开这些大人，随波去逐流。

为家产泡汤而流泪是没得追求的大人们的事。

我们没有财产，自然不会成为守财奴。我们只是小孩子，我们想去冒险。我们因此而快乐，就是这样。所以，我亲爱的洪水，请带我们走，用你最大的力量，送我们去最远的地方。

图・沱沱摄

巴山二哥　四〇后

渝中区新民街忠烈祠10号　新闻工作者

市声即市井之声，本文具体说的是城市里小商小贩、手艺人以及各行各业上门服务人员的叫卖声，吆喝声，当属于商业营销文化的范畴。

俗话说：货好还得勤吆喝。在旧时代，商业网点不足，广告、信息业、交通、通信业欠发达，人们除购买大商品有时候直接去屈指可数的几家商店以外，日常生活用品，很多都是依靠小商小贩走街串巷上门服务，许多生意人，如卖饮食的、搞修补的、理发的，都看准了这个商机，纷纷把生意做到了胡同里弄。为了吸引顾客，他们走一路，吆喝一路，给街头巷尾的群众送去了方便，也给自己打开了市场，

我清楚地记得，在上世纪五六十年代，也就是我小的时候，小商小贩、各种手艺人走街串巷销售商品、招揽业务还很盛行。每天一大早，天才麻麻亮，就有卖白糕（一种用米蒸制的早点）的，头顶一个大的冒着热气的竹蒸笼，大声地吆喝："买——白糕——白——糖糕哦!"紧接着，各种各样的吆喝声不断传来。卖饮食的，卖日用杂品的，卖药的，收破烂的，邮政局送信送电报的，修补各种物品的……吆喝声从早到晚不绝于耳。即使是在寒冬腊月的夜里十一二点钟，夜深人静了，也还有卖夜宵的小商贩挑着担子，在路灯昏暗的小巷里晃悠，嘴里发出独具特色的吆喝声："炒米糖开水——藕粉咯面茶，盐茶鸡蛋——"一些"夜猫子"闻声而来，方便地买走自己喜爱的夜宵，悠长的吆喝声又再度在夜空中回荡，透出些许凄凉。

由于地域文化的差别，方言的不同，每一个城市的市声各不相同。老重庆的市声自然也独具特色，充满乡土气息。由于卖的物品不同，个人的天赋不同，嗓音条件不同，小商贩的吆喝各有千秋。有的高亢华丽，有的朴实粗放，有的幽默风趣，那么优美，那么温馨，那么富有人情味儿，给

人多种美的享受。许多堪称精彩的吆喝声至今记忆犹新，常在耳边萦绕，回味无穷。

作为土生土长的重庆人，我自小就对重庆的市声充满好奇，只要听到有叫卖声传来，就会竖起耳朵细听，有时候还会冲出家门，去到小商小贩的摊子前听他当面吆喝，对特别好听，有趣的，还会饶有兴趣地去模仿。我特别引以为豪的是，在大多数人已经对昔日的吆喝声没有记忆的今天，许多精彩的吆喝段子我还烂熟于心，并且能模仿吆喝出当时的味道。

我清楚地记得，我小时候，每年夏天都有一个中年人提着一大篮子的青果（橄榄）沿街叫卖："老青果——三分钱来买一十，老青果，又清热来嘛又清火——"这不过二十来字的吆喝，把品名、价格、功效交代得一清二楚，小贩清亮高亢颇有韵味的吆喝，让闻听者情不自禁地驻足，上前购买。

另有一个补锅匠的吆喝声也很有味道，至今印象深刻："锅——拿来补，补盆子补锑锅，补锑锅补盆子，烂脸盆——拿来补"。此人声音洪亮，粗犷，豪放，几声吆喝便吸引很多居民送去破锅烂洗盆让他修补，在那个"新三年旧三年，缝缝补补又三年"的时代，补锅匠很受欢迎，每一次走家串户都满载而归。

在各种各样的吆喝声中，也不乏语言幽默，富有情趣者。有一个卖自家腌制的萝卜线的小商贩，经常挑着担子在我们家门前大声吆喝：

"萝卜线，脆又香，老人吃了心不慌；萝卜线，甜又脆，穷人吃了变富贵。"

"萝卜线，细又长，爸爸吃了上工厂，妈妈吃了洗衣裳，娃娃吃了上学堂。"

他轻松俏皮的吆喝词，让围观者受到感染，加之他卖的萝卜线确实又脆又香，风味独特，很多人都心甘情愿地掏钱购买他的萝卜线。

说到吆喝声，还有一种另类，那就是用乐器或者特别制作的响器发出声音来代替嘴巴的吆喝，比如剃头匠用铁夹子、卖针头麻线的小贩用拨浪鼓等等。上世纪50年代，有一个吹小号卖西药的上海阿拉最让我难忘。此人三十来岁，身材瘦长，梳的飞机头，身穿花格子衬衣，脚穿一双擦得油亮的尖头皮鞋，显得特别精神。他卖的主要是医治凉寒感冒、止痛消炎、开胃健脾的常用药品，两个方形的挑子四面贴满色彩缤纷的药品广告。他用小号吹奏明亮欢快的乐曲来招顾客。小号声穿透力强，轻易地惊动四邻，吸引来顾客。那时的平民百姓因为信息闭塞，见少识窄，很难见到如此洋派的人和物，更难得零距离地欣赏西洋乐器的演奏，所以他每一次来都特别受欢迎。不仅围观者众，买药的人也不少。

现如今，随着城市现代化，昔日走家串户的营销方式被分布在大街小巷的超市、便利店、网购物、快递所取代，吆喝声随着时光流逝而渐行渐远，只留在年长者的回忆里。虽然偶尔也会有演员在舞台上、电视荧屏中学小贩叫卖吆喝，但表演终归是表演，不能在情感上让我等产生共鸣。旧时代的市声不仅仅是一种声音，更是城市的一种情感，楼房建得再高，商业再兴旺，没有了这种情感就少了鲜活的人的灵性。刻着旧时代印记的市声将永远保留在我辈的记忆中！

听！山城吆喝

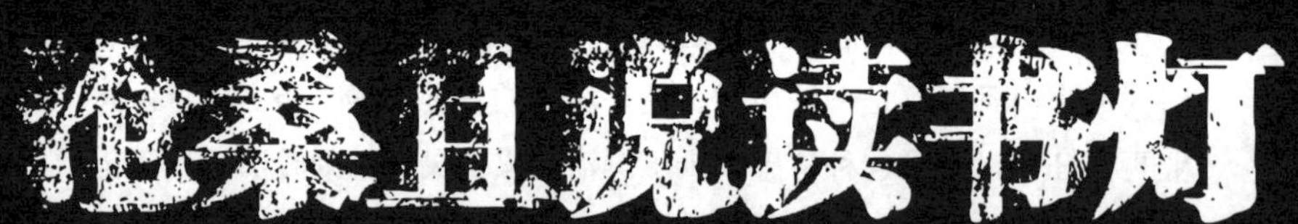

辛华’ 四〇后

九龙坡　专业技术人员

孩提时代，大人们晚上参加扫盲学习，我跟着去看闹热。人们用水沤后晒干的麻秆、向日葵秆、洋姜（菊芋）秆等制成的火把赶路，并且只舍得在小路上用，一上大路赶紧熄灭，以免浪费。极少数经济条件好的人打着手电筒上学，让一条山沟里几十户人家羡慕。

夜校教室里点着几盏马灯，距灯较远的人觉得光线不好，就在桌子上点一支自备的小蜡烛。在家里，人们都用桐油或菜油灯，那是一小截楠竹筒上搁一个类似饭锅的铁灯碗，倒少许油，放上灯草就行了。那时候，乡下不少人家都用自家的桐籽、菜籽榨油点灯或食用，完全自给自足。平时，晚上只点一根灯草，读书或有客人才点两根。这种灯还有一个谜语：

高山顶上有个牛滚凼，

两条花蛇在里放，

要死要死戳一棒。

谜语末句说的是灯要熄了，只要把灯草往上挑一下，灯光就会亮起来，那灯的气味和油烟都比较大，光线也不好，不少文艺作品中的“一灯如豆”，确实不是什么夸张的说法。

后来近郊土地少了，桐油灯、菜油灯也逐渐淡出人们的生活，取而代之的是蜡烛或煤油灯。起初，煤油被叫作“洋油。”以前，那玩意儿需要进口，乡下人用不起。城里人讲究一点的，灯的上端安有玻璃灯罩，看起大方，又能避风。乡下人用的煤油灯是街上卖的极简易的那一种，端着走路都要用手小心护住火苗。不少人家干脆自制油灯：空墨水瓶去盖，扣个小铜钱，铜钱当中插一个磨穿顶端的笔帽，当中放几根粗棉线汲油。

祖父、父亲和亲友常常在油灯下聊天，时不时借用灯火点燃他们的叶子烟。祖母、母亲则在灯光下纳鞋底、补衣服，同时给我们讲安安送米、七姑下凡、熊家婆……在桐油灯、菜油灯下，我走过了童年；举着煤油灯，我跨入了少年时代，从记事时起，无论桐油灯、菜油灯、煤油灯，都照亮着我的求知欲。上世纪30年代又点上了电灯，虽然只是十几瓦的白炽灯泡，在灯下读书、写字，心中那种喜悦非亲历者是不能体会的。至于后来又有日光灯、节能灯……只能用“芝麻开花——节节高”来形容了。

“文革”期间，物质匮乏，什么都凭票，比如电灯泡，没有票，哪怕磨破嘴皮，人家也不卖给你。这时候，人们又想起了煤油灯，我们还从附近厂矿弄些废料，自制蜡烛和电石灯。那年月要啥缺啥，但有一样不缺——流言。因为个别干部反映我“记黑账”，吓得父亲卸下我屋里的灯泡，端走了小油灯、电石灯。但他的防范仍然有漏洞，我悄悄上街买来手电筒当读书灯，而且还是三节电池的，晚上关上门堵住窗户读书、习字，自寻其乐。“文革”即将结束时，我的“大学”也快毕业了。

如今，家中灯光亮如白昼，书桌上还有可调距离远近、高低，灯光强弱的台灯。这些年，灯的种类，千变万化，家也搬迁了几次，但有一样是不变的，那就是每晚8点过，桌上的读书灯总会亮起，或读，或写，那份愉悦，不是人人都能享受的。一晃60多年了，捧着书本陪伴过桐油灯、菜油灯、煤油灯、蜡烛、电石灯、手电筒，对如今这些灯，我一直格外珍惜。因为它送来了光明，点燃了希望，我，又怎能辜负那一片真情呢?

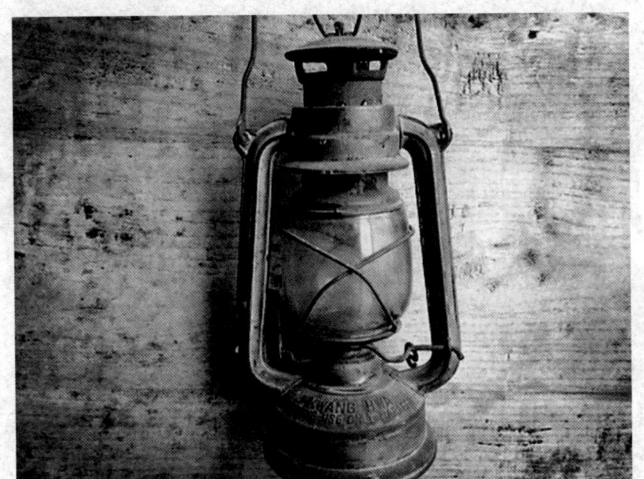

图·海意摄

重庆小面

原原　五〇后

人民路　干部

重庆小面因为孟非而闻名全国，最近几年，重庆小面、重庆“豌杂”（指小面作料为豌豆、肉末等）如雨后春笋般开遍了成都的旮旮旯旯。吃了好多家，都不是那个味儿，只有在梦里去回味儿了。

重庆人最早吃的小面，其实没有店铺，就是在路边上，搭一块门板、上面放满佐料，一个煤球炉子、支一口锅，一家两口，女的打佐料、男的挑面。喊了面就在门板前等着，整个操作看得明明白白。那时没有味精，用的是一毛二一斤的味精酱油，虽然色淡淡的但味却很鲜，姜水、蒜水、熟油海椒、花椒面、芽菜碎、葱花、醋有但不放，留待吃客自己加。点睛之笔是猪油，用冰糕棍挑一小点，刮在碗边，吃面时先挑起一簇在碗边逛一下，再豁匀，才开吃。那味道……不摆了。

我能记得的最早的价格是八分钱一碗。

20世纪60年代末我离开重庆到成都生活，对小面的追求暂时作罢。后来先生到重医上学，在我的鼓吹下也爱上了小面，而且还制造了一个关于小面的笑话，供我们娱乐了几十年。毕业前他们在金汤街妇产科医院实习，一天，夜班下来，又饿又累，几个同学一道，去川洞旁边的小面摊一人点了两碗小面，那知道眼大肚皮小，争来吃不到，另一碗都剩下了。旁边正好有几个叫花子，于是趾高气扬地叫道：“神仙，干净的，拿去吃！”一个大点的神仙抄着手慢慢走过来，看了一眼，摇一摇头：“我们早上一般吃甜食”。真是无语了，大学生们，你们的日子可不如神仙们匀均哈！哈哈哈！

1995年9月，成渝高速通车了，机会来了。周六下午提前收工，开车去重庆，在老同学家打一夜“双扣”，天快亮时眯盹一会儿，起床后执行预定程序——吃小面。

这时期面摊已经成店了，品种也多了起来，孩子们都是吃豌杂，只有我不依不饶只点小面。“带黄！加青！”（带黄指小面里面加煎鸡蛋，加青指小面里面加青菜）别的不用多说，一碗面条略硬、菜多的小面就到手了。

重庆小面的“青”很有特色：一般都是莴笋叶，越老越受欢迎，因为老叶子有嚼头。季节到了也用藤藤菜。像豌豆尖这样的奢侈品就见不到了。早年哥哥来成都，我炒了一盘豌豆尖，菜一上桌，哥哥大叫，好可惜，早晓得有豌豆尖，你就该给我煮碗小面嘛。

哥哥家媳妇的姐姐从美国回来，我们陪她去重庆玩，人多朋友家住不下，住在重庆宾馆。早上起床，放着“含西早”（宾馆的免费西式早餐）不吃，一大拨人跑到重宾（重庆宾馆的简称）附近五一路口的“老虎灶”吃小面去了。还吃得个不亦乐乎，欢天喜地。

退休后，回重庆的机会多了。这些年，在老同学和干儿子的引荐下，吃了好多家知名的或不知名的小面店——儿科医院后门口的鬼城豌杂、学田湾的陈氏面庄、眼镜小面、沙坪坝的彩虹面……最近又去宋庆龄故居前一个无名小店品尝了一次。

虽然几十年来小面不断，但是我最怀念的还是那八分钱一碗的味道。现在物质丰富，油气重了。可厨师们却再也调不出那简单、朴实的味道了。

我们重庆人的小面情结可真真的是：怎一个“浓”字了得！

图·邮政局巷　何智亚摄

上学记

陈思周　八〇后

上海　自由职业

天刚蒙蒙亮，是六点钟时分，月亮仍然高高挂在天上，有温润的光，浅浅地抚在街上，楼下次第有小贩摆开了桌子，或者一根扁担、两个竹筐，行人不多，都低着头，向前倾着，或紧或慢地朝着一个方向走去。

我也是行人中的一个，背着书包，好沉啊，想不起来装了什么，怎么会这么沉，紧紧地贴在我的背上和屁股上，走的步子大了些，书包就会不轻不重地在臀上敲一下，怪好玩儿的。早早地被父母叫起床，赶着出门，当然是要去上学，家里住得远，到学校，路上得要一个多小时，转趟车，从楼下到车站不远，大概五分钟吧，就在鹞子丘，112车站，正是六点钟的始发车，时间刚刚好。车站的对面有个小小的花园，花园旁是著名的红岩火锅，这两天电视正在放的《山城棒棒军》据说就是在这里拍的呢，每个月爸妈都会和几个朋友，带上我来这里吃一顿，我吃不惯太辣，这里恰好有鸳鸯锅，那清汤可真鲜啊，里面有整整半只鸡呢！这里就是比老房子那边好，前年我们还住在观音桥呢，坐车要过两次马路，走去江北医院赶5路车，人又多又挤，关键我恨死江北医院了，每次去都要我输液，好痛。

在车站站着，就要发车了，人并不多，转头四处张望，我在等阿莎，她差不多该来了，不然又要多等十分钟。阿莎是我同桌，从学前班开始，到现在五年了，不知道为什么每年老师都安排她坐我边上，或许是因为我们都住在江北？阿莎是个很活泼的小姑娘，有时候活泼到有点讨厌，都这么多年了，到现在都要划三八线，不小心碰到一点就一本书给我砸过来，还经常趁我看闲书的时候从背后吓我。当然了，我也不会饶了她，什么扯扯小辫子啊，把中午和卓卓一起抓的蟋蟀丢她手上啊，一样都没少过。阿莎她们家是四川日报的，就在鹞子丘上面一点，自然就上下学约在一起走了，大人们也放心，有这么一个伴儿，我觉得也挺好，只要她不一路叽叽喳喳地吵个没完，一大早的，我都还没醒呢。

阿莎还是没有迟到，在首班车就要开的时候，风风火火地跑过来了，两只手在空中挥来挥去，两根小辫子也跟着没规律地一跳一跳的，哼，肯定是编辫子来着。好在早上人不太多，虽然没位子了，但是也不挤。一上车，我们就往中间走，这车有两截，中间似乎是用橡胶连接起来，软乎乎的，地面是一个大圆盘，车子转弯的时候，也跟着旋，是车里最好玩儿的地方，仅次于售票员的座位——那里可以居高临下，还有个小桌子可以放书包，可惜不是每个售票员都愿意把位子让出来的。

啊，好香啊，售票员又在吃早饭，今天是吃面，满满的一搪瓷盅，举在手上，吃得呼啦呼啦的，刚在车站听到她在买面，说是打三两，这怕是最少得有半斤吧，那么瘦小的一个姑娘，怎么这么能吃啊，阿莎，你长大了会不会也这么能吃啊？结果她根本就不理我。车子出发了，一颠一抖的，像在海浪里晃晃悠悠航行的小船，周围坐着的女人们都纷纷从包里掏出毛线针来，大多是把线手套拆了织、织了拆，真搞不懂，一个人就两只手，要这么多手套做什么用呢？

似乎车子开了好久，要过嘉陵江大桥了，渐渐有亮光从窗外和车底透进来，不同于月光的冷而温润，这光是热烈的，来得很快，这车好像是猛然加快了速度，迅速地劈开了一面不透明的膜，白昼瞬间就跳在了我们面前。

到上清寺了，周围都热闹了起来，车站口的那两家早餐店熙熙攘攘，蒸笼那里热气腾腾，看上去就很好吃的样子，可惜我的心思并不在那里。我痴痴地看向前方，工业展览馆那栋楼高高地立着，看上去很高傲的样子，它当然有高傲的资本，那里面一楼有个柜台，摆放着三个合体的变形金刚，一个绿色的，一个红色的，还有一个是擎天柱，都好大啊，比我们那本习题集都大，大得我都不敢问价格，听说要好几百一个呢，抵得上爸妈一个月的工资，拿一个月工资让爸妈给我买玩具，我怕是会被他们打死，更何况他们是从来不会给我买玩具的，考多少个一百分都没用，找上海的舅舅、阿姨还有可能些，只是这个也太贵了。

工业展览馆这会儿还没开门，太早了，开了门我也来不及去看，得过马路去牙科医院前面转车呢。这里的人就多起来了，半个重庆城的人都要在这里转车吧？每次都要挤成一个纸片，我和阿莎紧紧攥着手，这里真的大意不得，稍不注意就挤不上车了，其实要不是大人交代一定要一起走，我才不愿意拽着她呢，她跑得太快了，我实在不愿意一路跑着走的，好累哦。

好不容易挤上车，这下是挤不进去中间车厢了，就在车门的角落里躲着，这里小孩儿站正好，有个能透气的空间，否则脸紧紧贴着前面大人的屁股，大气都不能出一口，那个人要是再不小心放个屁，这一路可就太难受了。好在从上清寺到大溪沟也不算远，两站路，一刻钟的样子吧。

大溪沟车站是我喜欢的，背后的小山坡上有个小花园，亭台楼阁修得很漂亮，这是去年才修好的，听说那年爆炸，大溪沟地沟炸得不成样子，还伤了些人，之后就重新好好返修了一下，就有了这么个花园。这两次吴大毛召集开家长会，我们几个住江北的孩子要等爸妈，就干脆从学校走出来，在花园里玩儿，说是玩儿，其实哪里有这个心思，吴大毛是那么严厉的一个老师，谁知道他会怎么给家长告状呢？回去多半又是要挨顿揍。

从车站右转往学校走，一段长长的小上坡，左手边有小小的一家铺子，我最喜欢这里的糍粑块儿了，刚来重庆的时候，还吃不惯，每次都会被里面那两三颗花椒坑害，现在无所谓了，吐掉就是，没这花椒，还觉得不够香呢。正是刚炸好的，五分钱一个，拿在手上，左手丢到右手，又右手丢掉左手，太烫，也正好吃。五分钟的路，走了十分钟，正好吃完，手背一抹油乎乎的嘴，好吧，准备上学了。

走到学校门口，咦，我怎么不认识了？好大的校门，昨天还不是这样啊？门口那个传达室的老头，怎么穿得奇奇怪怪的，跟电视里的管家一样，还带个白手套？校门还关着，难道我们迟到了？“都是你吧，磨磨蹭蹭的，迟到了！”阿莎二话不说，举起书包，朝我兜头就是一下。呀！好痛！我猛然一个激灵，哦，原来是做梦一场，梦里又成了上学的小学生了。

图·上清寺 戴前锋摄

天当房，街当床

韩子渝 四〇后

渝中区王爷石堡 教师

现在坐出租车，说“到大梁子”，百分之百的驾驶员不清楚在哪里。说新华路知道的又多一点。大梁子就是新华路这一条街，从朝天门上来拉通到较场口，是民国时期上半城和下半城之间最高的界线了。

跟大梁子穿插和比邻的神仙口、杨柳街、人民公园、左荣街、机房街都有说不完的故事。国民党在这条街有警备司令部，共产党也在这旧址设军分区，谁叫这大梁子的位置好，地势高呢！

我家从1949年到改革开放大迁建之前，都居住大梁子（当时叫新华路490号）。街容市风，历历在目。

五六十年代，大街小巷的房屋，基本上都是遗存民国建筑，少有折腾。老百姓的居家棚屋，可以紧邻军分区，两三层楼的“假洋房”，跟部队营区只是一墙之隔，平平静静，互不干扰，不像现在这样，防范当头，壁垒森严。

重庆是长江四大火炉之一。每年的夏天是最难打发最难过的，然而也是最有欢乐最有记忆的。

半下午，几个小伙伴可以邀邀约约去储奇门长江边游泳，晚饭后就要忙着收拾歇凉睡觉的地头了。

重庆天热，这座城市是里里外外上上下下被骄阳炙日蒸烤透了的。说透了，不是说一天的蒸烤，而是指连续多日、几日、十几日，有些年是几十日，头一天的暑热一个夜晚根本没有消退，又一个明晃晃、热腾腾的烈日就挂在朝天门上了。蒸烤的透，就是这种“透”。

家家户户的房间基本上黄昏要降温的，不降温是不能入睡的。家具、房门、四壁都是烫手的，你用湿透了的毛巾抹上去，水汽四溢，抹过的湿漉漉的床铺一会儿就干了，这样抹上四五次，只是不再烫手而已，要睡是不行的。

降温没有别的办法。别说空调，那年月，哪家要是有一台电风扇也是不得了的啦。一是没有钱，而是有钱也买不着。

大梁子，是渝中区（当时叫“市中区”和“城头”）的一种典型地势，有街有巷，有坡有坎，别看有的房屋“沉”得很深很低，你以为会凉快一点，才不呢！恰恰因为棚窄阁浅，隔热性差，通风不好，可以说一天到晚都是热气腾腾的。这种住户，夜晚只有街头寻地歇凉。

于是每天黄昏，晚饭前后，你都可以看见，家家户户的孩子一盆盆地端着水，走到大街上、人行道上、街檐下、石坎上、梯道旁，在家家户户约定俗成的“地界”上，洒水，降温。这晒了一天晒烫了的路面，你可以想想要洗多少次“淋浴”才行。然后才是一张张的条凳、一块块的凉板、一把把的凉椅、一领领的凉席、一根根的小椅……攻城略地，次第登场。再后才是各家各户的大人小孩，先后出来，聊天喝茶，一夜到亮。

热天夜晚的大梁子，人行道不是人行道，就没有了人行道。所有的行人，都只好走车行道，走大马路。你在大马路上左右看去，全是床椅，全是人！

人行道就是家，自己的家！只敷背心的有之，只着小褂的有之，只穿内裤的有之，袒胸露乳的也有之……一条街，为邻为里，习以为常，相安无事。

夜里12点，一条街是静不下来的，走来走去，说东说西。大梁子的睡意多是在两三点钟去了。而到四五点钟，尚有一二小声还在嘀咕之时，又有二三老人提着裤子，懵懂未醒地走回家去了。

天色微麻，陆陆续续各家内迁，嘀咕声、骂咧声、搬动声，相与未停。

天大亮，你看那大梁子，总还有几架凉板，躺着鼾声正起的汉子。

天当房屋街当床。

当年风景成远望。

图·铜鼓台 何智亚摄

我经历的大灾难
——重庆"九二火灾"

谢儒行　三〇肩

重庆朝天门陕西路沙井湾 24 号　主任医师（退休）

1949年9月2日，在重庆朝天门地区发生了一场惊天动地的大灾难——"九二火灾"。我亲身经历了这场大灾难。当时我只有13岁，家住朝天门陕西路沙井湾24号，面临长江的一幢四合院内，院子里共住有十余户人家。这场大火彻底烧毁了朝天门、千厮门、东水门地区数万户家庭，也烧毁了我们居住的四合院。据估计共有5万余人受灾，烧死、淹死3000余人。曾经十分繁华的朝天门变成了大片废墟，没有留下一幢房屋！这是何等悲惨的景象！

这场火灾发生在下午两三点钟。当时天气炎热干燥，最初在陕西路余家巷起火。不到半小时火势迅速蔓延，向朝天门和千厮门方向扩展，更奇怪的是多个地点同时燃烧起火（有人放火！）我也亲眼见到四五处起火点。居民们惊慌躁动、哭闹震天、纷纷逃命！

父亲赶快召集家人，安排分头逃难。先叫母亲去长江边坐船去外婆家避险。又叫我带着二弟、三弟逃向朝天门河边沙滩。最后父亲收拾一大包衣物也去朝天门河边。（当时人们都认为朝天门河边是不怕火的安全地带，谁知后来大火烧遍了河滩和江边的船舶，数千人被烧死！）

我抱着2岁的三弟，带着父亲的文件小箱和一个老式座钟，又拉着9岁的二弟，三兄弟匆忙离家，沿着沙井湾小巷向上奔往陕西路街口。小巷狭窄弯曲，逃难的人群哭喊着拥挤着行进缓慢。我们三弟兄许久才前进数十公尺。这时路边的两间竹棚屋突然也燃烧起大火来，因此逃难的人群更加惊慌乱跑，我也跌跌撞撞向前奔。二弟却在这时在混乱的人群中失踪了。我大声喊，没有回音。三弟也吓得大哭大叫。我只得在人群推挤下爬上小巷口，来到陕西路街边，等待二弟。逃难的人群不断四处奔跑呼喊，情景十分恐怖！我在街边焦急等待呼叫许久，仍不见二弟踪影。原来他在小巷内燃烧的棚屋旁被火烧伤了背部及左臂。他忍痛挣扎着随人群缓慢前行，向朝天门方向走去……我当时也估计二弟可能去了朝天门河边，于是我也准备逃向朝天门去，抬头忽然看见前方还远的棉纱仓库又烧起大火来，火焰烤得我身上发烫，我不敢冒险冲过去。就后退回望小什字方向还没有火焰，却看到两辆消防车和几个消防员守在那里。我只好临机应变，改变方向，决定暂不去朝天门，而是沿着消防车方向，退到小什字大街边。那里满街都是拥挤的人群和堵塞的车辆。我和三弟靠着墙角蹲在大街边，变成了可怜的流浪儿！巨大的恐惧和疲乏让我陷入迷茫，不知何去何从。此时，三弟已被这场灾难吓得惊恐大哭，不停叫爸妈，叫哥哥，紧紧抱住我不放手。

坐在大街边我反复考虑下一步该怎么办？忽然想起父亲的老朋友谭孃孃就在大梁子一家酒店当会计。我立即背着三弟来到她家。善良的谭孃孃一家接待了我们兄弟俩。让我们洗澡、吃饭，安排住在杂用间里。兄弟俩对此已十分感激！

再说二弟带着烧伤的身体，随人群挤到朝天门河边。人们怜悯他，把他送上一只木船，渡江到江北嘴河边，又被一位善良的老妈妈收留，在她家住下。

父亲背着一大包衣物最后离家，沿着长江顺城街艰辛地走到朝天门，没有找到我们。逃难的人群太多太乱，被迫把大包衣物丢在路边，才挤上一艘大木船，但一会儿工夫，这艘船又被其他着火船只引燃，火势迅速扩大，船上人员纷纷跳江逃命。父亲急忙抓起一块木板，跳入嘉陵江中，随水漂流直到江北打鱼湾，才被一渔船救起。父亲给了船主一些钱，感谢救命之恩，然后去江北城内一位老朋友家暂住。

妈妈因腿脚不便，较早离家，在长江边乘上去南岸的末班轮渡，过江回到外婆家，算比较幸运。但她仍终日提心吊胆，担忧家人命运。

受灾后几天内，父亲每天奔走，到处打听家人下落，终于找到了我们三个孩子和妈妈。至此我家五位亲人皆幸运保住性命，平安脱险。而最令人伤心的是我们的家已完全烧毁。整个朝天门地区所有房屋无一幸免，灾后只留下断墙、残瓦和满地灰尘。父亲任职的“重庆度量衡检定所”也被毁停业。灾民的日子非常难过，地方政府只给灾民几元钱用作救济，应付了事以后再也不管。父亲只得安排妈妈带着三弟住在南岸外婆家。我和二弟跟着父亲去往巴县龙凤乡五叔家，在农村度过了大半年时光。我和二弟也无法上学，成了失学儿童！

67年前的“九二火灾”彻底毁坏了重庆最重要的朝天门地区。起火原因众说纷纭。传说多的是国民党军队撤退大陆前放的一把大火，致使数万人民遭受苦难，数千条生命无辜牺牲！给解放军留下了一个烂摊子。

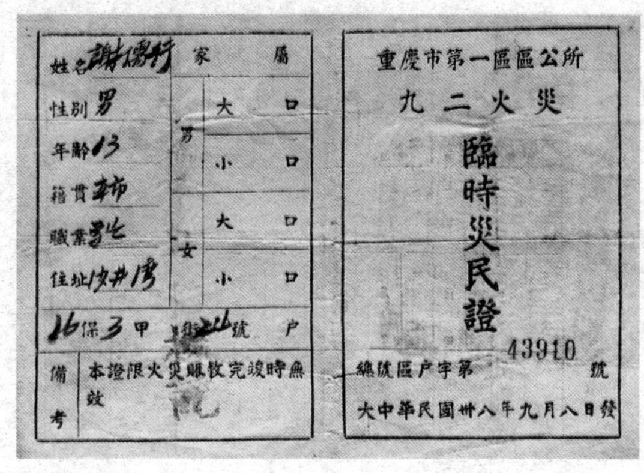

姓名 [illegible]
性别 男
年龄 13
籍贯 本市
職業 學生
住址 沙井灣

家		屬
男	大	口
男	小	口
女	大	口
女	小	口

16 保 3 甲 [illegible] 號 户

備考 本證限火災賑救完竣時無效

重慶市第一區區公所
九二火災
臨時災民證
總號區户字第 43910 號
大中華民國卅八年九月八日發

图·作者提供

邓庆伟 王〇扁

重庆 企业管理人员

重庆建设工业（集团）有限责任公司（以下简称建设工业）的前身是晚清重臣张之洞于1889年创建的汉阳兵工厂（以下简称工厂），迄今已逾127年。其间，工厂历尽风雨，几经变迁。往事如烟，难以湮没“汉阳造”的赫赫威名，难以湮没抗日烽火中那些坚苦卓绝、铭心刻骨的珍藏记忆。

烽火连天中的变迁

1938年5月，日机不断空袭，九江失守，日军迫近鄂境，武汉告急，国民政府兵工署令汉阳兵工厂全部拆迁，限8月底前撤离武汉，内迁湖南辰溪县。6月，汉阳兵工厂职工和眷属20000多人浩浩荡荡全部投入拆迁工作，将所有机器设备、原材料、半成品和一切用具以及厂房的钢屋架、钢窗、铁皮瓦、铁地板等拆卸装船。职工和眷属除少数自行疏散外，绝大部分随同载运机器设备的船只撤离武汉。搬迁途中，从汉阳到辰溪，水运船载，往返奔波，既遭日机空袭，还被土匪打劫，不仅工厂遭受了巨大损失，职工和眷属也忍饥挨饿受尽磨难。

1938年11月，为适应抗战形势、生产管理所需，兵工署将搬迁后的工厂改称为第一工厂。1939年5月，几经周折，工厂人员、设备迁移完毕，于7月全部复工生产。1939年底，日机又不断袭击辰溪，工厂常遭破坏，于是，工厂又奉命迁往重庆。

在辰溪坚持生产的同时，工厂又在地处重庆郊区九龙坡谢家湾鹅公岩勘定厂址，沿江开凿岩洞，建筑厂房，厂区占地25万平方米。不久，大部分设备由辰溪启运，陆路交通不便，只好用船只由沅江经洞庭湖，转长江直上重庆。

1940年10月，工厂奉令进行调整，接收了第十一厂的步枪厂、炮弹厂、制炮厂、动力厂。1941年4月，第一工厂对外使用代号“汉兴公司”。1942年2月迁建工作基本完成。

1946年3月，第一工厂奉命撤销，其制造步枪的机器设备继续留在鹅公岩原地生产，拨归第二十一厂。至此，第二十一厂的其组成有从辰溪迁来的枪弹厂、机关枪厂、火工厂、机器厂，还有第十一工厂的步枪厂等。

几经调整，1943年6月以后，工厂生产制造单位共有9个所，人员合计4481人。

右图·国军士兵用汉阳造步枪训练中　建设厂史办提供

左图·印有国军士兵身配汉阳造步枪的抗战宣传画　建设厂史办提供

洞内洞外两重天

工厂迁到重庆谢家湾鹅公岩后，一面开凿岩洞，一面修建临时工房，同时陆续投入生产。1943年，岩洞工程竣工，从傅家沟到龙凤溪沿长江北岸一带，共计凿了107个，面积为20124平方米，有的岩洞还有支洞相通。为防止日机轰炸，工厂将一些重要设备都搬进洞里，第一所（步枪所）的步枪全部在洞内生产。这里常常是日机在洞外狂轰滥炸，工人在洞内热火朝天、加班加点生产，源源不断的枪支弹药送到了抗战前线。

抗战时期，工厂的产品有汉阳造和中正式步枪、各式炮弹、手榴弹。后停止生产手榴弹，改为生产28式枪榴弹、60毫米迫击炮弹、105榴弹炮引信、35式60迫击炮弹引信等。每月的产量为步枪3000至4000支、山野炮弹300发、150毫米炮弹200发。

为便于外界识别工厂生产的产品，制定了国际通用标记，即厂徽符号，在枪支、弹药或装箱上标出。工厂曾相继以“卍”字、“汉式”和“☆”为厂徽。

抗战时期工厂共生产步枪28万支，捷克式轻机枪9833挺，82迫击炮7611门。

因为种种局限，上述产量显然难以与承继“汉阳造”的建设工业现今条件下的产量同日而语，但就是这些数量有限的武器，有力地支援了抗日前线，打出了“汉阳造”赫赫威名，在坚苦卓绝的历史画卷中泼下了浓墨重彩。

巧送《新华日报》

秦林贵　三〇后

九龙坡　居民

这辈子最令老秦难忘的是1943年9月至1947年2月，他在沙坪坝磁器口一带足足送了三年多的《新华日报》。

当时，老秦还是小秦，父亲去世了，家里很穷，母亲带着四个儿女，一家人相依为命。后来，哥哥又病又饿，也离开了这个世界。1943年，小秦刚刚13岁，舅舅介绍他从九龙坡毛线沟来到沙坪坝磁器口南京管鼎记派报处送报纸，挣点钱来帮助家里维持生活。

抗战时期，重庆是陪都，报纸办得不少，共产党发行的只有《新华日报》。小秦虽然身体单薄，但手脚十分麻利，他每天到《中央日报》《扫荡报》《大公报》《新民报》等报纸的发行点去拿报纸，在沙坪坝、磁器口、二十八兵工厂、二十四兵工厂分送、叫卖300多份。同时，还要为柏溪、童家溪的报贩们代进报纸200份，其中就有50份《新华日报》。

那时候，《新华日报》虽说是公开出版，但被国民党反动派视为眼中钉，在发行方面受到百般打压。其他报纸可以在派报处和发行点领取，而《新华日报》则不行。起初，小秦是从50多岁的胡伯伯手中取报，后来又换成一个叫袁叔叔的年轻人。他们都是用脚踏车（自行车）把报纸送到小龙坎龙泉巷口，小秦和其他送报的赶紧上前取报，然后匆匆离开。一年四季，风雨无阻。

如果《新华日报》发表了重要新闻，国民党特务就会捣乱，那就不能用脚踏车送报了。有一次，小秦在龙泉巷口等了好半天也不见送报人的影子，心头十分着急。忽然，有人把他碰了一下，小秦回头一看，一个身穿长大衣，头戴博士帽的人把一叠报纸递过来："注意，千万小心！"三年多时间，小秦不止一次地遇到化装送报的情况，每次他都倍加小心，生怕出现差错。虽然如此，仍然发生了两件令人难忘的事情。

第一件发生在1944年5月的一天早上，小秦拿着报纸从小龙坎警察所门前经过，几个警察突然拉住他，抢过报袋一阵乱翻，取出《新华日报》说要没收。小秦缠了一个多小时，对方仍然不还，并凶神恶煞地说："再闹，就把你抓起来！"小秦没办法，只好边哭边走。第二天取报时，小秦向袁叔叔讲了这件事。袁叔叔安慰他说："不要紧，我明天把报纸给你补上，看他几爷子凶得到几天！"过了不久，《新华日报》上登了一则沙坪坝警察看报不给钱的新闻，从此以后，小秦每天在警察所门口来来去去，那几个警察再也没找过他的麻烦了。

另一件事情发生在几个月之后，一天中午，小秦送完其他地方的报纸后，背着报袋刚刚走进二十四兵工厂大门，就被纠察拦住，把他带到纠察室。里面有三个人，反反复复追问小秦，厂里订了多少《新华日报》，都是谁订的？小秦明白这帮家伙居心不良，就回答说："只有中山堂图书室订了一份。"

"你报袋中还有4份，都是谁订的？快说！"

"我今天顺路搭了厂里的车，另外4份是磁器口的人订的，不信，你们各自去问！"

"不行，今天不讲出来就不准走！"

当时门口看热闹的人不少，小秦就故意大喊大叫，以便引起人们注意。很快，在厂长办公室当传达的姐夫赶来解围，纠察见有熟人，只好警

右图·土湾民居 戴前锋摄

左图·虎头岩孔祥熙防空处：位于化龙桥虎头岩下 戴前锋摄

告说："今后不准带《新华日报》进厂，否则一律没收！"小秦顺口答应一声"听到了"，赶紧背起报袋跑出了纠察室。

实际上，那5份《新华日报》全是厂里的职员们订的，订报时，他们反复叮嘱：一不能讲他们订了《新华日报》，二不要开收据，三不要送办公室，必须悄悄送宿舍。这些，小秦当然牢记在心。纠察想弄清厂里哪些人订了《新华日报》，小秦怎能告诉他们呢！事后，袁叔叔夸奖小秦机智，还提醒他："今后就是要多动脑筋，保护报纸。"

一连几天，小秦都在动脑筋，找窍门，终于让他琢磨出了三种对付国民党警察、特务的办法：

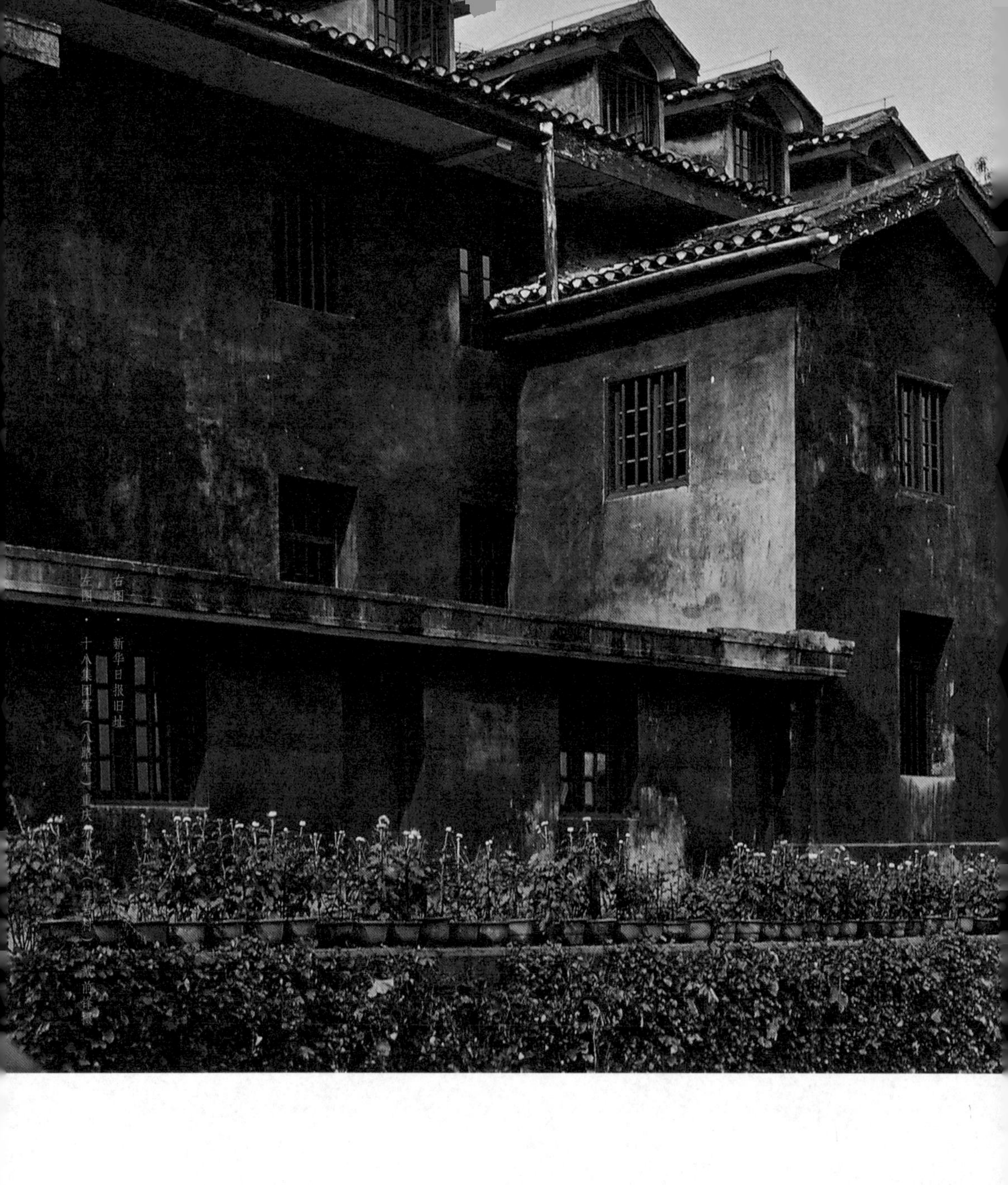

右图·新华日报旧址

左图·十八集团军（八路军）重庆办事处（红岩村）　武前锋摄

一是将《新华日报》反折，让那些警察、纠察一眼难明底细。

二是把报纸平放在袋底，警察、特务不易发现。

三是进厂前把《新华日报》转放到衣袋内，要搜报袋，让他搜好了。

从此，小秦天天通过这些办法与国民党特务周旋，巧送《新华日报》，再也没有发生过危险。

齐心修建成渝铁路

冯世清　二〇岁

皮开富　三〇岁

九龙坡　居民

修建成渝铁路是人民多年的愿望。但是在旧中国，人民盼了几十年也没见到成渝铁路！新中国成立以后，仅仅用了两年时间，这条铁路就通车了，并且成为我国第一条用国产材料修成的铁路。当时，我们九龙镇上游村有5位热血青年加入了成渝铁路修路大军的行列。至今，工地上的日日夜夜还令大家难以忘怀。

那是1950年的上半年，成渝铁路即将全面动工。消息传开，人们奔走相告。我们这帮生长在铁路沿线的年轻人更是跃跃欲试，大家都想着为修建钢铁大动脉做一点贡献。在村里的青年学习会上，大家不顾家中有无拖累，一个个争先恐后地报名修路。最后，冯世清、刘连才、朱光瑞等5人被批准进入修路大军行列。

当时的民工队是以县为单位，各县负责各自境内路段的工程。我们村那时属巴县管辖。350多人在指导员戴树生的带领下，浩浩荡荡开上工地，在铜罐驿至小南海一线摆开了战场，这一路段大约15公里，我们分为6个班组，每个班组负责2.5公里左右的路段，主要任务是挖土石方、平路基，同时还包括排水工程。大家在工地上安营扎寨，平好一段路基后，再往前搬家。就这样一站一站往前赶，将路基一尺一尺地往前延伸。

当时没有现在这样好的条件，很多工序都是手工操作，工作条件很差。但是，年轻人不怕这些。凭着两个肩膀一双手，硬是把路基平了出来。那时的生活条件也不能跟现在比。我们的口粮先由落中子粮库调拨稻谷，然后由村里派人加工碾成米，用木船运到工地上来。同时，村里还组织人力砍竹子编土箕，随米船运到工地，尽力支援铁路建设。起初，民工的伙食是三菜一汤，后来增加到四菜一汤，牙祭也从每月两次增加到四次。当时，民工的工资以大米计算，每个工日发给1.2升，折合大米2.7公斤。

虽然条件很艰苦，但民工在工地上的劳动积极性却很高，当时大家不想别的，只顾齐心协力完成任务，酷暑寒冬，流血流汗完全不在话下，一心一意盼着尽早把成渝铁路修通。就是工地上每两月一次的休整时间，有的人还在加班加点。工地上的宣传鼓动工作也抓得很好，经常开展评比活动，鼓励大家你追我赶，多做贡献。这样奋战了七八个月，我们的任务基本完成，将让位于铺路大军。于是撤销了民工建制，返回原单位。也有的民工在工地上参加了中国人民志愿军，奔赴抗美援朝前线。

1952年7月1日，成渝铁路全线通车，沿线人民兴高采烈，载歌载舞。眼看着钢铁长龙从家门前驶过，我们这些当初参加过修路的人更是心情激动，因为千里铁道上有我们做出的一份贡献！

国际村记忆

王德强　五〇后

两路口　媒体

重庆市渝中区，两路口往鹅岭方向，长江路犹如一条巨蟒，靠长江沿山势蜿蜒而来。在第四人民医院（市急救中心）处，右边分岔出来一条路，叫健康路。两条路呈Y型，从山腰将鹅岭“山脉”围成一个舌状半岛。从半岛的“舌尖”，第四人民医院往鹅岭方向走不多远，山顶有一片居民区，叫“国际村”。别看现在这里棚户林立，破烂不堪，但从国际村这个“高大上”的名字，可以想见曾经的辉煌。上世纪30年代末期到40年代中期，抗战烽火中，南京沦陷，国民政府迁都重庆，一批友好国家驻华机构随之迁来，盟军远东战区军事顾问团即设于此处，“国际村”因此得名。

1966年8月，我9岁，我家搬到父亲单位——三十中学校在“国际村”的教师宿舍。

我的新家，正是当年盟军顾问团的驻地。毗邻五六栋西式建筑，有三层小洋楼，也有方方正正的大洋房。外观倒很漂亮，但用的建筑材料却相当低劣。估计当时建筑物资缺乏，工期也匆忙，而盟军顾问们又没打算在这儿长住。我家搬进去那栋叫作“国际村39号”，当时建筑已相当破旧，原本宽大的房间都被分割成了许多小间，杂乱住着十来家教职工。我家分到的这间房大约十五六个平方米，墙体的骨架是竹条编夹而成，墙面外敷“三合土”，石灰浆粉刷。墙已经有些歪斜，钉子钉进去，往往钉着里面的竹条，颤颤悠悠地弹出来。学校派工人用厚纸板把房间隔成了两间，外间稍大有八九平方米，一张大床，一张圆桌，一张书桌，一个书柜，算是起居室，我和我哥哥住这屋，做饭吃饭也在这屋；里间稍小，摆一张书桌和一张小床，我爸住。

那时“国际村”已经被好几个单位瓜分。“国际村”山顶，俯视两路口、长江路、健康路，远眺长江及对岸铜元局那个山尖儿位置，有一个最能体现此地曾经作为“盟军顾问团”驻地历史的遗留物，一个钢筋水泥整体浇筑而成的地堡。这个地堡占地大约30平方米，空高大约2米，大半掩在地面以下，冒出地面约有半米，顶上堆满泥土，杂草丛生，侧面各个方向均有内小外大的长方形射击孔，有暗道通往地面。

一家不属于“公家单位”的张姓人家住在这地堡里面。从这家人的生活状况和口音判断，应该是四川某县人，不知何时何故流落到此，住进了地堡这个“无主建筑”。张姓户主是个40来岁的瘦小男人，在鹅岭“遗爱祠”附近一家木器合作社当木匠。张木匠平时无声无息，极偶尔听见他吼两声娃儿；他女人姓文，名天玉，30来岁，高大健壮，手大脚大，面如锅底，在我儿时印象中，“张飞”“李逵”也不过如此。文天玉没有单位，靠给邻居们做些挑煤球之类重体力活儿换几个散碎钱为生。她精神方面似乎有些问题，据说受到噪声刺激就会发作，发作时就站到地堡外空地上狂躁骂人，声如洪钟。有一次，她甚至在地堡周边挖了一尺多深的堑壕，在壕沟里灌满屎尿，以此阻止国际村的崽儿们在地堡附近玩“滑轮车”（那玩意儿确实噪音很大）。我们私底下都叫她“文疯子”。她在这一带的名气远远盖过了焉笃笃的张木匠，是这户人家的实际当家人。这两口子收入不高，女主人又有些疯扯扯，却生养了三男一女，衣衫褴褛浑身脏兮兮在地堡里窜进窜出。最大的那个男孩十三四岁，已经跟着他爹上班学木匠，跟他爹一样沉默寡言，从不和我们交往，我甚至记不得他叫什么名字。排行第二的男孩小名“光头”，他弟弟就叫“小光头”——重庆人叫“光头”是带儿化音的，“光头儿”，但文天玉喊娃儿时却在“头”字后戛然而止，干脆利落，绝不拖泥带水，彰显出她的个性。

“国际村”扼守长江路、健康路两条陆上干道和长江、嘉陵江两条重要水道，是沙坪坝、杨家坪“进城”的战略制高点，地势险要。1967年夏天，“武斗”开始后，两派多次在此展开拉锯战。每当枪炮激烈时，附近几栋房子的居民就往文家地堡钻。此时就成了文天玉的得意一刻，她会根据邻人们平日与她关系密切程度，也就是叫她干活给钱多少的程度排序，安排各家各户在地堡里占据不同的避难席位，不另收取避难费。关系特别好的，有时还免费提供老荫茶。进了地堡的人们，就在黑咕隆咚中密密匝匝坐着，在枪炮声中悄声议论着形势。而那些对文天玉“平时不烧香，急来抱佛脚”的，就只能在地堡门外提心吊胆度日如年了。

地堡从“屋顶”到“墙壁”都是钢筋水泥，屋顶上堆积着一米多厚的泥土，从射击孔的进深看，壁厚有大约半米，又大半掩埋在地下，自然是冬暖夏凉。所以除了“躲武斗”，地堡的又一个重要作用，就是夏天乘凉。

那时别说空调，就是电风扇，普通人家也是没有的。偏偏重庆的夏天跟火炉一样，山顶上又开辟成了狭长的平坝，无处蔽日遮阴，“夹壁墙”房屋，给火辣辣的太阳晒上一整天，墙壁烫得可以烙饼，活人在室内哪里待得住。

这样连晴高温几天后，大家又往地堡里跑，文天玉又开始排座次。

三十中宿舍这十来户人家，知识分子比较集中，“牛鬼蛇神”也就比较多，那个时候都比较垂头丧气。虽然平时也请文天玉做点下力活儿，付款也不是特别小气，但毕竟少于交往，并不受她待见。于是我们三十中的大人娃儿们只好自力更生解决乘凉事宜。

晚饭后，各家各户端起搪瓷脸盆在屋前坝子泼水降温，这叫“退凉”。待太阳落坡天擦黑，大人娃儿倾巢而出，搬出长凳，铺上凉板，用凉水打湿帕子反复抹，使其变凉。但凉板不是家家户户都有，搬来搬去也比较麻烦，于是又出现了凉棍。凉棍这玩意儿用二三十根指头粗细的竹棍捆扎而成，平时可以沿竹棍长度卷起，用时铺展开来，可算是“收卷式简易凉板”。缺点是竹棍长了就软，人躺下去，体重会压得竹棍中间塌陷，两头翘起，翻身时如不小心，周边的竹棍还可能反卷过来，夹着肉生疼。

夜深，娃儿们玩累了，都缩回自家凉板凉棍上，开始还争吵着，嚷嚷着，一眨眼就睡得像小猪崽儿一样。这时妈妈们会披了外套出来，坐在旁边，用蒲扇轻轻地给孩子们打扇，爸爸们的议论声也轻柔起来。到凌晨三四点钟，有些起露水的意思了，各家大人回家抹了床，出来轻轻唤醒娃儿们，娃儿们就揉着眼睛，懵里懵懂地跟着大人收拾卧具，回家躺倒床上，继续做梦去了。

1975年夏天，我高中毕业后离开“国际村”，去了我妈那边的茶场。此后回去过几次，但见“国际村”日渐衰败，不复当日了。

右图 · 国际村104号，王德强曾经住在这栋楼里

左图 · 当年的“文家地堡”残迹照片

儿童坝上的花样年华

刘晓电　五〇后

观音岩　自由撰稿人

上世纪六十年初，在重庆市话剧团大院内的排练厅屋顶旁有一块空旷的大坝。一段时间里，大坝被当年的大人、小孩儿们称之为“儿童坝”。至于是谁赋予了大坝如此充满稚气与活力的名称已无从考证，但当年的儿童坝却真真切切地留在了一帮在话剧团大院里长大的小伙伴们的记忆里。

所谓的“大坝”也不过二三百平方米；所谓的“空旷”，是因为这里早先是一排简易办公房，旁边留有一条窄窄的小道通往剧团的大门。后来简易办公房被拆掉，大门改道，亮出的大坝才在一群小伙伴的眼里显得超级的空旷。于是，剧团的小孩儿开始在这里聚集玩耍；于是，这里就成了名副其实的儿童坝。

当年的儿童坝是话剧团的一道靓丽风景。

儿童坝是一群娃娃们的“排练场”。无论春夏秋冬，寒暑假的日子，以及开学后的每天晚上，儿童坝里都会聚集一帮娃娃儿，跟着头儿——抗美的指令或唱或跳。

“儿童坝”里的“角色”随着小孩儿年龄的变化而更替。最早的一拨的“代表作”是《小二黑结婚》，最晚的一拨是的“代表作”是现代京剧《红灯记》。组织他们排练的是谭生贵叔叔的儿子谭进。

回首看看，小孩子们表演的节目居然也都烙上了历史的痕迹。

我们这一拨的小伙伴里最小的大约五六岁，大的也就是抗美和我哥哥晓军他们几个了。主力队员以抗美和他的三个弟弟为主。在儿童坝里，这帮小伙伴儿将儿童游戏演绎成了稚嫩的艺术创作，大家在这种稚嫩的艺术创作中尽情地放飞心情、表现自我。做的这一切，没有什么远大的目标，更没有什么功利目的，一切都顺着少年儿童的天性随心而乐。

在儿童坝里排练了多少节目早已记不清，只记得经常在话剧团的排练场、小礼堂里或与大人们一道为重要节庆或什么活动演出；或是单独地演上一场；或是到附近的幼儿园、当年的歌舞剧团、川剧团等其他剧团里去表演一番。

那时候的大人们尽管一年365天天天演出、排戏，但是每当有小娃娃们演出时还都能来充当观众。小孩子的表现欲本来就比较强，加之爷爷、奶奶、哥哥、姐姐们来看自己表演，特别是繁忙的爸爸、妈妈也挤出时间赶来捧场，那真的是一个赛一个地较劲。不仅演出时认真，就是平日里的排练，也会常有小伙伴挨家催场。记得平日里晚饭刚过，我们家的窗玻璃经常就会有个小脑袋贴着玻璃叫：快点，排戏啰。我就会丢下碗筷拉上妹妹朝儿童坝跑去。

图·七星岗中山路 戴前锋摄

我们这一拨的“代表作”应该有《草原英雄小姐妹》《王二小》。

最具代表性的一个作品至今也常让我们自己感叹不已，那就是将大型音乐舞蹈史诗《东方红》的节目复制到儿童坝。

记得某一天晚上排完节目后，抗美宣布：明天集体到文化宫观看《东方红》，大家记住节目和乐曲，我们也要排《东方红》。大家欢呼雀跃。不是因为要排《东方红》而雀跃，十来岁的小娃娃儿对《东方红》没有什么概念，而是因为集体去看电影，去文化宫玩。

那一天，我们整整齐齐地坐在文化宫电影院的第一排，昂着头，扭着脖子观摩了《东方红》。没过多久，我们竟然开排《东方红》里的节目——《飞夺泸定桥》《红军战士想念毛泽东》《过雪山草地》等等。印象特别深刻的是排第一幕合唱《东方红》的伴舞《葵花舞》时，其中一个高难度动作是，十几朵小葵花围着一朵大葵花旋转，第一排的女生需双腿跪地身体向后贴在地上，真正的高难度啊！

除了唱歌、跳舞，我们这一拨人还有一作品——根据冰心老人的《小橘灯》中的描述，我们做成了造型各异、色彩纷呈的元宵小灯笼。扎灯笼的原材料就是竹篾条、铁丝、各色的纸、绘图笔、橘皮、蜡烛等。将几样物件组合起来的过程也就是各显身手的快乐时刻。

那时的我们还有一样绝活，放在今天也许可以申报非物质文化遗产——“纸影戏”。现实中只见过“皮影戏”“木偶戏”，但话剧团的小孩儿，包括大人们确实还见过“纸影戏”——一种将“皮影”和“木偶”结合而成的自创作品。除了做皮影的兽皮用纸替代外，其他材料还都很像那么回事呢！小人儿、小动物的小胳膊、小腿、小脑袋都可以自由转动。每逢演出，大人、小孩就会自带小凳子早早地赶来，一起陶醉在故事之中和故事之外的游戏之中。

那个年代的话剧团还真给成长中的小孩子们营造了自由发展的天地。

那时，话剧团的演出剧场就在紧邻剧团的抗建堂。每到剧团里一出新戏彩排时，总有一场是给家属们观摩的。如果某个剧目需要小演员，某些娃娃就会幸运地登上舞台，记忆中我哥哥晓军就在《红岩》中扮演过“小萝卜头”。此外，学校放假时，话剧团还会派职工负责组织小孩儿游泳、郊游。

台上的戏剧人生，台下父辈们对艺术执着而严谨的追求，对后代的宽容、关爱，给予这帮娃娃儿们以启迪。这种启迪于课本之外、生活之中，这是父辈们馈赠给后代享用终身的珍贵礼物！

下右图·京剧《红灯记》七十年代 曹明舒摄
下左图·作者提供
上右图·舞蹈《追踪》六十年代 张向南提供下
上中图·独幕话剧《苹果树下》 曹明舒摄
上左图·舞蹈《亚可西》 张向南提供

岂止是眷恋

张蔓 五〇后

七星岗 会计

上世纪50年代初，我这市中区的地道柴火妞在临江门的川东医院（重医附二院）降生了，我家住正阳街（雅南）。那时候我太小，在民国路（五一路）的外婆家，只记得炎夏的晚上，高墙深巷中，总有几张小竹床一字排开，外婆的蒲扇声和着古老的歌谣一起缓缓散开。巷子的对面，紧挨着大阳沟菜场，一排的小吃摊点，那里的醪糟小汤圆是我幼时最深的记忆了，啧啧！好甜！真香！

4岁多，搬家到七星岗的协和里，在这里，时光刻下了我童年和少年时期的最美画卷。

从协和里出来，右手边数级石梯便是“人市”，“文革”中批判这里是买卖劳动人民的地方而给予取缔，其实，不过就是个劳务市场，谁家请个奶妈喂宝宝，谁家请个扁担挑煤球……与人方便，于己方便而已。

顺着“人市”上走，就是大名鼎鼎的归元寺了，寺内早已空无内容，大殿和沿廊都隔成一个个房间，在那里住着好些我的同学和校友们。其实，母校“中一路小学”的后操场就是归元寺，在这里度过少年时期也算是值了，毕竟名校傍名寺嘛。

归元寺是制高点，顺坡而下的四德村、华一村、安乐洞、保节院、修补街，到处都散落着中一路小学的弟子们。但是，“文革”中，这些蛛网般的巷子都被冠以了革命的新名：新德村、上三八街、下三八街。

我家住在协和里的8号院，打开院门，通远门就直扑眼帘。自打“认识”通远门以来，好像一直就没变化，只是，在城墙上筑起的几间小房子没有了，城墙也是越来越古老了。忘不了的是，城墙之上是华山玉食品厂剥花生的场地，放学后总爱邀上几个小伙伴来这里，不仅仅是远眺，偶尔还能从丢弃的花生壳中找出几颗红皮花生来，那更是欣喜若狂了。成年后外出求学、工作，偶尔回家曾见在城墙上竖起一个硕大有力的拳头雕塑，小儿告诉我：你说那是拳头，婆婆说是锭子，哥哥说是拓儿，姨爹说是手锤……真是！忍俊不禁后，才明白古城墙边的古老语言，也正在代代流传，让人感慨!

记忆中印象最深的是，在协和里、“人市”和修补街三条巷子出口的集中地，长不过二十米，宽最多七八米的路口，那就是七星岗的发源地，也就是说，七星岗的原始位置就是指这里。当时，工作日的人流量与解放碑有得一比：协和里门口的老虎灶，洗衣烫被的家庭主妇爱来这里提上几瓶一分钱一瓶的开水；爱美的年轻姐姐喜欢去只有两平方米的鲜花店打望；烧饼炉前围着的永远都是孩子们，三分钱一个的烧饼虽然不一定能常吃到，但闻闻芝麻的香味，舔舔小嘴也是一件惬意的事情;补锅匠的木槌声，修鞋匠的铁锤声，响成一片，只有补碗匠的工作才是默默无闻地，轻轻地，一下一下地转着小木钻。

路口，有卖搅搅糖的、磨刀的、卖糖关刀的、代写书信的、卖白糕馒头的、修钢笔的、捏小面人的、修锁配钥匙的、补衣服的，还有端个簸簸卖针头线脑的……

路口煤店在这里，糖果店在这里，公社医院在这里。路口好像不够用，百货商店在边上，旅馆和茶馆也靠在边上，油腊铺和文具店也接在边上，大多数摊点都是守着自己脚下那块地，傍着自己的营生家什，宛若一个每日赶场的小集市。

最热闹的是走街补锅匠，只要他一到来，隔着几条巷子都能听到他高亢的歌声“——锅补锅哟——”，惹得一群小孩学着，唱着要跟好几条巷子呢。

图·保节院 戴前锋摄

最忙碌的当然还是小面摊，一早一晚是一座难求，一角钱一碗，不仅油水足，麻辣味也够过瘾。摊主是个胖姐姐，名字好像叫魏起禄，下起面来毫不吝啬作料，每次面送跟前，还总给我再加上一点，顺便送上一句“娃儿家长身体，多吃点。”。柴火妞长成了小辣妹后，也极爱去看魏姐姐，虽说是价格已不再是当年的，麻辣味仍在延续。好想念魏姐姐和她的小面哟!

协和里住3号院亦很特殊，出口四通八达，人员居住复杂，据说是重庆解放前夕中共地下党在川东片区曾经的一个秘密联络点。

如今，这一切都成了回忆，想起来岂止是眷念，早已是一幅刻骨铭心的美丽画卷!

图·协和里 作者提供

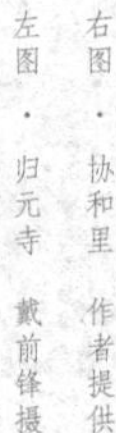

右图·协和里 作者提供

左图·归元寺 戴前锋摄

在安乐洞的那些日子

肖兴遥　五〇后

安乐洞这个地名，老重庆人，可能多数人都知道。

安乐洞分为上安乐洞和下安乐洞。一条很陡很长的石台阶，把安乐洞分成上下两个部分。

当时，安乐洞的房屋，以木结构瓦片房顶为主，从高处望过去，房屋鳞次栉比，高低错落，黑压压一大片。

小时候，我们家就住在上安乐洞。我们同另外一户人家，同住一层楼。两家人各住一间。和我家一样，他家也是四口人。两个孩子，和我们两兄弟年龄差不多。

那是60年代，日子过得很穷困。把我们两家隔开的那一堵墙壁上，有一个方形孔，一只15W的电灯泡挂在上面，供两家照明。一开电灯，两家屋里都亮了。

虽然都在穷困中生活，但他家似乎更甚。他们家没有家具，床、柜子之类都没有。每天睡觉，都靠打地铺。只要耗子溜进了他们家，那才真叫个无处可逃，必死无疑。我在他家，参加过这种战斗。先关上门，一人拿一把扫把。那耗子无处可藏身，在几把扫把的一阵横扫下，顷刻就四脚朝天。

现在回忆起来，他们家真是家徒四壁啊！

我家两兄弟，与他家两兄弟，经常在一起，拍洋画、输糖纸、滚铁环。他家生活入不敷出的原因，终于被我们发现了。说来好笑，这种原因，令我们两兄弟垂涎三尺，羡慕不已。

他家老爸，在烈士墓上班，很少回家。妈妈没有工作。到了老爸发工资的日子，他妈妈只要拿到钱，一定会把两兄弟带到七星岗“上海三六九”饭馆，大吃一顿。当时，下馆子，是一件极其奢侈的事情。一顿饭吃下来，手里的钱所剩无几。每个月余下的日子，捉襟见肘，在挣扎中打发。常常有一顿没一顿。

当时一般人家过日子，都是“精打细算”“细水长流”。因此，隔壁这家人的另类举动，常引起街坊邻居们一些知情人的议论，认为他们“生活得无计划”。

可是，他们在“上海三六九”下馆子的身影，却给我们小兄弟俩，留下强烈的印象......

“悠悠岁月，欲说当年好困惑……”

每当听到电影《渴望》这首歌是，我就想起当年住在安乐洞的那些日子。

图·上安乐洞 何智亚摄

洪海湖旅趣

罗学蓬　五〇后

重庆市江津区　作家

30多年前，朋友带着老婆儿女游罢四面山回来，意犹未尽，前来我家煽动："作为一个城里人，不去游一回四面山，算是白活了，进了四面山，不去洪海湖住一夜，等于没去过四面山。"

我这一家子经不住撺掇，寻下一个周末，儿子妻子老子一齐上，浩浩荡荡进山去。车到四面山，我们并未像其他游客那样在头道河镇上留宿，而是径直穿镇而过，徒步向大山深处的洪海湖前进。过龙潭湖，登七百梯，观后来被誉为"华夏第一高瀑"的望乡台瀑布，踏"二洞响雪"，涉百花滩，再穿过一大片莽莽荡荡遮天蔽日的老林子，夕辉灿艳时，我们终于来到了洪海湖。

嗬，只见一道黑黢黢的堤坝耸立于山谷之中，拦住了泱泱一池湖水，湖水漫过堤坝，在空中展布开一道宽约百米的银帘，然后飞珠溅玉般洒落谷底。装饰得红红绿绿的花船，则将湖面点缀得一派斑斓。远近湖面上，峰岭错落，林木葱茏，万绿丛中，杂花隐约，裸露其间的赤壁，则像一块块火红的云锦。

堤坝边，花船云集。这船儿来得别致，船顶有篷，两侧有栏，舱中置一方桌，均用油漆涂抹得艳俏醒目。船老板们站立船头，热情万状地向着络绎不绝的游客们吆喝。与我们同船的是七个打扮得颇具现代气息的年轻人，四男三女，操一口地道的重庆腔。

年轻人性急，一上来便催着快开船。40来岁，面相忠厚的船老板一边用篙竿把花船缓缓撑离湖岸，一边笑呵呵说："莫慌，莫慌，上了船，就等于到了家。今晚你们几位客人的吃住，全由我包了。"

"噫，你这船老板屋头还弄得有旅馆呐？"

"嘿嘿。"船老板笑道，"哪家接的客人，就上哪家住，这是我们洪海湖的规矩。今晚你们要是吃得不安逸，住得不舒服，我不收一分钱。”

花船离开堤坝，前后络绎成行，山影波光，犹似画中，渐渐地便稀疏了。有的靠了岸，游客进了湖畔人家，有的则拐进了另外的湖汊，消失在波光倒影之中。

太阳落坡时，我们也到达了目的地。那是一块突出在湖边的空地，一排十余间古朴的木屋面湖而立。一位年轻妇女和两个小男孩欢欢喜喜地迎出来，争着替游客们提行李。

我们赶紧问价，听老板一回答，大家才放了心，房费果真便宜，伙食也不贵。

我们一家子进了房间，屋子整洁，床单干净，还有一股浓浓的松脂味，就是地板不太平整。

蓦然飞起的一串嘻嘻哈哈的笑闹声将我们吸引到了窗前，只见那一群重庆大码头下来的年轻人正从各自的窗口像小鹿般蹦出。男的装游泳裤，女的着比基尼，一窝蜂往湖里去。

我们换上泳装，也下了湖。哦，山中的水，好清澈！让人顿时想起那句“清格灵灵的水来蓝格灵灵的天”。丰茂的水草，好柔软！姑娘小伙子们在湖里扬起水花，开心地嬉戏着，儿子也兴高采烈地参加了进去。野山野地野水，还有那不知什么时候正悄然露出岭尖的一轮银月，让人感觉到了大自然的亲切与温馨。

这时，老板拿着筲箕，走进湖边菜地，大声喊道：“展劲游，游饿了好吃饭！”

姑娘小伙，我们一家子全都从湖里爬起来，跑着跳拥进菜地，有的摘海椒，有的掐藤藤菜，有的摘豇豆、茄子。

这一顿风味独特的晚餐，都市人很难享受到。一大海碗腊肉片子炒大头菜丝，红的红亮亮，黄的黄灿灿，四个凉盘，黄瓜、豇豆、醋海椒、藤藤菜，便是刚才我们亲手抽的，吃起来别有一番滋味在心头。靠墙矮桌上，一大盆绿豆稀饭散溢着浓浓的荷叶清香。喜欢吃干饭的，则有白生生的甑子饭伺候。

大家刚上桌，老板便端上来一摞热气腾腾的蒸笼，笼盖揭开，全乐了，原来是一个个小小巧巧，色泽金黄的苞谷粑。众人迫不及待地品赏，呀，又软又糯又香!

老板卖关子，冲大家笑道："你们留着点肚子，还有好吃的哩。"

少顷，老板娘又端上来一大海碗爆炒螺蛳肉，姜丝、泡海椒放得极多，吃得众人"哧哧"直咂嘴，那嫩脆，那鲜美，真是不摆了!

"老板，你这些东西，重庆城里的大酒店都吃不到！"重庆城下来的姑娘小伙们一边吃，一边赞不绝口。

吃罢晚饭，姑娘小伙们登上一条花船，荡上了湖面。

等到我们一家出来，湖面上已是花船摇曳，灯火点点了。我们登上花船，妻子和儿子同心协力，笨手笨脚地摇着桨，我们的小船儿小醉微熏似地向着湖面踉跄而去。我则掏出火柴，点亮了悬挂在篷顶中央的马灯。

我们从在船头，静静地看那湖上的灯火，看那两岸隐约在夜岚中的青峰，看那在湖水中漂漂荡荡的一盘银月，体味和享受着那种祥和、空灵、松弛的感觉……

我终于相信朋友说的话了，回到城里，我也会向尚未来过四面山的朋友们说："一个重庆人，不去游一回四面山，算是白活了：进了四面山，不在洪海湖里住一夜，等于没去过四面山。"

红玫，
甜蜜的回味

王小迟　五〇后

重庆市市中区新华路道冠井
重庆市邮政局渝中区分局（已退休）

原市中区捍卫路口下端，中一路邮政局边边有一个叫红玫的餐厅。说来也怪，这个餐厅从来不卖炒菜，也不卖火锅，更不经营小面，但是20世纪50年代到90年代，凡住在下起重庆宾馆，上至文化宫地区旮旯角落，没人不知，无人不晓，出名得很。

每天清晨五点左右，餐厅开张，架墨卖食物，油条、油饼、油果子、包子、馒头、盐花卷、牛奶、豆浆、八宝粥。轮番登场。都是现做、现蒸、现炸。因此随时都有排轮子现象，那阵人本分，少有插轮子事情。每个礼拜，有那么两三天，外婆给我三两粮票，一角八分钱，买三根油炸鬼（外婆是宁波人，老把油条当秦桧），买回后分成几段下泡饭，一家几口早餐就解决了。

上午十点光景，红玫餐厅早餐高潮过去后，就推出大汤圆、小汤圆、伦教糕、包子。这是给不上班晚起床的人准备的。吃醪糟小汤圆讲究点的还加两个荷包蛋。

中午时分，包子仍然是主角，红玫的包子好吃，又白又胖，面很筋道，心子又多，分鲜肉、酱肉、菜包、糖包，外加馒头、发糕、花卷。有时有蒸饺，这得看师傅心情了，

酸梅汤是红玫主打产品，师傅按老配方，土法制做。不像现在的速成或酸梅粉冲制。那时的味道，真的是没上发条的钟——不摆了。酸到刚好，甜不过分。春夏秋冬，一年四季都有。下午，新鲜蛋糕出炉。师傅姓李，瘦瘦的很有精神，精骨人那种，酷爱足球，球迷一个。蛋糕做得也好，那时不用香精、人造奶油，好吃又无害，切得四四方方，上面铺满白糖。从下午到晚上八点打烊，酸梅汤、大汤圆、醪糟汤圆、醪糟鸡蛋、伦教糕，是你唱罢来我登场。

说是餐厅，不卖炒菜，说是饭店，不卖米饭，就连现在闹得最凶的

小面和火锅都不沾一样，但这个餐厅的生命力旺盛，生意一直都好，生客、熟客、过路客、回头客一网打尽。究其原因，仍然是谜。

时间回到20世纪70年代末80年代初，我也二十好几，一天，又去红玫买吃食，一进门，眼前一亮，哇哇，那来一个漂亮美人，坐在买牌牌桌子上，是专门卖牌牌的，好乖哟，大眼睛还是双眼皮，小鼻子小嘴嘴。一脸红霞，是那种白里透红，红中生嫩，嫩里生光那种也，看得我心里黑起跳，不晓得买啥子了。

后来天天去红玫吃饮食，目的是看美人撒。哎呀，那年代还不兴现在这样，还羞答答的，后来久了，熟了，一打听，别个已经是娃儿的妈了，又呕一回。

红玫，创建何时，无考。消失何时，不知。但伴我从10岁到中年这段美好时光，汤圆、醪糟蛋，蛋糕的甜、酸梅汤的酸、油炸鬼，油饼的香，以及美女的笑（哦，差点忘了，美女姓杨），一直深深印在我脑海，久久不能散去。

右图·四德村　戴前锋摄

左图·海意摄

我的邻居“白家馆”

聂嘉陵　五〇后

北碚　职业经理

儿童时代有无数美好的回忆，其中让我记忆最深刻的就是父母带我们几个孩子下馆子。那个年代要下次馆子是很奢侈的，只要哪天听到爸爸妈妈喊“今天下馆子”，我和弟弟就会兴奋得翻起脚板就往外面冲，跑到馆子去占位子，这个馆子就是隔壁的白家馆。

白家馆是储奇门码头名气最响亮的馆子。整个下半城白家馆是无人不晓，就连上半城的人，只要是个好吃狗，对下半城的白家馆恐怕也没有不知道的。白家馆门牌是解放西路46号，与《重庆日报》家属大院48号的我家相邻。白家馆是好久开办的？好像还没人说得清楚。只听白家馆唯一后人，与我弟弟年龄相仿的白九说过，白家馆是他爷爷的爷爷白万发开办的，那应该是清朝年间了。

白家馆临街有两个门面，有六扇门板的是大堂，有六块窗板的是厨房。大堂摆有方桌五张，每张方桌都配有四条长凳。方桌与长凳都非常扎实，做工也十分考究，桌子板凳的面子都已磨出了木质的原色。大堂天花板上吊了三副叶子宽大的老式吊扇，面对大堂右边摆了四张桌子，抵拢墙壁是上二楼的楼梯，二楼上摆有四张桌子，靠厨房一侧有一天井通向厨房，天花板上也吊了两个与大堂相同的老吊扇。大堂左边只放得下一张桌子，因前面临街放着齐肩高的收银台，后面就是大堂和厨房的通道。厨房通道口侧面竖立着的两根大木方一直通往二楼的天井，大木方相对平行嵌着两副木滑轨，木滑轨夹着三个木屜盒，一根粗大的棕绳从上端联结着木屜盒，厨房打下手的帮工可拉着棕绳使木屜盒顺着大木方上的滑轨上下滑动，将厨房的炒菜、蒸菜、豆花、冒儿头装在木屜盒里送上二楼，又可将二楼食客用过的碗筷盘碟送下厨房。在那个年代，这副靠滑轨拉上滑下的木屜盒，在我们这些娃儿眼里，那简直就是好看的西洋镜。

靠着滑轨，是一口专门用来点豆花的大锅，白家馆的周师傅藏有从清朝他祖辈传下的用卤水点豆花的诀窍。他点出的豆花，那是又皮实，又绵扎。和豆花相配的调和就更有特点：除了有香香的油辣子、麻麻的花椒面、青青的葱花、白白的味精盐外，还勾了一小勺芝麻酱。就这一小碟豆花调和在没有任何菜上桌的情况下，都会引得食客吞口水。因此，白家馆中午常常打拥堂，都是因为他的豆花。下半城有钱的人不多，下力的人不少，荷包没几文钱的人每到中午也爱往白家馆里钻，为的就是那豆花。好不容易挤到个位子，就会扯起喉咙喊："一碗豆花，一个冒儿头，二两老白干，快点！"酒足饭饱后，一边用牙签掏着牙齿，一边又扯起喉咙喊"算账"！一顿饭吃下来角多钱，又经济，又实惠，又舒服，出得白家馆来还舔嘴抹嘴的。他们那满脸发光、心满意足的憨态，在我们娃儿眼里，那些能吃白家馆的人，可都是好有钱的人啊！

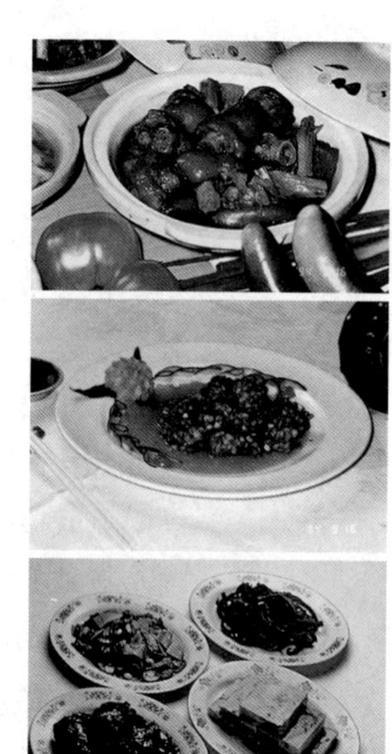

图·海意提供

报社宿舍院子和白家馆两隔壁，相处这么多年，难免经常磕磕碰碰，少不了有些恩怨情仇。《重庆日报》的报纸都是半夜印刷，印刷工人总是清晨回家睡觉，恰恰这个时候，白家馆开始了它一天的奏鸣曲：砍骨头那心烦的嚓嚓声、垛肉馅那沉闷的咚咚声、锑盆落地那惊心的咣当声、鼓风机那刺耳的轰轰声,全都不留情地倾泻到宿舍院子里来。杨二娃的老汉，报社有名的杨大炮就会光着身子，只穿条短睡裤，踩着两片拖鞋，从家里跑到宿舍院坝头，冲着白家馆厨房吼："格老子清早八晨的又弄个吵，要不要老子睡觉哟！"杨大炮的大嗓门这么一吼，白家馆的燥杂声自然会突然一下小许多。还有我们宿舍三楼晒坝，是各家各户铺盖毯子的晾晒处，可白家馆房顶的烟囱所冒的黑烟，遇到大河的风向上半城吹，晒坝上还没晾干的东西就遭殃了。宿舍院子最霸气的居委会代表徐妈，就会放下她那根长烟杆，气喘吁吁地爬到晒坝上去，对着白家馆房顶上的烟囱，用她那夹杂着浓浓下江口音的川话骂道："狗儿的白家馆，我儿你个仙仑板板喽，老娘才浆好的包单，又给老娘弄脏了。"虽然吼还是吼，骂还是骂，但白家馆的生意还是天天继续，中午豆花还是那么卖得，炒菜还是那么可口，人气还是那么火爆。只不过宿舍院子里的人如要去隔壁白家馆端个豆花，杨大炮、徐妈要炒个菜什么的，那分量肯定比大堂一般的食客旺实得多。

20世纪60年代初，猪肉被国家严格定量，白家馆已没什么荤菜卖，清晨也不再砍骨头垛肉馅，杨大炮的吼骂消失了，徐妈的叫骂声也没有了。但白家馆的厨师们仍使出浑身解数，想法把素菜做好，做到极致，以留住顾客。我印象最深的是大厨那精湛的手艺，把老豆腐垛细，用芡粉调稠，再加入味精和细盐，然后用汤匙勾进油锅翻炸，炸出金黄油亮的假肉丸子，真让人馋涎欲滴。

1963年后，国家经济情况好转，白家馆也有荤菜卖了。杨大炮清晨又开始对白家馆吼了，徐妈也有劲爬晒坝骂了，我家最惊人的变化是父母偶尔也能带我们几兄妹上白家馆了。每次只要父母发话下白家馆，我和弟弟会马上兴奋得像旋风一样冲出去，飞快地爬上白家馆二楼，找到靠天井旁能看木屉盒上下滑动的那张方桌，赶紧把筷子筒筒的筷子抽出一把，在桌子四方摆上六双筷子就表示这张桌子我们占了。

那个年代，我们一家下白家馆吃饭是件很隆重的事情。父亲总是穿得伸伸抖抖，母亲也打扮得整整洁洁，两个妹妹都收拾得干干净净。就我和弟弟平时好动，所以邋遢点，但脚下已穿上了当时盛行的解放鞋。菜由父亲点：一个大份回锅肉、一个粉蒸肉、一个烧白，鱼香肉丝或宫保鸡丁、四碗豆花绝不能少，父亲也最好白家馆那口豆花。我们几兄妹看着用滑轨拉上来的木屉盒，看着店小二将香喷喷的饭菜一样一样地从木屉盒传递到桌子上，喉咙管里早已忍不住“咕儿，咕儿”地吞口水。菜上齐，只见父亲筷子一督，喊声“开干”，我们兄妹便抓起筷子兴高采烈地吃起来，一家人团聚，下次白家馆简直就像过年。

我记得最后一次吃白家馆，是“文化大革命”开始后的1966年11月下旬，我大串联回来，走拢家来已是皮包骨。母亲见我回来又是高兴，又是心痛，急忙端起大锑锅去食堂打了七个罐罐饭，又掏出两毛钱叫我去隔壁白家馆炒份回锅肉回来。我狼吞虎咽，风卷残云，不到一刻工夫，七个罐罐饭，一大盅回锅肉，被我扫得干干净净。那时一个罐罐饭是二两五，七个就近一斤八两，加上那正宗老字号白家馆美味旺实的回锅肉，这顿饱餐实实令我终生难忘。

好多年后，只要来到下半城路过白家馆，我都要进去仔细看看，找找儿时的感觉。白家馆已物是人非，破败凋零。白家馆后来被拆迁，这个老字号餐馆最终还是消亡了，我和白家馆的缘分似乎还在。或许是当年白家馆对我潜移默化的熏陶，现在我自己在家炒的回锅肉啊、盐煎肉呀、鱼香肉丝、宫保鸡丁什么的，那还真留下了当年白家馆的味道。

图·储奇门大巷子 戴前锋摄

儿时的记忆

刘心蕙　五〇后

南岸海狮路　桐君阁退休职工

（一）

小时候我们住家就在南岸安达森洋行隔壁，在我们院坝边就能清晰地看见这栋楼房，院坝下面有一条路可以直通这栋楼，不过距楼大约几米处就被一道高高的栅栏拦住了，这条路长满了杂草，我们这些小娃儿经常在栅栏外藏猫猫，也常常在栅栏外窥视那栋楼，感觉很神秘，怎么从来没见里面有人，都以为是重庆茶场的什么仓库。

在这里还能看见慈云寺和门外那尊用整块石头打造的石狮子。小学放学，我们一般都从黄家巷那边走，有时天星桥那边的同学相邀，我也就跟随她们从慈云寺旁的石狮子边走过，然后经过那个很大的 “水”字和一个洞子，大约走一两分钟后，爬一陡坡就到我们家了。

我一人从来不敢从石狮子旁经过，因为这头石狮子打造得和真狮子一样威猛，大小与真狮子差不多，锋利的爪、长长的尖牙，口里还含有一颗石珠子，样子很可怕，那些胆大的男同学经常去掏狮子嘴里那颗石珠子，但从来没有谁掏出来过；可惜的是这头石狮子在“文革”中被“红卫兵”砸得稀巴烂，现在人们用一些烂砖块和水泥糊了一个很小的狮子，放在慈云寺门外护栏下面，不注意还看不见。据说这头狮子与江对岸白象街那头白象隔江相望，具有白象狮子锁大江的作用。现在旧城改造，有时想回儿时玩耍的地方找回儿时的感觉，却发现住了几十年的地方居然还迷路了，嗨！找不回童年却留住了乡愁。

黄家巷

（二）

从这条路过去就是黄家巷，左边围墙里就是安达森洋行，右边是重庆茶厂的职工宿舍，是后来建的。我从小就在这里长大，天天都要从这里去上学，或到玄坛庙街上去买东西。

小时候物质匮乏，什么都凭票。那时父亲好像是一星期回来一次，有时回来晚了就经常叫我到街上去给他买油酥花生、“五加皮”（一种甜酒）或炸酱面。在当时我本来从来没吃过饱饭，当然是买到这些东西就边走边尝。父亲其实知道我尝了他的东西的，但他从来没责怪我。其实这个“五加皮”没什么酒味，父亲以前就喝这些甜酒，其中有什么“广柑酒”，甜咪咪的。

因为我是家里的大女，父亲总是叫我上街去买这买那的。有天父亲下班回来，第二天他休息，他就给我说：“‘代姑姐’（大姑娘的意思，宁波话）你明天早点去街上买肉。”早上五点他就把我叫醒，把妈妈的呢子大衣给我披上，我就带小跑出门去了。冬天早上五点钟天气很冷，那时一路上只有几盏昏暗的忽闪忽闪的黄灯，走到黄家巷那棵黄葛树下我就加快了脚步，想起“黄葛精的故事”，生怕“黄葛精”下来把我抓来吃了。一路小跑到红旗巷小学旁边的肉店。那天我自以为我来得很早，殊不知队伍已排了好几米长。等到我排拢，肉没有了。天已大亮，我垂头丧气地回到家，爸爸妈妈也没说什么，因为那时什么东西都不好买。

（三）

“清早八晨，来了一人，大吼一声‘倒桶’！”每次想起这首童谣，我都会想起小时候的一件很尴尬的事。

那时我们的住房都是一家人一间屋，一家大小都住在里面，没有卫生间，所以家家户户屋里都有一个方便解手的罐罐，我们叫它尿罐。这个尿罐形状与炖汤的砂锅差不多，只是炖汤的砂锅开口小些，好保温，尿罐开口大些。

每天尿罐满了，就提到屋后面那个坡上的厕所去倒了，然后用一个竹刷子加水刷洗干净，放回门背后或什么隐蔽的地方。

我们这里好像只有女孩子才该做倒尿罐的事，如果哪天看见哪家有男人去倒尿罐，那男人就会被大家笑话；而且好像谁家里谁去倒尿罐，基本天天都由谁去倒。我们家也是我天天负责倒尿罐。每天我们院子倒尿罐的几个姐妹都要约好一起去倒，因为厕所要走几分钟才拢。有时我们几个提起尿罐边走边吹牛，你有什么新闻，我又听到什么小道消息，都在倒尿罐时摆谈出来了，就这样停停歇歇，本来只有几分钟的路程，结果我们经常天黑才提起空尿罐回家。那时家庭作业很少，社会治安也好，大人一般都不会吵我们。当时我们最希望天天有“倒桶”的来（就是农村来收大粪的）。他们一般都是很早从远处坐着一个专门装粪的木船来的，到了河边，几个男的分头担一挑空木桶，爬上坡到了各家院坝边，然后扯开嗓门大吼一声：“倒桶！”于是每家就有一人提的提起、端的端起那个尿罐冲了出来，直奔收粪的空木桶，手脚麻利地“哗”——快速倒掉尿罐的东西，如果动作慢了，粪桶已被别人倒满，就要等到下一个“倒桶”的来，等不到

图・安达森洋行 戴前锋摄

下一个“倒桶”的，就只有各人端到厕所去倒了。

一次我正准备去上学，突然听到一声“倒桶”！我急忙端起尿罐就冲出门，结果跑得太急，下楼梯时脚踩滑了，“稀里哗啦”“乒乒乓乓”就从楼上连同尿罐滚了下来，待我把楼梯擦干净，洗刷了尿罐，洗了澡换了衣服去上学时就迟到了，老师问“你怎么迟到了”，班上有几个是我邻居，他们全都笑了，异口同声地说：“她端起尿罐从楼上滚下来了！”自从这件事以后，同学邻居经常开我玩笑说：“你遭粪淋了的，哪个还没长高呢！”同学邻居的玩笑使我很尴尬。现在想起小时候的经历，虽然艰苦却很有趣，每次想起还忍不住偷偷笑。

现在条件好了，不用倒尿罐了，但那“倒桶”的声音还常常回响在我记忆的脑海里。

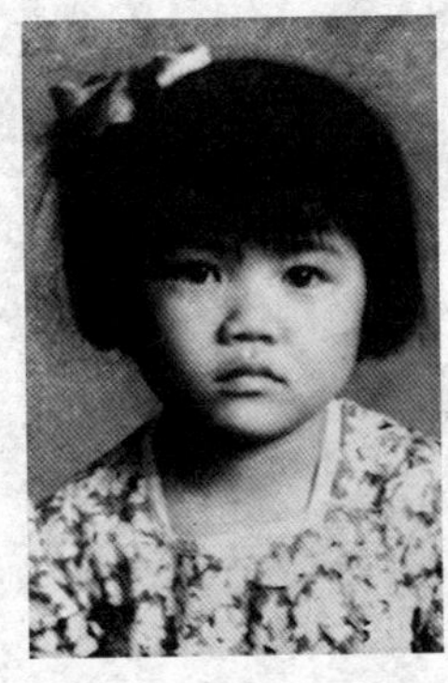

右下图·后面是慈云寺

右上图·小时候在玄坛庙照相馆照的

左图·这条路过去就是黄家巷

钢笔画下的情思

吴克林 五〇后

渝中区东水门石门街52号 退休

今天，提起笔来面对着东水门城墙旧照，那儿时的情景不禁又浮现在眼前。城门依旧，往事难忘啊。

那是在一九六几年，我们正在东水门小学读书，我们的学校是一明清时期的建筑，木结构的穿斗房，旁边是粮食公司的一个糖厂和宿舍，右边是一个机电公司仓库，紧挨着的是105仓库（即现在的湖广会馆），朝学校背后走是报恩巷、火麻巷、陕西路。我们的教室很有趣，在我们上课的教室里居然还摆放有几十口大小棺材。

原来，这里原是一个慈善机构的场所，棺材是送给那些死后无钱安葬的穷苦人家，解放后政府就把该场所改造成了小学。至今我还清楚记得，我们曾有过慈祥如母的董吉佟老师、教体育的李老师、高高大大的音乐卢老师。调皮的同学背后给卢老师取了一个绰号——长颈鹿，其实这个卢老师教我们唱歌时伴奏的风琴非常好听，她人又非常善良，时不时还对家庭经济困难的同学予以帮助、支持，还曾带我们去她家玩，她的家就住在野猫溪山顶上原长航宿舍。在她家里，我还看到了她父亲与毛主席的合影，原来，毛主席视察长江时所乘的客轮船长就是她父亲，长航局的总船长。

记得在读书时，为了逃避体育课，当上课钟敲响时（那时还没有电铃，完全用小锤敲），就有一些不愿上体育课的同学搬开棺材盖，爬到棺材里，害得李老师四处去找同学，后来这个秘密不知被哪个同学揭发了，就再也没人敢这样做了。可是调皮的同学就又发明了另一个恶作剧，趁同学们上音乐课时，把对他不好的同学的书包收起来，藏到棺材里，让人家下课回来找不到书包，特别是女生 ，就哭泣着去告诉老师。唉，想到小学读书时那些趣事，至今同学们相聚时都又要摆一阵子了。

东水门小学离城门洞就只有五六十米远，每当下午放学或星期天不上课时，我们男同学就会背着父母下河去洗澡，洗完澡后又害怕被父母晓得，总是在外面用自来水把手脚洗一遍，以免回家后父母检查，用手指甲在脚杆、手杆上一划，划不出印来就以为我们没下河了。

在东水门河边，我们还有一个有趣的事情，那时从朝天门到望龙门往来的人不少，为了好玩，我们就在河边沙滩上挖几个深三四十公分的坑，面上用细竹架起，铺上废纸，再在上面撒上河沙，用鞋底轻轻按上脚印，就跑远等着看哪个倒霉鬼被整到，每次都能看到有人被绊倒。

还有就是趁在河边游泳浮出去了的人不注意，把别人的衣裤放在坑里，上面撒上沙，与周边环境相同，等他游完上岸时找不到衣裤。

儿时有趣的事多得很，记得每年涨大水后，就有一些人在河边拿白芨用河水冲洗江边石堆，称为淘金。你别说，我院子的孩子们还真在此淘到过金币、铜钱之内。淘到后就到美丰银行去卖，有了钱，就到运输电影院看电影，或买糖果吃。

东水门、芭蕉园、石门街、东正街、新马路、白鹤亭，那一幕幕刻心的印记，永远摆在心里。我多想再回到旧地走走啊，只是物非旧物了。昔日的印记，全被拆除了，所以现在我面对摆放在书案上的关于老重庆的书籍，内心只能轻轻呼唤：我忘不了旧城，我一定要用自己的一点爱好把它画出来，让今天的城市建设规划，一定要沿袭母城文脉，突出山地地形。设计师们一定要多多了解我们重庆，这样，你们才能设计出具有山城特色的作品，所以目前我特别关注十八梯的规划设计，经常向儿子打听它的有关信息，真怕以后再看不到一点十八梯的模样，如果晚辈以后都不知道父辈原来居住的环境，那才是遗憾了。

右下图 · 东水门小茶馆 戴前锋摄

右上图 · 东水门白鹤亭 吴克林绘

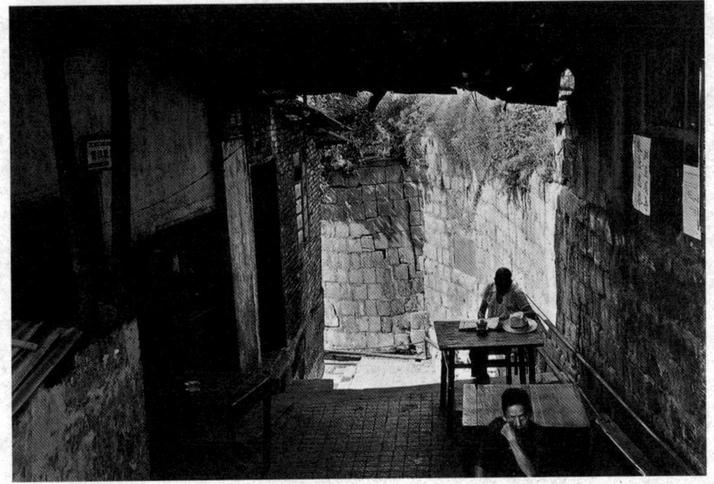

红土地佚事

梅林 六〇后

化龙桥 编辑

一直以来，红土地都是我心中的一个纠结，这定然是个有故事的地方。在我幼小的心灵中，那里一定有一座红红的土地庙，庙里供着一位红红的土地爷。果真如此吗？打我记事起，就从没见过那座心中的小庙。

星期天，乡民们挑着担，背着篓，从四方的田间地头蚁聚来此，于是乡场的屋檐下就排成了蔬菜瓜果的市场，中间留出一条道来，穿梭其间的，是附近学校的老师和那些有着城市户口本的居民们。

那个时候，场上只有一家国营饭店，一间摆满油盐酱醋的油腊铺，一家出售布匹、文具、图书和日杂用品的国营商场，还有一个理发店和糖果店。

商场是我常去光顾的地方，因为图书柜台里摆满了诱惑人的花花绿绿的小人书。商场的核心位置是大厅中的收银台，每个柜台上方都有一根细细的铁丝连着，通向收银台中枢区。顾客挑好了商品，营业员就会把收到的钱和填好的单据夹在一个铁夹子中，铁夹的耳朵始终穿在铁丝里，“嗖”的一声，营业员便会将铁夹用力滑向收银台，收银员找好了零，又会“嗖”的一声把铁夹滑回来，一单交易便算完成了。

那些诱惑人的小人书，抓住了我许多的课余时间。那时的商品不是开放的，顾客只能站在柜台外看，看中了请营业员取出来，放在手里的时间一般不会超过10秒。我就像童话中那只受邀到鹤家做客的狗，围着细高纤瘦的食物瓶，滴着谗涎围着柜台打转——口袋里没钱！

机会终于来了。放暑假了，母亲要去广州探亲，一米二以下的妹妹很幸运，她可以免票，而不争气的我居然冒出了一米五，需要全票的价格。母亲看着我，很犹豫很难过。

不知怎么的我突然想起那些小人书来，于是我很大气地对母亲说：

“我不去也行，但得有个条件。”

“什么条件？”母亲忙问。

“我可以不去广州，但你得给我一块钱。”我鼓足了勇气。当时一本小人书价格在一角五分到二角五分之间，一块钱可以买四到五本我心仪的书了。

没想到母亲非常爽快地递给我两块钱，感觉从未见过如此麻溜的动作。

直到今天，我依然非常清晰地记得这两块钱的成果，其中有《芦荡小英雄》和《小英雄雨来》。

我有一个同学，他叫洪。洪的父母亲被打成右派双双去了干校，哥哥姐姐又下了乡，留他一个小小的人在城里读书和漂泊。洪的日子不难猜想，饱一顿饿一顿是家常事。肚子饿了就得自己想办法，红土地中那间油腊铺给了他机会。一天，他偶然发现，那存放面饼的柜台是活动的，可以挪开一条缝，并能伸得进一只小小的手。

口袋里有了面饼，洪想当然也要到同学中显摆一下，一双同样饥饿的眼睛盯上了他，他叫邓。邓向洪请教了半天，终于弄清了其中的奥秘。第二天，邓也如法炮制，悄悄地向那条缝伸出了小手。手刚伸进一半，突然一只大手从身后拧住了他的衣领，接着一瓢凉津津湿腻腻的东西从头顶直浇而下，那是一瓢红油豆瓣酱。

昨天刚丢失了面饼，铺中售货员的眼睛可正盯着呢。他装得若无其事，甚至故意走到另一侧，可眼睛的余光一直盯死在面饼柜台上。

抓的就是你！

淋着一身豆瓣酱落荒而逃的邓，给这条平静的小街增添了一段茶余饭后的谈资。

今天，红土地依然如故，它成了城市大改造以来少有的基本保持原样的小街，高楼大厦已将这里包围。它甚至还成了地铁6号线中的一个站名。

可是，红土地的故事，已经不再延续。

多彩的黑白片

沙丘　六〇后

大坪　财务工作

沱沱说："梦回水火山城，生存固然艰辛，我们一直在诗意地生活。对美好生活的追求，从不因为物质的贫乏而放弃，我们想方设法给单调的生活注入一些趣味。"

乘凉夜曲

夏夜，我们给炙热的院坝浇上水退热，然后搬出竹席凉板在室外乘凉过夜。鬼故事也讲完了，夜渐渐安静下来。水泥电杆上幽暗的水银灯光投下行道树斑驳的影子，从街的对面经常飘出二胡或笛子的乐音，虽不那么专业，但有了音乐，那天就会显得不同寻常。舒缓的节奏潜入夜色，带着我们进入梦乡。

收听短波

流行音乐开始风靡大陆，晚上关灯后，我们就把收音机贴近耳边，开始在神秘无序的杂音中搜索短波，那个时候叫敌台。大人骗小孩说谁在收听，公安局就能侦查到，要来捉拿。我是"为你歌唱"流行歌曲的常客。播音员是台腔女主持，温柔的女声唱响开头曲："我要为你歌唱，唱出我心中的忧伤，只因你带给我希望，带给我希望……"电波忽而清晰，忽而断续，忽而缥缈。

每周一歌和听众点播

20世纪七八十年代，在没有录音机进入之前，歌曲的传播途径单一，就只有广播电台，而且也为数不多。开始是调幅AM，后来才有了立体声FM，收听质量也大大提高。每天中午定时播出同一首歌，每周一换。最激动人心的是在星期天早上大概8点半至9点，播放某某某听众点播的最流行的歌曲，节目一开始就生怕结束，每次听得都不过瘾，然后就是6天漫长的等待。

DIY“蜡梅花”

那时候经常会有一种自制的工艺品方法流行。比如做五瓣梅花，先用铁丝做成枝干，缠上深色的纸。再用一根竹筷为花蕊，五根围绕捆绑好，作为模具。将蜡烛融化，加上些红或黄色，把模具朝里面一蘸，再在冷水碗里一杵，一朵梅花就制作完成，然后就粘在枝干上。

养红茶菌

邻居给了我家一小块像海蜇一样滑滑的东西说可以养胃，叫红茶菌。我们加上白糖、红茶水把它养在搪瓷钵钵里，慢慢地发酵。它越长越大，最后长满了整个盆，厚厚的一块浮在橙色的液体上面。我们就把菌液舀出来喝，酸酸甜甜的，成为最早的纯天然夏季保健饮品。

练 功

突然又兴起了练功的活动，主要是“打巴壁”“弯腰”和“跳马”。每人买一条黑色的松紧宽腰带来扎起，很是精神。练习的时候，头向下双手撑地，身体倒立用力一翻，双脚搭在墙壁上，呈一个“C”形，一直到双手没有力气了，脚才返回地面。两三人就可以一个一个地重叠，最后一个弯曲的幅度最大，那只有好功夫才能胜任！

看电影

我家住在大坪，常去周边几个大单位看露天电影。看电影可是一场重大的活动，这几个单位一般人都进不去，要熟人带入。20世纪80年代初，电影解禁和兴起，有喜欢的新老电影就会前去，记得有一次跑到沙坪坝艺术馆看《牛虻》。有电影插曲的要在观看前先学会，最有印象的是《满山红叶似彩霞》《愿做蝴蝶比翼飞》。

记得在更早的时候，我们一家人乘车到山城宽银幕电影院看《卖花姑娘》。天下着雨，又去晚了一点，买了票的位子已被人占领，里面有空处的地方都站了些人（他们都是熟人带进去）。爸爸好不容易找到过道位置，我们将大雨衣垫在台阶上，边看边流泪，花钱看了一场伤心的电影。

几十年过去了，能够沉淀下来的总是打动了自己的某一件事，某一个片段，我们揣着这些故事行走在时光里……

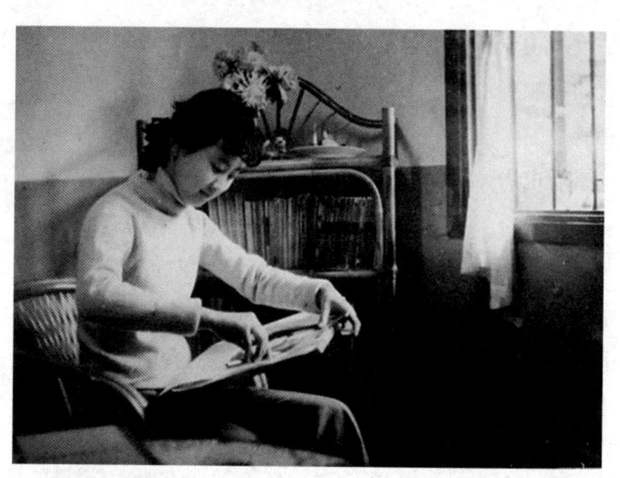

图·作者提供

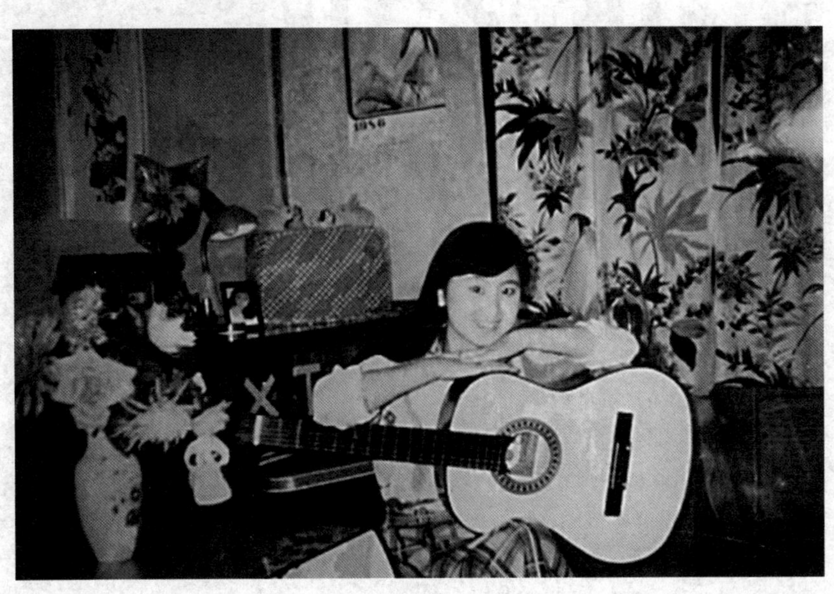

遗落在盛夏的歇凉往事

陶灵　六〇后

云阳　建筑工程师

搭凉床

童年的夏天，每天太阳偏西的时候，我都会用水把屋前的街坝挨着淋遍。那时的住家人户还没接自来水，从井里打来的凉水，正适合淋热滚滚的地面。不过地面的水一会儿被吸干了，我得再淋上一遍，差不多这时太阳已落到山下去了。等水又干了的时候，地面的酷热也退了，我搬出长板凳，抱出竹连竿儿席，搭上夜晚歇凉睡觉的床。

一眼望去，同街的细娃儿也纷纷在自家的门口搭好了凉床，有的人家还搬出小桌、小凳在街沿口，一边歇凉，一边吃起泡豇豆下绿豆稀饭的晚饭来。家里细娃儿多的，或者住着几户人家的大杂院，屋门前的街坝不够搭凉床，还没等太阳偏西就要先去占离屋门口近的位置，迟了凉床会搭到远的地方，有时下半夜里冷起来，或遇突然下雨，撤凉床回屋睡觉时，没有离屋门口近的快捷、方便。

搭好凉床的夜幕下，街口那边又会准时传来一阵熟悉的叫卖声："卖蚊烟哟——卖蚊烟啰——"街坝夜蚊子多，深夜睡得正香时，我经常被咬得毛焦火躁的醒来。蚊烟是必买不可的，很便宜，三分钱一小捆，有五支，每晚要点两到三支。这种蚊烟是卖的人自己做的，我见过制作的全过程。在锯木面面儿里混少量的"六六六粉"，用灌瓶打酒的那种漏斗，把锯木面面儿灌进事先糊好的纸筒筒儿里，纸筒筒儿只有大拇指粗，要边灌边用铁丝捅，才灌得饱满，蚊烟点着后不至于中途熄灭。

深夜里，会有"啪嗒"的声音响起，不知是哪家的细娃儿"不老实"，睡了个"月亮落土"——滚到地上了。惊醒的会马上爬起来，回到凉床上继续睡，憨憨的就睡在了地上，第二天起来满脸是灰，逗得大家哈哈笑。

听故事

夜晚歇凉听大人讲故事，是当细娃儿时经历过的再寻常不过的事了。

我在的那条街识文断字的人不多，很少有《桃园三结义》和《林海雪原》这类励志故事可讲。最多的是“鬼故事”。听故事的地方不固定，但像约定俗成一样，位置都靠这条街的中心地带，住家人户多，屋门前的街坝又算是比较大的，最关键的一点，为首的主人家喜欢热闹、好客，早早就准备了板凳、椅子、蚊烟和一大盆老鹰茶。鬼故事惊悚、恐怖，我尽量不去喝老鹰茶，不然中途尿胀了，外面黑洞洞的不敢去厕。

听完故事和一群细娃儿一起回家，街上没有路灯，偶尔从住家人户的门缝儿透出点亮光。在经过黑漆漆的巷口，或曾经死了人而摆过棺材的地方时，胆大点的娃儿呼地一下跑到最前面，大喊一声“鬼来了”，吓得胆小的扑爬连天赶紧跑，时常跌破了手脚。尽管这么害怕，每晚还是忍不住好奇要去听。

我躺在凉床上也听姑姑讲故事。“月亮不能用手指，指了夜里会割耳朵”，姑姑告诉的这个经典传说，被很多人认为是迷信，我却把它写进内地版的小学语文阅读课本，成了一篇童趣盎然的散文。

娃娃书

暑假午后的太阳正旺、正辣，背着大人下河洗澡，是细娃儿最喜爱的凉快方式。为躲避大人的视线，同街的细娃儿不一起去，午饭后不约而同地来到河边。我被大人在河边捉住的那个夏天，早已学会了各种洗澡花样儿。

暴雨后的齐头水，在河边留下一片的稀泥带，我们光着屁股在上面滚满全身稀泥，然后躺在卵石滩晒太阳，又凉爽又暖和。河边的稀泥带干了后，龟裂成一块一块的泥干，我们搬起来，用竹篾片刻成各种的泥干动物。刻得最多的还是手枪，拿回家再用墨汁涂黑，觉得像把真枪，在缺少玩具的年代，握在手里感觉像英雄人物一样威风。

洗没洗澡是很容易看出来的，根本躲不过大人的眼睛。我上岸后不忙着回家，约两个小崽儿一起去看“娃娃书”。书摊摆在古城门的圆洞里，算是阴凉坝儿，却还是很热，看书时流一身汗后，就看不出洗过澡的了。看一本“娃娃书”一分钱，摊主规定最多只能三个人同看，出钱的拿着书坐在中间，没出钱的坐在两边凑着看，我们三个轮流出钱，轮流坐中间。

城门洞里的娃娃书摊，陪伴着我童年的每一个暑假。

过桥

贺彬 六〇后

在1968年，水泥的大桥还是稀罕的事物，那时候我的爸爸妈妈要从西南医院到南岸的铜元局去探望年迈的婆婆，就必须到长江边去赶轮渡。

轮渡随着江水的涨跌迁移，在冬天我们不得不走过长长的河滩，才能登上轮渡停靠的趸船。

那一年我不满一岁，我爸我妈，这一对年轻的夫妇抱着软软一团的我，踏上了薄雾茫茫的河滩，囤船在看不见的远处，那一个早晨的探亲旅程很快就变成了一场噩梦。

河滩上密布硌脚的鹅卵石，我妈臂弯里的我一点点变得沉重起来，最后成了让他们无力前行的负担。

他们站在没有尽头的河滩上喘息，那时的我已在他们的手中轮换了好几个回合，这时一位潲水的回收工经过，热心地提议让他来替换我那精疲力竭的爸妈，但是他肩上的潲水也同时转移到了我爸爸的肩头。

毫无经验的爸爸挑起潲水上路，摇来晃去，只能让身后那只沉重的木桶，不断撞击到自己的后腿上。

那次气喘吁吁的探亲，多年以后成了我们家中被一再重提的传说。这个传说既记载了那个遥远年代的纯朴和美丽，当然，也记载了在那时重庆渡江的千难万险。

接着是1984年，长江大桥通车，我们一家四口在通车不久的那个星期天赶到桥头去留影。在我们家的探亲史上，这座大桥具有划时代的意义，所以在那张已经变得灰白的老照片上，我们一家四口都傻乎乎地乐着，我们的身后就是那后来广受争议的半裸的桥头雕塑，那是《夏》，一个健壮的男子正屈身穿越波浪，他的腰间飘过一条布带，权且遮羞。

一个变革的时代正在悄悄地到来。

尽管对于轮渡那歪斜着破浪前行的方式仍有一丝留恋，但我们仍然迅速而彻底地抛弃了它，我们开始百分之百地依赖过桥，去看望长江南岸的婆婆。

逢年过节，我们过桥，去频繁地举办家宴，我们谈论开公司、下岗、内退，谈论炒股，桌上的饭菜也越来越丰盛。我考上了西北的那所重点高校之后，我们同样过桥，将那喜讯告诉那时候几乎已不能下床的婆婆。我堂姐的大儿子要南下深圳，我们还是过桥，去为他送行。

时间已经来到了2009年，五一节，终于有闲的一日，就和朋友相约踩桥。我们驱车前往，在五里店那迷宫般的引桥间盘桓后，终于看见那伟大的红色拉索桥墩来到我们的眼前，然后蓦地飞越过我们的头顶。

这是一座美丽至极的大桥，而且一跨而至弹子石，恍若隔世。

此刻，我在我妈的病床前，回想那一刻的时空变幻。我的母亲，在经历了一个星期疾病的折磨后此时疲倦而哀伤。她沉沉地睡着，而我却暗下决心，病好之后，一定要带她过一回朝天门大桥，因为那无疑可以带给我们现在最最需要的一分神奇。

图·储奇门江岸　戴前锋摄

图·南纪门正街　戴前锋摄

只争朝夕建长街

翟晓　六〇后

九龙坡　职员

2000年，九龙坡区做出了修建步行街、打造杨家坪商圈的决定。光阴荏苒，杨家坪步行街建成至今已有十多个年头了。

人们习惯将杨家坪步行商业区称为步行街。其占地近19万平方米，中心直线最大长度600米，步行面积达5.5万平方米。

步行商业区位于杨家坪中心地区，东面以天宝实验小学运动场、杨家坪横街为界，南面以大洋百货、晋愉城市彩园为界，西迄前进支路、兴胜路，北抵九九商场。基础设施投入2.5亿元，为当时全区投入最大的市政工程项目。

步行商业区建设并非易事，单是杨家坪转盘的交通问题就让人大费心思。此地五路辐辏，多年来一直是困扰杨家坪的交通瓶颈。规划者巧做安排，利用原有的兴胜路、前进支路、杨家坪横街，新建高架桥打通市体校一段，形成了供车辆单行环绕步行区的环道。与此同时，着手解决步行区机动车交通、步行交通以及公交车站、出租车临时停靠点等配套设施建设问题。尤其是通过与轻轨交通的交错结合，形成了最为便捷的交通网络。

步行商业区的市政基础设施建设首先涉及错综复杂的拆迁。经多方努力，近15万平方米拆迁任务按时完成；与此同时，步行区内基础设施建设加紧进行，按照“10年不开挖”的原则，管网全部下地，路面铺筑，人行道改造稳步推进。

步行区内绿化也是早有规划。200多株大树古木如黄葛树、银杏、黄桷兰、香港紫荆等或特意保留，或从远处移来，使行人移步有景，抬头见绿。要说步行街内绿化的得意之笔，就不能不提梅堡游园的改造。游园占地9000余平方米，其中绿地面积约为4000平方米。进大门环道为“木兰寻径”，园中为“梅岭春雪”，后园为“岁寒三友”。全园不仅有60余种

图·杨家坪 胡大伟摄

乔、灌木，还有60米宽的人工瀑布，衬以紧邻游园门前的喷泉水景，让人感到步行区内，有山有水，别具风情。

2003年春节，杨家坪步行商业区开街，一大批知名商家和银行入驻。老百姓喜笑颜开，物流有序，人流如织，杨家坪地区已成为名副其实的都市金贸副中心。

抹不去的是记忆

周芯羽　九〇后

大坪　学生

依山傍水，重叠有序，长江、嘉陵江的水千古以来波光粼粼、汹涌澎湃的模样引多少文人墨客停留吟诗，不光感叹江水，还有那些情怀，“君问归期未有期，巴山夜雨涨秋池”。街道与空气里弥漫着的火辣的气氛才有了这里热情仗义的情怀。

小学的时候，老师要求写赞美重庆的征文，那个年纪只懂得以热爱火锅、热爱重庆来概括。我不过是19岁的姑娘，我所见到的，老重庆父辈们早就见过，但对于一个19岁的姑娘来说，十几年前的照片，照片里早就被岁月抹去的关于重庆的事物，还有里面那个孩童的笑还是温暖着我的心。

那时候，大坪没有时代天街，晚饭后的散步，奶奶总能带我逛好久好久。

那时候，文化宫里还有小朋友玩的蹦床，还有好多小吃摊，每个周末等我画画下课的时候，就有一碗凉面等着我，还有玩一下午蹦床的机会。等文化宫里的小吃摊没有了，等蹦床没有了，我才发现我的作业也越来越多了，到了现在便感悟到小朋友的厉害，他们可以因为一碗凉面，因为玩蹦床而忘记所有眼泪，然后开心一个星期。

那时候，402路公交车还是电车，妈妈说电车的电线是它的辫子，它的辫子有时候会掉下来，那么车子就要停下来等辫子扎好了才能出发。402路给我的记忆是到文化宫去探望外公外婆。外公外婆家住枇杷山正街，文化宫到枇杷山正街的坡很陡，外婆总是会给我糖吃。只是现在文化宫到那里的坡依然很陡，却再也没有外婆给的糖果罢了。

那时候，我记得到朝天门码头需要搭乘缆车，爸爸每年春天带我去放风筝，还教我怎么描述春天。可是，我的兴趣不在风筝，也不在怎么描述春天，我的兴趣在于江边的河沙，因为可以用来画画，还可以创造出奇奇

右图・枇杷山 戴前锋摄

左图・枇杷山小巷 戴前锋摄

怪怪的小怪物。缆车停运的时候，我的作业已经有了很多，可是小小的心脏里有了一些不舍，一直以来想感谢缆车老先生给我童年那么快乐的记忆。它就是一位老先生，注视着码头的朝夕，注视着人们在这里的别离与欢聚。

岁月将这些充满记忆的事物抹去，还将把所有的人带走。我还将面对无数次的失去。不管是在这里还是远去，抹不去的是美好的记忆。

副副佳联缀名山

何永利　七〇后

九龙坡　社区干部

九龙镇位于重庆西郊，地处长江北岸，东邻渝中区，西接沙坪坝，南界大渡口。以前，镇内有庄院、祠堂、书院、庙宇、道观、牌坊、摩崖题刻近50处，还有数以百计的大型墓葬，这些建筑物上大都刻有对联。前些年，九龙村发现光绪初年的手抄本——《酬世锦联》，里面辑有上百个行业的联语千余副，可见当时人们对楹联的喜爱。流风所及，民间婚娶寿庆均离不开佳联妙对，历经千百年，习俗不改。

与很多地方一样，九龙镇以前的楹联创作大多单枪匹马，1975年，镇里开始了有组织的创作活动。那时候，大多数人还只是从报刊、书籍上抄录一些现成联语来贴于门上以示辞旧迎新。党的十一届三中全会以后，人们解放思想，振兴经济。文化爱好者也不再满足于用现成联语来赞美家乡翻天覆地的变化。

1982年，镇域内第一次开展迎春征联，收到反映家乡巨变的联语数十副。从此，父女登台，师生参赛，夫妻切磋，干群同谱，成为如今九龙镇每年春节前的一项年办年新的群众文化活动。参与者既有年逾九旬的长者，也有不及七岁的小儿，累计上万人次参与，创作联语7万余副。

一分耕耘，一分收获。三十余年的坚持不懈，九龙楹联借助于书画、篆刻等载体，十登山城，八上成都，九出三峡，七渡扶桑，广泛参与交流。先后有500余位爱好者的联语在报刊发表，入编30余种出版物。九龙镇成为“楹联之乡”“中国民间艺术（楹联）之乡”。

迄今已有数以百计的匾、对走进名山秀水，一次次进入多个景区，点缀亭台楼阁。如华岩七步荷塘长廊有：“耳近苍松如听法；身临碧水可观心。”走马镇西街口有“烈日炎炎，挑夫踏月奔渝府；寒风凛凛，驮马披霜赴蜀都”。走马镇关武庙大殿有“鼎本归民，无论蜀疆吴界；香皆绕殿，不拘渝府解州”等。

龍亭

右图・巴福镇幸福公园
中图・白市驿登山步道长廊
左图・走马镇故事广场长廊

弹子石
老居民区的野花香

胡颜婷　八〇后

弹子石　企业单位职员

弹子石是个老居民区，这里曾经有印染二厂、重麻纺织厂、重棉三厂、制药厂还有重庆卷烟厂等。或许因为厂多，弹子石也是一个重要的码头，沿码头一直到弹子石正街这条路曾经是最热闹的一条街，也是众多喜欢拍老重庆照片的人拍得最多的地方。记得小时候交通还不够发达，公交车也不多，去解放碑最方便的就是在弹子石码头坐渡轮，半小时一班，坐到朝天门，再走到解放碑。每次坐渡轮我都喜欢站在渡轮的门边，不仅是因为靠岸后可以第一个冲出去，还因为在渡轮从弹子石驶向朝天门时，小浪花会从门边浪进来，躲浪花是我当年的一大乐趣。到了朝天门，可以坐缆车上去，也可以步行爬一大坡走上码头。每次我都嚷嚷要坐缆车，我妈就总会说："坐啥子缆车，懒人才坐缆车。"以至于在我童年记忆中，很长一段时间我都以为它叫"懒车"，因为是给懒人坐的啊。

那时候，弹子石周围还有很多田地，3、4月间，油菜花、萝卜花、胡豆花开满一片，我们就在花田里追蝴蝶，一直到天黑都不愿回家，当然回家也少不了挨骂。到5、6月，玉米地里的玉米熟了，放学后把书包全部腾空，悄悄溜进玉米地掰了玉米藏在书包里，似乎自己掰的玉米格外香甜。

春日午后，最爱唤上邻里小伙伴一起，先到玻璃厂集合捡几个不大不小的玻璃瓶子，沿小路一溜烟就到了武警医院，再穿过杨家湾那个早已废弃不用的缆车轨道，就能下到长江边。那时候没有南滨路，也没修三峡大坝，春天河水没涨起来的时候，河滩很大一片，整个沙滩和河滩上各种大大小小的水凼就是我们儿时最爱玩的地方。水凼里面长满了小蝌蚪，拿出从玻璃厂捡的玻璃瓶，把小蝌蚪捉进玻璃瓶里带回家，看着它们一天天长大，长出四条腿，然后没了尾巴变成小青蛙……捉完小蝌蚪回家的路上，会看到很多黄色的小野花，随手摘上一把，很香，那是我整个童年记忆中，关于春天的味道。

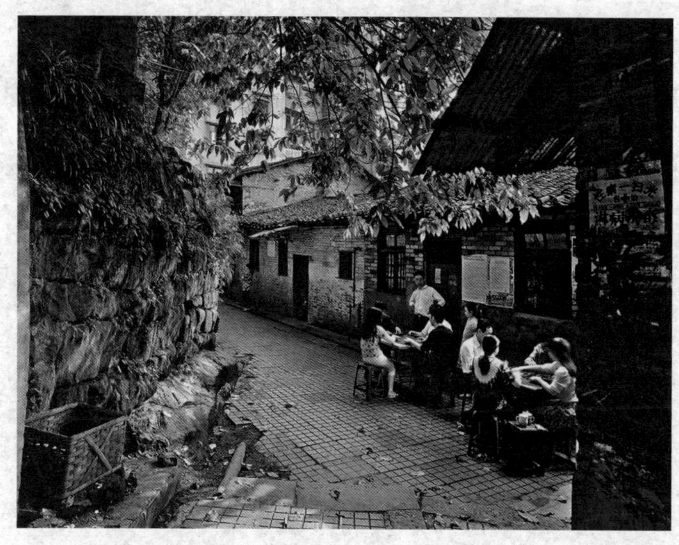

图 · 弹子石凉水井民居　戴前锋摄

裕华二里

宋承林　八〇后

南岸区弹子石大佛段重棉厂家属区裕华二里　摄影师

我记忆里的第一个人是我婆婆，那时我们就住在裕华二里，而故事就从这里开始……

从弹子石转盘往上进入大佛段正街，再走大约500米，左手边进去200米就是裕华二里了，就是现在朝天门大桥南桥头斜下方。这里以前是重棉三厂的家属区，建筑大都属于苏式的那种两三层楼板木结构的宿舍。建于多久我不知道，但感觉是解放后不久的建筑。我出生在这里，直到上小学才离开，但每个礼拜也都回来看婆婆，这里的一草一木我都记得。由于是家属区，周围被修建了一圈围墙，一个大门上面写着裕华二里的门牌。进门左手边是一家小卖部，在我记忆中印象深刻，以前婆婆每天都会给我8角钱让我买一小包老四川牛肉末吃；右边是两栋新修的楼房。下几步梯坎左边就是一个水塔，右边就是两栋老式的宿舍楼。中间一坡长梯坎，下完右边就是我家的那栋楼。梯坎中间有家小店，以前家里有电话的不多，这家店有公用电话，如果有人打电话找你，老板扯起喉咙吼，多远都听得到。楼外面有块空地，儿时的我就是在这里和玩伴打珠子、扑画、抽陀螺……我家住在二楼，两室，我和婆婆睡一起，我爸妈睡里面，去厨房要出门，因为楼里的所有厨房都统一在一边，每个厨房只有二三平方米，连成一排。王婆婆和我婆婆耍得最好，厨房也在我们厨房旁边，每次王婆婆炖鸡汤、酸萝卜鸭子汤、红烧肉，我都会在厨房外面候着，王婆婆也会主动给我舀一碗，而我婆婆就会说我是好吃狗。那时耍得最好的兄弟伙就在我们窗子对面，天天形影不离地千翻，犯错后也一起在各自家里跪着受罚……

回不去的才叫记忆，随着朝天门大桥动工，这里渐渐消失了。很遗憾，等到我开始记录的时候它已不是最初的模样。如今这里早已拆完了，婆婆也已经走了二十年了，但那里关于婆婆和童年的一切都刻在我的脑中，陪我一直到老。

我的天空之城，儿时印记

陈虹　六〇后

渝中区新华路　自由手工业者

自搬家至江北后，这几年到渝中的次数渐渐少了，难得有事“进城”，也只是稍作停留，去来匆匆，难得有闲空想念美食，来到解放碑下踱步作闲适状。放眼望去，几栋商业楼悉数尽在升级装修中，这让解放碑更像一个大的工地，定位为CBD金融商务活动中心的渝中区几年后将会是又一个梦工场？规划中的七栋超高建筑是否会真的重建渝中半岛的城市天际线？

站在碑下，夜晚的华灯迷蒙，竟有恍若隔世之感。这个四方形炮楼式的建筑，昔日的“精神堡垒”，它曾是很多人的心中所向，在外地人的眼里，解放碑即是重庆，对重庆人，特别是一个地道的渝中区人，它则是一段记忆，一个符号……代表着上世纪八九十年代的时尚与繁荣，代表着每个美妙的夜晚，代表着儿时的记忆。

对于一个在建设中每天都在发生变化的城市，即使她有了400多米的西部最高建筑，即使有江北嘴的歌剧院，作为城中人铭记在心的还是解放碑。每一个人心中都有一个不同的城，把记忆的纤丝拉长揉碎，回眸所见到的是一个快乐淋漓的城宇，不是天堂胜似天堂，一个我记忆中的天空之城……

那时的每天清晨是从下半城通往上半城的石梯开始的，小孩的精力总是十足的，蹦跳不稳的小脚沿着人民公园，经新华路直奔临江门的学校，怕迟到，也总是跑，整整25分钟一分不差地抵达教室问安老师你好！健康的童年和这座城共融的最初节拍就是这样奔跑来的吧。

放学回家的路上牵着妈妈的手，如果考得好成绩一定会缠着走另一条路到（现在的步行街）颐之时去吃一顿冰淇淋，双球的，白色和淡黄色，用玻璃小碟装着，慢慢用小勺吃，香草味很正，很浓，比哈根什么达斯好吃多了，现在偶尔食之，仍爱香草味，想必就是那时的烙印了。

每到夏天，爸爸则爱带着我和妹妹去朝天门两江会合处看涨水，听船啼，在嘉陵江与长江混浊与清澈的水流处泡脚丫撒欢。冰凉的水冲走了夏日的闷热，带来了清凉，爸总爱指着船告诉我那是到哪儿的船，那个目的地又是一个什么样的城市，城中的人又是怎样生活的。对远方未知地向往的种子，混着清冽的江风在无数个那个时刻就种下了。

最早的记忆总像一帧帧老照片，黑白的，边上还裁有花边印。在照片里的黄毛丫头一天天长大，爬梯更快，脚丫也长大了。中学时代是从较场口开始的。那是一个混沌嘻哈的年代，在大人的念叨声里数理化成绩全面下滑，唯一收获到的是生死不渝的同窗好友。至今仍记得穿行在百子巷到她家混饭，嗅着巷子周围的皮鞋市场发出的皮臭味，视若无睹地谈论我们

右图·中央公园（国民政府外交部） 戴前锋摄

左图·百子巷 戴前锋摄

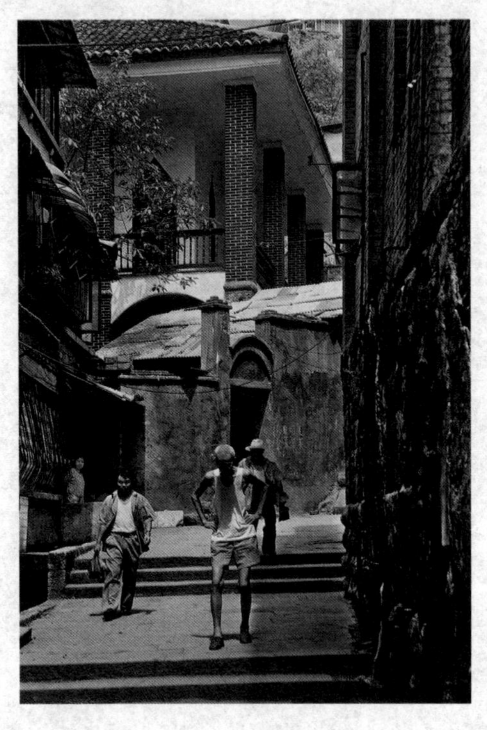

的青春理想，弹着不成调的老吉他，还有那巷口让人流口水的毛凉粉和香炒干胡豆。

那时的生活虽然不成调、未成曲，但记忆的相片里已经有了最初的色彩。迈克尔杰克逊那时还是小孩子，华语歌坛是邓丽君时代，欧美是卡朋特兄妹，美式乡村音乐当道，没有爵士乐更没有小野丽莎；我们哭，我们笑，我们谈论当时大家公认班上最帅的男生和自以为是最漂亮的女生；我一向不是早熟的孩子，在别人的眉目传情中沉迷于自己的世界：课桌下的《德伯家的苔丝》，还有没有漂亮脸蛋女孩子喜欢的《简·爱》，励志的《傅雷家书》和永远的“三毛”；那时的梦就像相片焦点后的背景，斑斓、朦胧、美好，虽然不够清晰，但也令人无比怀念。

昔日的较场口没有得意世界没有钱柜，没有风花雪月，但见证了我美好的少女时代，短暂得一晃而逝……

再后来，冥冥中我真的来到一艘大船前，顺着爸爸在我儿时指引的方向，迎着江风，离开了山城，那一年，我17岁，离家的前夜有些小兴奋，还有些小忧伤……

小黄，城里的故事

珑凡 九O后

綦江篆塘镇文胜村 服装导购

重庆，山城，雾都，直辖市，英雄的故乡，繁华的大都市，爬坡上坎让人腿软，这些都是重庆的标题……

我是重庆人，却不是那城中人。

我叫珑儿，生于重庆的一个山沟沟，从小向往去到那美丽的城中心。儿时曾去过一次城里，觉得好美，好想生活在这里，那时我就暗暗发誓，有那么一天，我一定会在这里有属于我自己的窝。初中毕业后，我终于实现了我的梦想。

我离别老家，坐着大巴车来到这座城市。刚踏入这座城市，我就被这里的高楼大厦所迷惑了。我带着家里给我的几百块钱来到这里，茫然不知所措。也许很多人不相信，90后的我来到这座城市时，饿过肚子，睡过街道。我在这座城市里游荡了几天后，落脚在了江北区观音桥。我在这里有工作了，是咖啡厅的服务员，包吃住，我终于不用睡大街，饿肚子了。

安定后的我有了工资，买了我人生中的第一部手机。工作很累，很乏味，我不喜欢员工宿舍的吵闹与杂乱无章，所以我下了一个很大的决心租房子。我在观音桥紧挨着菜市场的地方租了一间房子，房子只有四五个平方米，放下一张床后就没有太多的空间了，不过我喜欢，房租便宜（一个季度才200元），而且没有吵闹声，我能安静地休息看书，没有别人的脚臭味。

我喜欢我的小房子，每天闻着楼下包子的香味醒来，偶尔也奢侈一把，去楼下买几个酱肉包子吃，那种感觉很幸福。我有很多的幸福，我人缘好，也许你不信，我楼下茶馆里的大爷大妈、下棋的大爷、房东大爷大妈、卖包子的老板、隔壁的邻居、玩耍的小孩，就连小黄（一只流浪狗）都特别喜欢我。可以说每一天的我都是生活在欢声笑语中。这些快乐直到两年后我离开那里，离开我那只能放下一张床，没有多余空间的小窝……

现在的我还是没有属于自己的一个安乐窝，只是我的生活没有那时那么紧巴巴了。我现在还是租房，不过从以前的小窝变成了一室一厅，房子是电梯房，装修很美，当然房租也很高。住的地方好了，但是再也没有以前那些快乐了，再也不能在茶馆里和大爷大妈们聊家常，再也不能看大爷们下棋，再也不能和孩子们一起玩耍了，再也不能看到小黄了，再也蹭不到邻居家的饭菜了……

我最多的不舍是小黄，我最想念的是小黄！小黄是一只吃百家饭长大的土狗，名字还是我给它取的。我见到小黄的时候它还是一只小狗。吃着大家施舍的东西，它不挑食，给什么吃什么，睡在我小窝旁的一个垃圾堆里，脏兮兮的，一身黄毛脏得发亮，名字由此而来。我看着它实在可怜，所以收养了它，给它洗澡。

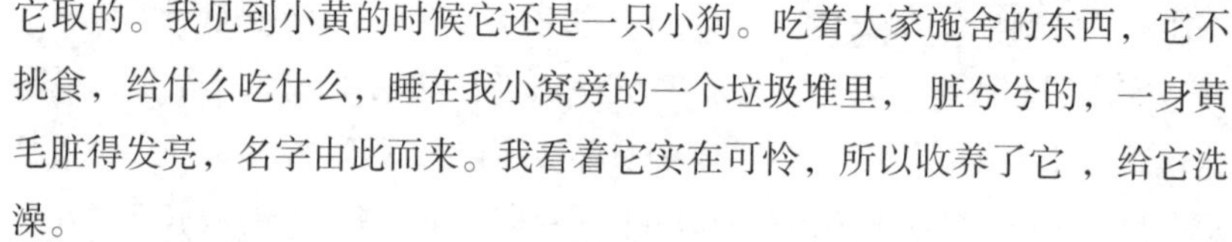

右图·水市口　戴前锋摄

左图·建业岗枣子湾民居　戴前锋摄

喜欢安静看书的我常去江边，小黄每次都会跟着我，我坐在江边岩石上看书，它就窝在我脚边睡觉。我看书累了，也会在它旁边躺下，手搭在它肚子上，感觉着它肚子的起伏。有时我上晚班，它就在梯口处等着我，它不敢去步行街，不敢去我上班的地方等我，它去过，被人打过，怕了。我的小黄，回忆里窝在我脚边的小黄，等我下班的小黄，直到那一天，永远地离开了我的小黄……

小黄离开我时的眼神还历历在目。那个夏天我和小黄去买菜，就是那个观音桥的菜市场，带走小黄生命的菜市场。走到菜市场时，不知为什么小黄突然跑了出去，当我回过头时，它已经奄奄一息地躺在了那不是很宽的马路上了，就那样它离开了我。最后我抱着它回到了小窝，用我的一件衣服包裹着它，把它放进了纸箱里。我把纸箱放在了我常去看书的江边的岩石下……没过多久，我搬离了小窝……

当我每次回到那里去时，小黄那只笨狗总是让我酸了鼻，红了眼……

这是我在这座城里的其中一个故事，也是让我最难以忘怀的自责……

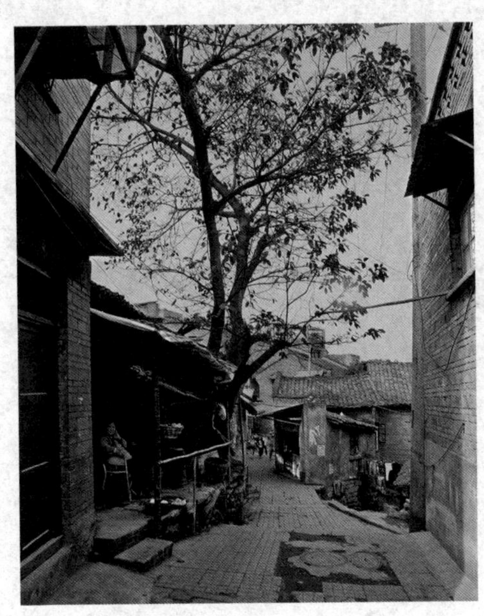

记忆中的重庆品牌

渝中过客　八〇后

以前渝中，现南岸　汽车制造

山城粉笔

你们小时候写字都用过山城粉笔么？山城粉笔估计对很多重庆人来讲绝对不陌生，它是重庆人的写字“神器”。

山城粉笔早在40年前就已经开始畅销山城，共有2款。一款是“山城白粉笔”，另一款是“山城彩粉笔”。山城白粉笔的包装封面是白色和绿色相间，而山城彩粉笔的包装是红黄相间。2款粉笔一盒都是48支，其中山城彩粉笔有4种颜色，分别是红、黄、蓝、绿。小时候我家里没有安装地砖，就是一般水泥地。水泥地足以让我在上面练习写粉笔字。一次我爸专门去位于中山三路的红专文具店（现在的Office办公伙伴红专店）买了2盒山城粉笔回来，教我在地上练习写字。写着写着，一支粉笔就用完了，然后又换第二支。我爸见我在地上写字弯着腰很累，又弄了块大黑板来，让我写在黑板上，写满后用抹布擦掉再写。我爸也真是的，山城粉笔在他眼里是个宝贝。每次我写完后他都会把粉笔锁在柜子里，于是我想尽办法要把钥匙弄到手，却屡次以失败而告终。我想：不就是粉笔么，有那么当作宝贝么？还锁在柜子里。

后来我居然学会了写粉笔字，而且自认为写得工工整整。我爸见我如此自信，当面对我的粉笔字进行验收，还说如果写得好的话，以后粉笔就不锁柜子里了。于是我就当着我爸的面写了一番，总算没辜负他老人家的教导，他看了后很满意。

再后来我家里安装了地砖，平时写粉笔字都写在我爸带回来的那块大黑板上。到了小学三年级的时候，由于开始写钢笔字，因此我把粉笔字给荒废了，很少去写，即使要写，都是在学校用教室里的粉笔写。

山城奶粉

20年前，在“天友”牛奶系列盛行重庆以前，重庆人喝得最多的是山城奶粉。

我还是婴儿的时候喝的就是山城奶粉。山城奶粉味道还不错，每天早上起床上学以前，父母都把奶粉冲调好，供我饮用。那时我很挑剔，本来好好的一杯牛奶，我却吵着嚷着要放糖，说喝起来才会甜甜的。父母说我很挑剔，放了糖的牛奶就不好喝了，后来呢，我就不再放糖了。

“天友”牛奶进入市场之后，我家就开始订牛奶，山城奶粉我就喝得少了。

渐渐地，诸如“蒙牛”“均瑶”“旺仔”等牛奶品牌进入市场后，山城奶粉的市场前景就不好了，有几次几乎退出市场。后来还听说山城奶粉又重磅复出，推出了婴幼儿奶粉。复出后的山城奶粉没有恢复昔日的辉煌，令人唏嘘不已。

红岩墨水

在读小学三年级之前，我不管是做作业还是练习写字，用的都是铅笔。到了三年级的时候，班主任老师根据班上同学平时学习成绩优劣来批准哪些同学可以使用钢笔，哪些同学继续用铅笔。我算运气好的了，直接被批准可以用钢笔做作业。

我爸听说我可以用钢笔后非常高兴，当天晚上就去文具店买了一支钢笔和一瓶红岩墨水。红岩墨水有4种：蓝黑、碳素、纯蓝和红墨水。红墨水不用说了，那是老师们批改作业时用的。我爸买的那瓶是蓝黑墨水，买回来以后，他就教我怎样写钢笔字，还买了2本《庞中华钢笔字帖》和几个习字本回来让我好好学。

第一次用墨水写字我遇到了麻烦，写起来十分浸纸，写上一个字就会在纸上留下大黑疤。不仅如此，墨水不小心沾在衣服上或者身上，一时间难以洗干净。所以我就换了一张纸来写，这次写起来不浸纸了。日复一日，年复一年，我的钢笔字有了提高。

那瓶蓝黑墨水用完后，我又去买了瓶碳素墨水来写。碳素墨水写起来虽然不浸纸，但写出来的字看起来黑得惊人，沾在手上或衣服上不容易洗掉。

想了想还是再换一种款式吧，于是在碳素墨水用完后又换了瓶纯蓝的。令我吃惊的是，纯蓝墨水写起字来效果比蓝黑和碳素还要好，不仅不浸纸，写出来的字看起来还很工整优美。这次我下定决心了，红岩墨水以后就买纯蓝的。

老师们批改作业时用的是红墨水，因此，自始至终我从没用红墨水写过字。从三年级到小学毕业，我几乎用的都是纯蓝墨水，再也没换过其他款式。红岩墨水之所以令我信赖，是因为它是本土品牌，畅销全国，质量也不错，比现在的中性笔笔芯容量还大。最后是它的价格实惠，比英雄墨水等其他牌子的墨水价格还低。

有一天，我听说红岩墨水已经退出市场，顿时很惊讶。带着半信半疑的心情，我去了市内各个大小文具店一探究竟，除了英雄墨水等牌子还在销售以外，本土的红岩墨水已经下架，不再销售。时代在变，重庆人曾经的书写伴侣也消失在变革的潮流中，令人感慨不已。

天府可乐

在20世纪80到90年代，渝中区两路口有一家著名的山城商场，它是那个年代市民购物的常去之地。不过我想说的重点不是这座知名商场，而是这座商场屋顶上那座“天府可乐”霓虹灯广告。

我们那时的重庆人没有一个人小时候没喝过天府可乐。2016年，它强势复出，打出“还是以前的配方，不仅仅是熟悉的味道”的牌子。作为近40年的本土老牌子，天府可乐不仅用配方和口味来吸引顾客，还做了不少霓虹灯广告来推广。

上世纪90年代，天府可乐在渝中区两路口的山城商场屋顶上修建了一座霓虹灯广告。每当夜幕降临时，霓虹灯广告就会打开，“天府可乐”4个字就会闪闪发亮。那时我住在菜园坝，每次晚上去两路口玩时，走在路上就会远远看见那几个发亮的大字。也就是在那次看见了霓虹灯广告后，我第一次喝到了天府可乐。喝了第一次当然就会想喝第二次，味道确实不错，淡淡的中药味清热解渴。因为好喝，所以每次我们家聚会或者有客人来的时候都会来上几瓶。天府可乐霓虹灯广告由于每天晚上会闪闪发亮，因此与位于两路口图书馆的沱牌曲酒、急救中心的泸州老窖、宽银幕电影院的嘉陵摩托、电力大厦的台北火锅城等霓虹灯广告并称为两路口“五大亮点”，也成为那时候重庆夜景的组成部分。

然而这“五大亮点”到了后来却不再闪亮，先是“沱牌曲酒”广告被拆，再是“嘉陵摩托”，接着又是“泸州老窖”，进而是“台北火锅城”，最后才是“天府可乐”。

图 · 七星岗中山路 戴前锋摄

旧事：
203 广场记忆

魏晓鸥 九○后
江北区大石坝 学生

我要说的广场，是一块400米×400米的标准运动场，没铺塑胶，隶属于203中学，但不在203中学内。每天来广场骑车、跑步、打太极拳的人很多，有203中学来这儿拉练的孩子，也有悠闲散步的外来客们，甚至还有小学的校运会。来这里锻炼的人多了，很多人自然亲切地称它为“广场”。

我的小学叫“厂一小”，隶属江陵厂。挨着203中学，也紧挨着广场，所以呢，“厂一小”的运动会也常在此举行。“厂一小”和我缘分不深，7岁那年，我转校了，远走他乡，和广场的联系就变得浅了些。不过，很久以前，“厂一小”的运动会，我还是有幸参与过一回。

运动会那日，外公塞给我一个小板凳，板凳上写着我的大名。板凳上除了大名，别处都空着。儿时的我比较调皮，思维也紊乱，做事也丧心病狂，总觉得板凳上除了大名，还单调着，趁外公不注意，我偷偷拿起笔，在板凳上“群魔乱舞”，给它多添了几分“画中诗意”。我的美术功底一直很烂，板凳上的涂鸦，大概只有凡·高才懂。

我拿着涂鸦过的板凳去了广场，引来老师同学捧腹大笑。我年幼，并没耻辱感，也跟着他们一块儿笑。校运会上，我没参加任何项目，作为一个安静的观众，和我满是涂鸦的板凳相处两天。校运会结束了，板凳带回了家，被外公见着，外公自然是怒红了脸，让我撅起了屁股。

到后来，那板凳没了去向，我找了很久都没找到。外公去世后，我去了别的地方，板凳一事，早已抛给过往岁月了。

远走他乡，有幸数月回一趟家，于我而言万分奢侈。士别数月，原来的“厂一小”，早已改名为“和济”，听邻居说，这是寓意，象征和济美满，这样的寓意是很正能量，但我更喜欢它原来的名字。

“厂一小”铺了全新的塑胶跑道，但广场呢，仍是泥沙堆积，偶有杂草。不过，勤快的园丁阿姨总会第一时间将其“咔嚓”掉，广场便恢复了一马平川的样子，来这儿骑车、跑步、打太极的人又会很多，包括刚放学的初中生。我和小伙伴是广场里的闲逛者。广场里有一个小沙坑，那是我和小伙伴经常去的地方。我们喜欢玩沙，喜欢堆城堡，然后将堆好的城堡践踏掉，有时不喜欢堆城堡了，就堆沙球，比谁堆得圆，堆好了，还将其小心翼翼护着，生怕沙球碎掉。

玩沙自然是童趣之一，泥沙粘身，再被外婆训斥，这都不可避免。如果说不是以堆沙为目的来广场，除了时常和外婆散步，那就是除夕了。

除夕是全家人聚会的日子。吃完年夜饭，全家人便拿着早早买好的鞭炮，聚在广场的某个角落。广场上也聚满了放鞭炮的人。一说要放鞭炮，小孩子是最激动的，比如我。每当大人们拆开鞭炮包装，我便任性道：“让我点火，让我来点火嘛！”任性往往无功而返，只能看着大人们娴熟地铺平引线，然后点火。火星顺着引线徐徐前行，到达火药点，一束火团蹦出，像是花的种子，盛开在黑夜。

除夕的夜空还“盛开”着各式各样的火焰，“噼里啪啦”的鞭炮声持续很久，黑夜如白昼一般夺目。

鞭炮“轰隆”的声音响彻七日，每天都能看到殷红的残骸，年味遍布在广场的每一个角落。兰花也早早开了，花香渗进殷红里，悄然探出花意。广场里的人，间或缓步而行，享受年味应景的时光，间或伫留在原地，拾起一瓣花，嗅着春意。

我是没机会领略此番春意的。大人们常说，如果不挨家挨户喝酒吃席，这哪叫过年呢。故此，每每年味春意并存的大多数时光，我只能在很远的人户地带，在年味中体会别处的春意了。

在城市建设大潮中，广场终究没被拆去。只是鲜有人路过，更不会有情侣们为了爱情在此约定，广场里的草，生长得比以往更为茂盛，园丁阿姨的“咔嚓”声，却陡然消散在时光里。

再来那日，同样是除夕，广场并没像往常那般，响起“噼里啪啦”的鞭炮声和很久以前满场子的年味。看来只有记忆里，才存在诸如此般大红大火的印记了。

庆幸南方的冬天是没有雪的，要不然，203广场的记忆，又得被诗人们牵挂多少回呢。

图·作者提供

小时候，以为整个重庆只有渝中区

唐瑞雪　九〇后

两路口　学生

很小很小的时候，以为整个重庆只有渝中区。

五岁半进人和街读书，学校到家的距离虽然很近，但也是一条公交线的终点到起点。当时觉得好远好远，公交车颠颠颠颠半天才能到家。直到五年级时我才知道，沿着一条路走到大礼堂再赶车，基本能节省一半的时间。但那个时候，在车上迷迷糊糊打瞌睡，或者和小伙伴把回家当作春游，一直在车上嗨的记忆，现在想起来，真的是我最宝贵的东西。

后来上初中，顺理成章进了巴蜀中学。初中和小学之间通过一条爬坡的小路连接起来，学校食堂的饭菜真的不好吃，门口的店也吃腻了，就经常来小学附近吃东西。毕竟小学的时候，很少会有被允许在外面吃的机会。看到和自己当年一样的小孩子排队放学等家长来接，似乎就看到了自己。十一二岁中二的年纪，老是喜欢把自己当作大人，以自以为成熟的眼光去审视那些只比自己小几岁的孩子。不像现在长大了，唯独喜欢用宝宝自称。

虽然不像很多男生一样有下河游泳的经历，嘉陵江和长江对我无疑有深刻的意义。因为家就在嘉陵江边，直到现在，大学放假每次回去，大清早叫醒我起床的还是轮船的汽笛声。在外地读书，看到关于火锅小面的图片都还能忍着，但是听到重庆话或者熟悉的吆喝声，就瞬间不行了。重庆最触动我的，就是各种各样的声音，它是和每个城市都不同的专属于这个城市的血液。

年龄越来越大，意味着我也要渐渐迈出脚步去看这个世界了，我会离重庆越来越远。小的时候真心向往大学，觉得天高任鸟飞。现在只觉得在重庆，不管开心还是不开心，都有家乡在支撑着你；在外面，什么都要自己一个人扛着，也必须要做好，因为是重庆人，不能给重庆丢脸。

虽然记忆不太清晰，但我知道小时候的重庆跟现在不一样，有时候担

图·黄花园 戴前锋摄

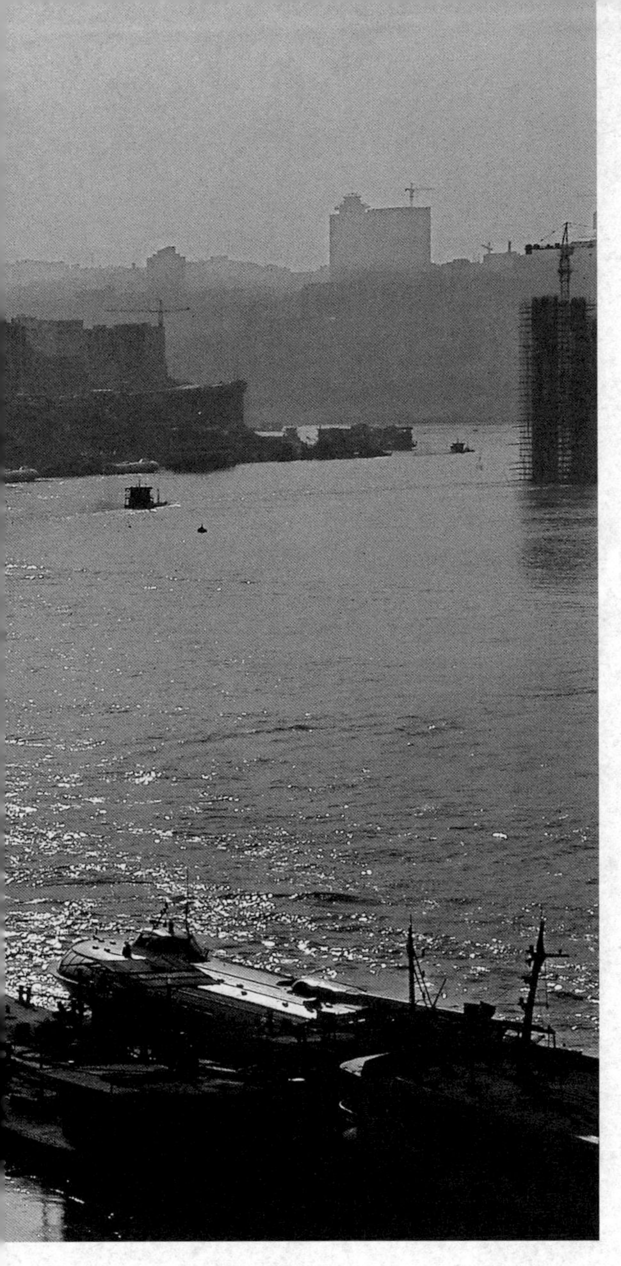

心下一代看不到山城雾都的吊脚楼，有时候又欣喜一座座高楼拔地而起，可能这就是对家乡的感情吧。有时候会觉得，这一辈子，能让我不管在任何条件下都无条件爱护，就连缺点都盲目地爱的，也只有重庆了吧。

我们在重庆

“乱劈柴”

谢瑞　七〇后

宁夏西吉　出版传播

“乱劈柴”是重庆方言里的一句，或者是一个词，是乱整、乱搞的意思，带有生气的意味。我们一行在重庆停留的两天多时间里，听得最多、留下印象最深刻的大概就是这句“乱劈柴”。据说“乱劈柴”之语多数出现在重庆人喝酒行拳的场合中。重庆人喝酒划拳，喜欢从“乱劈柴”喊起，首先是对对方拳路的蔑视，其次是对自己拳路的自嘲。

我猜想此语大概和劈柴这一行为有着直接的联系。劈柴是讲究章法的，劈柴的目的就是把粗的木头劈成细的，把长的木头劈成短的，以便于发火（生火）。劈柴时，先要把原木横着锯成长度较短的木桩，然后小头朝上竖立在较平的地面上，再顺着木柴的自然生长纹路竖着劈，这样就很容易把粗的木头分解成细的木条。如果要把木条或树枝弄成短节，就需要横劈。横劈的时候，一般会在木条的一端垫一块粗细合适的木头，这样的话，被劈的木条下面就是空的，这样劈起来会更省力。

如果不管横竖，抡起斧头乱劈一气，不但木柴劈不好，而且蹦起来的木柴还会伤着人的。所以，人们把做事不守规矩、不讲章法的行为叫作“乱劈柴”。我小的时候就因为“乱劈柴”而伤到过，至今左手食指根关节处还留有被斧头砍过愈合后的伤疤。

结合我的所见所闻，“乱劈柴”一词在重庆方言里已经不仅仅是“做事情没有章法，不守规矩”的意思了，有时候还会把一个人不切实际或不合时宜的讲话也称为“乱劈柴”，意思与北方人的“侃大山”“神吹”“吹牛”差不多。

我们在重庆也有过“乱劈柴”现象，这出“乱劈柴”的事件就发生在重庆闹市区的解放碑八一路上。我们一行人中的宁夏艺术家袁小楼先生，是一位很能喝酒的人，且擅长于喝猛酒。他在重庆的两天里，最直接的

“战果”，就是把四川有名的张飞牛肉重庆分店里扮作张飞模样招揽生意的老板，只用了两个回合就喝没声了。

重庆好吃的太多了，反而让我们犯难，不知道吃什么了。我们几个应着当地人的节奏，晃悠着沿街而行，选择了解放碑八一路上的张飞牛肉店。此张飞牛肉店是成都大名鼎鼎的张飞牛肉店在重庆的分店。点菜之初，我们先与扮成张飞模样的老板切磋了一番四川话。只见那“张飞”一身黑衣，腰里束一宽宽的牛皮大力神腰带，两腮咋咋呼呼地长满了杂乱无章的黑须，浓眉大眼，加之脸上涂抹了数道锅灰，猛一看果然是勇猛过人，似乎真是那三国时期的猛张飞再世。

“张英雄，敢跟洒家飙酒么？”小个子的小楼仗着自己酒量好、人又多，加上周围围观的美女如云，尤其那几个漂亮的兜售香烟的重庆美女的围观，让他格外地兴奋，便挑衅地冲“猛张飞”叫嚣。

那“猛张飞”听小楼叫他“张英雄”，英猛之气徒然暴增，还没等小楼发出第二遍邀请，早已一口气喝干了一小瓶重庆当地的高粱酒江小白。

小楼见此情景，当然不会示弱，心想，老子一个西北汉子，喝它几斤江小白都不在话下。想到此，就一边骂骂咧咧地满嘴“乱劈柴”，一边将头一仰，分三次喝光了一小瓶瓶江小白。一小瓶瓶，一小瓶瓶，一小瓶瓶。是的，重要的事情说三遍……

小楼与“猛张飞”两个人之间的“乱劈柴”，没有任何章法可言，甚至连开场白都没有。几个回合下来，江小白的空瓶子已经摆了一圈，只见那“猛张飞”已不胜酒力，手里还握着半瓶江小白，独自郁闷。小楼则完全将自己沐浴在美女说不出味道的目光里，讲一口人家重庆人根本就听不懂的西夏语（宁夏方言），直乐得我跟混子喘不过气来。而那个演艺的小姑娘的到来，更是成就了小楼在重庆的“乱劈柴”。小楼没等那姑娘拉开架势，亮出吉他，就迫不及待地将麦克风抢了过来，高歌了一曲跑了调的草原歌曲，引来围观者无数。

这无疑是一个开心的场面，当地人恐怕也很难经常见到这样的情景，满脸的兴奋与新奇。看得出来他们很高兴见到这样的场面，竟然没有一个人说我们的行为是“乱劈柴”，唯独就是这般胡乱的喝法可惜那么好的酒了。

自那以后，“乱劈柴”“猛张飞”“江小白”就成了我们一行人对于重庆最深刻的记忆。后来细细一想，三者看似风马牛不相及，却共同体现了重庆人独特的性格：耿直。就像这座城市的山水，这里的人不愿意被规矩和框架限制，人与人真诚友善，陌生人之间没有距离感，即便是外地人到了重庆，也能比较快速地融入。

重庆街头每天都在发生“乱劈柴”，还有很多“猛张飞”那样的平凡人，他们坚持用自己的方式和语言表达感情，即便是一面之交，也要真诚相待。正是因为这些鲜活个体的存在，让这座年轻的直辖市有了朝气和温度，街头巷尾洋溢着浓浓的生活味。正如江小白瓶身上那句文案：如果不能随心所欲地哭哭笑笑，我们用什么方式证明年轻?

保安路（现八一路） 戴前锋摄

立法印务有限责任公司
八一路经营部
電脑刻字
正在营业

记忆中的公交车

陈瑜　八〇后

观音桥　地产策划

在更久远的20世纪90年代初，记得进城的交通工具，好像都是乘坐那个叫“康福来”的中巴车，随招随停，随停随下，炎热的夏天，没有空调，人一上车，售票员的脚直接往车门上一搭，挡住门边的乘客，便确保了门口的乘客不会掉出车门。要下车，直接大声吼一声“师傅，刹一脚！”。40几摄氏度的夏天，中巴车上的那一股汗臭味，至今记忆犹新。

由于“康福来”的乘车环境欠佳，后来进城，我宁愿多走几步，到华新街去坐405路电车。电车的头上有一对触角，连接公路上的两根电线，电车分成两节，中间一个大大的转盘，小伙伴们最喜欢站在转盘上体验转弯时的快感。但常常在急弯处，一不小心，触角脱离了电线，电车直接停摆，伴随车厢里大家的一句“哦豁”，司机叔叔跑下车，很麻利地从车后面爬上车顶，将电车的两只触角重新装上去，继续前行。

那时候的公共交通并不便捷，但从不堵车。重庆人的火辣性格，在公交车上展现得淋漓尽致，那时候，我觉得公交车里，就是另一个江湖。

后来我去了北碚读大学，毕业后又回到主城工作，从上班坐公交车、坐轻轨，到自己开车，就再也没有体验过那个黏糊糊汗唧唧的公交车上的拥挤。同样回不去的，是那个简单而又纷繁的年代。

新年快乐万事如意

右图·五四路口 田涌摄

左图·胜利大厦 何智亚摄

城，这里有最质朴的
生活和最浓烈的人

李雨珈　九〇后

渝中区　美国留学

十八梯，提到过好几次的地方，90后大概都不太知晓，如今已是定下拆迁的命运。在lost里看到，身处异地的旅人，却比我更了解这座城市的是与非，起初是惊喜，我追寻着得她的脚步，到了这里，我的城。

已经是数次和泠提起，这里是一定要去的，可是被一拖再拖。以前去若瑟堂，也搁置很久，不知道因为什么而忙碌着，当渐渐忘却的时候，才想起，是该去的时候了，于是动身。

起初是上网查过，不熟悉的地名，却又与记忆哪一段相吻合。我们过了黄花园大桥往主城方向，在较场口下车，即是熟悉得不能再熟悉的地方，连前面的馄饨店，也是时常馋嘴的。“十八梯在哪？”路人简单一指，“那前边不就是”，错愕，原来离得那么近，在她的网站里看过的广场，一过午后，便是群聚的人群，老人的模样，一天中最闲适的悠然时光。可是那天没有多少人，两个梯口，弯弯曲曲，把广场抱在中央，往下看，最老的城区便出现了，三三两两行人，背包客，商贩，卖桃的女人，很长的头发，不怎么整齐地扎在后面，十八梯的标牌下，叉腰啃桃，破旧的碎花衬衣，机车间的深蓝色袖套，背景是刚建立的商业大楼与购物中心。我忘了是何时买的饼，老炉的味道，望着脚下的破旧吊脚楼，觉得有被时光沁甜的滋味。

下不了几节梯，老城的味道便出来了，烟雾迷绕的茶馆，长牌，老人的头发和算账抵赖的吆喝。想要进去，拿着相机，泠说，不太好，还是硬拍了一张。大概是习惯了不属于这里的人，没有一个人抬头，或是一个人皱眉，这样的感觉很好，不被嫌弃，也不代表被接受，彼此陌生，却又心照不宣。茶馆门口搁置着算卦人的招牌，去痣的黑体字，干干净净地写在泛黄的陈旧纸张上，很工整，很用心，只是徒留一把椅，放在潮湿的阶梯上。

往下走，多是相差无几的建筑，旧得快要支不起的吊脚楼，那是移民城市最初落脚的姿态，地基不牢，但早已生根。窗户破败得只能用纸糊上，一路过来都是饭馆，炝炒的味道。因为地势不平，所以房屋错落，总是有随地的菜叶，行人小心避让，我早已被迷惑，半步不移，哑口无言。冷催，快点滚，才从粗言中清醒。

几角钱，在这里是花得出去的。10块钱，小炒肉，音像放映店，顺便与发廊老板闲聊洗头，这里的生活，便这样过去了。我穿鲜艳的黄，高嗤嗤地站在这些古旧灰暗的色堆里，格外显眼，所以不想把自己放在镜头里，极不相配。

路没走完，回去的时候，有穿西装的中年男人提着菜，与楼下的老人打招呼，然后提提鼻梁上的眼镜，松松领带，入到巷子里去。巷子阴暗潮湿，对面是堆满竹篓的杂物间一样的居民楼，上个年代的调频电视，插播的是湖南卫视的韩剧。我离开的时候想，我一定会回来，可是现在，连竹篓也会消失。

十八梯，位于重庆市渝中区较场口，上面是重庆的地标，繁华的解放碑。近几年的讨论与争议，改造，不如毁灭，翻新的油漆，规矩的瓦砖，改造成的旅游胜地，到那时，不会有人在午后聚集茶馆，不会有人在庭院里晒衣，不会有人在梯上坐着，观察每个人的五官表情。

这里是十八梯，你我所不断忽略的城，你我起源生长的地方，总一天消散，而后在悼念的人心里，生生不息。

图·若瑟堂 何智亚摄

图・作者提供

测运
奇门八卦
算八字
取痣大王

火灾似猛虎 防患于未燃
火灾似猛虎 防患于未燃

都说一个人开始回忆时
他已开始老去

施钧舰　七〇后

菜园坝　自由职业

1979年6月，我出生在菜园坝一个普通的工人家庭。

记得儿时那条街叫菜珊巷。20世纪80年代初期，那时家庭都不富裕，一周能吃上两次嘎嘎叫打牙祭，那时的邻里间关系是那么的融洽，我总喜欢拿个小小的洋瓷碗，在邻居家的饭桌上蹭饭。

那时没有空调，就连风扇也是一种奢侈品。

所以一到夏天的傍晚，家家户户就会在自家门前泼洒凉水散热，然后拿出凉席、凉椅、凉棍等，日落后忙碌了一天的人们就扇着蒲扇，开始谈天说地摆龙门阵。

那时如果哪家有台电视机，一定是最闹热的，总会有一群小孩拿着小板凳来观看。星期天下午6点30分的动画片（《米老鼠与唐老鸭》）是每周小孩们期盼的电视节目。

那时家家户户都烧煤球，很小的时候父亲会挑起箩筐，我坐在里面，到附近煤建去挑煤回家，享受在箩筐里面晃晃悠悠的感觉。我最喜欢做的事就是给父母跑腿，比如拿个小碗去油腊铺打酱油、打豆瓣酱、打甜酱，途中必定会用手指去蘸一点酱汁放在嘴巴里面抿一下，每次还能剩下几分钱的犒劳费，去买袋橘子水或者酸梅粉什么的。

那时小孩的娱乐活动总是最丰富的，有躲墙墙猫、丢野鸭子、打清官皇帝、打玻璃珠儿、拍不干胶、打纸壳儿、五步猫儿，等等。几条街的小孩子都彼此认识，当我到了读书年纪，班里同学都是相识的，而且同学父母之间也熟知相识的，这才是真正意义的发小吧。记得小学老师还有教过我父亲的。

那时的菜园坝小学如今已不复存在。那时从火车站到两路口，除了从堡坎步行，还有一种交通工具叫作缆车，价格才2分钱，就是现在皇冠大扶梯的前身。

到了夏天放学后，南区公园就是男生们的天地，捉天牛、金母儿、菜母儿（金龟子）、鸣嘎子（知了）、蚱蜢等。那时街道上没有这么多车，所以男生经常在南区路滑自制的木制滑板车。在菜园坝长江边长大的娃儿大部分都识水性，不过我也算是一个例外了。

记得每年夏季汛期到来前，总会定期出现大量涨水蚊儿，于是人们都会据此判定，做好搬家准备工作，因为紧靠河边住家的为免被淹总会搬家。记得上世纪80年代最大一年涨水淹到我家门口不远处，小孩们倒是不亦乐乎，忙着抓鱼抓各种因为涨水而搬迁的昆虫，但大人们却忙得不可开交，退水后还得清理家里的淤泥。

到了周末，父母总会带我到两路口的宽银幕电影院看上一场电影，旁边的两路口百货公司的欢欢儿童商场、儿童医院和少年宫门口的几家玩具店也是我必去光顾的地方，那时家里条件不好，能在玩具柜台呆呆看着变形金刚玩具也是一种幸福享受了。

20世纪90年代，菜园坝开始旧房拆迁改造，我就从菜园坝搬到了南坪。

虽然时过境迁，脑海里儿时对菜园坝的记忆也越来越模糊，但偶尔闲暇时闭上眼，脑海中还是会隐约浮现出那美好的童年时光。现在城市变迁太快，却少了一分老重庆的文化底蕴味道，这也许就是一种遗憾吧……

下图·菜园坝与建兴坡　戴前锋摄

上图·作者提供

异乡故城

韩光　八〇后

山东泰安　景观设计师

严格来说，重庆这座城市对我是异乡。但在这里近12年的时间，占去我现在生命的2/3，这座城市已算得上我的第二故乡。虽不如这城市的土著那样能追溯与这座城市的长久感情，但也能产生些许同样的共鸣。

2002年9月，我一个人由山东来重庆，就读西南师范大学。我坐着绿皮火车穿越无数个黑漆漆的隧道，60多个小时后抵达重庆北碚。

在平原长大初来乍到的我，对重庆的第一印象就是满眼的山，平地难寻，学校宿舍到教学楼几乎要翻过两座山。当然，后来才知道，在重庆这叫坡和坎。

我清楚地记得在学校公共电话亭给妈妈报告抵达的消息时，说这地方全是山，根本没平地。也许听到我当时失落的语气，出于母亲对儿子的不舍，我妈对我说，如果不喜欢就回来吧，山东有的是大学可以上。

由于提前到学校有些空闲时间，当天下午就跟新认识的“老乡”学长去市区玩，坐502公交开始了第一次入城。道路沿嘉陵江狭窄而曲折，多数是在岩壁上开凿，临江一侧极陡峭，当日我坐最后一排，座位高出窗户，在一路心惊肉跳和学长不停赞叹重庆的美丽和繁华下，穿行过几座桥和狭窄的街道后，终于抵达这座城市的核心——解放碑。当我下了公交车却彻底傻眼了，因为这地方叫十八梯。

此时天已黑，入眼的是昏黄灯光下熙攘的人群，低矮错落的破旧瓦房，狭窄曲折的街道，凸凹不平的旧石台阶，耳边嘈杂的吆喝声，路边围坐吃饭的人群类似吵架般的划拳声，热气缭绕中的辣椒和花椒混合各类陌生的味道。我错愕而惊恐，这就是这座城市的核心，所谓最繁华的地方？竟然如此破旧脏乱，很多场景令我感觉是到了电视剧中中华人民共和国成立前的某个地方。

在惊讶和陌生的惶恐中，我们选择了一路边串串摊吃饭，结果是味觉刺激更甚视觉，火辣与麻涩感，充满口腔。第一次对重庆本地食物的体验感受是难以下咽，我甚至认为老板搞错了，这根本不是人吃的，而专门去旁边餐桌上看看他们和我吃的是不是一样。在9月原本异常闷热的天气下，这火辣与麻涩瞬间令全身毛孔张开，汗水涌出。

就着冰冻老山城，在火辣闷热的刺激下，我也学周围人群脱掉T恤，打起赤膊。

吃完后学长提出就近找个地方住一晚，在附近拐几个弯，来到了一个普通的两层旧房前。门前几个赤膊男子正在打麻将，屋内黑漆漆，门口地上一个写着“住宿4~6元”的破牌子斜靠在墙根。老板带领我进入了那个黑

图·十八梯 戴前锋摄

漆漆的房间，我模糊地看到，狭窄的通道边，一排通铺，上下两层，上面睡着不少只穿短裤的男子，其间闷热异常，鼾声四起，汗味刺鼻。听老板说这是棒棒们住的地方。问还有单间没？老板说楼上。沿着仅能一人通过的狭窄木楼梯上到二楼，拉开一个破旧不平的三合板门后，看到一个铁质上下单人床，房间极窄，除了床宽，仅余40厘米。这个单间一人10元，房间狭窄到我伸展开双臂就能够着两侧的房间隔墙，这却不能算是隔墙，因为这墙就是一个立着的三合板，稍微用力就会摇晃。在学长的坚持和我已经被一连串的震惊搞懵了的状态下，我住了下来。在所谓的厕所中艰难地用冷水冲了下后，躺回那个人一动也会跟着摇的床上，难以入睡，唯一想的就是赶快熬过今晚，明天离开，并且回学校带上包，回山东。

第二日早上，在极其失落中，沿十八梯上行，走到台阶尽端较场口，忽然出现的现代楼宇与人群，令我顿生重回人间的感觉。特别是到达解放碑广场区域，高楼林立，拥簇密集，人群熙攘。那些身材玲珑，皮肤白皙，衣着光鲜，散发着时尚乃至于诱惑气息的美丽女孩，令我产生一种不真实感。真的很难想象，数步之遥，几米高差上下的城市区域，面貌差异会如此之大。这种差异不单单是建筑的新旧，人群的衣着，而是一种时间的落差感，一个属于现在，一个是30年前。我环顾四周的高楼，回想昨夜的经历，在我回望较场口方向时候，甚至怀疑那个梯坎处有个时空之门，下面有另一个时间片段的空间。

师兄为安慰我昨夜失落的心情，陪我狠狠地打望了半天，尾随美女漫无目地游荡于解放碑、临江门这一区域。在看过无数鲜活的美女，也知晓了那在阴凉处赤膊休息或肩挑货物而过的人叫棒棒，更明白昨夜去处是下半城，这个城市的老旧城区。至此，我基本认识到这是一座正常而又疯狂的城市，正常是因为昨夜的去处只是这个城市的一小部分，而非全貌；疯狂是这地形高差，楼宇密集和那刺激的食物及各色人群给我的感受。经过半天的闲逛，也许是打望那些美丽的姑娘又给了我留在这座城市的勇气，让我一直待到2014年后的今天。我一直感谢我那奇葩的师兄，让我来重庆的第一个晚上有如此不凡的经历。现在老十八梯已经消失不见，而我作为一个异乡人，对十八梯的深刻印象远超很多重庆人，起码没有多少人真的住过棒棒旅馆。

由于我的职业是做建筑及景观规划设计，多年来经历和参与了这个城市的迅速发展。写这段文字的此刻，我坐在北滨路龙湖春森彼岸的江岸阳台，遥望渝中半岛，想着多年前的这个城市，纵使入目的是灯光璀璨的繁华，但依然有面目全非的失落感。无论这座城市是我的异乡还是你的故乡，彼此都会希望这个地方能够留存我们生活过的证明和痕迹。大拆大建的城市发展方式，割裂了众多人的生存记忆，那些承载我们记忆的建筑、街道抑或是一棵树、一段梯坎，已经消失太多。在重庆这座城市，所幸有《故城时光》这本书，有那么一个人，执着地用镜头定格了那些消失的建筑。当然，我也更希望那些建筑能够留存，让你我的旧日记忆能有所安放。

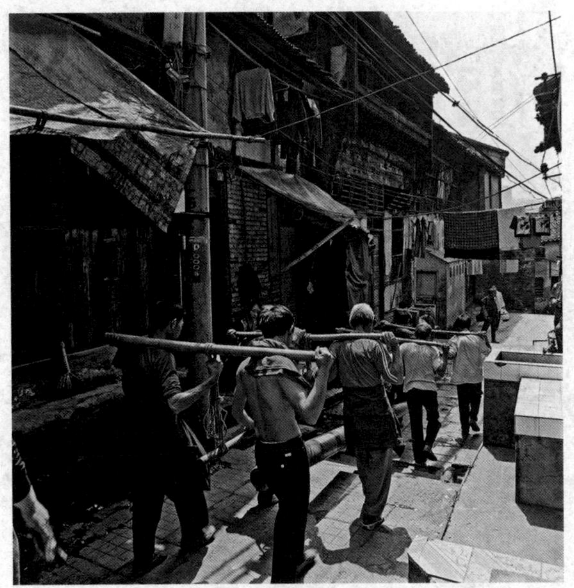

图・弹子石正街　何智亚摄

巴南木洞，咫尺天涯的往事

陈诚　九O后

巴南区　杂志编辑

“新月数声笛，巴歌何处船。今宵羁客旧，流落竹枝前。”这是康熙年间著名文坛领袖王士祯的《泊木洞驿》，描写的是诗人羁旅川东、野宿木洞的怅然心情，其意境与张继的《枫桥夜泊》大有同工之处。诗中的木洞，是长江边上一座低调而地道的巴渝小镇，位于重庆主城明月峡、广阳坝下游，距朝天门大约两个多小时的水程。相传，鲁班曾带领当地百姓修建禹王庙，将深山中开采的木料投入一口井中，顺暗河经一处洞口神奇地自动流出到建庙处，人们遂将那里命名为木洞。对我来说，木洞是一份咫尺天涯的回忆，一段童年时代的情牵。我的父亲本是重钢集团的职工，20世纪80年代末被分配到木洞镇上的一间分厂，就在那里认识了我的母亲，然后有了我。我10岁以前的日子，就是在那座小镇度过的。

木洞镇上有两条街，一新一老。新街靠山，连接丰盛、羊鹿这些大场镇，老街临江，直通河滩、码头。新街主要是医院、学校、车站、菜场、镇政府等，楼房、马路大都是水泥的，而老街则是清末民初修的了，都是些连成片的土坯木楼和筒子巷，路也是凹凸不平的青石板铺的。胡家洋楼、黄家大院、春园旅社，都是老街上有些年头且保存较好的古迹，却一点没有文物的派头，而与小镇居民最琐碎无奇的日常生活融在一起，成为人们家长里短的一部分。那时，我母亲在老街上经营一间裁缝店，一楼的堂屋做生意，二楼的阁楼住人。母亲大部分时间都在缝纫机轮盘的转动声里忙来忙去，任由我和街坊们的孩子扑腾在一起，滚铁环、打陀螺、逮蚱蜢、放火炮、跳皮筋、玩溜溜球、过家家酒……

最有趣的是，那时老街上有一间杀猪场，每到傍晚会有人赶着几头猪从街道上经过，而我们这些小孩子就又害怕又好奇地追在赶猪人身后，成群结队地喊着“猪儿啰啰啰”的号子，浩荡而欢喜。

我家隔壁是一间茶馆，老街上的男女老少都喜欢在那里喝茶、摆龙门阵、打长牌、搓麻将，在清净得有些单调的小镇上，算是最热闹的地方了。茶馆的主人是对老夫妻，记忆中，他们总是提着长嘴壶在拥挤的牌桌子间热情而娴熟地穿梭，奔走的身影里仿佛摇动着数十年如一日同甘共苦的温情。现在想来，能够像那样彼此扶持、不离不弃地守住一间小小的铺头，不正是对“执子之手，与子偕老”的一种理想注解吗？

木洞的水土适合种枣，印象中，漫山遍野都是枣树，所以最有名的特产也就是蜜枣。小时候，一到枣儿熟了的季节，家家户户都会做蜜枣供给镇上的厂子和商铺，算是一种副业。那时候，整条老街上飘满了熬制蜜枣的浓浓糖香，每家每户房前屋后的石阶上、窗台上都晒着用大簸箕装的蜜枣。我们这些满街疯跑的小孩子，玩累了随便往路边一坐，顺手就抓一把谁家晒着的蜜枣塞进嘴里，甜津津、糯滋滋地吃起来，然后嘻嘻哈哈一通。大人们看见了，也不论认不认识，都不管，吃就是了。

新街背后倚着的山，大家都管它叫“尖山坡”，虽不大，但对那样一座小镇来说，也是足够的了，尤其在我们这些小顽童眼里，那简直是一座魅力无穷的游乐园。尽管家里大人们总是警告我们山上危险，不准去玩，但童心无畏，又有谁真会去听那些说教呢？我们总是偷偷约好，然后三三两两地上山去。在山上，如果季节对了，我们喜欢摸进人家的园子里摘几串桑葚吃，但更多时候是到山顶那株硕大无比、从长江对岸就可以望见的黄葛树下嬉闹一番。或者，到山上的泉沟里捉蝌蚪、搬螃蟹、砸癞蛤蟆。有时，我们也爱到山上搞野炊，大家用石头围成灶，拣来柴火，把挖来的土豆和火葱混在一起烤，然后撒几粒辣椒面和盐一阵胡吃。

20世纪90年代，长江客轮运输十分兴旺，光是经木洞往来朝天门的客轮、快艇，每天就有十几班。

2000年后，由于陆路交通突飞猛进，长江客运迅速没落，经过木洞的最后一条客轮线路也在前几年停运了。而木洞本身，也已开始了整体的改造和开发。一切都在变化，只是不知是人随景变，还是景随人变。兴许有一天，我脑海里那点仅有的关于小镇童年的记忆也会像长江上的客轮一样默然走向衰败和消逝，所以我觉得有必要把一些东西记下来，让它一生一世地流存下去，提醒自己，我的生命中也曾有那样一段古朴纯真的小镇时光，它不是我对丽江、凤凰、婺源那样的浮光掠影、惊鸿一瞥，它是真真实实，是朝朝暮暮，雕铸了我的初心，伏根于我的心灵深处。

图·作者提供

解放路
JIEFANG LU
木洞公寓

结尾

朝阳从这里升起

记忆中的人和街

张文馨　〇〇后

学生

初次接触人和街时，我还是一个扎着两个小辫儿的学前班小妹妹，不知不觉，我已经在那里生活了8年。因读中学，我又搬回南岸区。但人和街给我留下的印象，在记忆中永远挥之不去。

来到人和街，是因为爸爸妈妈决定让我读人和街小学。所谓“不能让孩子输在起跑线上”，所以我学前班时家就搬过来了。

一条长长的巷子将人和街幼儿园和小学连接，人和街幼儿园在巷子上端，旁边是巴蜀中学的旧址。我曾去看过，那儿只剩巴蜀中学的校门，但是有许多石碑，都刻着注解，一字一句地讲述着巴蜀学校的历史。

人和街小学在巷子下端。这条巷子给我的印象很深，我家就住在巷子对面，所以我上幼儿园时每天都数着台阶气喘吁吁地磨蹭进教室。我曾把它命名成“十八层地狱的台阶”，它实在是太长，太遥远了。

这条巷子里有很多老房子，它们应该都有着不为人知的故事，各自都坚守着各自的历史地位。即使时光一点一点过去，它们依旧藏在这条巷子里，不想被人发现。家家户户的阳台上晾晒着衣物，有时空气里还飘荡着肥皂的味道；时而又飘过肉香，生活宁静而悠远。

巷子下端，也就是小学后门，每天放学时段，就有一群摆摊的人，卖小糍粑、卖烧烤、卖玩具……热闹极了！每天放学后，小学生们就被这些摆摊的人吸引过去，我也不例外。外婆常拽着我说：“别去买垃圾食品。”可现在再也听不到回响在街上的“小糍粑，一块五，二十个”了。

如果说这条巷子是旧时光的沉淀，那人和街小学所在的这条街就是现代的象征了。人和街小学的大门在我刚入住人和街时，很旧也很不显眼，门前的这条街也坑坑洼洼。就在我入读小学的那个暑假，学校大门重新设计装修，变得大气而不拘束，具有教书育人的文化特色。校门前的这条街由双向行驶变成了单向行驶，路面由以前的坑洼扬尘水泥道变成了现代的减震、减燥的柏油路面。街两边的铺面经过装修变得色彩斑斓，还有些不知名的雕塑点缀着街道，增添了不少文化味道。

人和街小学是我的母校，留给我太多回忆，只言片语是无法描述的。还记得曾经多少个日子在学校和朋友一起牵着手走在黄葛树下，哼着调调唱着歌；多少个白天在塑胶操场上跑着，闹着，任凭满地黄叶飘；多少次从教室里传出琅琅书声，欢欢笑笑……

即使我当时还是个小丫头，但是学校里的一花一木，一人一事，一情一景，我都能记得清清楚楚。

人和街“一热胜三鲜”的面馆可出名了，有很多人驾车慕名而来；旁边的博文文具店是我的最爱；沁园蛋糕店一到放学时间就挤满了学生。以前，我也经常会在面包店和文具店晃悠两圈，然后才不慌不忙地回家。

我们住的那个小区，在以前我很是嫌弃它，因为经常停水停气，电梯出故障，环境也不是很好。后来大修了一次，看起来顺眼了一些，过了些日子，因为硬件设施等原因，我还是有些不满意。可现在我再回到那儿，仿佛在电梯口，在楼道间，都能看见我从前的影子。

尽管人和街不如很多现代街面时尚，但我仍然很怀念那条充满嘈杂，却让人备感温情的街道。

必经之路

余依然　〇〇后

学生

街旁的红绿灯，睁了眼又闭，那一红一绿的变化，如同一朵红花开了又谢，被簇拥着的绿所代替——日子也随着花叶的交替而流转去。人群熙攘间，那灯下等待过马路的小人竟也一眨眼长大了，可她仍如往昔一样，穿着臃肿的冬袄，搓着手，擤着因冷风而冻着的红鼻子。那小人自然是我，站在上小学必经的路旁。

那是一条从较场口到七星岗的上坡路，马路两侧的黄葛树覆了半边天，悠悠地从路口绵延到小学大门前。展眼回想，分明是同一条路，当时的我，是为什么总走不腻呢？在智能手机还不发达的十年前，那些路上的时光，究竟是怎样度过的呢？

耳畔缓缓清晰，那是童年挚友的笑语，街边早餐的叫卖，和通勤人们清脆的脚步声。“二两刀削，加个蛋！”大而圆的面锅涌出清香的雾气，面店老板的手在围裙上一抹，转而利落地将碗端到客人眼前。店不大，斜倚在梯坎路旁，被一棵大树笼着。老板是个精瘦的中年男子，闲暇时就亲自炼着喷香的油辣椒，因此那私家的佐料也有着独特的美味。

对面大楼前的空地则被卖油茶的大姨所占领，一架用木板拼成的简陋餐车，置着三两个圆柱形的保温桶。桶里煨着米羹，焦黄色的炸面被吊挂在车旁的塑料袋里，以方便抓取。车摊旁的折叠桌是我们的雅座，小孩儿们时常围坐在一起吹牛，直到老板娘胖乎乎的手将油茶送到桌边。香脆而粗短的炸面融化在温热的米汤里，也融化在记忆的河流之中了。到了下午，放学路是最让我们流连忘返的，女孩儿们喜欢挤在狭窄的文具店里，乐此不疲地将每一支漂亮的笔试个遍，在纸片上歪歪扭扭地写着自己的名字。我们一边逛一边畅谈着今天的八卦趣事，更无暇顾及老板不耐烦的催促。

下坡路的烧烤店成了另一个根据点，其实大多数时候我们馋的并不是烧烤，而是在等待食物烤熟的间隙，抓紧机会和伙伴们多玩一会儿，延迟回家的时间。五年过去，故地重游的我去文具店买了两支笔，老板没换，只是已老得懒于招呼了。烧烤和油茶摊子都失了踪，被新建的大厦替代。却唯有那刀削面店还在，店旁的黄葛树早已亭亭如盖，透过玻璃窗在桌上洒落圆形的光斑。“二两刀削加个蛋！”筷子撬起面条的瞬间，香辣的热气模糊了眼镜，也柔软地裹住了一颗游子的心。

搬离逐渐繁华的解放碑后，我们便栖居于南滨路畔，这条路便成了我新的必经之路。初中的课业愈发紧张，出发时天只亮了一半，朦胧的淡紫色雾霭亲吻着整个城市，带来难得的宁静和清凉。而这时，江边晨跑的人已经出发了。有青年也有矍铄的老人，都衣着简约，步履轻快地欣赏着江边的晨色。

日出时，金色的碎屑浮动于水波之上，江水显得尤其温柔。若说嘉陵江是一袭滑缎的青旗袍，那光线便如旗袍上密密匝匝用金丝绣成的珠宝。犹记得车里的音乐广播FM88.1，总放着老一辈喜欢的歌曲：“一路上有你，苦一点都愿意……”“苦很多免谈！”我笑着接嘴。现在不禁哼起这些歌，仍能想起那时兴冲冲上学的有趣场景。直到出国读书，才开始怀念起这条已经陪伴我三年的南滨路来。

圣诞前一周，晚上十一点，从纽约飞往重庆的航班终于停稳在这片炽热的土地上。一下飞机，熟悉的潮湿空气扑面而来，那是根植在我心中的家乡的气息。再一次驶过南滨路，牵挂着的景色如电影般缓缓展开，甚至比原来所见的更为惊艳。新增的大楼披上了流光溢彩的外衣，路旁加入了五湖四海的美食，甚至连我以往常去的经典书店也挪到了这里。

就这样，江面摇曳的灯光与夹岸的灿烂灯火相映成趣。这时，吃上一顿想念的火锅，才能一解难耐的乡愁，火锅热腾腾冒出的泡沫，仿佛满溢出来的快乐。即使路上的风景因岁岁年年而不同，那些亲密的人与味道竟从未改变。每个人的生命中都有几条“必经之路”，上学的路，工作的路，抑或是回家的路。这条路随着人的成长而迁移，但即便是同一条路，路上的脚印也由小到大，藏着不同年龄的心情和感悟。而那盏蓝白色的路牌，一如既往地衔着思念与乡愁，站在街角，守候着每位游子的驻足凝望，为他们带去故城深情款款的祝福。

那一次秋，一座城，一次地久天长

王艺珊　〇〇后

学生

我拾起一片落叶，茎的四周都枯黄了。

又是一年落叶时。

这是我最喜欢的时节，每到初秋，城市总是浸染在一片金黄中，走在路上，总是幻想着那些浮现在眼前的童话情节。

在小学，最爱的时节也是初秋。学校的十二棵黄葛树黄叶飞舞，在操场上与落叶比赛奔跑，肆无忌惮地欢笑，没心没肺地打闹。与最要好的她坐在升旗台的拐角边，拿着自己捡的最好看的那片叶子，悄悄地放在本子里夹好，写下那心心念念的地久天长。

当时的我们老是期盼着秋天，等来一场春华秋实，等来一场落叶满天。

但我们也没有想过，等了六个秋天，我们也就毕业了。

后来，我也时时翻开那个本子，那个纪念那个秋天的本子，那个写满了记忆的本子。那片叶子还在那里，像时间里的孤岛，独自漂浮在茫茫大海中，像本只写了序言的书，没法翻开第二页。

在这个城市中，它什么都不算吧。

这里灯火通明，车水马龙。这是我最爱的地方。

这里的夏季上演得很长，秋季也就不免出现得晚些，这里的秋，映衬在解放碑的人来人往中，这里的秋，沉浸在两江交汇的壮阔中，这里的秋，醉在红岩洞的夜色朦胧中。

这里的秋充斥着小道巷里地道的火锅香味，冒着热气，家家有说有笑，这是秋季最温暖朴素的色彩。这里的秋布满了星星点点的光芒，在最引人入胜的夜色里，远处的大桥闪烁着光芒，如缠绕的星环一样梦幻，在云雾缭绕的夜里，在远处的山的映衬下，秋季的夜，在盏盏明灯下被拉得很长很长。

去过很多地方，走过很多国家的秋。可还是这座城的一场秋天让我最

听了你会又哭又笑

后记

“众人拾柴火焰高！”在《故城时光》成书之时，我们忘不了500多天近千名作者和十来万名重庆人给予该书无私的奉献和全力帮助。作者中有百岁老人和十多岁的儿童，有享誉海内外的重庆籍知名作家和导演，有各行各业的重庆市民；我们更忘不了96岁的重庆文化名人杨钟岫（牛翁）欣然为《故城时光》题词，何智亚、戴前锋等名家把他们拍摄的精品照片无偿地奉献给该书。大家一起携手走进《故城时光》，穿越百年重庆。这是一场前所未有的重庆市民共话重庆百年沧桑巨变，纪念重庆直辖20周年的文创活动。一部书装不下重庆百年沧桑巨变，更盛不完重庆人对老重庆的深情眷念！故城重庆的故事讲不完，我们的活动永远在路上……

由于该书篇幅有限，对大家的投稿不能全部采纳，再次深表歉意！我们被众人的老重庆情怀深深感动！在此摘录部分在时光里公众号上的精彩留言，以弥补挂一漏万之遗憾。

《故城时光》编委会

众创期间部分作者留言摘录

仙度瑞拉

非常有特色，时间就是过去、历史、文化、未来、希望……时光里！

王　瑜

年过不惑，开始怀旧，常常想起小时候龙门下浩米市街那个院坝，院里的小朋友大朋友老朋友们如今都在何方？尤其是一位黄埔军校毕业的老爷爷，当时是我们的孩子王，在一群围绕着他叽叽喳喳说说笑笑的孩童面前，他总是那么温和地面对我们，教我们唱那首童谣：春来不是读书天，夏日炎炎正好眠，秋有蚊虫冬又冷，收拾书包等明年！当然他的本意不是让大家跟着学，而是提醒孩子们不要错过读书的黄金时光！如今当年的孩子们都接近不惑的年龄，还有多少人记得这首童谣？还有多少人会唱给下一代听，鼓励宝宝勤奋学习？逝去的童年，渐被遗忘的童谣，早已不复存在的四合院，各奔东西的伙伴们，被一张老照片勾引出了所有的回忆……

陶喜宝

作为一个2009年才来到重庆闯江湖的丰都乡下街娃，与重庆错过了很多，大学不在这里，毕业后荒废一年多终于扎进重庆水深火热的江湖里。从懵懂的杂志小菜鸟，到后来的渝报小菜编，再到如今的文创园小学生，我与老重庆，好像没有多少故事可讲，但与这座城市，也还可以有几句话说。它对我如此包容，它让我遇见一些臭味相投的人。我必须承认，我喜欢它。至于转发此帖的意义在于，那些有故事的人，快参与进来，这本与重庆有关的书一直在找有故事的你。又不是非要求你妙笔生花，像我这样认得字就可以写。情感才是文字打动人的G点，文采不重要。所以，英雄，你来。

敖玉琴

有句话说，如果要选择一座城市度过大半的人生，最好是你父亲带你去过的城市。因为，这个第一次带你进入这里的人，永远不会伤害你。从此，这城于你，只有温暖、幸福的记忆。对我来说，它叫重庆。

Koala

夏天，其实最不适合怀旧，尤其是看到这些老照片和旧文字，被一下子拉到了深秋。 市中区是一直在记忆里的，它早已融入了自己的血液里，否则哪里那样的历久弥新。小时候的已经没有了太多的记忆，大同路、归元寺、保节院、新德村，像我们这种70年代初的重庆市中区土著又有哪个不是在这些地方摸爬滚打出来的呢。最深的记忆其实自己真不清楚是什么，归元寺前街捡破烂的老婆婆、中一路小学的班主任宋老师、川江旅馆旁一去就给好大碗抄手的胖叔叔，还是枇杷山后街一起拍太上老君和原始天尊的小伙伴，那么远又那么近，都仿佛昨天才散。家里老人倒是拿着这些老照片津津乐道地讨论着通远门口那个卖水果的小贩还记得吗，生你的时候我们就在苍坝子借的房子住，原来你爹就是在五一路上的录像厅把旷课的你逮回来好一阵打。历史在家里老人的脸上和眼睛里缓缓流过，一如他们潺潺的人生。体会于此，不禁生出些许悲凉。时光的年轮走得太快了， 岁月的痕迹突然说没就没，我们也渐渐变得面目全非，烙印还在吗？会一直都在吗？会永远都代代相传吗？不忘初心的意思也许就是走得再远也不要忘记了自己是从哪里出发——致时光里。

波波哥哥

我是一个在临江门长大的娃儿，今天有幸翻看到《故城时光》，多年的往事久久地在我心中翻滚，三十多年前的孩提时代，我常常从城门洞上下到外婆家，那是好长好长的一坡梯坎哦！尤为记得洞子里的老火锅，土锅，土碗，油碟是菜油的，一路飘香，外婆家住在正街，就在飞机洞下面一点，特别是炎炎夏日来飞机洞乘凉的人才叫个多。那里也叫防空洞，儿时几个小孩从家里拿出手电筒或者捡张油毛毡点火当火把进去探过险，一直走完便到了十八梯，洞口为什么冒冷气众说纷纭，更有小贩把摊子扯在那里，生意还不错。家门口不远有家废品收购站，那时在家里找些废品书、纸、牙膏皮，在嘉陵江边捡些废铁、废铜去站里换回一些分分钱，高兴昏了，马上就在旁边的糖果店换些零食，什么泡糖、回饼、鲜花牌软糖，薄脆一分钱一张，类似现在的春饺皮一般样子，不是很甜，总之脆，味道很不错。每到馋的时候，便背着大人和邻家小孩一起去临江门河边捡废铜烂铁，要路过钉子口、柴湾才能到达，一个星期天就这样度过了。傍晚的时候回到家被外婆逮住追问饭点到哪去了，又挨了外婆几巴掌。如今老人已经离开我们十多年了，看看这些留藏在记忆深处的地方，往事，怎能不让我再一次地缅怀与感伤，谢谢你！谢谢《故城时光》。

勇　哥

忆往昔峥嵘岁月，今朝旧貌变新颜！展未来重庆人民繁荣发展中国梦！

飘在空中的云

老房子与温馨和睦的邻里亲情一同消失了，昔日街坊流淌着的那种祥和、恬适的景象也已经没有了踪影。但，已经给我们留下了美好的记忆。

况　况

记忆中最美好的童年是在春天的珊瑚坝和夏天的少年宫。去珊瑚坝捉蝌蚪，摸螃蟹，放风筝，都是冒着回家被大人打的风险。不小心打湿了裤管或者被淤泥污了鞋，忐忑地清理干净才敢回家。看着蝌蚪变成青蛙，看着珊瑚坝变得越来越远，才知道那里有埋下太多的珍宝，长大了就找不到的那种。离火车站近，废旧的车皮是小小的基地，童子军们勇敢地翻越矮墙，占领空地，拍纸花或是躲猫猫。建兴坡四通八达，喜欢一边追逐一边仰看缓缓飞过头顶的缆车。这些美好都埋在了那里，更多的是和故城一起消失。盖着玻璃块的老鹰茶杯子，奔跑的玻璃珠子，黑白底片里的影子。

李小画

天气渐热，记忆回到“金阿子”不停叫唤的日子，头上顶着“羊角班儿”，光着脚，踩在被踩“芋”了的黄家码头的青石板上，跑着，跳着，看蚂蚁搬家，捉一个蜗牛，跟它念：黄丝黄丝麻麻，请你嘎公嘎婆来耍耍，坐的坐的轿轿，骑的骑的马马……螺丝螺丝快出来，有人偷你的金棺材……门口大盆子里洗衣服的王婆婆一边看我笑，一边用衣袖去挡额头的头发。记得黄葛泡儿还在酸牙，转过头它已经长成一片绿色的天，阳光从缝隙中穿过，在我的脸上。跑下大坡，拐几个弯，脚在石板路上拍得啪啪响，下到铁路，在铁轨上走来走去，比比谁在上面不会踩着地，永远数不清楚火车有几节，喊坐茶馆的爷爷回家，在路边开窗的小卖部，里面有山楂片，果单皮，鱼皮花生。

静

城市总是在发展，那些消失的老街道，终究会变成盛夏的棉袄，在衣柜的最底层上灰发霉。

桃　妖

爱情，不过是一段记忆而已。所幸，我们还有大把的光阴可蹉跎，像我们知道自己在人生轨迹里会留下故事一样。

静　静

记忆就像尘封多年的老照片，黑白，上面落满了灰，可只要轻轻一拂，他们全都慢慢清晰起来。

Syren

明知是圆满，却真的好心酸。就像我们仨明明是讲曾经的幸福回忆，却总觉得满纸思念，不愿读下去。

梵　行

世间好物不坚牢，彩云易散琉璃脆……应是相逢是首歌。

唐焕东

百年重庆，百年孤独，近代史的重庆，是一部充满血与泪史诗般的巨作。

百年江湖梦，一壶老鹰茶。

书 华

满满烟火味，浓浓故城情。

刘小芬

悠悠岁月，匆匆时光，寻寻觅觅去追忆那旧时的难忘，或欢乐，或忧伤，难诉衷肠。

老 虫

这座城市的光影一直闪烁在河江之远的记忆里，这座城市的故事生动跳跃在沱特行的童话里。经过的，是我们的全世界。

淡 水

留住记忆，才能铸就梦想，因为梦想是由历史的根脉系着向前延伸，永无止境的这根脉就是人文遗存和记忆！

更 夫

百年老路，由于公路的修建，退出历史舞台。当你重走过老路，然后再坐车跟随你走过的老路，你会发现此时的你思绪万千，有欣喜，有伤感，有对百年老照片里面的场景“怀旧念”。有时候我们会觉得一百年很远，其实它很近，一直在身边，如一座百年老桥依旧服务于民众，如一个百年老者依旧自给自足。然而如果一切未曾改变，放眼一百年后，或许桥还是那座桥，街还是那条街，路还是那段路。可世事变迁，桥或许已经焕然一新，街已经开发建设改变，路已经修得平平坦坦，只是曾经的人已不在——致敬远去的老城。

赵 爽

寂寞的春雨，下了一周，又下了一周。十八梯的青苔，已经越来越稠。嘉陵江的水，已经过了岸边的石头。滚烫的火锅，热情的啤酒，依然不分黑夜和白昼。你站在霓虹寥落的街口，夜风吹过你的衣袖，你在想着，是谁，会将你的腰轻搂，在耳畔唱一曲从此白头。用力的挥手，输了划拳，又输了划拳。小酒馆的灯火，已经越来越幽。斑斓的世界，忽然变

大磊同学

成玻璃的通透。大声地说话，孤独地吃藕，自顾自地拒绝和接受。你拥有深情忧郁的歌喉，夜雨洒在十字街头，你在想着，是谁，会把你的心挽留，说这夜色恰似你的温柔。

金世遗

我是在长江边长大的孩子，小时候喜欢趴在窗前数过往的船只，以前居住的地方大多都是长航、航道局的家属，爸爸是一名船员，长年累月漂泊在外，每次看到有轮船经过，总会以为他回来了，后来修南滨路，小时候的家被拆了，离开了江边，看到陶灵老师的江渝号，勾起了无数回忆！

陈伶俐

夜晚来临，灯光哗然，伴黑夜归家，黑夜给予你温暖还是寒冷，自由还是孤独。

黄流扬

风可以吹起一大张白纸，却无法吹走一只蝴蝶，因为生命的力量在于不顺从。

兔小灰

烟花凋谢了我的流年，那些回不去的年少时光。

何克忠

繁忙的朝天门码头照并非朝天门码头，江对面南山山脉是最能展现重庆标致特性，就是千年的历史变化也改变不了这一特性。

凯　文

家乡旧时的模样肯定是很多人都很难忘的。我也很怀念小时候我的家乡，到处都是生活之美。

Miss.F

那些再也回不去的旧时光，充满烟火气的市井生活，经常在记忆里，在梦里反复回忆。那真的是最好的一段时光！

瞿　宁

回不去的时光，回不去的地方，只有梦里萦绕。

因时代变迁而消失的老重庆风景，那是我们儿时的记忆。愿离乡的游子常回家看看，愿这座新山城越来越美丽！向“留住”老重庆的人致敬！

源泉程刚

朴素而真实的文字都让70年代出生的我产生共鸣，童年的游戏作者记得好清楚，捏煤球，劈发火柴，娃儿书，办家家酒，每一个熟悉的场景重现，重拾记忆，相忆在故城时光。

雪绒花

作为一个土生土长的重庆人，本来有很多故事可以说，很多龙门阵可以摆，但是提笔忘字，竟然不知道有什么好说的。那些家长里短在岁月里渐渐失去了荣光，只剩下时光冲刷后模糊又悠长的色调，像若有若无的背景音乐，像一些熟悉又不知从何而来的气味，提炼不出具体的东西，但是却一直都在。

刘惟yui

这两天心里一直被《故城时光》中的老照片所深深的牵动着……它不仅勾起了我对儿时美好时光的回忆，更让我感觉到一种对时下幸福的满足和对亲情责任的传承，非常碰巧的是书中居然还有一张我儿时所住的家的照片，它让我激动不已，于是我赶快地分享到我的微信朋友圈里，大家都非常积极地参与进来，共同回忆起那难忘的岁月…… 难忘全部围坐在家里的红灯牌收音机旁，收听评书杨家将……难忘我爹所包的硕大的饺子（据说一个至少当现在的三个）多么的好吃……难忘夏夜在楼下听了鬼故事后，不敢单独上楼的情景……难忘我弟弟上学时，父亲在楼上窗户拿着发黄的草纸，大声提醒别忘了带上以备急用，害得他颜面扫地，不敢抬头……等等等等诸多美好的回忆！ 非常感谢《故城时光》这本书为我提供了如此美好的童年趣事的回忆平台，接下来我将努力地挖掘童年的一切美好的回忆，为感谢父母含辛茹苦的抚育之恩，为大家百忙之中共同的参与互动，尽自己的绵薄之力，也为当下来之不易的幸福时光备加珍惜。

时间记忆

屈　翁

我是在南岸玄坛庙长大的儿时的记忆终生难忘，三次回去寻找故里，我今年81岁了，看到这些老照片是那么亲切，熟悉，感动，感谢你们能把这些照片找到并发表出来，你们做了一件大好事，我要让我的儿孙们知道我们的过去，这也是一种传承吧！再次谢谢你们。

笑　笑

我是生在重庆市燕喜洞河街137号，一直生活了三十年，美好的童年，激情四射的年代，走进了改革的年代，如今老者看到这些有底蕴的旧照片，虽旧，依然是那样的美，回味无穷而古色古香。

丽水鸽

观音岩的金刚塔边有个剧场，解放后一度叫红旗剧场，老名字叫“抗建堂”（这是简称，全名好像是“抗战建设纪念堂”）。一直是重庆市话剧团的演出场地，老一代话剧界的名家，田广才、曹英（婴？）等，在这里演出了许多优秀的话剧，如：《雷雨》《日出》《家》《春》《秋》《绞刑架下的报告》《茶花女》等。刚解放不久，我就在这里看了歌剧白毛女，追溯更远是在抗战期间，许多全国有名的影剧界的名人，都在重庆，从事抗战文艺宣传，我在这里看过《风雪夜归人》等一些话剧演出。这个剧场体量不大，是一个一般的小青瓦木屋架建筑，两层楼的观众厅，大概总共容纳观众还不到一千人，但它在重庆的文化建设及各个历史时期发挥的宣传教育群众的作用却是非常巨大的，老重庆人都还记得她。

邓　佳

解放碑得意世界，原来有一条取名“木货街”的巷子，我跟随外公外婆在这里生活至 5 岁。记忆里，临近巷口就闻到竹木的清香，这条街以卖竹木制品得名。80 年代初期，巷子里开了一家“朝阳饭店”，其实就是“小洞天”的前身。岁月从竹椅上流淌而过，带走椅背上的青涩，也带走了我的童年……如今高楼林立，重庆城早已拆建得支离破碎，不过味道是有记忆的，有多少真正的重庆人尚存重庆的味道?

因为回不了过去，所以我们珍惜回忆。因为还有未来，所以我们充满期待。

widoms

鱼洞以前有一条街，名字就叫老街。雨天后布满沥青的石板路，布满疮痍的百年前的木建筑，老人与拐杖，小孩与铁环。我记得尽头古老的木地板的老房子，也记得木梯与石柱的蜿蜒。但最后，老街不再，甚至来不及道别，就消失不见。这是遗憾。大抵遗憾得重要便是铭记。感谢记录这一切的你们。

林 妍

我的青年时光开始于这座城，给我最深的印象就是那些镶嵌在山体护墙上的一颗颗鹅卵石。

于萧寒

一直关注时光里的动态，此刻终于明白时光里做《故城时光》的意义，虽然它可能不像鸡汤文一样很容易就引来10万+的阅读量，但是生活不该仅仅只是眼前的利益，还有一座城市文化的发展和传承，还有我们每个人心中的乐土和故园。谢谢你们如此费心费力去挖掘这个城市的文化并与我们分享，作为这个城市的一分子，为这个城市有你们这样一群人感到骄傲！

Vin

纵观现代中国，很多城市的发展愈发雷同，好像每个城市都想急急忙忙地摆脱自己晦暗的历史以开创自己的新面目。却殊不知这样盲目地求新只会让城市失去他的底蕴、找不到自己的根基。这样的发展，是万万不可取的。

VE

回忆有一种修复能力，很高兴在重庆能看到这样一家独立书店，她不仅仅是卖书，而是一个留住人的时间和记忆的空间，感谢遇见时光里。

深 海

海　意

看到这些老照片，想起了厚慈街街口卖锅贴饺子的摊摊，它至今还会出现在我梦中……我小时候住在南纪门山城巷，那是一个半山腰，现在回想起来当时最幸福的事情是早上醒来就等待外婆买菜归来，她一到家就会扔过来一包牛皮纸包着的热气腾腾的锅贴饺子，我通常是手抓着几下抢完，然后抱怨没有吃饱，外婆一掌拍过来说真是喂不饱的狗，明天再给你买。如今我可以一顿吃很饱，但却总觉少了那份期待。

袁建钢

我是菜园坝小学毕业，进入六中（现在的求精中学）读的初中与高中。两路口可以说是再熟习不过了。从上清寺过来，电台，工会，嘉陵餐厅，波浪房子，文化宫中门，胜园，工人医院，五四六馆子，宽银幕电影院，山城商场，红岩理发店，红岩照相馆，电虎灶旁边还有个卖烧饼的。还有招待所对面的电业局和山东又一村，我好友的妈妈就在里面上班，两路口的一草一木都是回忆，难忘的少年时光……

赵　爽

百年老路，由于公路的修建，退出历史舞台。当你重走过老路，然后再坐车跟随你走过的老路，你会发现此时的你心里思绪万千，有欣喜，有感伤，有对百年老照片里面的场景“怀旧念”。有时候我们会觉得一百年“很远”，其实它很近，一直在身边，如一座百年老桥依旧服务于民众，如一个百年老者依旧自给自足。然而如果一切未曾改变，放眼一百年后，或许桥还是那座桥，街还是那条街，路还是那段路。可世事变迁，桥或许已经焕然一新、街已经开发建设改变、路已经“修得平平坦坦”，只是曾经的人已不在——致敬远去的老城。

GARDEN

感谢时光君们的不懈努力！白色干净有质感的封面，突显浓郁岁月的方寸照片，和梦里的影像重叠了。呵呵，感谢父母当初没有选择远方定居，而是选择在诗意的故城生下我。对这座城，城中人的故事永远也书写不完，她的过去让人们心中有充沛的情感涌动，她的现在更让人们欣然向前。感谢《故城时光》一书里聚集的时光点滴。那里面有我们的欢笑与泪水。期待更多的欢喜与聚合在书之外，在时光里！

华　帜

对于重庆这座既承载着千年巴渝文化，又日益消化着国际时尚的城市而言，速度和激情不断地创造着今天。我们憧憬重庆的明天，但挥之不去的还是故城的时光！

廖明理

虽然不能重回百年前的重庆，但通过《故城时光》，我们可以触摸到这座城市有力跳动的脉搏，看到这座城市多姿多彩的身影，听到这座城市不断前行的脚步声！捧着《故城时光》，我将彻夜难眠！

陈　雪

好一座重庆城，有山有水有夜景，可以找到让人心灵深处与万里独行并存的宁静与自在。

严　婷

重庆，是一个有许多许多故事的老翁。时光里，是一个爱听重庆故事，书写自己的故事的孩子。

黄维洋

害怕失败的不止你一个，未来我们结伴而行。致现在的你

特别鸣谢

江小白

媒体支持

重庆晨报　渝报　重庆晚报　重庆音乐广播　重庆全接触　重庆人重庆事　重庆大事件

重庆新闻网　重庆要事　重庆游玩通　江北微发布　微游渝中　南岸政务　南岸旅游

沙坪坝微政务　今日重庆网　中国新闻网　爱上大重庆　吃喝玩乐在重庆　书香重庆　享重庆　华龙网

搜狐　今日头条　网易新闻　凤凰网　新浪网　人民网　豆瓣　百度

散文网　二更　无届　1点资讯　爱微帮　靶点视频

360doc个人图书馆　圈圈网　慢Live　米拍　愉生活　同茂大道416号　腾讯视频　爱奇艺

（排名不分先后）

影片支持

重庆聚谋文化

致谢录

刘瑜　沱沱　贺明　陈奕　唐雪兵　杨海　曹峰　龚继荣　杨琰　张大磊　王小玲　彭世全　张睿　周达慧　王兵
姜文泽　苏冰　郝敏　王江　古力围　吴元兵　雷晓航　廖恩玮　黄春　杨亚君　王林　何曲　萝卜炖小猪　方野
李强　鄂峤　向梓兮　向征　鄂世伟　李晋　何涛　唐世喜　付刚　吴庆军　李武建　杨志胜　唐欣　张蓓　王健
胡光伟　郝闯　何旭辉　黄文能　陈渝舰　康勇　陈思邑　李文建　伍钢　秦泽玲　陈泽民　何杰　李英　雷升文
张小辉　荣军　熊科学　万铭辉　蒙全华　李彬　王霞平　罗国亮　李永强　夏利民　兰涛　王杰　雷强意　包莹
龚建斌　谢剑琼　张帝武　陈学平　李彬　李义　洪福华　龚邦会　邓仁华　胡卫　周微之　隐觉　李忻谣　李燕
蒋慧　耿一平　熊楚蓉　潘怡波　钟颖　邓春露　蒋建华　聂堃　梁光萍　刘岚　蒋紫萩　许芗斌　杨文　王鹤鹏
柏露　蒲江　徐静　张佳　徐菱　杨芹　于萧寒　左鹏　杜柏辰　余泽宇　刘智凤　杨青　张成波　李俊　漆瑞林
诸宇　舒飞　童文颖　唐晓华　彭蜜　蒋毅　川山甲　妲妲　李俊哲　梅劲　吴杰　李永田　熊文威　宁芳　宁一
戴栩　唐仲远　王晓晨　王心瑶　蒋夏秋　漆艺娟　李伟　张雁　张伟　王永嘉　杨玉龙　张文革　秦玺林　桑卓
袁武军　李永齐　武卫东　穆礼琦　朱启成　衡翠莲　栾晓军　蒋先乙　刘昱彤　杨砾　耿传虎　王开文　朱永章
邵照禹　李定祥　王代铭　代韵　晨曦　铁匠　大艾　圣媛　何健　盘盘　颜哥　永恒　猫咪　猫爷　金蔓　淑芬
王号　廖恩玮　家福　艾凡　励强　凃菲　砣砣　石头军哥　东山　凯文　张文　刘壮　袁建钢　白桦林　江开水
陈直　江恒冰　王内涵　张钰炜　密壳人　罗默默　梧桐树　敖玉琴　夜盲人　零距离　陈玉兰　酥油茶　鱼十四
周能　滨江　梁凤　高凤伟　奇石　明明　萧潇　桔子　汤汤　其妙　春莉　吉利　应珍妮　三毛　阿江　傅小重
秋枫　黑茶　六顺　下雪　愿愿　悠悠　黄波　一棵树　焦工　李骁　文韵　杨军　木乐　骆泽福　李黎　谭方荣
任凭　桑笛　谢英　葱葱　刘远飞　行天下　汪潇潇　淡水鱼　张钰炜　宁静心　张良平　杨明萍　忆江南　君子
聂江平　潘方玲　钱帅帅　小杏儿　烟雨海棠　梅吟竹语　代喜阿渝　林三多　濒濒　金世遗　碧先　赵爽　落叶
嫣然　听说　霞光　笑眉　草儿　兴隆　三月　文艺　觉明　书华　芳英　美霖　依依　雪姐　南桥　小葵　云燕
柴露文　如蓝　怀阳　艾凡　吉美　龚灿　圆点　山歌　金易　翟渝生　邹其碧　训娃娃　秋晨玉　何渝生　春雨
后山人　高小荃　简迷离　小栗酱　枇杷山　小静子　廖德旭　待月草　徐磊磊　甜幺鸡　猫大炮　潘方玲　豪戈
惠竹兰馨　冉冉孤竹　半夜鸡叫　润知书苑　渔歌　飞鱼　平儿　雪晴　桃子　谷欠　平凡　筱颜　琪琪　羊耳朵
清然　霞光　原原　沈泉　鄢新　白太平　如烟　埙箫　陈强　十德　山美　藻哥　天炜　斯斯林海禅心　彭叔叔
杨洪　谢仲举莫景猷　冉冉　老树皮　吴宗极　麦麦冬　张卫兵　宅小離　林龙华　刘小芬　李俐　邹茜　陈细弟
陆小柒　岁月有声　飞影无痕　一盏古禅　陈敏金　刘平　枚枚　匆匆　佳凤　桃妖　小宇　微微　嫣红　陈哲文
小雨　书华　万寿丫丫　愚夫　郭炜　沙青　宁安　熊熊　喻玲　陈元君莫笑　清然　柒爷　叶刚　霄峰　张家川
老陈　朱朱　小沙　童明镜　杨建新　小丸子　游柠楦　丁丁猫　刘心蕙　巧克力　泺栗槵　张八哥　杨哥　小月
杨羊羊　忆江南　李若冰　高小懒　观梦觅觉　乔巴哥哥　书履德哥　村姑　聂立　渔家　大海　甄锦聪　稻草人
敬靖　文艺　桃妖　刘莉　超哥　珍珍　清白　闪灵　大河　战哥　莫名　独立　王荣　漫谈　刘益　霞光　长安
原原　冠亚　王佳　菲菲　原原　周琼　秋玫　叶金辉　木易成　康波波　黄勇智　爱之礼　陈习惯　渝川　绿子
三把火　周兴龙　君无口　虫不知　华三村　太和儒　十二仐　赵得助　司马青衫　解昊苏　光天使　谷子　喻玲

老罗　静静　樱桃　张庆　凯凯　立早　王佳　若愚　夏总　搏浪　朱策　鑫仔　屈翁　郁闷　番茄　随风　一新
艳霓儿　好云　蒋三　山子　流金　程刚　刘成德　郑志钢　廖晓萍　谭红斌　秦姑娘　秦大汉　钟明芬　自大萍
小小　罗默默　于萧寒　陈二姐　搓衣板　唐焕东　唐媛春　欧可嘉　布丁一家　一盏古禅　时间记忆　山水林泉
黑帅爷爷　熊飘飘　娟子　勇哥　伟惠　燕儿　综艺　东东　小鱼　火页　清桂　蜀人　书华　锡军　佐罗　老虫
至愚　夏琴　高原　长安　无忧　沉井　奇迹　安寰　龚叔　文文　小倩　娜娜　易培光　冰之心　清风亭　媛儿
大可可　段昌志　周天容　呼礼华　罗大贝　太和儒　大狮子　肖能铸　廖珅玉　老果果　紫罗兰　萍姐姐　瞿宁
邓永红　平湖秋月　山涧梅香　秦巴山人　天道酬勤　雪松杜克惠　龙隆　拾叁　铄程　叶敏　朗月　猫猫　勇军
红枫　胡雷　蓝天　四毛　德全　龙军　飞龙　毛弟　玲子　明芳　曹露　鬼迹　老陶　智强　无数　子菊　蒋萌
怀阳　武戈　阮姐　西米　波儿　喻玲　丁华乾　汪芋桥　朱太叙　杨廷华　万泉河　童明镜　张果姥　植杖耘耔
但尚珂　范志刚　人在铝途　江上风清　好雪片片　骏　三月的笛声　兰　清波　林涛　姚源　黄恋　况况　冰旋
李华　兔子　白水　周周　小草　载华　皮皮　先明　雷刚　吕毅　童童　如蓝　迪迪　敏锐　玉儿　悠闲　胡浩
周琳　渝川　绿子　木樂　凯文　林萍　胡浩　郝再丽　何云亮　刘世军　陈铭道　吴多多　甜幺鸡　汪果　杨奕
游柠楦　汤传兴　李高兴　钟瓜瓜　路人丁　雪绒花　黄老邪　何克忠　黄有碧　而雨人　李桂臣　史光春　巴实
淡雅香茗　海纳百川　仙度瑞拉　十面洹水　何方神圣　一叶小舟　海阔天空　三月的笛声　左火　斯斯　紫蔓萝
笑笑　老唐　南山　云云　陈杨　薇芸　大宇　更夫　清风　胡编　老枪　幸佛　晓语　李茂　杨奕　禾令　胡平
友友　王宇　欣然　彩彩　黯然　强强　空空　丫丫　瞿宁　周孝全　徐昭明　紫光牛　荣道斌　紫蔓萝　小蹦儿
谢麟勤　欣多多　朱大大　思江南　何子木　消灭罐　杨序河　赵光兰　何克忠　酉阳秦　丁华乾　志明　何克忠
黑帅臭爷　青山绿水　苦夏先生　欧阳晓村　五月的歌声　李波　琳子　缪拉　红韵　周艺　梵行　银子　波鲁鲁
罗红　李骁　金豆　古谷　深海　载华　李昕　谦伯　春春　李骁　熊凯　春哥　宁安　解放　也弥　喜明　贪杯
鱼羯　屈翁　杨成波　刘祖兰　廖明辉　庭满旭　张钰炜　何渝生　防护林　雁南飞　书华　海风　邹邹　陈永兰
张家川　李小画　旦小雨　柳林风声　怡园居士　天淡云闲　子小三皮　一只阿苏　化石先生　浮图烟云　李科春
易静　橙子　小宇　燕子　鸿瀚　惠　赵笙九喵　江山　淡水　愚愚　洋苓　刘壮　王涓　喻玲　谌利　媛小媛儿
艳子　龚叔　凯文　朱承华　李默涵　杨先乐　郭保芳　刘洪涛　刘言午　贺小俊　兔子张　高惕　侯耀华　董卿
小卫船　吴凤瑞　玉慕蜀　钟立妮　李老头　六平方　锋哥哥　刘世容　花草水语　媛小媛儿　阳雪　沙丘　卡哥
山美　凯凯　余红　罗婷婷　魏真　李伯伯　央央　张勇先　邹茜　叉不多　周宇　傅显渝　卓敏　代贞　王鸿森
江村　蓝伊然　陈女士　蒋华刚　王少宏　陈绩　刘洲　向阳　吴缘慈　言一伊丹　唐科淑　朱英　超人奔　刘波
王俊洁　王胜全　刘波　双双　夏书华　林小渝　谢雨昊　艾春茂　两江水　李炼　卞美诗　翠翠翠翠　桑　朱英
王庆杨　古谷　李延浩　陈雨　官国庆　陈丛寅　李成琳　张志雄　敖微　敖玉琴　王乾江　刘兴文　张宇　刘牧
雷力　刘俊希　张地银　柴松柏　柴泽云　柴泽华　宋巧琳　柴骏　刘光惠　金柯　金茜耘　张亦心　林龙　林木
王坤淑　蒋燕　林文熹　罗斌　邓永强　谢红兵　荣天厚　王大刚　杜小红　杨小红　周冬梅　匡军　董浩　但英
涂小英　刘罡曜　刘明露　钱智涵　林楚月　林卫平　林筱秋　林杉　范文鹏　但英　夏萌萌　董浩　蒋黎　蒲理

董宥辰　胡永毅　夏涛　但群　但会　王宇星　王勇　杨兴　文涛　林荣　李庭惠　李作媛　李梅林　杨兴惠
叶荣秀　宋文均　陈栋　林钰　熊欣　汤梦龙　花洛绫纱　王焌丞　何竺书　陈婧　蒲文新　涂小容　汪万福
彭默　陈雪妮　卢军　华建彪　彭科选　付飚　向江月　庄晨　钱帅　官啟鸣　庞淇根　许洪刚　王刚　罗林
常适雨　张瑞雪　顾初音　安雪旖　郭沥霜　段丹　彭科亮　史茂婕　蒲鑫　张玲　崔博文　杜泓志　杨好婕
张佑　江林冲　苏叶　唐坤能　陈雪　杨雪梅　张智勇　江颜如　鹿晗　唐振渝　陈超　张文贵　央青　孔悦
张成英　蒲兰丽　蒲单　李朝云　朱亚平　李镇素　唐湘玲　陈渝　冉思维　江治兰　张文芳　江敏　李忻谣
张继生　赖凡　李庭华　张文碧　江霞　上桥惠　刘成相　向红霞　李素华　张文明　刘森林　石羽　李怡梅
刘思言　唐颖　李庭生　王树华　王菊华　唐克绪　陈静　李静　张成玉　肖星　刘有玲　尹航　曾燕　李曦
郭逸　唐振革　张一　肖庆海　张成万　陈安金　魏宇轩　唐振芳　徐峥　徐德亮　张宪法　周崇懋　蒲舒华
杨施施　汪明桂　胡晓　胡佳俊　刘凤　张世芳　杨兴华　黄晓萍　胡蕊　侯沙沙　邓开珍　尹志民　段海南
刘文怡　陈玺恩　张祥书　黄伟　涂文静　马翰林　聂康杰　赵甜甜　王万辉　周渝有　傅运菁　谷丰　罗林
方维　王兵　唐珂丹　潘尧　王明彦　吕蓓　王婧怡　刘向晖　邵帅　周庆华　蒋文秋　蒋琳玲　张瑞　张殊
王瑜　任意　王宗伦　蒋昶　王宗均　李义富　任珂竹　王云坤　任可如　任崎豪　胥涔寻　李永田　陈文炳
秦李河　梁大成　傅一庚　谭杰　龙甲成　李绍林　漆建宇　江艳妮　周莉琪　黄俊　黄敬　罗元松　陈棉添
张小勤　汪正萍　岑建彬　龚凯　李啸晗　周莉　张华荣　张子雄　陈良　付宜文　左春蕾　彭一平　郭文科
陈雨露　常少坤　文永萍　刘英　胡传家　周伟　易世玉　汤斌　李畅　郭萍　周明　李建波　程灵恰　黄勇
王远兰　杨富云　杨韬　刘慧永　苗志刚　罗磊　张敏　张珏　孙海玉　严美文　江福平　邹勇　李燕　杨飚
韦云　曹治纲　鄢莉　徐静　冉冉　周梅　邓佳　李佳妮　郝鹏　田立山　王万辉　张大海　程纪平　刘方会
唐德秀　王苑苑　王珏　胡世鹏　李俊锋　吕蓓　马文锋　杨小满　友间　杨亚丁　张红　曾曾　徐勇　吴爽
柏光明　内部油碟　李澧　刘方慧　杨文　邹以欣　杨罗拉　张一凡　王朝华　杨明和　熊楚渝　陈莉　肖红
张元英　任珂竹　刘奔阳　吴翠　周灿　耿道景　巴靖雯　曾理　刘贵英　邓利民　刘立英　陈华碧　王建刚
六六六　吴燕　阴嘉莉　熊登丰　徐梓航　姜宏伟　熊青丰　李伯绅　蒋静　唐莲　熊序先　潘怡霖　许弘毅
但旭东　邱小姐　央央　周述虹　潘彦男　宋婷　公孙馨　苏梅　岳海林　张家槊　陈勇　吴莹　王珺　张蓓
袁敏涛　吴浩　李雨桐　陈杰　唐宇凤　蒋敬靖　吴芝宇　梁单　刘心悦　陈兢锋　赵甜甜　黄晶菁　谭吉云
李雨桐　解敏　刘畅　蒋琳　吴莹　文小喵　梁单　陈亮　伍思雨　骆岚　程婧　覃峰　刘青青　醉醉　宋婷
张成波　郭毅梅　英武　滕文明　田宗志　大伟　喻亮　赵爽　丁夕倩　李雯欣　于萧寒　胡苇　付静　蒋琳
章率戈　喻进　魏清青　黑七七　杨晶　张燕　李雯欣　张浩　张羽　周茂萍　依文　任禹霏　李政　毛月恒
刘苏瑶　王哲琦　吕真　张家波　王连明　江燕　余静芳　许科　王霭暄　黄泗维　刘三皮　朱炎熙　夏小菲
张文芳朱琪　马佳骥　李金津　倪书喆　张腾飞　高博洋　邓璇　李靖　王慧　石怡　马腾瑞　郭小鑫　米群
吴晓坤　秦弘　毛月恒　付霖　唐潇函　程红　胡月　王治姣　李帅　肖轶哲　肖诗慧　李永锋　郑洲　陈通
刘梦洁　张继承　刘雨童　黄家豪　郭雪莹　韩伟　邬光胤　邬殿鸿　高廉平　刘增宪　晨优选团队　王友婷

黄博　屈颖　汪将来　王晨　李君婷　翁心晨　涂画　刘玲　何欢　禹化普　李昕　樊桐桐　庄笑俨　万诚文　张莉莎
李玥乐　朱爽　周向颖　吴建明　杨艳　朱然　何雨柯　段晓蕾　李艾莲　杨一一　刘丁原　赵鹏程　黄菊蕾　罗鹏军
李赵怡　张礼杰　罗红　姜雅琳　王心怡　李利　陈光来　彭琳茹　周景　左琳　卢倩如　刘群　陆艳　蒲理　汪义达
赵爽　汪重武　汪小莹　宁芳　桑军　桑抗　陶在铸　桑农　邵大维　吴浩　赵卫　周曙光　苦夏先生　载华　周光节
叶雨鑫　江东　王静

感谢为此书付出努力的时光君们

李柯成　陈雪　黄华　黄维洋　林妍　严婷　江林冲　刘天祺　邓爽　陈静　周捷澜　刘胜浪　柴露文　黄琴　马文锋
陈晨　王高　熊佳树　黎小

西南师范大学出版社
天猫旗舰店

如果你也有故事
请告诉我们